トーヴェ・アルステルダール

染田屋 茂 訳

忘れたとは言わせない

Tove Alsterdal

Rotvälta

KADOKAWA

忘れたとは言わせない

登場人物表

エイラ・シェディン　クラムフォシュ署の警察官補
アウグスト・エンゲルハート　新任警察官補
ギエオリ・ギエオリソン（GG）　暴力犯罪班の殺人担当捜査官
ボッセ・リング　同・捜査官
シリエ・アンデション　スンツヴァル署の捜査官
エイレット・グランルンド　退職した捜査官
シャシュティン・シェディン　エイラの母
マグヌス・シェディン　エイラの兄
マリーナ・アーネスドッテル　マグヌスが同居している女性
リカルド（リッケン）・ストリンドルンド　マグヌスの友人
ヨハンナ　アウグストのガールフレンド
ウーロフ・ハーグストレーム　故郷に帰ってきた青年
スヴェン・ハーグストレーム　ウーロフの父
グンネル・ハーグストレーム　ウーロフの母
インゲラ・ベリィ・ハイデル　ウーロフの姉
リーナ・スタヴリエド　失踪した少女
トリッグヴェ・ニィダーレン　スヴェンの隣人
マリアンネ（メイヤン）・ニィダーレン　トリッグヴェの妻

パトリック・ニィダーレン　トリッグヴェとメイヤンの息子
ソフィ・ニィダーレン　パトリックの妻
イエンヌ・ニィダーレン　トリッグヴェの娘
アダム・ヴィーデ　加害者
ケンネス・エマヌエル・イサクソン　コミューンにいた青年
イヴァン・ヴェンデル　デリのオーナー
シモーネ　デリの従業員

目次

翻訳協力　：久山葉子、(株)リベル

カバー写真：Dmitriy Bilous/Getty images
装丁　　　：國枝達也

のしかかるように山影がそびえ立っていた。目の隅をガソリン・スタンドがよぎったかと思うと、すぐにまた森に変わった。尿意を覚えてから、もう二百キロ以上走っていた。

脇道に車を入れると、転げるように降りて路傍の野草を踏み越えた。森のほうを向き、尿をほとばしらせる。

あたりのにおいには覚えがあった。排水溝の縁《へり》に生えた野花。草の露と、夕暮れ時の宙を漂うもや。一メートルも伸びたキンポウゲとヤナギランとノラニンジン。あるいは、オオアワガエリだろうか。それならよく覚えている。かすかにそのにおいがした。

道路の舗装は霜のせいででこぼこになっており、まもなく砂利道に変わった。左へ曲がって二十キロほど行けば、高速道路に出られる。それほど遠まわりではない。目の前が開け、緑濃い丘と低くくぼんだ谷間が見えた。どことなく心落ち着く風景だった。女性の温かい柔肌のような優しげな曲線を描いている。

人気《ひとけ》のない農場と廃屋の前を通り過ぎると、水面《みなも》に森そのものを浮かべているように静かな小ぶりの湖が前に開けた。どの木も、見分けのつかないほどそっくりだった。以前山に登って、オーダーレン谷の広大な森を見下ろしたとき、この森には果てがないのに気づいたことがある。

分かれ道まで来ても、走っている車の姿はなかった。正面に、黄色い木造の建物が見える。いまでは窓から覗《のぞ》いても廃材の山しか見えないが、看板はまだ残っていた。以前は食料品店だった。ウーロフは土曜日に買った菓子の味を覚えていた。カエル形のゼリーや魚の形をしたしょっぱいリコリス。脇道に入り、さらに内陸へ向かう。いまならまだ、日の出前にストックホルムの北部に帰り着ける。ボスはまだ眠っているはずだ。誰も、走行距離や使ったガソリンの残量を細かくチェックしたりはしない。もう五キロほど走ったところで大した違いはないだろう。いつでもキャンピングトレーラーや道路工事のせいにできる。夏のスウェーデンの道路がどんなふうか、知らない者はいないのだから。

一年のこの時期、六月の末には。

においと光のせいで口が乾き、足に力が入らなかった。身体全体が、いまがその時期であることを知っていた。学期が終わり、うんざりするほど長い退屈な時間が続くようになると、ウーロフの気分は不安定になった。覚えているのは灰色がかった薄闇だ。あの頃もいまと同じく明るい夏の夜が途切れることなく続き、太陽がひととき姿を隠しても薄明るい深夜がすぐに取って代わった。

車は、ウーロフがはるか昔に忘れ去ったもの——あるいは、一度も思い出さなかっただけかもしれない——の前を通り過ぎた。どれもそのままそこにあった。黄色い家には夏になるといつも客が訪れ、子どもたちは本道で自転車に乗るのを禁じられた。それに、思い出せないくらい昔に閉鎖された古い校舎と、繋駕《けいが》速歩競走用の馬が身を寄せ合って道路を眺めていた野原。乾草《ほしくさ》用の白いビニールの梱《こり》は、天辺《てっぺん》に上ると丘の王様を気どれたものだ。左側に枝を垂らしたカバノキが見えると、ウーロフは速度を落として車を停めた。木はずいぶん大きくなっていた。枝が低くしだれ、鮮やかな緑の葉叢《はむら》が郵便受けを覆っている。

それでも、どれがその郵便受けかはわかっている。三つ目の灰色のプラスチック製のものだ。差し入れ口から新聞が突き出ていた。ウーロフは車を降りると、郵便受けの名札を確認しに行った。

ハーグストレーム。

ウーロフはまとわりつく蚊を叩《たた》いてから、新聞を抜き出した。その下に、もうふたつ別のものが入っていた。それで新聞が入りきらなかったのだ。光ファイバーのインターネットサービスの広告とクラムフォシュ市議会から届いた請求書。まだ誰かがここに住み、郵便物と新聞を受け取っていた。水道代を払い、ゴミの収集を頼んでいる。あるいは、別のものの請求書なのか。封筒の宛名を見て、ウーロフは全身に震えが走るのを感じた。

スヴェン・ハーグストレーム。

ウーロフは取り出したものを全部、また郵便受けに押しこんで車に戻った。考えごとをするために、床のバッグからチョコレート・ビスケットを取り出す。エナジー・ドリンクをのどに流しこみ、自分を追って車に入りこんだ蚊を何匹か叩きつぶした。一匹はたっぷり血を吸ったあとらしく、レザーシートに赤い染みが広がった。唾《つば》とトイレットペーパーで染みを拭《ふ》き取ると、ウーロフはトラクター用道路に入った。道の真ん中に生えている草がバンパーをこすり、穴があるたびに車体がはずんだ。ストリンネヴィークの敷地の前を通り過ぎるとき、青葉のあいだから灰色の納屋が見えた。丘を下るとまた上り道になり、それを上りきると黒々とした松の林が切れて景色が大きく開け、川とその向こうの大地が姿を現す。だが、ウーロフはそちらに目を向けなかった。視野の端を赤い家が走りすぎる。行き止まりまで行ってUターンし、道をゆっくり引き返した。

窓の周囲のペンキは剝《は》げていた。車が見えないが、ガレージに入れてあるのだろう。丈高の草が薪小屋を取り巻いて伸び、ところどころに、すぐに密生し始めるはずの若木が交じっている。

様変わりしているにちがいないとなぜ思ったのか、自分でもよくわからない。放棄されたか、荒廃しているか、知らない人間が買い取って住んでいるのではないかと考えていた。

だが、そんなことはなかった。

ゴミ箱の後ろに車を停めて、エンジンを切った。金色の花のタンポポが芝生から点々と突き出ている。これを抜くのは大変だった。鋤《すき》で根から掘り出さないと、すぐにまた伸びてくる。記憶にある自分の手はとても小さかった。ウーロフはイグニッションキーを回す分厚い手を見下ろした。

日が昇ってトウヒの梢《こずえ》を越え、日差しがリアヴューミラーに反射して目をくらませた。ウーロフは目を閉じて、自分の前の、いや自分のなかにいる彼女の姿を思い描いた。どこにいるのかはわからないが、何年ものあいだ何度も何度も、すぐに眠れず、酒の酔いか疲労でぐったりとしている夜には必ず、森へ向かって歩き去る姿が目に浮かんだ。近づいたり遠ざかったりする姿。そこは、いまいるところからさほど遠くない川のすぐそばだった。

小道で彼女が振り返ったように見える。微笑みかけているのか？　手を振っただけなのか？　ねえ、こっちへ来て、ウーロフ！　来て！　本当にぼくに呼びかけているのだろうか？

気づくと、まわりから彼らの声が聞こえる。パワーアップしたペダル付きバイク《モペッド》の強いガソリン臭が鼻をつき、タバコの煙が蚊を追い払う。

真面目にやれ、ウーロフ、もう手を出したも同じなんだぜ。追いかけろ。ほらほら、色男、あいつが望んでいるのはわかってるだろう。こいつ、もしかしたらゲイなのか？　おまえはゲイかよ？　女の子にキスしたこと、あるのか？　それとも、おふくろだけか？

やれよ、ウーロフ。これが初めてなのか？　片手をシャツに突っこめばいいのさ、すばやくな。

それだけでいい。その気にさせるんだ。あれこれ考える暇を与えるな。

小道を歩き始めても、まだ彼らの声が頭のなかで響いていた。目の先で彼女のスカートがひるがえる。黄色いカーディガンが木々のすき間から覗き見える。

リーナ。

ビロードのようななめらかな腕、笑い声、イラクサのにおい。彼のふくらはぎのまわりの燃えるような混乱――蚊の大群とうるさいアブ。彼女の腕にとまったアブを叩くと血が飛ぶ。バチン、こんなふうにやればいい。彼女の笑い声。ありがとう、ウーロフ、あなた、私のヒーローよ。すぐ目の前に彼女の唇がある。とても柔らかそうで、苔《こけ》のように湿っている。それが押しつけられ、自分の唇を吸うところを想像する。しゃべる時間を与えずに、舌を押しこめ、と彼らが言うのが聞こえる。ひと晩中しゃべりたがるやつもいるが、そんなのには気をつけろ。お友だちの世界から出られないぞ。両手で女のおっぱいをつかんで揉《も》んだり弾《はじ》いたりしてやれ。女は乳首を吸われるのが大好きだ。それだけで成功間違いなし。ためらうんじゃない。女は嫌だと言ったり、足をぴったり閉じたりする手管を知っているが、そのくせもう濡《ぬ》れているし、その気になって、やられるのを夢見てる。だけど、無理強いはするな。相手のやり方に合わせろ。指を這《は》わせてあそこに突っこんだら、あとはパワー全開、全速力で出したり引いたりだ、わかるな?

突然、ウーロフは顔から地面に倒れる。まわりじゅうに彼女の気配がする。

車内は息苦しく、湿気と熱気しか感じられなかった。しかたなく、ウーロフは車を降りた。霧のベールが眼下の入り江を覆っていた。川の向こう側のはるか彼方《かなた》に永遠不変の山々がそびえ立ち、製紙工場から煙の柱が何本か立ち上っている。あまりにも静かだったので、吹いているのがわからないほど穏やかな風でポプラの葉がこすれる音まで聞こえた。ハチたちの羽音が、ルピナスとカミツレモドキの花のうえをゆっくり遠ざかっていく。そのとき、鼻を鳴らす音がした。傷つけられた不幸なものが発した哀れな鳴き声だ。

声は家のなかから聞こえた。ウーロフは音を立てないようにして車までの短い距離を引き返した。犬に気づかれる前に戻るつもりだったが、彼の体格ではそうはいかなかった。身体の重みで草と小枝が折れる音がした。虫の羽音よりも大きな重い息づかいが自分でも聞こえた。犬にも聞こえたのだろう、狂ったように吠《ほ》え始めた。長く尾を引く吠え声を上げながら、何かを引っかき、全身で壁かドアにぶつかっている。その音がウーロフに猟犬たちの荒々しい吠え声と、人が通りかかると檻《おり》の網に突進してきた姿を思い出させた。あれは警察犬だった。リーナのにおいを追わせようと川に連れてこられ、彼女の持ち物を見つけたときははるか遠くで吠え声を上げた。

急いで車に戻り、老人が目を覚まして外に誰かいるのか見に来る前に立ち去ったほうがいいのはわかっていた。狩猟用ライフルを持ち出してくるだろうか？　さわるのは許されたが、撃ってもいい年齢にはついに達しなかったあのライフルを。記憶のなかで、さまざまな色と家具がぐるぐると渦巻いていた。緑に塗られた階段、花柄の壁紙、傾斜屋根の下に置かれた自分の古いベッド。そのとき、家の外壁をぽたぽたとゆっくり水が落ちているのに気づいた。水道管の破損だろうか？　それに、犬はなぜ閉じこめられているんだ？　音は、狩猟犬であれ何であれ、犬が本来いるはずの玄関ホールからではない。もっと家の奥から聞こえてくる。廊下の突き当たりにあるキッチンかもしれない。ウーロフは空色の羽目板と白く塗られたキャビネット、レンジで時間をかけて何かが料理されている場面を思い描いた。

犬は家に置き去りにされたのだ。これほど深く眠り続けられる人間がいるはずがない。

ウーロフは、家の角にある丸い石のことを思い出した。石を持ち上げると、ダンゴムシが二匹こそこそと逃げ出していった。鍵《かぎ》はまだそこにあった。

手がひどく震えて、なかなか鍵穴にはまらなかった。ウーロフにはここを開ける資格がなかった。〝忘れるな、ぼくはすっぱり縁を切られたんだぞ〟

この家特有のにおいが流れ出してきて、一瞬、子どもの頃に戻ったような気がした。昔は上から見下ろしていた立派な髭《ひげ》を生やした老人——百年も前の首相らしい——の肖像画が、いまでは目の高さになっている。靴を脱ぐときに使うクッションを置いた長椅子は昔のままだ。廊下の敷物は祖母が端切れを縫い合わせてつくったものだが、いたるところに工具や器具が放置されていてほとんど見えなかった。空き缶や空き壜《びん》を詰めた袋が転がっているので、通路はひどく狭くなっている。母親が生きていれば、ここをこんな状態にしておかなかっただろう。

また、爪が木肌をこする音がした。ウーロフの予想は正しかった。犬はキッチンに閉じこめられている。ドアに箒《ほうき》でくさびがしてあった。さまざまな思いがからみあって心を行き来してはいたが、犬をこんな目にあわせるのは許されない、とウーロフは強く思った。

箒を引き抜くと、ドアに身を隠すようにしてノブを回した。嚙《か》みついてきたときの用心のために、箒は手に持ったままだ。だが、犬は黒いぼんやりしたかたまりになって横を駆け抜けると、外へ飛び出して行った。糞尿《ふんにょう》のにおいがあとを追いかけていく。かわいそうに、ここで文字どおりクソまみれになっていたわけだ。

そのとき、水の垂れる音がバスルームから聞こえるのに気づいた。ドアの下からあふれ出て、居間の敷物を乗り越え、茶色のリノリウムの床に小さな川や水たまりをつくっている。

鍵の表示は、誰かが入っているときの赤ではなく白のままだった。ウーロフは、コミック雑誌を持って閉じこもるときに鍵をかけることを覚えた。うっとうしい姉が入りたいから早く出ろと金切り声を上げるので、そうせざるをえなかったのだ。

ドアを開けると、水が靴のうえまで押し寄せてきた。

水にスポンジや汚れた髪の束、死んだハエが浮かんでいる。足を踏み入れると、冷たい水が靴下にしみてくるのを感じた。帰る前に、せめて水を止める努力だけはしてみよう、と思った。そうすれば、この家も手のほどこしようがなくなることはないだろう。ウーロフはカーテンを開いた。

カーテンの陰に人が座っていた。ねじ曲がった身体が、見慣れない椅子にうずくまっている。ウーロフは目の前にあるものが何なのかわかっても、その事実を十分に咀嚼《そしゃく》することができなかった。老人は身体をまるめ、その皮膚は真っ白だった。窓から射しこむ日差しを浴びて、肌が魚の鱗《うろこ》のように鈍く光っていた。濡れた髪がまるまり、頭蓋《とうがい》に貼りついていた。ウーロフはなんとか一歩踏み出してレバーに手を伸ばした。水の流れが止まった。

ぜいぜいという自分の息づかいと、窓枠にぶつかるハエの羽音以外は何も聞こえなかった。最後の水が数滴したたり落ちた。裸の身体が、ウーロフの視線をしっかりと捕まえて放さないような感じがした。皮膚は張りを失い、背中に緑色の斑点《はんてん》がある。片手で洗面台につかまった体勢だ。ウーロフは身を乗り出した。目は見えなかったが、高い鼻には小さなこぶがあった。若い頃に殴られてできた古傷だ。両脚のあいだに、湾曲した芋虫を思わせるペニスがぶら下がっている。

その瞬間、洗面台が壁から崩れ落ちた。家全体が崩壊したかのような轟音《ごうおん》がして、ウーロフはよろめいた。水があたり一面に飛び散り、洗濯機に頭をぶつけたウーロフは体勢を立て直そうとして足をすべらせた。

床に四つん這いになり、バスルームを出ようと懸命に足を動かす。ここを出なければ。

玄関のドアを閉めて鍵をかけた。あった場所に鍵を戻し、できるだけ足早に、だができるだけ平静を装って車まで歩いた。エンジンをかけ、ギアをバックに入れるとゴミ箱に激突した。

たくさんの年寄りがあんなふうに死ぬ。家をあとにしながら、ウーロフはそう思った。心臓がまだどきどきしており、鼓動が耳のなかで雷鳴のように響いた。みんな、心臓発作か脳梗塞《こうそく》で昏《こん》倒《とう》し、そのまま死んでいく。警察が関心を向けることはない。ひとり暮らしも多いので、一年たってから発見される人もいる。

だが、なんで犬を閉じこめたのだろう？

ウーロフはブレーキを力いっぱい踏みこんだ。目の前の道路の真ん中に、それがいた。あと十メートルほど走っていれば、馬鹿な犬をぺちゃんこにしてしまうところだった。口を大きく開け、舌をだらりと垂らし、漆黒のむく毛を震わせて興奮している。まるで森で行われた野放図ないちゃつきから生まれてきたようで、顔はラブラドール、毛皮は育ちすぎたテリアに見える。耳をピンと立てて注意を集中していた。

ウーロフはエンジンをふかした。この美しいポンティアック、このめったにない掘り出し物を朝までにボスの家のガレージの前に停めておかなければならない。キーはいつもの場所に隠しておく。

ところが、犬は動こうとしなかった。

クラクションを鳴らせば、近所の人間がそれを聞きつけて事情を察してしまう危険があったから、ウーロフは車を降りて犬を追い払わねばならなかった。犬はウーロフをにらみつけた。

「どけ、馬鹿犬」声を低めてそう言うと、ウーロフは枝を投げつけた。犬は前方に跳躍して枝を口で受けとめて足もとに落とすと、人生は馬鹿げたゲームだとでも言いたげに片方の端をくわえて振り始めた。ウーロフはその枝をつかんで、森に向かってできるだけ遠くへ放った。犬は脱兎《だっと》のごとくコケモモの藪《やぶ》へ飛びこんでいった。ウーロフが車に戻ろうとすると、背後から砂利を踏む足音が聞こえた。

「いい車だ」と、声が呼びかけてきた。「こんなど田舎で見られるとは誰も思わないだろうな」

ウーロフは、男が軽快な足取りで近づいてくるのを見つめた。長めの半ズボンにポロシャツを着て、キャンバスシューズを履いている。男は馬をなだめるように、車のトランクを軽く叩いた。

「トランザムの第三世代、だな？」

ウーロフは片足を車、もう片足を道に置いたまま、身を凍りつかせた。

「そう、八八年型だ」と、ウーロフは車体の塗装に向かってつぶやいた。「ストックホルムのウップランズ・ブローへ行く途中なんだ」先を急いでいると言いたかった。夏の渋滞が始まる前に着かなければ、と。特に今日は夏至祭の金曜日で、どこの道路も車の長い列ができる。おまけに、ヒューディクスヴァルとイェーヴレのあいだで工事が行われ、何車線か閉鎖される。だが、口から言葉が出てこなかった。犬も戻ってきて、ウーロフに鼻をこすりつけている。

「じゃあ、売り物ではないんだね？」

「ぼくの車じゃない。ドライブしてるだけだ」

「そして、ここにたどり着いたってわけだ」

男は微笑んでいたが、ウーロフにはその声と微笑みの裏にあるものが聞き取れた。いつでも別の何かが隠されているものなのだ。

「小便をしたくなったんで」

「それでこの脇道を選んだんだな？　詮索《せんさく》して悪いんだが、以前、トラブルが起きてね。窃盗団に小屋を物色されたんだ。その先の家では、芝刈り機を盗まれた。それで、みんなで目を光らせている。見慣れない車なんかにね」

犬は食べ物のにおいを嗅《か》ぎ当てたらしく、ウーロフの脚のあいだから車内へ入ろうとした。一瞬、ウーロフの頭をキッチンにあったゴミの様子がよぎった。床に紙箱が散乱していた。犬は何か食べられるものを探して食品棚を引っかきまわしたらしい。

ウーロフが犬の首筋をつかむと、犬はうなり声を発して身をすくめた。

「あんたの犬かい？」

「いや。こいつは……道の真ん中にいたんだ」

「待てよ、これ、スヴェン・ハーグストレームの犬じゃないか？」男は振り返って、まだ木の間越しに見える家のほうに目を凝らした。「あの人、家にいるのかな？」

ウーロフは懸命に答えを探した。真実を言わなければ。シャワーから果てしなく水が流れ落ち、目の前で血の気のない肌が溶けていったこと、石の下にあった鍵のことを。ウーロフは咳払《せきばら》いして、車のドアを強くつかんだ。

「スヴェンは死んだ」彼の内部で何かが動き、しゃべろうとすると、結び目を作ってそれを引っ張ったようにのどが収縮した。何か別のことを言わなければいけない。男は車のナンバーを見つめながら、後ずさって彼から離れようとしている。手に携帯電話を握っているのが見えた。

「鍵は石の下にあった」なんとか言葉が出てきた。「犬を外に出してやりたかったんだ……たまたま通りかかって」

「で、あんたは誰なんだ？」男は携帯電話を前に突き出している。カチッという音がして、すぐにもう一度カチッ。車の写真を撮っているのか？　それともウーロフを撮ったのか？

「電話しよう」と、男は言った。「いますぐ警察に連絡する」

「ぼくの父だよ、スヴェン・ハーグストレームは」

男は犬を見下ろしてから、ウーロフのほうに目を上げた。その視線は、昔と様変わりした人間を覆う層を何層も突き通そうとしているかのようだった。

「ウーロフか？　あんたは、ウーロフ・ハーグストレームなのか？」

「ぼくも電話しようとしたんだけど……」

「ぼくはパトリック・ニィダーレンだ」男はそう言うと、また後ずさった。「あんたは覚えてないだろうが、トリッグヴェとメイヤンの息子だよ。あそこに住んでる」と言って、男は道路の先の森の奥深くにある家を指さした。ウーロフには家が見えなかったが、以前スノーモービル道を歩いていたとき、森の開墾地でその家を見たことがあった。「ぼくも、あんたを覚えてるとはとても言えないな。なにしろあのとき、ぼくは五つか六つだったから……」

しばらく沈黙が続いた。記憶がよみがえるにつれて、ウーロフは自分のブロンドの頭のなかで歯車が回り、目に光が戻るのが見えるような気がした。あのときの話は全部、長年いやというほど聞かされてきた。

「あんたの身に起きたことだから、自分で話したほうがいいかもしれないな」と、男は話し続けた。「番号を入れて、この電話をあんたに渡す。それでいいかい？」男は腕を伸ばせるだけ伸ばして、携帯電話をウーロフに差し出した。「これは私用なんだ。でも、仕事用にもう一台持っている。いつもそうしているんだ」

犬は首尾よく車のなかにもぐりこみ、食べ物の袋に鼻面を突っこみ、中身をがつがつと食べていた。

「それとも、ぼくがかけてもいいけど?」パトリック・ニィダーレンはそう言って、また後ずさった。

ウーロフは運転席に腰を落とした。そう言えば、ニィダーレンの家には小さい子どもがふたりか三人いた。確か、家の裏手で檻に入れてウサギを飼っていたはずだ。ウーロフは夏の夜にそっと忍びこんで檻の戸を開け、ウサギをタンポポの葉で誘って逃がしたことがあった。ウサギはたぶん、キツネの餌食《えじき》にでもなったのだろう。

あるいは、ついに自由を手に入れたのかもしれない。

葉をあしらった五月柱、際限のない飲酒、暴力、ドラッグ乱用――そうした美しき伝統を持つ夏至祭は、勤務には最悪の一日と言える。

　エイラ・シェディンは、スウェーデンで最も明るい夜が来る日の勤務を進んで引き受けた。同僚には自分より休みが必要だ。子どもや、それに類するものを抱える人たちには。

「もう出かけるの？」母親が廊下まであとをついてくると、両手をさまよわせ、何かわからないが、整理ダンスの天板に載っているものを拾い上げた。

「仕事よ、ママ、言ったでしょう。車のキーを見なかった？」

「帰りはいつになるんだい？」

　片手に靴べら、もう一方に手袋を持っている。

「今日中には戻るわ。でも、遅くなる」

「わかってるだろうけど、いつもここに帰ってくる必要はないんだよ。ほかにもっとすることがあるはずだから」

「私はここで暮らしてるのよ、ママ、忘れたの？」

　そんな言葉を交わしたあと、殺気だったキー探しが始まった。シャシュティン・シェディンは絶対に動かしていないと言い張った。「さわってもいないんだから、うっかり忘れたんでしょうなんて言わせないわ」結局、エイラがパンツの後ろポケットに入っているのを見つけて決着がついた。昨夜そこに入れたのだ。

　ほらごらんとばかりに、母親は娘の頬を軽く叩いた。

「お祝いは明日《あす》やりましょう、ママ。ニシンと苺《いちご》で」

「それと、シュナップスの素敵な一杯と」

「それと、シュナップスをちょっぴりね」

気温十四度、薄い雲が空を覆っている。ラジオの天気予報はノルランド中部の晴天を約束していた。午後には絶好の飲酒日和になりそうだ。ルンデ、フロンエー、ギュドムンローと、エイラが前を通り過ぎるすべての家でアクアヴィットが冷やされていることだろう。代が替わっても一族の誰かが必ず戻ってくる夏用別荘でも、キャンプ場のクーラーボックスのなかでも。


クラムフォシュにある警察署の駐車場は半分しか埋まっていなかった。署員の大半は夜間シフトを割り当てられている。

入り口で、年下の同僚がエイラを待っていた。

「ぼくらに出動命令が出ています」と、同僚が言った。「不審死です。クングスゴーデンの年配の男性らしい」

エイラは同僚の胸の名札に目を凝らした。以前、挨拶《あいさつ》したことはあったが、同じシフトになるのは初めてだった。

「老人はシャワーの最中に倒れたようです」と、ウメオの指令センターから届いた報告を見ながら、同僚は言った。「発見したのは息子で、近所の人間が電話してきました」

「それは医療システムが扱う案件じゃないの」と、エイラは言った。「なんで私たちが呼ばれたの？」

「不明な点がいくつかあるようです。どうやら息子はそのまま立ち去ろうとしていたらしい」

エイラは着替えをするために署に駆けこんだ。アウグスト・エンゲルハート、確かそんな名だ。またしても、頭の横と後ろを短く刈り上げ、前髪を垂らした新人だった。せいぜい二十七歳ぐらいにしか見えず、身体は鍛えているらしい。テレビには長年同じ相棒と働く警官が出てくるが、あんなのは夢のまた夢、過去の時代の遺物でしかない。

現実の世界では、ウメオで警察アカデミーを卒業しても、そこですぐに仕事が手に入るわけではない。長ければ半年ほど、経験を積むためにクラムフォシュのような魅力に欠ける土地に送られることになる。この街で、カフェとか完全菜食主義《ヴィーガン》レストランといった良い店が見つかるまで、週末ごとに二百五十キロも車で自宅に戻らなければならない。この若者はほかの者と違い、南部で学んでいた。ストックホルムの人間が採用されるのは滅多にないことだった。

「ここには、ぼくのガールフレンドもいるんですよ」車が方向を変えてニィランドの街に入ると、アウグストが言った。エイラは、以前裁判所だった建物のうえに立つ時計台を見上げた。四面にそれぞれ時計があり、別々の時刻を指して止まっていた。少なくとも日に八回は、正確な時刻を指し示すわけだ。

「マンションを買ったんだけど、ぼくは市街地で仕事がしたいんです」アウグストが話を続けた。「そうすれば自転車でも回れるんで。車を降りたとたん、誰かに石で頭をぶん殴られることもないし。ポストが空くまで、ここでしばらく働くのもいいなと思ってますよ」

「のんびりと、っていう意味？」

「ええ、いけませんか？」

アウグストは、エイラの声に皮肉っぽい響きがあるのには気づかなかった。エイラはアカデミーを卒業して四年間ストックホルムで働くあいだ、常に同僚に囲まれ、安心感に包まれていた記憶がある。援護が欲しいときは、数分とたたずに駆けつけてくれた。

エイラはハンマル橋で川を渡ると、川下へ車首を向けてクングスゴーデンを目指した。川のこちら側はオーダーレン谷の農地が開けている。エイラは無意識に、丘の天辺に突き出た丸太を探していた。

父親に聞いた話では、十四世紀にはここが王室の領土の最北端にあたり、当時は海面がいまより六メートル高かったので、周囲を取り巻く丘はそれぞれ小さな島だったという。ときには風景に溶けこんでしまう前に、その丸太がちらりと見えることがあった。スウェーデンの王権がここまで広がっていたことを示すしるしだった。

だが、そこから北は荒野と自由が支配していた。

その話が舌先まで出かかったが、エイラは危うく自分を抑えた。まだ三十二歳で、いつも相棒より年上であるだけでもうんざりなのに、岩や丸太の前を通り過ぎるたびにそれにまつわる話をする人間にはなりたくなかった。

道路脇に郵便受けが見えると、エイラは急ハンドルを切り、砂利道でブレーキをかけた。

その場所にはどこか見覚えがあった。何度も見たことのある風景に思えた。林道はどこにあるものとも同じで、真ん中に雑草が丈高く伸びている。押し固められた土にでこぼこのタイヤの轍《わだち》が残り、何年も前に敷かれた砂利や、ぺしゃんこになった松ぼっくり、去年の落ち葉が散らばっている。道路から見えない場所に無個性な家が建ち、森の切れたところに古い納屋の残骸《ざんがい》がある。

エイラは、友人と一緒にここを自転車で走ったことがある気がしてならなかった。たぶん、スティーナとだ。彼女のことはここ何年も思い出しもしなかったのに、いまはなぜかすぐ横にいるような気がする。うっそうとした森を自転車で走るあいだ、何か禁じられたことをしているときの、ぴんと張りつめ、息詰まるような沈黙が支配していた。

「名前を聞き逃したわ」と、エイラは言った。「その人、どんな通報をしてきたの？」

「パトリック・ニィダーレン」と、アウグストは電話の報告書を見ながら言った。「連絡してきた人物です。死んだ男はスヴェン・ハーグストレーム」

あそこだ。森の端に生えた数本の木の後ろに、スティーナと自転車を隠した。それは空高く伸びた力強いトウヒで、そのあたりは開墾されていなかった。耐え難いほど胸がどきどきして、心臓がのど元までせり上がってくる気がしたのを覚えている。

「それで、息子のほうは？」息を殺して、エイラは尋ねた。「立ち去ろうとした人物は？」

「ああ、そいつの名前ですね。確か、ここに書いてあったはずだが……いや、ないな」

エイラはハンドルを強く叩いた。一度、また一度と。

「なんで誰も気づかないの？もう誰も覚えてないってこと？」

「すみません、何が言いたいんです？　ぼくは何か気づいてなければいけなかったんですか？」

「あなたじゃない。あなたが何も知らないのはわかっている」エイラはまた車を前進させた。耐えられなくなるほどゆっくりと、森と深い太古の闇が近づいてくる。あれが起きた頃、横にいる若者はまだおむつをして這いまわっていたはずだ。ノルランド地方でパトカーが出動した事件の記録がすべてウメオの地域管理センターに保存されるようになったのは数年前からだ。二十年も前にオンゲルマンランド地方で起きた事件を、誰かがすぐに思い出すわけがない。

まして、その人物の名前が一度も表に出なかった事件であれば。

「何でもないことなのかもしれない」と、エイラは言った。

「何ですって？　何でもないって、何が？」

エイラは横目で森を見た。苔むした岩、コケモモの藪。彼女とスティーナは身をかがめてそこをくぐり抜け、獣道をたどった。木の間越しにあの家が見えるところまで。あんなことをした人間が住んでいる場所を眺めるために。

歳月がエイラの頭のなかを高速で通過していった。すばやく計算してみると、二十三年が過ぎていた。ウーロフ・ハーグストレームはいま三十七歳で、この丘の天辺のどこかで待っている――報告が正しければだが。

エイラは道路の窪《くぼ》みを避けようとして、タイヤを岩にぶつけた。

「ウーロフ・ハーグストレームはずっと昔に重罪を犯したの」と、エイラは言った。「レイプと殺人を自白した」

「それはそれは」と、アウグスト・エンゲルハートは言った。「じゃあ、刑期を務め上げたんですね？　あなたの言うとおり、指令センターで気づくべきだった」

「彼は記録に載っていない。罪に問われなかったから。裁判も開かれなかった。名前もいっさい公表されていない。あの頃は、マスコミも実名を載せたりしなかった」

「あの頃っていつです？　石器時代ですか？」

「彼は未成年だった」と、エイラは説明した。「まだ十四歳だったわ」

一件落着して記録は封印された。だが、その少年が誰であるかはみんなが知っていた。オーダーレンを中心にハイ・コーストからソレフテオまで、住人はまず間違いなく気づいていた。「十四歳の少年」と、マスコミは呼んだ。捜査が行われ、事件は解決した。それですべてが終わった。子どもたちはまた、付き添いなしで外で遊ぶことを許された。少年はどこかへ追い払われたので、そっと忍び寄って住んでいた家を覗くこともできるようになった。少年の姉が庭で日光浴をしているのが見えた。少年のものにちがいないクロスバー付きの自転車も、殺人者の寝室の窓も見えた。なかで何が行われていてもおかしくない。

その家がほかの家と少しも変わらないのが信じられなかった。

エイラは家の敷地に入って車を停めた。

この地域に何千軒もある単純な構造の木造家屋のひとつが、森のなかでは必要不可欠な配慮と世話が与えられなかったせいで、自然の力でゆっくり崩壊し始めていた。建材の赤が灰色に変色し、角の白ペンキが剝げかけている。

「関係ないのかもしれない」と、エイラは言った。「間違いなく自然死みたいだから」

砂利道の反対側にある石塚のそばに、少人数のグループが寄り集まっていた。若いカップルは三十前後の年頃で、いかにも夏の避暑客らしい身なりだった。服が少しばかり白すぎて、少しばかり高価すぎる。女性は丸石に腰を下ろし、ごく親密な関係なのだろう、男性は女性に寄り添うように立っていた。そこから数メートル離れたところにフリースを羽織り、ズボンを腰ばきにした太った年配の男性が立っていたが、じっとしているのがいかにも居心地悪そうだった。永住者であるのは間違いない。

邸内路の先にあるガレージの前に、けばけばしい米国車が停まっていた。大柄な男が運転席に身を沈めている。眠っているようだ。

「ずいぶん、ごゆっくりの到着ですね」

白っぽい服装の男性がグループを離れて警官たちを出迎え、握手をして自己紹介した。パトリック・ニィダーレン、電話してきた人物だ。エイラが細かい事情を訊《き》きただすまでもなく、パトリックは進んで説明を始めた。

われわれ夫婦は夏のあいだだけ隣家に滞在している、と言って、パトリックは道路の先を指さした。ここで生まれ育ったのだが、ハーグストレームとは特に懇意ではない。それは妻も同じだという。ソフィ・ニィダーレンが丸石から立ち上がった。ほっそりとした手で、不安そうな笑みを浮かべている。

年配の隣人は首を横に振った。彼もスヴェン・ハーグストレームとは深い付き合いはなかった。いや、まったくないわけではない。郵便受けの前で会えばおしゃべりはするし、冬には道路の雪かきの手伝いをすることもある。

普通の隣人として。

エイラはメモを取りながらアウグストを見ると、彼も同じことをしていた。

「彼はショック状態にあるんだと思いますよ」米国車のほうに顎《あご》をしゃくって、パトリック・ニィダーレンが言った。「誰だってそうでしょう――嘘をついてるのじゃなければ」

パトリックは最初、ウーロフ・ハーグストレームだとは気づかなかったという。顔はほとんど覚えていなかった。道路が混み出す前にと、あんなに早く走りに出たのがよかった。それに、新聞を取りに行ったのも。新聞は夏のあいだ、こちらに転送してもらっていた。でなければ、この件は誰にも知られずにいただろう。

パトリックはウーロフ・ハーグストレームに、家に引き返して警察が来るのを待つように言った。

「あんなところに立ってるのが楽しくないのは、ぜひ言っておきたいですね。でも、指令係に待つように言われたので、そのとおりにしたんです。たとえ永遠に待つとしても」と言って、パトリックは腕時計を見下ろした。警察の行動の遅さのことを考えているのは明らかだった。

エイラは、海岸から山地まで、ヘノサンドからイェムトランドまでの地域をたった二台のパトカーでカバーしているのを教えてやることもできた。道路の長さは何百キロにもわたり、おまけに今日は夏至祭だ。スタッフは夜間勤務に集中して割り当てられ、ヘノサンドには一年でこの日だけヘリコプターが待機している。もしユンセレとノルフィヤルスヴィーケンから同時に通報が来たら、両方に応じるのは地理的にとうてい不可能だからだ。

「じゃあ、誰も家には入っていないのね？」言い訳はしないことにして、エイラはそう尋ねた。

誰も入っていなかった。

ソフィはあとから、ふんわりと波打つサマードレスを着て、夫のパトリックにコーヒーとサンドイッチを持ってきた。夫は走る前は食事をしないのだ、とソフィは説明した。そのしゃべり方には、夫のようにときおりオンゲルマンランド地方の抑揚が交じることはない。ストックホルムの出身だが、田園が大好きだという。静けさや辺鄙《へんぴ》であることに不安は持たないし、どちらもとても気に入っている。ふたりは夏の大半をパトリックが育った農場で過ごしている。家はとりたてて特徴はないが、本物であるのは間違いない。義理の父母はまだ矍鑠《かくしゃく》としており、息子夫婦に場所を譲るために夏の数カ月をパン焼き場で暮らしてくれる。いまはありがたいことに、子どもたちを連れて川辺に行くこともできる。そう言って、ソフィは夫の手を握った。

年配の男シェル・ストリンネヴィークは主道に一番近い家に住んでいた。彼は、ハーグストレームが数日前から新聞を取りこんでいないのに気づいた。話すべきことはそれぐらいだな、と彼は言った。今週は一度もハーグストレーム老人を見ていないし、おれは人の家の様子をそっとうかがったりする人間ではない。ほかに心配することが山ほどあるんでね。

「あんたは、ルンデのヴェイネ・シェディンの娘さんだな。そうなんだろう？　そう言えば、娘さんが警察に入ったと聞いたな」と言って、シェル・ストリンネヴィークはとがめるように目をすがめたが、心の底ではその事実に感心しているふうでもあった。

エイラは年下の同僚に、三人からもっと細かい話を聞くように指示した。彼に仕事を与える必要があったからだけでなく、ウーロフ・ハーグストレームの話を聞くほうが大切だったし、その仕事は経験のある警官がやったほうがいいと考えたからだ。

九年間の経験が、そうすべきだと語っていた。

エイラは車へ近づいた。パトリック・ニィダーレンによれば、ポンティアック・ファイアーバード・トランザム一九八八年モデルだという。彼の声が芝生を横切るエイラのところまで響いてきた。

「父親が死んでいるのを見つけたばかりなのに車の話をするのはちょっと妙だが、動揺した人間がすることは見当もつかないからね。うちは仲よくやってますよ。ぼくらと両親は。うちの父があんなふうになって見つかるなんてことは……」

庭は手入れされていなかったが、荒れ放題というわけでもなかった。芝生が初夏の日差しを浴びて黄ばんでいる。比較的最近まで、誰かが面倒をみていたようだ。手入れをやめたのは、一年かそこら前らしい。

黒い犬がぬっと現れ、車の窓ガラスを前脚で引っかき、ひと声吠えた。男が目を上げた。

「ウーロフ・ハーグストレームさん？」

エイラは身分証明書を目の高さに上げて見せた。〝エイラ・シェディン、警察官補、クラムフォシュ、南部オンゲルマンランド地方〟

腕がいかにも重そうだったが、ウーロフは窓を巻き下ろした。

「事情を話してもらえますか」

「あそこに座っていたんだ」

「シャワーの下に？」

ウーロフ・ハーグストレームは、床で破れたハンバーガーの袋に鼻面を突っこんでいる犬を見下ろして何かつぶやいた。エイラは精一杯耳を凝らして、ようやくその言葉が聞き取れた。救急車を呼ぶつもりだった、と言っていた。まるで乱れた電波に乗った声のようだ。逃げるつもりはなかった。ただ道に出たかっただけだ、と。

「お父さんはひとり暮らしだったのですか？」

「知らない。犬は飼っていたけど」

エイラが感じた吐き気はたぶんにおいのせいだろう。何日もシャワーを浴びていない人間の体臭と、床に落ちた食べ物の残骸を漁《あさ》る薄汚れた犬の。もしかしたらにおいではなく、長い年月と脂肪の層に隠されてはいるが、この男こそ、十六歳の少女をレイプして、シダレヤナギの枝で縛り上げ、あげくに川へ放りこんだ人物であるという思いに胸がむかついたのかもしれない。

少女は流れに乗って、ボスニア湾の広大な海域と忘却の世界へと運ばれて行った。

エイラは背筋を伸ばし、メモを取った。

「お父さんを最後に見たのはいつですか？」

「だいぶ前だな」

「何か病気を抱えていましたか？」

「話はしなかった……ぼくは何も知らない」

男の目は、肉付きのいい顔のなかに小さく窪んでいた。エイラのほうに目を上げたとき、その視線は彼女の顎の下のあたりをさまよっているように見えた。エイラは突然、自分の胸を意識せずにはいられなくなった。

「なかに入らなければ」と、彼女は言った。「玄関は鍵が閉まってるの？」

車のドアが勢いよく開いたので、エイラはすばやく一歩後ろへ下がった。同僚がその動きに気づいて、あわててそばへ駆けつけてきた。だが、ウーロフ・ハーグストレームは車を降りようとはしなかった。指を差せるように少し身を起こしただけだった。

ポーチの脇にひとつだけ目立つ丸い石があった。エイラは手袋をはめた。鍵をポーチの植木鉢や壊れたサンダルに入れておくのと同じで、下手なやり方だ。みんな、泥棒はまったくの能なしだと考えているらしい。まあ、そうである場合も決して少なくはないが。

「どう思います？」と、同僚が声を落として尋ねた。

「まだ何も思っていないわ」と言って、エイラはドアの鍵を開けた。

「まいったな」なかに入ると、アウグストは手で口を覆った。犬の糞のにおいがあたりに充満していた。ほどほどの数のハエが飛んでおり、驚くほどたくさんのがらくたが廊下に放置されてキッチンまで続いている。新聞や空き壜の袋、草刈り機、雑草刈り、金属の桶《おけ》、その他のゴミ。エイラは口で息をした。もっとひどい場面を見たことがある。半年も放っておかれた死体などを。

警官になるとき、暴力を目の当たりにするのは覚悟したが、孤独は予想していなかった。胸にひどくこたえる。こういう家で人の命が絶たれ、そして誰もやって来ない。

エイラは足の踏み場所に気をつけながら、キッチンに数歩入った。犬は自分の糞尿のなかを走りまわったらしい。破れた食料の箱には歯の跡がしこたま付いていた。

ひと目で何が起きたかを見抜けるタイプの警官であったらよかったのだが、そうではないのが残念だった。丹念にひとつずつ見ていかなければならない。観察し、記録し、要素をひとつひとつ組み立てていく必要がある。

コーヒーのかすが死者のマグカップの底で乾いていた。サンドイッチの屑《くず》しか載っていない皿。テーブルに広げられた新聞は月曜日のものだった。四日前だ。スヴェン・ハーグストレームが最後に読んだのは、この地域で起きた窃盗事件の記事らしい。窃盗犯はだいたいが少人数の地元の麻薬常用者で、短時間、家探しをして逃げたのだろうとエイラには当たりがついた。盗品はいまごろローの納屋にでも隠されているはずだ。ところが新聞は相も変わらず、バルト海の向こうから来た犯罪組織の仕業ではないかと書き立てていた。

エイラが足を止めずにバスルームに向かうと、アウグスト・エンゲルハートがあとからついてきた。〝こんなことにもすぐに慣れるわ〟とエイラは心のなかでつぶやいた。〝あなたが考えているよりずっと早くね〟

ドアの外には小さな湖が広がっていた。

目の前の光景は、耐え難いほどの悲しみを感じさせた。真っ裸で、身体をまるめた男の姿はひどく無防備に見えた。その白い肌は大理石を連想させた。

昨冬、オーダーレンに帰ってくる前に、ブラッケベリのアパートメントで二週間バスタブに横たわっていた死体を見ていた。鑑識官が触れると、皮膚がべろりと剝《は》がれた。

「鑑識を待たないんですか？」と、背後からアウグストが訊いた。

エイラはあえて返事をしなかった。〝あなたはどう思うの？　このまま待つと言うなら――ここで起きたことを突きとめるのは私たちの仕事ではないと言うなら、なんで四日前に死んだ人間と鼻を突き合わせて立っているの？　蒸気が上がり始めるのを感じるし、流れていた水が止まったとたんに腐敗が始まっているというのに?〟

　エイラは慎重に椅子を回した。病院のシャワー椅子によくある転落防止器具の付いたタイプで、プラスチックと金属でできている。男の背中は、背もたれの開いた部分から外へはみ出していた。腹と胸が見えるように、エイラは死体の前で身をかがめた。血は付いていなかったが、傷は深かった。腹の上部に横一文字に裂け目ができている。傷の縁となかの筋肉組織が見分けられた。

　身体を起こしたとたん、立ちくらみがした。

「どんな見立てです?」と、同僚が質問した。

「一本傷ね」と、エイラは言った。「見えるかぎりでは」

「じゃあ、プロの犯行ってことですか?」

「あり得るわね」

　エイラはドアを調べた。強引に押し入った痕跡《こんせき》はない。

「知り合いの犯行でしょうか?」アウグストが窓のそばまで下がって、まだ米国車がいるのを確認しながら、先を続けた。「とがめられずに入って来られる人物の。押し入った形跡はないけど、鍵の隠し場所は知らなかったようだ」

「もし月曜日に起きたことだとすれば」と、エイラが言った。「その日、この人は新聞を取りに行っている。家に戻ったとき、鍵をかけなかった可能性もある。それにバスルームのドアはナイフかドライバーで簡単に開けられる。もし鍵をかけたとしてもね。ひとり暮らしなのに、わざわざ鍵をかけるかしら?」

「まずい」

　アウグストが走り出した。エイラもあとを追い、ポーチで追いついた。車からウーロフ・ハーグストレームの姿が消えていた。運転席のドアが開け放たれている。

「窓から見たら、姿がなかった」と、荒い息をつきながら、アウグストが言った。「車が空っぽだった。まだそう遠くへは行ってません。あんな体格だから」

さっき、隣人たちには家に帰るよう指示しただろうか？　指示したとしても、シェル・ストリンネヴィークがそれを無視したのは、ふたりにとって幸運だった。年配の男は道路の少し先に立って、森を指さしていた。川の方角だ。

「彼はどこへ行ったの？」

「小便をしに行くと言ってたよ」

ふたりの警官は家の側面へ回りこんだが、ウーロフ・ハーグストレームの姿はなかった。岩場が急な勾配《こうばい》で川まで下っている。森はうっそうとしているが、全体が白っぽい。二十年かそこら前に開墾されたあとに生えた若い木々とラズベリーや雑草がほとんどだからだ。

斜面の小道を駆け下りながら、エイラは電話で救援を呼んだ。ふたりは岩と灌木《かんぼく》のあいだを精一杯の速度で走った。

「私のミスね」と、エイラが言った。「逃げられないように、一緒に連れて行くべきだった」

「逃げるつもりなら、なんでわれわれが来るのを待っていたんでしょうね？」

倒木の枝で向こうずねに傷を負い、エイラは思わず毒づいた。「現実の世界にようこそ」と、彼女は言った。「ここではすべてが理屈どおりに運ばないのよ」

カバノキ越しに最初に目に入ったのは、川縁から数メートルほどの水のなかに立っている犬だった。それから、男の姿が見えた。男は川縁にある丸太に身じろぎもせずに腰かけていた。アウグストが先に立ち、一メートルも丈のある棘《とげ》だらけのイラクサをかき分けて進んだ。カモメが数羽、キーキーと甲高い声を上げながら宙に舞い上がった。

「同行してもらいますよ」と、アウグスト・エンゲルハートが言った。

ウーロフ・ハーグストレームはぼんやりとした視線を川面《かわも》に投げた。一陣の風が起き、水面に映っていた空が粉々に砕けた。

「ボートがここに引き上げてあったんだ」と、ウーロフは言った。「どうやら、なくなったみたいだな」

「いいえ、ママ、夏至祭は昨日よ」ニシンの壜を開けながら、エイラはこれで三度目の説明をした。「代わりに今日、お祝いしようと言ったじゃない」

「わかった、わかった、そうしたところで何も変わりはないからね」

エイラはサーモンの切り身からビニールを剝ぎ取り、テーブルをセットし、チャイブを刻んだ。母親を座らせ、ジャガイモをこすり洗いする仕事をさせた。手伝わせること。遠慮しないこと。それは大切で、こだわってしかるべきだ。

「ほかのジャガイモはまだ用意してないの？」と、シャシュティン・シェディンがつぶやいた。

「これだけで、みんなの分が足りるとは思えないけど」

「今日は私たちふたりだけよ」と、エイラは答えた。窓越しに、先がだらりと垂れ下がった草だらけのジャガイモ畑が見える。母親には、いま洗っているイモがスーパーで買ってきたものであることは黙っていた。

「でも、マグヌスの分は？　男の子たちの分は？」

過保護にして事実を歪曲《わいきょく》することが、進行しつつある認知症に対処する正しい方法ではないのはわかっていた。それでも——

「声はかけたのよ」と、エイラは言った。「でも、兄さんは来られないって。いまは体調万全ではないのよ」

初めの部分は嘘だった。兄には電話をかけていない。だが、あとの部分は真実だ。二週間ほど前、クラムフォシュの中心街で姿を見かけていた。

「じゃあ、あの子、今週は子どもたちと一緒じゃないのね」シャシュティンは執拗《しつよう》にジャガイモをこすり続けていた手を止めた。目がどんよりとして、眠たげだった。泥水に漬けた手から力が抜けていた。

「今週はね」と、エイラは言った。

母娘の影が、ふたり分のセッティングがされたテーブルに落ちている。夏至祭の花のブーケとキンポウゲがいかにも子どもっぽく見えた。私がいるじゃない、エイラはそう言いたかったが、効果がないことはわかっていた。

「ママ、リーナ・スタヴリエドを覚えている?」代わりにそう尋ねた。ジャガイモが茹《ゆ》で上がるあいだ、ふたりは苺を食べた。エイラはビールを二本開けて、大きいほうを母親に与え、自分は地元の地ビール製造所で買ったインディア・ペールエールを取った。この地域で事業を立ち上げた勇気ある人々は、どんな形であれ応援すべきだ。「例の行方不明になった少女よ」

「いいえ、私は知らないけど……」

「よしてよ、ママ、覚えているはずよ。あれは一九九六年の夏で、少女は十六歳だった。マリエベリの川沿いの道で起きたことよ。製材所の貯木場の脇の道で、昔の従業員用の更衣小屋の近くだった」

エイラは慎重に特定の場所を挙げていった。特徴があり、具体的な場所――母親がかつて知っていて、記憶に残っていてもおかしくないものを。エイラの祖父は六〇年代に、閉鎖されるまで製材所で働いていた。母親が生まれ育った家も近くだった。考えてみると、あの地域の何もかもに「昔の」とか「以前の」と付け加える必要がある。昔はそうだったという記憶ばかりだ。

「あそこにはお友だちがいたでしょう、ママ。〝パラダイス〟と呼ばれていた昔の従業員宿舎の一室を借りて住んでいた。一度、うちへ来たのを覚えているわ。ひとり暮らしだったから、あのゴタゴタが起きてるあいだは、しばらくうちに泊まっていた」

「ああ、そうだったね。私だって、すっかりボケてるわけじゃない。おまえはそう思ってるようだけど。いつだったかしら、あの人は引っ越していった。スンツヴァルで演奏家と出会ったんだった。女のなかには、ひとりではやっていけない人もいるのよ」

シャシュティンはジャガイモのひとつに串《くし》を刺して茹で加減をみた。完璧《かんぺき》だった。柔らかいが、崩れるほどではない。まるで体内時計を持っているかのようだ。まだこんな瞬間がある、とエイラは思った。母親のなかにはまだ残っているものがたくさんあるのだ。

「十四歳だった」と、エイラは話を続けた。「そう、あれをやった少年よ。クングスゴーデンに戻ってきたの。昨日、会ったわ」

「そうなの」シャシュティンはバターをジャガイモにすりこみ、それにサワークリームを載せた。とても口に入りきらない大きさになった。母はこの頃、ニシンとサーモンを一緒に口に入れたりして、何もかも大急ぎでむさぼろうとする。この食べ物への欲求が彼女の病気の一部だった。ほんの数時間前に食事をしたのをすっかり忘れてしまったのか、あるいは二度と食べ物を与えられないのを恐れているのか、自分で自分の生存をコントロールできなくなるのを恐れているかのように。「そんな人間をどうして外に出してしまうのか理解できないね」

「スヴェン・ハーグストレームは知ってる?」

一瞬、沈黙が落ち、咀嚼する音だけになった。

「誰のことを言ってるんだい?」

「ウーロフ・ハーグストレームの父親よ。リーナを殺した犯人の父親。どうやらずっとクングスゴーデンで暮らしていたみたい」

シャシュティンは椅子を引いて立ち上がり、冷蔵庫のなかをごそごそと探った。

「ここに間違いなく壜を入れておいたんだけど。なくなっているわ」

「ママ」エイラはカウンターのうえにあるニガヨモギのシュナップスの壜を指し示した。すでにそれぞれの小さなグラスに注いであったが、エイラは別のグラスにもう一杯注いだ。

「こんちは、トムテさん」シャシュティンはクリスマスソングの一節を歌ってから、グラスの中身を一気にあおった。

病気の進行とともに、シャシュティンの目の色が変化しているように思えた。時間の見当識をなくすと色が薄くなるが、手がかりをつかんだときは必ずきらりと輝く。そういうときは深いブルーをたたえている。

「スヴェン・ハーグストレームは昨日、死体で発見された」と、エイラは言った。「どんな人物だったか知りたいの。あんなことがあると、人間はどんなふうになるのか。自分の息子が……」

「その人はエーミル・ハーグストレームと関係があるのかい？」

「知らないわ。誰なの？」

「詩人よ！」シャシュティンの目にまた鮮やかなブルーの光が浮かんだ。その瞬間、母親は以前と同じ、ぶっきらぼうで自信にあふれた人間になった。「あんただって聞いたことがあるはずよ。作品を読んでいないとしても」

母親は壜に手を伸ばすと、もう一杯シュナップスを注いだ。エイラは自分のグラスを手のひらで覆い、もちろん読んだことがあると言ってやりたい誘惑に駆られた。少なくともジョギングをしながら聞いたことがある、と。少しペースを上げたときに、退屈をまぎらわすのに最適のものだった。

「スヴェン・ハーグストレーム」と、誘惑を押し戻してエイラは繰り返した。頭のなかで、前日、当番の指揮官の到着を待つあいだに、アウグストとふたりで確認した基本的事実を思い返した。

「一九四五年生まれで、父さんと同い年ね。一九五〇年代に両親とクングスゴーデンへ引っ越してるから、どこかでママたちが歩いた道と交差している可能性が高い。材木流しが廃止されるまで、サンズローンの材木仕分け場で働いていた。一シーズンか二シーズン、バンディ（訳注　氷上で行われるホッケーに似たゲーム）のチームでプレイしたことがあって……」

「いいえ、そんな人は知らないわ」シャシュティンはもう一杯、なみなみと満たしたグラスを一気にあおった。その拍子に咳《せ》きこんで、ナプキンで口のまわりをこする。目のなかで不安の影が踊っていた。「あなたの父親も知らなかった。私たちふたりとも」

「私はその人の家に入った」なぜ自分がこんな見込みのない線を――プロらしい言い方をすれば、あやふやな捜査線上を――無理にたどっているのか確信がないまま、エイラは話を続けた。もしかしたら、今度もまともな答えをもらえないことに対するいらだちのせいかもしれない。あるいは、若い頃に大人たちがすべてをひた隠しにし、ささやき声で話し合っていたことに対する復讐《ふくしゅう》なのか。それに、いまここで守秘義務を破っても、母親はすぐに忘れてしまうから気にする必要はない。

「家には本がたくさんあった。ほとんど壁一面が本で埋まっていた。移動図書館から借りていたかもしれない。ママはみんなをよく覚えていた。ひとりひとり、どんな本を読みたがっているかを知っていた。彼らの求めているものを見つけて、移動図書館に積んで運んでいってあげた。グンネル・ハーグストレームなら知ってるんじゃない？　あの夫婦は離婚したのよ。リーナが殺されて、ウーロフが追い出されたあと……」

　電話のけたたましい音がエイラの言葉をさえぎった。ようやく仕事の電話だ。エイラは携帯電話を拾い上げて、キッチンのドアを通り抜けた。昼食の用意をするあいだずっと、確認してみたいという衝動と闘っていた。被疑者の勾留期限である逮捕後二十四時間はとうに過ぎていた。今頃、ウーロフ・ハーグストレームは釈放されている可能性がある。それとも、まだだろうか。

「やあ」と、アウグスト・エンゲルハートが言った。「最新情報が欲しいだろうと思って。あなたは自分の自由時間にそれほど重きを置いていないようだから」

「彼はまだ勾留されているの？」

「ええ、そう聞いてます。つまり、われわれには七十二時間の猶予があるわけだ」

「われわれ？」と、エイラはとっさに口にした。殺人事件の捜査は、ふたりの手にはそう長く留《とど》まっていない。捜査はあっという間にスンツヴァルの暴力犯罪班に引き継がれる。彼らはまず、得られるかぎりの人員――当番の捜査官、地元の警官、市民警察官を要求してくる。訓練生さえ、喫緊の証拠を確保するために時間外シフトを割り当てられる。だが、重要な仕事のほとんどは南へ百キロ離れた沿岸の都市で行われることになる。今朝のエイラは電話を片手に、少しばかり長すぎる時間、超過勤務を志願してみようかと迷っていた。そのときキッチンでタイマーが鳴り、電話を置いて、オーブンからヴェステルボッテン・チーズのパイを取り出さなければならなかった。そこで、母親が用意したブーケを目にして、夏至祭の祝いに戻るしかないと思った。

「何かほかに見つかったことは？」ハンモックにどすんと腰を下ろして、エイラは尋ねた。ハンモックがぎしぎしと音を立て、エイラは足を床について揺れを止めた。

「昨日とたいして変わりないですよ」と、アウグストが答えた。「まだ電話会社と鉄道、交通監視カメラの記録が届くのを待っています。でも、彼を拘束しておくには十分な理由がある。捜査妨害と逃亡の恐れという理由が」

「彼はしゃべっているの？」

「まだ否認しています。明朝、スンツヴァルに送られますから、あちらでたっぷり尋問できるわけです」

そうなればここの尋問担当官も家に帰って家族と夕食を共にすることができるわけね、とエイラは思った。

エイラは狭苦しい尋問室にいるウーロフ・ハーグストレームの姿を思い描いた。昨日、彼女が行った最初の尋問のときと同じく、部屋いっぱいを占領していることだろう。

過去に彼がやったことを知っているせいで生じる精神的圧迫感。殺人犯は激怒やパニックに駆られて行動するが、レイプはそれとはまったく違う。ウーロフがようやく目を上げたとき、エイラは絶対にたじろいだりしないと心に決めていた。その息づかい。テーブルに置かれた巨大な手。エイラは彼がはめている大きな腕時計に目を据えた。コンパスその他さまざまな計器のついたアナログ時計——いまどきめずらしい代物だった。回転を繰り返す秒針を見つめたまま、エイラは彼が口を開くのを待った。

尋問には厳守すべき様式がある。被疑者がぺらぺらとしゃべり始めたら、弁護士が到着するまでにしゃべりすぎないようにストップをかけなければならない。だが、ウーロフ・ハーグストレームの場合はそんな心配は無用だった。エイラが被疑者の権利を読み上げ、ここに連行された理由と彼にかけられた容疑を説明するあいだ、ウーロフはひと言も口をきかなかった。

エイラはその沈黙を、意固地で、ほとんど攻撃的とも言えるものに感じて、もう一度話を繰り返さなければならなかった。その後にウーロフの口を出たつぶやきは、まるで祈りの言葉のようになめらかだった。

ぼくはやってない。

ぼくはやってない。

その言葉を何度繰り返したことだろう？

「電話をありがとう」エイラはそう言って、くるぶしでご馳走《ちそう》を楽しんでいる蚊を叩き潰《つぶ》した。

しばらくそのままハンモックに留まり、ぎしぎしときしる音と風の音、すぐそばのポーチから聞こえる音に耳を傾けた。家のなかから、母親の声が聞こえた。不安そうで、弱々しい声だった。

「もしもし？　誰かそこにいるの？」

彼らの言葉があとを追いかけてくるような気がした。声が細胞にしみこみ、頭蓋骨《ずがいこつ》のなかに侵入してくる。特に、あの女の声が。短気で厚かましく、詮索好きのあの女。

そっとしておけばいいことをつつきまわした。

あんた、こんなことをして、どう申し開きするのよ？

とか何とか言いやがった。

ウーロフは独房を歩きまわった。五歩進んで、五歩下がる。檻のなかの獣以外の何ものでもない。昔に戻ったような気がした。それはずっと大昔のことだった。そのときは、子どもが送られる施設のもっとまともな部屋ではあったが、閉じこめられていることに変わりなかった。昼食も夕食もトレーに載せて運ばれてきた。料理にはとりたてて変なところはなかった。ソースをかけたビーフやポテト。息苦しくて暑く、ふだんよりずっと汗をかいた。あそこでは小便のにおいを飲めるぜと言われた。いま彼らは、ウーロフに小便を飲ませたがっていた。父親殺しと決めつけて。

まるで、ぼくに父親がいたみたいだ。

スンツヴァルから来た男の尋問官の前では、黙っているほうが楽だった。男は沈黙の意味を理解している。必要もないのにべらべらしゃべらないのが強みであることを知っている。どちらが先に白旗を揚げるかを確かめる戦いだ。たがいの力が秤《はかり》にかけられている。どちらが大きくて、どちらが力を持っているか？

ウーロフはまた床に横たわった。心地いいわけではないが、ベッドのうえよりはましだった。

ベッドは彼には小さすぎた。天井を見上げる。窓から細長く空が見える。目を閉じると、父親の年老いた身体が頭に浮かび、過ぎ去った年月の記憶が全部よみがえってきた。

父親はシャワー椅子から立ち上がり、ウーロフのほうに近づいてくる。

家族のなかでは嘘は許されない。そうおまえに教えなかったか？　男は自分のやったことの責任を取るものだ。

そう言って、父親はウーロフを殴った。

いますぐ本当のことを言え、このくそガキ。

ウーロフの頭のなかで響く父親の声は古びていなかった。悲しみや弱さはみじんも感じさせなかった。

みんな、待っているんだ。男らしくひとりであそこへ出て行け。それとも、おれが抱いていってやらなければだめなのか？　どうなんだ？　母さんに抱かれてたときみたいに、恥ずかしい姿で？　おまえには足はないのか？　いいかげんにしろ、いますぐここを出て行け……

母親の声はまったく記憶に残っていなかった。記憶にあるのは、車の後部座席から振り返ると、リアウィンドウを通してわが家がどんどん遠ざかっていくのが見えたことだけだ。家の前には誰も立っていなかった。

ウーロフはできるかぎり長く目を開けたままにした。

頭上を雲が走りすぎていく。宇宙船を思わせる雲、ドラゴンか、あるいは犬のような形の雲が。そう言えば、あの犬っころはどうなったろう？　撃ち殺されたのか、どこかの収容施設に送られたのか。車のことも気になった。まだ家の前に停めてあるのか、それともあれも取り上げられたのか。携帯電話や運転免許証や着ていた服全部を取り上げられたように。ボスに何を言われるか、考えたくなかった。いまごろ何度も何度も、ポンティアックはどこだとボイスメールを送ってきているにちがいない。あるいは、現れるときは現れるだろうと腹をくくって、夏至祭を祝っているのだろうか。ウーロフは車の陸送に関しては常に良い仕事をしており、十分な手数料をもらっていた。それに、車の運び先については警察に何も言っていない。ハーラズで個人から買い取ったものと言ってある。それは決して嘘ではないが、ただし支払った金は彼のものではなかった。

これで運転の仕事もできなくなるだろう。いままでやってきたなかで最高の仕事だった。ひとりで走る道路は、貯木場や倉庫よりずっといい。ああいう職場ではいつも誰かが彼の仕事ぶりに目を光らせ、上司風を吹かせて指図し、結局彼はへまをするはめになる。

やがて、ウーロフは目を閉じた。ドアが音を立てて開き、看守がずかずかと入ってきた。ウーロフは身体を反転させ、両肘《ひじ》を床について上体を起こした。

「今度は何だい？」

看守はボディビルダー・タイプの男で、頭を剃《そ》り上げ、シュワルツェネッガー級の筋肉の持ち主だった。にやにや笑いを浮かべているように見える。きっと、ウーロフを嘲笑《あざわら》っているのだろう。ウーロフは人にじろじろ見られるのには慣れていた。

「服は着たままでいい」と、看守は言った。

「あたりまえだろう。裸で小便に行けって言うのか？」ウーロフはちょっと短すぎるセーターの袖《そで》をぐいと引いた。下には、収監されたときに係官が箱から出してきたジャージのボトムをはいていた。おそらく彼の服は全部、分析のために持っていかれたのだろう。顕微鏡を使って細かく観察されるのだ。有罪の証拠になる血痕が見つかるのではないか、とウーロフは気になった。彼自身は血を一滴も見ていない。もしあったとしても、すべて洗い流されていた。

看守はまだ戸口に立ち、何か言っていた。

「何だい？」

「おまえは自由の身だと言ったのさ」

ボルスタブルックで酒酔いの疑いのあるドライバー、道路のカーブに放置された車――多くの通報が寄せられ、すべて同じ車のことだった。ドライバーは柵《さく》を突き破ったが、かろうじて岩に激突するのをまぬがれ、壊れたサーブは煙を上げて道路脇に停まっていた。

「おいよせよ、あんた、マグヌス・シェディンの妹じゃないか」車から引き出されると、男がうめくように言った。

エイラはかすかにこの男を覚えていた。高校で二年か三年うえのハンサムな男子のひとりだった。抱えた消火器から泡を吹きかけながら、この男とセックスしたことがあっただろうかと記憶をまさぐった。

「家に帰る途中だった」と、ろれつの回らない口で男は言った。「土曜日に女に振られたんだ。どんな気分かわかるだろう？　出されたのは、低アルコールのビールだと思ってた。嘘じゃない。馬鹿なドライバーを避けようとして、カーブで道をそれちまったんだよ。まったくお笑いだ」

アルコール検知器は二・〇パーミルを示していた。

「マンゲは近頃、どうしてるんだ？　ずいぶん会ってないな。なあ、エヴァ、おれを知ってるだろう？」

男の長広舌は、クラムフォシュへの道中もパトカーの後部座席で途切れることなく続いた。嘘つきの同僚たちのこと、フェミニストのこと、終わった愛のこと。全部、罪もない男の身に降りかかったことだ。道路のカーブはどれも寸法違いであり、責めを負うべきは自分ではなく、当局なのだ。

「友だちを収監するのはいい気分じゃないでしょうね」男を留置場に送りこんだあと、アウグスト・エンゲルハートが言った。

「友だちなんかじゃないわ」

「でも、ここではこんなことが四六時中起きているんでしょうね」

「ただ対処するだけ」とエイラはつぶやくように言ったが、思ったよりいらだった口調になった。

「あなたがプロであるかぎり、問題はないわ」

エイラはアウグストに事件の報告書を書くように指示し、デスクにコーヒーを持ってくるよう命じた。彼はそう長くもたないだろうと思った。あと三カ月が限界か。半年は続かないだろう。

留守のあいだに二本、電話があった。インゲラ・ベリィ・ハイデルという女性が連絡を取ろうとしている件と、暴力犯罪班の殺人担当刑事ギエオリ・ギエオリソンが話をしたいと言ってきていた。エイラは、ボルスタブルックから通報が来る少し前に、この刑事が廊下を歩いているのを目に留めていた。二メートル近い長身で、少々むさくるしい風体だが、オーダーメイドのスーツを着ているのは都会から来たことのあかしだった。


「やれやれ、よかった。ようやく会えたな。エヴァ・シェーベリィ、でよかったよな？」

エイラが部屋に入ると、ギエオリソンは新聞を脇にどかした。彼の握手は力強く、熱がこもっていた。ふたりはこれまで、少なくとも三回は顔を合わせていた。昨冬に起きた放火事件の捜査の際と、会合でギエオリソンが講演をしたときだ。

「エイラ・シェディンです」

「そう、そうだった。人の名を覚えられなくってな。よく来てくれた」

ギエオリソンはデスクの端に腰かけた。部屋は殺風景で、寒さに強い植物の鉢植えが窓辺に二鉢あるだけで、家族写真や子どもの絵は壁に貼られていない。出張してきた刑事が働く無個性な空間だった。彼はスンツヴァルでGGと呼ばれていると聞いたことがある。

「金曜日にはいい仕事をしたな。きみが尋問したのは、ちびとはとても言えない男だった」

「ありがとうございます。でも、私ひとりでやったわけじゃありません。相棒が一緒でした」

「それで、もしあいつが急にオイディプスに変身して父親を殺したんじゃないとしたら、おれたちの持っている手がかりは何がある？」GGは話のテンポを上げようとしているかのように、ペンを手のひらにこつこつと打ちつけた。〝もしかしたらこの人は、二、三日で捜査をすませて家に帰りたいと思ってるんじゃないかしら〟と、エイラは思った。〝ホテル・クラムの部屋でひとり黙りこくって過ごす日々から逃れるために〟。むろん、毎日家から通勤しているのなら話は別だが。「世間には、警察がこういう一件を優先して捜査するわけがないと思っている者がいる」と、GGは話を続けた。「おれたちが容疑者を釈放したくてうずうずしているとか、片田舎の老人のことなど二の次にしていると考える人間がな」

「私の知るかぎり、彼はあのときあそこにいませんでした」

エイラは捜査にかかわってはいなかったが、ウーロフ・ハーグストレームを釈放した検察の弁明は聞いていた。これは単に四、五キロの遠まわりの問題ではなく、五百キロという距離の問題なのだ、と検察は語った。ウーロフの供述は技術者によって念入りに検証され、真実であることが立証されていた。

予備報告書によれば、スヴェン・ハーグストレームが死んだのは月曜日。その日ウーロフはストックホルムの郊外、ウップランズ・ブローの自宅にいた。車を買い入れるためにハーラズに列車で向かったのは木曜日だった。途中何度も乗り換えをして十八時間の旅だったが、デジタル発券システムのおかげで、区間ごとに彼の動きを逐一追跡できた。

いまの刑事の仕事など児戯に等しい——年配の同僚のひとりは、もしまだ退職していなければそう言ったにちがいない。手作業で切符切りをしていた時代なら、駅員が乗客の群れのなかで特定の顔を記憶していることに頼るしか手立てがなかった。

ポンティアックを売却した未亡人も、売った相手がウーロフ・ハーグストレームであると確認した。売れてせいせいした、と未亡人は言った。まるで使いようがなくて、ひと冬ずっとガレージにしまってあったんだからね。死んだ夫はあの世に何も持っていけなかった。ファイアーバードも。

交通監視カメラを利用して、E4高速道路で南へ向かい、ドックスタに着くまでの道のりをたどることができた。ウーロフの携帯電話の電波を、クラムフォシュ地域にひとつだけある中継塔が捉《とら》えていた。それはウーロフが木曜日の深夜、故郷に近づいていた頃で、父親の死から四日近くあとのことだった。

「きみは現場に行ったんだな。どんな印象を持った？　あいつがやったのか？」

「そう決めつける根拠は何ひとつ見つかりませんでした」エイラは慎重に言葉を選んだ。

「きみは若い」と、GGが言った。「だが、警察に入ってだいぶたつんだから、だいたいの場合、犯人は被害者と近しい人間であるというおれの考えに同意してくれるだろう。家族っていうのは、実に危険な存在なんだ」

エイラはさまざまな答えを比較考量した。肯定か否定か。推測を述べてみるか、やめておくか。だが、性急な結論は重大な結果を招きかねない。プロでなくてもそう思うはずだ。自分が逮捕した被疑者の個人的な事情にも配慮が必要だ。

「何も」と、エイラは答えた。

「何だって？」

「あなたは、もしウーロフ・ハーグストレームが犯人でなければ、私たちがどんな手がかりを持っているかと訊きましたね。私の知るかぎり、何もないに等しい。シャワーが証拠を全部洗い流してしまったし、家のあちこちに指紋が残っていたけれど、誰のものかは特定できない。凶器も見つかっていません。病理医の話では、刃渡り十一センチほどの大型ナイフだそうです。狩猟用ナイフらしいけど、そんなもの、あのあたりの人はみんな持っています」

「スヴェン・ハーグストレームを含めて、か」と、GGがあいづちを打った。「だが、彼のナイフは階段下の猟銃用のロッカーに安全にしまってあった」

捜査責任者はどことなく落ち着きがなかった。たびたび窓の外や廊下に視線を投げている。

「それに、目撃者もいない」と、エイラは先を続けた。「でも、あそこはオーダーレンですからね。住民はいつも進んで警察に話をするわけではない。特に、刑事が地元の人間でないときは」

GGはかすかに顔をしかめた。もしかしたら笑みがよぎったのかもしれないが、口もとはほころんでいなかった。エイラより二十歳もうえの年齢で、自信たっぷりの態度は魅力的だが、癇《かん》に障るところもあった。

「キッチン・ナイフだった可能性もある」と、彼は言った。「かなり立派なやつで、刃も研いである」

「私に捜査の手伝いをさせてください」と、エイラが言った。

誰が何と言っても、夕暮れ時は私のもの。子どもたちが秘密のビーチと呼ぶ夕暮れの砂地で泳ぐのが何より好き。

ソフィ・ニィダーレンはタオルと洗面道具入れを拾い上げた。子どもたちが静かになってアニメを観始め、夫の両親がパン焼き場に帰っていくと、毎夜していることだった。身を乗り出してコンピューターを見つめているパトリックにキスをする。不安のことはおくびにも出さなかった。

「ぼくが一緒に行くのは嫌なんだね？」

「あなた」と、ソフィは笑いながら言った。「本当に泳ぎたいの？　水温十七度なのよ？」

おたがいに心から笑い合わなければならない場面だが、それは容易ではなかった。夫はとても勇敢ではあるが、乾いた土に立っているほうが好きなタイプだ。パトリックは妻の腰に片手を置いて、思いとどまらせようとした。

「あんなことがあったからだよ」

「大丈夫。もうすべて終わったのよ」

ソフィは森のなかを抜けるいつもの近道を選んだ。負けを認めるのが嫌だったからだ。暗闇を怖がるのは道理に合わない。まったくのナンセンスで、子どもが幽霊を怖がるのと同じだ。想像力が影のなかにうごめくものを作り出すのだ。

下生えを踏む自分の静かな足音もほとんど聞こえなかった。

〝ぼくには、森は安全な空間だ〟。初めてここで夏を過ごしたとき、自分という人間を形作ったもの全部を妻と共有することに熱心だったパトリックが言った。

自然。川。さえぎるもののない大空。

それに、森。何にもまして森だった。巨大で、ときおり通り抜けられなくなる森。ソフィにはとうてい見つけられない小道も、夫の頭には深く刻みつけられている。灰色がかった樹幹を見ると、ソフィはつい年老いることを考えてしまう。

森にはおまえを傷つける意思はない。守ってくれるのだ。熊か何かが近くにいれば、森が警告してくれる。木の葉や地面に落ちて乾いた枝、鳥や小動物が危険を知らせてくれる。耳をすませば、森がおまえに話しかけてくる。

熊は本当にいたのかしら？

長いあいだ、外に出たときはいつも、木々の向こうの暗闇に潜んでいる熊が見えた気がしていた。

統計学的に言えば、街をひとり歩きしているほうが百倍危険なんだよ、とパトリックに言われたことがある。

あるいは男性と結婚するほうがね、とソフィは言い返した。

そのあと、ふたりは愛を交わした。森のなかは、枝が頭上に覆いかぶさり、苔がうねるように地面を這っていた。息子のルーカスを受胎したのはあのときだとソフィは信じたかった。

むろんこういうときなので、周囲をいつもより注意深く見まわしてから服を砂のうえに脱ぎ捨てた。静かに水のなかに入っていく。存在するのは水面を割る自分の身体と、身体の下にある深みだけだった。鳥が二、三羽、空高く舞い上がった。カラスかワタリガラスだろう。遠くからモーターボートのエンジン音が聞こえ、湾の反対側にわずかな数の家が見える。

ソフィは小さな弧を描いて泳ぎ、すぐに浅瀬に引き返した。足の裏に土と砂を感じる。岸辺の端に立って髪を洗いながら、清潔感と安心感を取り戻そうとした。いつもなら湾をぐるりと一周するのだが、今日はもう一度頭を水にもぐらせて髪をすすぐだけにして、予定より早く身体を乾かした。

帰りの森はさっきより暗くなったように感じた。小枝が折れ、鳥たちが葉叢でカサカサ音を立てる。恐怖と邪悪な気配がまわりを取り巻いている。いつもよりたくさんの木が根から倒れていた。まるで大地が悲鳴を上げているみたいに。ソフィは激しい怒りがわき上がるのを感じた。自分がこんなふうにおびえていることに対する怒りだ。

おびえている弱い自分が嫌いだった。だからこそ、いつもしているように特別な場所で足を止めた。落日を写真に撮るために。岩の向こうの空は燃えあがっているように見え、川は北西に消えていた。夏の夜毎、いつに変わらぬ世界の小さな一部分ではあったが、同じ写真は二枚となかった。風景は常に変化する。光、雲、時間。そこには移ろいやすく、だが元気を与えてくれる何かがあった。

ソフィの特別の場所はスヴェン・ハーグストレームの家に近かった。警察の立ち入り禁止線はなくなっており、そのみすぼらしい家を上と横から見ることができた。トタン屋根から旧式のテレビ・アンテナが突き出ていた。ポーチが家の裏側までぐるりと続き、おそらくスヴェンの寝室と思われる窓がある。ソフィは、半分引かれたカーテンの後ろで、ひとりわびしく単調な暮らしを送っていた老人を思い描いた。いまは死の絶対的沈黙が支配していた。もう二度と、その暮らしがだらだらと続くことはない。ああすればこうだったかもしれないという思いだけが残る。

もし、と想像する。もし。

もしパトリックがあれほど俊敏に行動せず、ハーグストレームの息子が自由の身だったらどうだったろう？　そうなってもおかしくなかった。紙一重だったのだ。

太陽が木々の後ろに沈んだ。

〝これ以上、考えるのはやめよう〟と、ふたりで言い合った。〝結局最後は、すべてうまくいくのだから〟

もう終わったのだ。

カーテンが揺れた。それとも自分の想像の産物か？　〝窓のひとつが開いているのだろう〟と、ソフィは思った。警察がそのままにしていったのなら、ずさんもいいところだ。そのときまたカーテンが揺れたように見え、抵抗しようのない恐怖がソフィを包みこんだ。彼の魂だろうか？　だが、夫にはそんな話をするつもりはない。人がこの世に何か残していくなんて考えられないと言われるだろう。

家のなかに明かりが見えた。影が動いている。

続いて、もっと別の動きがあった。窓いっぱいを黒いものが覆ったのだ。ソフィは携帯電話を取り出した。ピントを合わせるのが難しかった。夕暮れの柔らかな光のなか、拡大すると画像がぼやけた。だがあとで、岩場をぎこちない足どりで下り、家までの数メートルを小走りになりながら、撮れた写真を何度も眺めた。

ソフィは自分が見たと思っていたものを、確かに見たのだ。あそこには誰かいた。こんな状況ではあるが、そう思うと少しほっとした。あれは想像の産物ではなかった。うろたえているのでも、狂っているのでもない。

写真を見せると、夫も納得して、あんな男を釈放するとは、警察もなんと馬鹿げたことをするんだとふたりで言い合った。ソフィがパトリックの腕のなかに身を横たえると、パトリックは髪を撫《な》でてキスしてくれた。それでも、ソフィの身体の内部はこれまでなかったほど冷えきっていた。いいえ、狂っているのは私ではない。私たちが生きているこの世界のほうだ。

「こういう田舎の住人は」と言って、ギエオリ・ギエオリソンがあたりをひと薙《な》ぎするように片手を振ると、タバコの煙が野原や畑のうえでくるくると渦を巻いた。「雄鶏《おんどり》が鳴くのを合図に起きる。朝の六時にコーヒーを飲んで、あたりに目を光らせる。ふだんと違うものにはすぐに気づく」

「いまどき、ニワトリを飼っている家は少ないわ」と、エイラは言った。

「変わっちゃいない。習慣も義務感も。そういうものが身体に深くしみこんでいるはずだ。それなのに、なんで誰も何も見てないし、聞いてもいないんだ？」

ふたりはいま、スヴェン・ハーグストレームの隣人の三人目、主道に一番近いところに住むシェル・ストリンネヴィークと会ってきたところだ。むろん近所の人間全員の聴取はすんでいたが、言い忘れたことを思い出す可能性もある。

いまはもう、時間の枠組みについてはかなりはっきりしている。

スヴェン・ハーグストレームは朝の七時二十分にシャワーを浴びていた。水道会社が設置したコンピューター制御のシステムによって、彼の使った水量が正確に割り出された。ほとんど毎朝、六十リットルの水が使われており、これは五分間シャワーを浴びた意味になる。ところが、問題の月曜日と、それ以後の三日間は使用量が比較にならぬほど高かった。

シェル・ストリンネヴィークは、隣人がほぼ毎朝、六時頃に新聞を取りこみにきていたと断言した。

そうとも、あの人は常に六時前に起きていた。ひどく寝過ごしたのは、おそらく一九七二年が最後だろう。

では、何かいつもと違う物音を聞きませんでしたか？　七時頃に、ふだん見かけない車を見ませんでしたか？

いや、見ても聞いてもいないね。

「理想的な時間だったかもしれない」話を終えて、ふたりで郵便受けと主道への曲がり角を眺めているときに、エイラがそう言った。「夜に不審な車が来たらもっと注意を払うでしょう。地元の人間がボランティアでこの地域をパトロールしているから、何かあれば通報があるはずです。でも、朝は注意が行き届かない」

「じゃあ、きみは計画的な犯行だと思うんだね？」

「犬のことを考えてみました」と、エイラは言った。「彼、または彼女が何か食べ物を持ってきた可能性があります。それで気をそらした。でなければ、ハーグストレームは犬の吠《ほ》えるのを聞いたはずだから。それと、玄関のドアのことも気になります。新聞を取ってきた被害者が鍵《かぎ》をかけなかったのかもしれないけど、息子が来たときは鍵がしまっていた。問題は、彼、または彼女が石の下の隠し場所を知っていたのかどうか……」

「犯人だ」と、GGが言った。

「何ですって？」

「毎度、〝彼、または彼女〟と言う必要はない」

「そうね、ごめんなさい」エイラはメモをもとに推理を働かせ、パターンを見つけ出すことに夢中になっていた。

GGは森の小道が曲がって見えなくなるあたりを見つめていた。

「前に殺人を犯した息子が戻ってきた。偶然の一致にしては、ちょっと話ができすぎているな」

「あの人を訪ねて、話を訊《き》くつもりですか？」

ふたりは今朝、なるべく姿を見られないように人のいそうにない場所を歩いた。ウーロフ・ハーグストレームは父親の家に戻ってきていた。ニィランドのスーパーマーケットで姿を見られていた。夜、岸辺で身体を洗っているところや、通りに面した窓辺にいるところも通行人が目撃している。そんな彼を警察は釈放した。話を聞いた住民のなかには、それを暗に非難する者も何人かいた。彼らはいかにも不服そうな声で、不安げに話した。怒りさえ感じられた。

「まだだ」と、GGは言った。「もう少し追ってみて、アリバイを崩さなければな。別の道路の監視カメラをチェックし、ほかの家でも聞きこみをすれば、月曜日の夜にあいつの姿を見た者や、父親がおびえた様子だったと証言する者が出てくるかもしれない」

GGはストックホルムでも人を送って、ハーグストレームの住まいの近くで聞きこみをやらせていた。彼が出かけるのを見た者も、留守であるのに気づいた者もいた。いつでも誰かが何かを見ているものだ。

「もっと手がかりを得てから話をしたほうがいい」と、GGは言った。

「それまでに彼が姿を消していなければ」

「姿を消したら、どこにいようと追いかけるさ」

有力な仮説がひとつ出ていた。スンツヴァルからも数人、テレビ会議システムを通して参加した朝の捜査会議で、捜査官のひとりが持ち出した仮説だった。

ウーロフ・ハーグストレームは携帯電話を自宅に置いて出かけたのかもしれない。

日曜日の夜に出かけて、父親を殺してから自宅に取って返す。三日後に改めて列車で北へ向かうときになって、初めて携帯電話のスイッチを入れる。そして偶然、父親の死体を発見したように装う。

直接的な証拠でないのはわかっている。だが、もしそうなら——二十三年の不在のあとに——家のなかでウーロフの指紋が大量に見つかったことの説明にはなる。

ＧＧはタバコを靴のかかとに押しつけて消した。やめようとはしてるんだ、と彼はこの数時間で初めてタバコに火をつけたときに、そう言っていた。最近知り合ったガールフレンドに約束したんでね。

「このへんで、まともな食事のできる店はないかい？」

ふたりは、ハイ・コースト・ウィスキー蒸留所のレストランに席を取った。川の向こうに美しい風景が広がり、遠くに青い山々が見えた。そのとき、エイラの携帯電話が鳴り出した。エイラはテラスに出て、電話を取った。厳密に言えば、この新しいウィスキー蒸留所は海岸《コースト》の近くではないが、〝ハイ・コースト〟の名称はドラマチックな自然と世界遺産のイメージを呼び起こす。オーダーレン谷は昔の労働争議と関連づけられることが多いが、共産主義者や、まして労働者を銃で撃つ兵士といったイメージではとうてい観光客を引き寄せることはできない。

空港もハイ・コーストと名づけられているが、これもまた、見渡しても海岸などどこにも見えない場所にある。

電話をかけてきたのは女性だった。低いがためらいがちな声で、インゲラ・ベリィ・ハイデルと名乗った。

「また電話してくれてよかった」エイラは前日に、何度か連絡を取ろうとしていた。

「こういう場合、葬儀をどうしたらいいのか知りたかったの」その口調にはどこかうつろな響きがあった。ショックのせいでしゃべり方が遅くなっているのだろう、とエイラは思った。父親を亡くすのがどんなことか、よく知っていた。無重力状態から落下していく感じ。

インゲラ・ベリィ・ハイデルはスヴェン・ハーグストレームの娘で、ウーロフの三歳上の姉だった。まだインゲラ・ハーグストレームという名だったとき、エイラが藪《やぶ》の陰から見た、芝生で日光浴をしていた少女だ。そのころインゲラは十代後半で、胸のふくらみが目立ち、ヘッドホンをして、豹《ひょう》柄のビキニを着ていた。短い髪で、九歳の少女がそうなりたいと憧《あこが》れるすべてを持っていた。殺人犯の姉であることを除けば。

インゲラの話では、父親の遺体はまだウメオの病理医のもとにあって、あと数日、場合によっては数週間もかかるかもしれないと言われたという。

「私はやるべきことをきちんとやりたいだけなの」と、インゲラは言った。

「何があったのか、ご存じなの？」

「警察の人は電話で、父親が死んだと言っていた。あとで新聞も読んだわ。別の人が仕事場にも電話してきたんだけど、電話番号をなくしてしまったの。ネットで調べたら、あなたの名前に見覚えがあった。あなた、お兄さんがいなかった？」

できたばかりのテラスは亜麻仁油のにおいがした。ヨットのサンデッキのような床から立ちのぼっている。昔近くにあったレンガ造りの発電所は、蒸留所の敷地に移築されている。

資料によれば、インゲラ・ベリィ・ハイデルは四十歳で、全国放送のスウェーデン公共テレビのディレクターだった。既婚で十二歳の娘がおり、セーデルマルム地区のスウェーデンボリ通りに住んでいる。二十世紀初頭の石造りの建物が並ぶ、マリアトリエットに近い人気のある地区だ。

エイラはインゲラの家の表札を想像してみた。ベリィとハイデル。ハーグストレームはなし。

「お父さんと最後に話されたのはいつですか？」

「父とはもう何年も会っていない」

「弟さんとは付き合いがあったのですか？」

「あなたならどう？　もしあの人が弟だったら？」

エイラはぽつぽつと雨が落ちてくるのを感じた。川は色彩を失い、銀色がかったグレーに変わっている。張出し屋根の下に場所を移す。

「お父さんが最近どんな暮らしをしていたか、もっと正確なところを知る必要があります」と、エイラは言った。「誰か親しくしていた人をご存じありませんか？」

「知らないわ」

「幼なじみとか、昔の同僚とか……」

「思いつかない。私は十七で家を出たから。ウーロフの一件の三カ月後に。父は一緒にいるのが難しい人よ。あんなことが起きる前からね。それがもっと悪くなった。お酒と怒りとその他もろもろのせいで。私は、あの家にママを置き去りにしたことに罪悪感を持っている。ママが自由になるまでに二年かかった。でもいまは、苦しまなくてもすむようになったわ。二年前に癌で亡くなったの」

エイラが席に戻ると、ＧＧはサーモンを食べ終え、ウィスキーのメニューに熱心に目を通していた。

「試しのみには時間が早すぎるんじゃないですか？」

エイラは電話の録音を再生してみたが、ぼんやりとした不安を感じ取っただけだった。インゲラ・ベリィ・ハイデルの言葉からはかすかな敵意が感じられた。氷のような冷たさというか、まるでこんな話には何の関心もないと告げているかのようだった。

「こんなふうに、怒れる隣人を避けられるのは気分がいいな」と、車へ戻る途中で、GGが言った。「せめて昼食を消化しているあいだぐらいは」

「サンズローンの昔の同僚は？」と、エイラが思い出させた。

「そいつの名前はわかっていたかな？」

スヴェン・ハーグストレームを知っている可能性のある人間のリストはひどく貧弱だった。もどかしいほどに曖昧《あいまい》でもあった。それでも、リストであることにちがいはない。

エイラはシェル・ストリンネヴィークの聴取の記録を再生し、終わり近くまで早送りした。ふたりがストリンネヴィークに、もっと何かを思い出させようとしている部分だ。スヴェン・ハーグストレームと知り合いかもしれない人物はいないだろうか。何でもいいから思い出して欲しい。大昔のことでも。

「……二、三年前だが、材木仕分け場から年配の男が訪ねてきたことがある。ハーグストレームの家をノックしたんだが、返事がなかった。それで何か知らないかと訊きに、おれのところへ来た。スヴェンは病気じゃないかってね。車が停めてあるのが見えた。何かの記念日にあいつを招待したんだが、返事を寄こさなかったらしい。

そいつの名前か？　サンズローンに住んでると言っていた。そういうことは覚えてるもんだが、名前となると……たくさんの人間に会ってきたからな……そうだ、ロッレだ！」

エイラはバックで車を駐車場から出した。

「サンズローンのロッレよ」と、エイラは言った。「住所と同じくらい価値があるわ」

GGが笑い声を上げた。「前にいったかな、おれはこういうど田舎で仕事をするのが大好きだよ」

サンズローンは川岸に沿った活気のない小さな田舎町だった。町は狭い流れによって、以前、材木の仕分けが行われていた島と隔てられている。材木流送業が最盛期のときには七百人ほどの労働者が貯木場で働いており、製材所や製紙工場に売る前に仕分けを行うために流される材木で、川が輝いて見えた。町には三軒のスーパーマーケットがあり、全国リーグのバンディ・チームの本拠地でもあった。だが、それもいまは昔の話だ。

芝生のうえを、育ちすぎのカブトムシのようにロボット芝刈り機がゆっくり動きまわっていた。川面《かわも》を二艘《そう》のカヌーが漂っている。最初に訪ねた家では、ボルスタブルックで生まれ育ち、最近ストックホルムから戻ってきた漫画家が玄関で応対した。ロッレという人は知らないが、そこの黄色い家にそれこそ太古からこのサンズローンで暮らしている未亡人がいるよと言って、指さした。

GGが何本か電話をかけているあいだに、エイラは隣家へ移動した。礼を失しない程度に短く切り上げるつもりだった。女性は八十三歳で、座って話をしなければならなかった。腰に問題を抱えているようだが、そのことには触れなかった。

ああ、ロッレね。ええ、もちろんロッレ・マットソンなら知ってるわ。

ふたりは同じ時期に材木仕分け場で働いていた。作業が機械化されたあとに入った女性は、すぐにその仕事に最適の人材であるのがわかった。女性の墓石には〝アマツバメ〟と彫られることになるだろう。管理センターで働く指の動きの敏捷《びんしょう》な少女に付けられたニックネームだ。新しい技術のおかげで、仕分け場の作業も正確さと全体像の把握が最も重視されるようになった。そのために、川面に浮いた材木のうえに飛び乗る必要がなくなった。それは命を落とす危険すらある作業だった。あっという間に材木のあいだに吸いこまれ、ありがとう、ゆっくりおやすみ、ということになりかねない。女性の叔父《おじ》のひとりもそういう死に方をした。

スヴェン・ハーグストレーム？

ああ、そうそう、聞いた覚えがあるわ、と彼女は言った。あの過酷なビジネスについてはすべて聞き知っていた彼女だが、スヴェン・ハーグストレームの人となりは覚えていなかった。好意を持っていない相手のことは忘れやすいもので、顔の輪郭は水彩絵の具のようにぼやけてしまう。それ以上に厄介なのが名前だ。でも、ロッレ・マットソンは三軒隣に住んでいる。「トランポリンの置いてあるログハウスよ」

エイラは車のところでGGに合流した。GGはまたしても、これが最後の一本とタバコを味わいながら、新しい情報を得るためにスンツヴァルの捜査チームのひとりと電話で話していた。刑事には室内でもやる仕事がたくさんある。電話番号簿やデータベースに目を通したり、法医学鑑定を分析したりと。刑事は残業を最小限に抑え、家族と食事をすることもできるが、必要な場合は数時間以内に現場に駆けつけなければならない。

「ウーロフ・ハーグストレームが電話を寄こしたらしい」ふたりでログハウスに向かう途中で、GGが言った。にわか雨の雲はこちらに流れてこなかったらしく、前方のアスファルト道路はすっかり乾いていた。

「何の用で？」

「われわれが犬をどうしたのか訊いてきたんだ。どうもあの父子はずっと連絡を取り合ってなかったらしいな。スヴェン・ハーグストレームが自宅の固定電話を使ったのは、あの地域の道路補修にクレームをつけたときぐらいだった。あとは図書館と、あんたの署に何度かかけただけだ」

「署にかけてきた理由は？」

「記録がない」と、ＧＧが言った。「通話はどれも一分以内で終わっている。何か伝えようとしたが、気が変わったのかもしれん」

「携帯電話は持っていなかったんですよね？」

「われわれの知るかぎりではな」


ロッレ・マットソンは旧式のリール式芝刈り機で忙《せわ》しげに芝を刈っていた。上半身裸で、細い腕をむき出しにした姿だった。

庭椅子に座ると、彼の身体から汗の玉がしたたり落ちた。

ロッレはエイラに、家に入ってピルスナーを三本持ってきてくれと言った。仕事中でもビールくらい飲むのはかまわないと思っているらしい。もし飲めないのなら食品棚に果汁ソーダがあるよとエイラに教えた。

ロッレの家には気のめいるような雰囲気はいっさいなかった。哀れさも古めかしさもまったく感じさせない。清潔できちんと片づけられ、良いにおいがした。外の花壇に生えている瑞々《みずみず》しいボタンがキッチン・テーブルにも活《い》けられていた。エイラは、ボタンは貧乏人のバラと呼ばれると聞いたことがあった。

「年寄りをあんな目にあわせるなんて、人間のやることじゃない」ビールを二、三口あおると、ロッレ・マットソンは言った。「近頃は、家にいても安全じゃないなんて、まったく情けない話だよ」

ロッレは六〇年代からスヴェン・ハーグストレームを知っていた。仕事だけでなく、組合でも、バンディのチームでも一緒だった。ロッレが両親の土地の隅に家を建てたとき、ハーグストレームが材木運びを手伝ってくれた。当時、質の悪い材木はただ同然で手に入った——ただし、内緒でだが。家はいまでも岩のように頑丈だった。ここで四人の子どもと妻が暮らしてきた。もっとも、妻はいまホームにいる。

悲しみの影が一瞬ロッレの顔をよぎったが、すぐに笑みが戻った。「四十七年間、良い時間を過ごせた。誰にでも手に入るものじゃない」

材木流しが廃止され、最後の一群が流されたあと、ロッレはボルスタブルックの製材所を辞めた。スヴェン・ハーグストレームはそのまま森で働き続けた。その最後の数年、ふたりはあまり会うことがなかった。リーナとスヴェンの息子の一件が起きる前からだった。その後スヴェンはほかの家族も失い、ひとりぼっちになった。

「あんなことが起きれば、心のなかで何かが壊れちまうんだ。そのへんが、ここと あそこの分かれ目だな」と言って、ロッレはビール壜《びん》で庭と森を指し示した。

「スヴェンは息子の話をしましたか？」

「一度もしていない。まるで息子などいないみたいに。ウーロフは小さいときから知っていて、うちの子どもたちとよく遊んでいた。そのことを思うと、疑問が湧いてくる。おれは何かを見逃していたのだろうか、と。ウーロフは不器用だし、かっとなりやすい子だった。でも、男の子はみんなそんなものさ。人をまっすぐ見ようとしなかったが、それでもおれはあの子が普通の子どもだと思っていた」

ロッレ・マットソンはビールの残りをひと息にあおった。頑固なハチが数匹まわりを飛んでおり、一匹がビール壜の首に入りこんだ。

「それで、やったのは本当にあの息子なのか？」と、ロッレが訊いた。「それとも、そうじゃないのか？」

「何があったのかは、われわれにもわからない」と、ＧＧが言った。「それをはっきりさせようとしてるんです」

「スヴェンを傷つけることを望む人間がほかにいるだろうか？」

「ウーロフは父親を傷つけたいと思っていたでしょうか？」

「スヴェンは何も言わなかった……。でも、だからこそいろいろ考えてしまうんだ。あんなふうに追い払われたらって。あの頃はまだ、ほんのガキだったからな。スヴェンには一度も言ったことはないが、そんなふうにときどき考えていた。スンツヴァルの事情はよくわからんが、噂は伝わっているんだろうか、街の連中はあちこちで怒りをぶちまけているんじゃないのか」

「そのようですね」

ロッレ・マットソンはもう一本ピルスナーの栓を抜いた。「こういうことは黙っているに限る。全部、心にしまっておくべきだ。眉《まゆ》を片方上げるやつがいたら気をつけたほうがいい。そいつは心底怒り狂ってるんだから」

ふたりの刑事は代わる代わるさらに質問を続けた。スヴェン・ハーグストレームと付き合っていた人間はほかにいないか。事件の朝、あなたは何をしていたか、と。

孫がいるから、本人に直接訊いてみればいい、とロッレは言った。まあ、三歳と五歳の子どもの言葉を信用するならだが。覚えているかぎりでは、孫たちはアニメを観ながらシリアルを食べていたという。ロッレは、七年か八年前にスヴェン・ハーグストレームが雑用をしてやる代わりに、相手を愛人にしたと聞いたことがあった。相手はセールヴィーケンでフリー・マーケットを営む女性だった。

「たぶん、その女はスヴェンの心をちょっぴり開かせたんじゃないかな。女ってそんなものだろう」

「雑用引き換えの求婚者ってことですね」

ロッレは笑い声を上げた。「ふたりの孤独な人間には申し分ない協定ってわけさ。男が女の家に行き、女が夕食を作ってやり、男は家の力仕事を手伝う。それからふたりで楽しい時を過ごし、男は自分の家に帰っていく。お泊まりはなし、義務もなし。ひとつのものにすべてを賭《か》ける必要はなく、全部いっしょくたにしてしまえる」

エイラは、ロッレがここへ来る前に寄った隣家のほうにちらりと視線を投げたような気がした。人を水彩絵の具になぞらえたあの未亡人――わずかだが、ロッレの口調には楽しそうな響きが聞き取れた。

「夢のような話だな」と、GGが言った。

「いま思いついたんだが」と、ロッレ・マットソンが言った。「スヴェンは娘の話もいっさいしなかった。娘が家を出る前から。確か、なかなか手ごわい子だった。反抗的だった。いまは何をしているのかわからない。親なら普通、子ども自慢をするものだがな。どんな悪さをしようと」

「みんながみんな、天才の子どもを持ってるわけではないですからね」と、GGが調子を合わせた。

「その人はテレビ局で働いていて、ストックホルムに住んでいます」と、エイラが言った。「子どももいます」

ロッレは片手でハチを一匹捕まえると、遠くへ放り投げた。ハチは戸惑ったような羽音を立てて逃げていった。

「じゃあ、なんでスヴェンはそのことを言わなかったんだろう？」

「あんたは子どもがいるのか？」サンズローンの町をゆっくり出て行きながら、ＧＧが尋ねた。

「いいえ、まだ」と、エイラが言った。

「年は三十ウン歳か？」

「まあ」

「じゃあ、それほどあせってないんだな？」

「まったく、なんで主道を自転車で走らなければならないのよ？」エイラはブレーキをかけて、よろよろ走る若い娘の自転車をよけた。大まわりして、追い抜く。「ええ、あせってませんよ」と、彼女は言った。

「そう考えるのは、ただ」と、ＧＧが話を続けた。「おれのガールフレンドがあんたと同じくらいの年だからだ……最初に会ったとき、もう子どもは欲しくないとはっきり言っておいた。だけどいざ一緒になると、彼女、まだあきらめていないのがわかった。それでにっちもさっちもいかなくなってな」

エイラはハンマル橋を渡りきって十字路に差しかかると、車を停めた。もし一緒に乗っているのが二十歳《はたち》そこそこの警官補なら、私生活は家に置いてきて、任務に集中しなさいと言ってやっただろう。

そうは言わずに、「隣人の聞きこみを続けますか？」と尋ねた。

ＧＧはリストをチェックして、「ニィダーレンだな」と言った。「息子のパトリックは供述に応じたが、両親は最初の段階で話を聞いただけだ。何も聞かず、何も見ていなかった」

ＧＧはため息をついた。

「それにパトリックってやつは、ウーロフ・ハーグストレームを釈放するなんて、警察はどうやって家族の安全を守っているんだと詰問してきやがった」

エイラは一時停止で停車し、ソレフテオから海岸へ向かっているドイツ製のトレーラーハウスに道を譲った。そうしているあいだに、エイラはイエムトランド県に問い合わせてみようと心に留めた。おそらくまだ、誰も調べていないだろう。悪質な窃盗事件がなかったかどうか、粗暴な犯罪者が釈放、もしくは一時帰休を許されていないかを確認しよう。県当局がすでに調査済みではあったが、県境は内陸へわずか百キロのところにあり、そのあたりは山とトナカイの放牧地があるぐらいだ。その先はノルウェーとの国境だ。そちらも無視するわけにはいかない。ハーグストレームがシャワー室から突然現れて、侵入者を驚かせたのか。あるいは、ありきたりの窃盗犯ではないのか？　エイラは法医学鑑定書を読んだときに気づいたことを思い出した。あの家から明らかになくなっているものは何ひとつなかった。テレビもあったし、価値のない古いランプも残っていた。ラジオも。美しいアンティークの気圧計も、コンパスも、陶器も、絵も手つかずだった。地元の窃盗犯ならすぐに車に積んで、管理のゆるいフリー・マーケットで売り払いたくなる品物ばかりだ。

「また最初から始めるつもりはないんだ」まだ考えにふけりながら、ＧＧが言った。「子どもたちはもう大人になった――この秋には孫ができる……だけど、ふとこれはやり直す機会だと気づいた。そんなことはめったにあるものじゃない」

エイラは材木運搬車の後ろを走りながら、何を言おうかと考えた。人の心はうつろいやすく、言葉と真意は必ずしも一致しない、とでも？　あるいは、人間はえてしてして自分の立てたプランとは別の方向に引きずられるのを期待してしまうものだ、とか？　たぶん、それが愛情のおおもとにあるもののひとつなんだろう、とか？

だが、エイラは何も言わなかった。

「この前のときは、仕事とキャリアの問題で頭がいっぱいだった」と、GGは話し続けた。「だがいまは、まったく違う人間になれるチャンスだと思って……」

GGは語尾を飲みこむと、追い越しをかけて、揺れながら側道に曲がっていった車に毒づいた。側面に描かれた真っ赤なロゴで、それがラジオ局の車であるのがわかった。

GGはドアを強く叩《たた》いた。

「いまごろ何を追いかけてるんだ？　性犯罪者のご意見でも聞こうっていうのか？　別の道を行こう。やつらがおれに気づくかもしれんからな」

エイラはUターンして一キロほど引き返し、砂利道に入った。ニィダーレンの家までそう距離はないから、そちらからも行けるはずだ。もしだめでも、GGにドレス・シューズが荒れ地に耐えるかテストする機会を与えてやれる。

これまでのところ、警察はハーグストレームの名前がメディアに漏れるのをなんとか防いできた。この地域の住民はみんな知っているが、テレビや新聞ではまだ「殺害された年配の男性」と報じられていた。いまのところ、かつて匿名にされ、データベースにも載らなかった「十四歳の少年」と結びつけられてはいない。そのおかげで、警察に過大なプレッシャーがかかることもなかった。全国メディアは、自分たちの地元やロスヴィーク、カーラマルクで老人が殺された事件やキヴィカンガスの老スキーヤーの死などをしらみつぶしに調べ上げていた。この国の辺鄙《へんぴ》な地域でひとり暮らしをするのがどれほど危険かを識者に質問し、町のパブからの帰り道や、組織犯罪にかかわるのが最も危険だと結論づけていた。

　幸い報道陣は、この地域について何かひと言述べるためにハーグストレーム家へまっすぐに向かった。うまくすれば、犯罪現場で番組のひとつも作れるかもしれないと期待して。ここに立ち、日差しがまぶしく照り返すオンゲルマン川を眺めていると、それほどの悪が存在するとは想像もできません。ところが一週間前、老人が自宅で殺害されました。いまや、この地域の年配者には恐怖が広がっています。警察は何をしているんだ、と彼らは問いかけます。社会はわれわれを見捨てたのか、と。

　そんなところだろう。


　農場は丘の天辺《てっぺん》の最上の位置を占めていた。もし森がなければ、ニィダーレン一家は三六〇度の眺望を得ていただろうが、木々が茂っているせいで川の一番広い部分が細い帯状に見えるぐらいで、あとはハイ・コーストに沿って、後氷期に起きた大規模な隆起で形成された地平線の山々が見渡せるぐらいだった。

　家は手入れが行き届き、芝生には子ども用のプール、古いパン焼き場の外にはゼラニウムの鉢が並んでいる。

　トリッグヴェ・ニィダーレンは息子と同じぐらいの背丈で、もう少し太っており、握手の強さは何ものにも臆《おく》さない性格を表していた。

「ほかに付け加えることは何もないんだが」と、トリッグヴェは言った。「でも、あんた方がちゃんと仕事をしているのを見ると心強いよ。息子はひどくうろたえているが、気持ちはわかるだろう。子どもたちを心配しているんだ」

「もちろんです」

「警察の仕事をもっと信用しなくちゃだめだと言っておいたがね。うまくいくのを祈ろう、と」

「最善を尽くします」

エイラは庭のそこここで起きていることに目を留めた。ソフィ・ニィダーレンは映画を観せるからと子どもたちをなだめている。その夫は家のなかから何か怒鳴っている。パン焼き場の戸口に、六十代の女性が姿を現した。

「だけど、いずれ結果を出してくれるんだろうね？」と言って、トリッグヴェ・ニィダーレンはちらりと森の向こうにあるハーグストレーム家のほうに視線を投げた。「そうすれば、子どもたちも自由を取り戻せる。四六時中、目を光らせているのは大変だからね。わかるだろう？」

そのときパトリック・ニィダーレンが庭に飛び出してきて、すでに電話でさんざんしゃべりまくっていたことを繰り返した。

いわく、ぼくは警察のやるべき仕事をしてやったんだぞ。ウーロフ・ハーグストレームが現場から立ち去ろうとするのを阻止したんだ。いわく、きみたちが無能だからぼくと家族がこんな目にあわされるんだ。いわく、こんなことをしてるから警察も司法制度も、ひいては民主主義そのものも国民の信頼を失うんだ、うんぬん。

「きみたちがぼくの妻や子どもやこのあたりの住民を守るために何をしているのか、具体的に聞きたいものだね」

「ウーロフ・ハーグストレームは、なんらかのかたちであなたを脅したのですか？」

「性犯罪者が、うちから百メートルと離れていないところに隠れていたってだけじゃ不十分なのか？　われわれを脅迫しないといけないのか？　もう二度と妻をひとりで泳ぎに行かせることもできない。うちのビーチにさえ。どんな思いか、あんた方にわかるか？」

「具体的な脅迫がなければ、残念ですが、どんな保護も提供できません」と、GGは冷静に言った。「いまできる最良のことは、腰を下ろして話をすることですね。あなたが質問に答えてくれれば、われわれはこの事件を解決できます」

ソフィがポーチの椅子に腰かけた。パトリックの母親であるマリアンネ・ニィダーレンがコーヒーとシナモンパンを載せたトレーを持って近づいてきた。

「お座りなさい」と、マリアンネは言った。「そして、やるべきことをすませましょう」

家のなかから人気のある子ども向け映画のテーマ曲が聞こえた。『やかまし村の子どもたち』だ。映画はスウェーデンの治安の理想像を描いている。田園のセコイア杉の家が立ち並ぶ村で遊ぶ子どもたちにどんな悪いことが起きるだろう？　せいぜい、子羊にミルクをやらなければならないことぐらいだ。

パトリック・ニィダーレンはなおも警察の仕事に疑問を投げ続けた。

「七時から八時のあいだ、両親がどこにいたかって？　本当にそんなことを答えないといけないのか？　両親がパン焼き場にいようが、庭で木を切っていようが、どんな違いがあるって言うんだ？」

「そういう手順になってるのさ。訊かなくてはならないんだ」と、トリッグヴェ・ニィダーレンがそう言い聞かせて、父親らしく片手を息子の手に置いた。パトリックは手を引っこめた。

「誰がやったか真相がはっきりするまで、みんな容疑者ってわけか。猿芝居もいいとこじゃないか」

「こんなことは早く終わらせよう。終われば子どもたちも外へ出て遊べるっていうものだ」

「私たちはここにいなかったのよ」と、ソフィ・ニィダーレンが口をはさんだ。「前にもそう言ったはずよ。休暇は先週からで、私たち一家は週末の渋滞を避けて、月曜日の午後にこちらへ向かった。途中で食事をして、子どもたちに足を伸ばさせた。ここに着いたのは夜の九時頃だった」

「ここで暮らしている気分を訊いてみろよ」と、パトリックがつぶやく。「ほんの一秒でも、二歳の娘の姿が見えなくなったらどんな気分かを」

母親のマリアンネ――「みんな、私をメイヤンと呼ぶわ」――が、すまなそうに警官たちを見ると、少し強《こわ》ばっているようにも見える笑みを浮かべた。「二つ三つ質問されるだけじゃない、パトリック。この方たちは訊かなければならないのよ」この女性は、隣人の殺害事件でも動じないたくましさと強さを備えていた。「もう少しコーヒーをいかが？」

その朝、トリッグヴェとメイヤンはふたりとも自宅にいて、孫の到着に備えて、のんびりふたつの家の片付けをした。薪割りをし、主寝台の脚の一本を直し、確かほかにいくつか雑用をこなした。そのあいだにメイヤンが、夫婦で泊まれるようにパン焼き場を整理した。ふたりともこまごまと忙しく働いていたから、ハーグストレーム家の近くで車か人が動いているのに気づくのはとうてい無理な話だった。すっきり視界が開けているわけではないからだ。それに、主道から車のエンジン音が常に聞こえているので、音に気づく可能性もきわめて低い。

GGがスヴェン・ハーグストレームとの〝関係〟を質問すると、パトリックがまた激高した。突然立ち上がり、椅子がひっくり返った。

「ここにいる者は彼と何の〝関係〟も持っていない。なんでそっとしておいてくれないんだ？ここにいるだけで気分が悪くなる」

パトリックは猛烈な勢いで庭を横切ると、納屋の後ろに姿を消した。

「あの子を大目に見てやってください」と、ソフィが言った。「ときどき、あんなふうになるの。思わず口走ってしまうのよ。それが何かの助けになるみたいに。本気で言ってるわけじゃないんです」

「ああいう性格なんですよ」と、メイヤンが言う。「いつだって、つむじ風みたいなところがあって」

「あいつが何をするかわからない人間であるような言い方だな」と、トリッグヴェが言った。

「そういう意味で言ったんじゃないわ」

メイヤンは夫の手をぽんぽんと叩いた。父親が息子にしようとしたのと同じしぐさだ。彼女は夫の手を握った。

「二、三カ月前、スヴェンの家に行ったことはあるが」と、トリッグヴェが言った。「でも、友だちと言える関係ではなかった」

ソフィ・ニィダーレンは子どもたちの様子を見てくると言って席を立った。もともと彼女は、スヴェン・ハーグストレームとほとんど面識がなかった。

「一緒に何かされたことはありますか？」ソフィが家に入ると、GGが質問した。「隣人として、という意味ですが」

「腰を下ろして、おしゃべりしたくなる相手ではなかった」

「前はもっと付き合いがあったんですけどね」と、メイヤンが言った。「まだグンネルがいた頃は」

「だが、グンネルは家を出た」と、トリッグヴェが補足する。「我慢できなくなったんだな。いつだったかな……？」

「そうね、一年か二年あとよ、あの……」

「……息子の一件があったあとだ」

ふたりはうなずき合って、たがいに相手の言葉を補い続けた。

「スヴェン・ハーグストレームはほとんど人付き合いをしなくなって……」と、メイヤンが言った。

「その理由はわかるだろう？」と、トリッグヴェ。「人はとかくしゃべりたがる。それぞれ自説を持っている」

「何についてです？」GGが尋ねる。

「そういう人間にしてしまうものについてだよ。親の教育のせいだとか」

「おふたりはここに住んでどれくらいになるんです？」と、エイラが尋ねた。

「三十年よ」と、メイヤンが答えた。「ノルウェーで働いているときに知り合ったの。お金を貯めて、結婚した年に家が買えるようになった。このあたりの家の値段はご存じでしょう？　とても美しい土地なのに、国じゅう探してもここより安い家は見つからないわ」彼女の顔が一瞬輝いた。「こんなことになるなんて思ってもみなかった」

「道路のことで話し合った」と、トリッグヴェが言った。「補修の件だよ。そのことで、最近スヴェンを訪ねたんだ。どんな状態か誰の目にも明らかだからね」

「どういう話になりましたか？」

「おおむね、意見が一致した。だけど、市議会を動かすには手間のかかる手続きが必要になる。だから、役所で働いている知り合いに頼んで……」

「財政局にいるのよ。でも、それはまた別の話」メイヤンは立ち上がり、皿を集めて、手のひらでパン屑《くず》を掃いた。「いまの私たち、ハチにも愛想をつかされたみたいね。今年はずいぶん悩まされてるんだけど」

「お手伝いします」と、エイラが言った。

「ご心配なく」

エイラはマグカップを二つ三つつかむと、老女に続いて家のなかに入った。パン焼き場はキッチンと小さな寝室があるだけで、もともとの造作を残してきれいにリフォームされていた。室内は静けさに包まれ、一対一で話すのによい機会だった。ニィダーレン夫妻は長く結婚生活を続けるうちにほぼ一心同体の域まで達し、人と話すときはほとんど同じことをしゃべるようになったらしい。

「夏のあいだだけなら、私たちにはここで十分。孫たちはもっと広いスペースが必要だわ」メイヤンはマグカップを丁寧にすすぎ洗いした。私たち夫婦にはもうひとり娘がいるのよ、とメイヤンは語った。イェンヌという名で、シドニーへ旅行して、そのまま帰ってこなかった。娘には子どもがいないから、ふたりにとってはパトリックの子どもがかけがえのない存在なのだという。

「素敵なお宅ですね」と、エイラは言った。

「私たちはこの地上に自分たちの小さな場所を持ちたかった」と、メイヤンは言った。「私はこの地域で生まれ育ったの。でも、トリッグヴェもひと目でここを気に入ったわ。実は、ニィダーレンは私の生家の姓なの。ここから二十キロほどの小さな村で生まれたのよ」

「夏じゅうここに押しこめられて暮らすなんて、とても寛大ですね」

「みんなが来てくれればね。それだけでいいの」

キッチンの調理台の横の窓から、ハーグストレーム家の屋根が細い帯状に切り取られて見えた。

メイヤンの視線がそちらにぼんやりと向いている。

「スヴェン・ハーグストレームと話をすることもあったんですか？」と、エイラが訊いた。

「顔を合わせれば、もちろん挨拶《あいさつ》はしたわ。誰でもそうでしょう。ジャムを持っていったこともあるけど、ほとんど話はしなかった。せいぜい天気の話ぐらいね。ときどき考えるんだけど、あの人はとても寂しそうだった。娘さんが会いに来てたとは思えないもの」

「あの方が不満を持っていたと聞いたことはありませんか？　誰かに怒りを抱いていたとか……」と、エイラが話を続けた。「私もこのあたりで育ったので、人がどんな話をしているかはわかっています。ときには世代から世代に受け継がれて」

シンクに水を流したまま、メイヤンは考えこんだ。長すぎると感じられるほど、外を眺めていた。

「あるとすれば、森のことね。森が原因で仲たがいが起きるわ。人の土地の木を無断で持っていったり、嵐で倒れた木を薪にしてしまったり、そんなたぐいのこと。大企業に伐採権を売ってしまうこともある。朝起きると、窓の外に伐採地が開けていた、なんてね」

そんなことを思い出したせいか、メイヤンはぶるっと身震いした。それとは別のことを窓から見たのかもしれない。

「あの息子がやったんじゃないのは間違いないの？　ほかにあんなことのできる人がいるのかしら？」

ウーロフは丘の天辺で強くブレーキを踏んだ。彼の家のそばには別の車が停まっていた。黒っぽい服装のほっそりした女性が車のそばに立ってマイクで話をしている。運転席にはもうひとつ頭が見えた。ふたりいるのだ。

それがテレビ局の人間なのかラジオ局なのか確かめる余裕などなく、ウーロフはすぐにギアをバックに入れて砂利道を戻り始めた。

あの手の連中は前にも見たことがある。父親と母親と並んで駅に向かう彼に向かって、空気銃でも撃つように質問を浴びせかけてきた。側面に社名のロゴの入った車が道路脇にびっしりと停まっていた。母親はウーロフの上着を頭まで引っ張り上げて顔を隠し、父親は地獄へ落ちろと怒鳴りつけた。

ウーロフはその場面をテレビで実際に見たことがある。旧式の車に乗り、上着で顔を隠した自分の姿を目にし、父親の罵声《ばせい》が反響するのを聞いた。そのとき、誰かがテレビのスイッチを切った。

当時、一家は赤のフォルクスワーゲン・パサートに乗っていた。なぜか、いま乗っている車のにおいがそのことを思い出させた。ウーロフは犬を引き取りに行くために、ポンティアックを実家の前に停め、父の車をガレージから出して乗っていた。

フロンエーの収容施設に車で行くあいだ、ウーロフは自分が透明人間になったような気がした。誰も二〇〇七年型のトヨタ・カローラに目を向けなかった。彼に会うと、犬は顔をなめてきた。ウーロフは囚《とら》われの身から解放された気がした。むろん、囚われていたのは犬ではなく、自分だ。

手を伸ばして、犬の頭をかいてやる。犬は助手席に座り、耳をぴんと立てていた。牛に吠えかけ、数頭の馬が野原を駆けていくのを見ると、興奮して飛び跳ねた。きっともう名前はついているはずだから、改めて名づけるのはよくないと思い、ウーロフは単に〝イヌ〟と呼ぶことにした。「きっと車を降りて、走りまわりたいんだろうな」車首をマリエベリの方角に向けると、ウーロフはそうつぶやいた。

行き先はまだ決めていなかった。湾に沿って小さな木造の家屋が並んでおり、岸辺の草原には雑草がびっしりと生い茂っていた。道を曲がれば、丘のうえから幼少期を過ごした家が見えるはずだ。連中は、いつになったらあきらめて、そっとしておいてくれるのだろうか。家にいるとき、二度ほど車のエンジン音が聞こえ、ドアをノックする音がしたが、ウーロフは身を隠してじっとしていた。

少なくとも電話をかけてくることはできない。携帯電話の電源は切っておいた。警察から父の家へ戻ったあと、ボスからのメッセージを聞いてみると、ポンティアックの買い手は列をなしているんだ、この不始末をどう償うつもりだとわめき続けていた。

ウーロフは、クラムフォシュで買ったハンバーガー十個のうちの五個目に手を伸ばした。冷えきっていたが、気にしなかった。食べ物が不安を覆い隠す毛布になってくれる。マヨネーズでシートをべたべたにするのはわかっていたが、六個目を犬に与えた。父親がこの車を必要とすることはもうない。

道路は急傾斜になって、この宇宙で最も長く、最も峻険《しゅんけん》な丘を登り始めた。丘の天辺には、昔の協同組合がある。ウーロフは車を道路脇に停めた。ドアを開けてやると、犬はまっしぐらに森のなかへ飛びこんで行った。

「協同組合で落ち合おう」とよく言い合ったものだが、みんな、そこが以前は売店であったことを忘れていた。ずっと空き家だったから、彼の仲間がときおり出入りしていた。マリファナを手に入れたやつがいたので、それが集まった理由かもしれない。あるいは、あの連中は知っていたのだろうか？　リーナがバッグを肩に掛け、スカートの裾を足にまとわりつかせて通りかかることを。上半身には薄手のカーディガンを羽織っているだけだった。太陽のようにまぶしい、タンポポの黄色のカーディガンだ。

ついてこられるのが嫌なら、なぜ彼女は細い小道をたどってまっすぐ森に向かったのだろう？　もう一度その場面の一部始終が頭によみがえってくると、ウーロフはそう思った。彼女は森には合わない服装だった。ウーロフは、突然汗が噴き出すのを感じた。吐いたほうがいいかもしれない。森に少し入れば誰にも見られることはない。吐いたとたん、犬が駆け寄ってきて、シダと岩のあいだにある吐瀉《としゃ》物のにおいを嗅《か》ぎ始めた。

ウーロフは犬を追い払った。カタバミらしきものを見つけて、口のなかの嫌な味を消すために葉っぱを噛《か》んだ。

小道はうねうねと曲がりながら、はじめは上りだが、やがて昔の製材所に向かって急角度で下っている。あの先の、この地域にのしかかるように建つ大きな古い家の向こうがその場所だった。木々に囲まれ、誰の目も届かない場所だ。そこでリーナは足を止め、彼が来るのを待っていた。

何が欲しいの？　私をつけてきたんでしょう？

彼女の笑い声。ウーロフのためのとっておきの笑い声。

あれ以来、誰もここを歩いていないようだった。むろん、警察は別だ。森とこのあたり全体をくまなく探し、犬を放って彼女を見つけようとしたのだから。そのあと、犯行状況の再現が行われた。ウーロフをここへ連れてきて、その場所を指させと命じた。そのときは空き地と倒木があったが、いまはどちらも見当たらない。カバノキは当時よりはるかに高く伸び、小道もどんどん狭くなり、やがて消えてしまった。もちろん、生い茂ったコケモモの灌木《かんぼく》とイラクサが覆い隠したのだ。ウーロフは土の味を感じることができた。

あの子に何をしたの、ウーロフ？

そしてそのあと川沿いにさらに下り、ミエケンと呼ばれていたレンガ造りの小屋の後ろへ回った。岸辺の端に、腐った杭《くい》のようになった昔の桟橋の残骸《ざんがい》が水面から突き出していた。リーナの遺品が見つかったのはそこだった。

ここから彼女を投げこんだの？　それとも、もっと先？

外洋航海船も停泊できる港のコンクリート柱のあいだにある、錆《さび》が出始めた巨大な金属製の倉庫の横を通り過ぎる。

ときには思い出したくないこともあるものだ、と彼らはウーロフに言った。脳が嫌な出来事を抑圧してしまうんだ。

だから現場に戻って、ウーロフが思い出すように手助けする。

思い出す気になったでしょう、ウーロフ？

みんな、あなたの頭のなかにある。あなたのやったこと、経験したことは。

ここなの？　投げこんだとき、彼女はまだ生きていたの？　水際から投げこんだの？　ここが水深三十メートルあるのは知ってたの？

あなたは覚えている。忘れたとは言わせない。

いつもの習慣で、エイラは回り道して図書館へ行った。風の吹きすさぶ開けた広場を通れば、いろいろなものがどうしても目に入ってしまう。広場の噴水を取り巻くベンチで、兄と出くわす可能性もあった。

今日は私服だったので人目を惹《ひ》かない利点はあったが、良いことばかりではなかった。兄が過剰になれなれしくしてくる恐れがある。金を貸してくれとか、母さんはどうしてるとか言ってくるかもしれない。

その界隈《かいわい》を迂回《うかい》する価値は十分にある。

GGはスンツヴァルに帰ったので、エイラは隣接地域の依存症治療センターに型どおりの電話をして、最近出所した人物を特定するのに数時間を費やした。

「あら、エイラ。会えてうれしいわ」スサンネという名の司書は、二十年近くここで働いている。「お母様のご様子をぜひお聞きしたいわ」

「元気です。でも、それほど良くはないの」

「厄介な病気ですものね。私もたっぷり経験したわ、父親が……」

「まだ、頭がはっきりしているときもあるんです」

「介護は受けるつもり？」

「母親のことはご存じでしょう？　なんでも自分でやりたがるの」

「そこが一番難しいのよ。移行期がね。相手の意思は尊重しなければならないけれど、そうすると相手は自分でできると思ってしまう。本当はできないことがわかっているのに。お母様はまだ読書をしているの？」

「毎日ね」と、エイラは答えた。「でも、同じ本を読んでいることが多いわ」

「じゃあ、それが良い本であるのを祈りましょう」

ふたりは声を合わせて笑った。だが、もう少しで涙が出そうだった。

「実は仕事で来たんです」と、エイラは言った。「クングスゴーデンのスヴェン・ハーグストレームのことは聞いてるわね」

「ええ、もちろん。ひどい出来事ね。でも、どんなお手伝いができるかしら？」

「彼はここで本を借りたことがあるかしら？」

スサンネはしばらく考えてから、首を横に振った。むろん記録を確認すればいいのだが、彼女は利用者を知りつくしている。特に老齢の人々については。スヴェンがこれまで図書館を利用したことはあるかもしれないが、ここ数年は一度もない。その事実は、エイラが抱いたスヴェンの人物像と一致した。彼の家には、図書館の本が一冊もなかった。それは写真で確認してある。普通、人は図書館の本を本棚には入れないものだ。そんなことをすれば、まず間違いなくその存在を忘れてしまう。

「五月の中頃に図書館に電話をしているの」と、エイラは言った。「何度か。彼と話をしたのを覚えていない？」

「ああ、そうだったわ。なんで思い出さなかったのかしら」スサンネは椅子にどっかりと腰を下ろした。「記事をいくつか探していた。そうよ、もちろんあの人だったわ！」

エイラは悲しみのうずきを感じた。彼女の母親もつい最近まで同じだった。利用者ひとりひとりの借りたい本や、彼らは知らないがきっと楽しめるであろう本を知っていた。去年までは、何百本電話がかかってきても特定の一本をちゃんと覚えていた。まあ、そんなに頻繁に電話がかかってきたかどうかは知らないが。いまはもう、本をたくさん借りる人はいなくなっているらしい。ここに来て十五分ほどのあいだに来館したのは三人で、そのうちひとりはトイレを借りに来た人だった。

「でも、ここでは新聞のアーカイブを利用できないの」と、スサンネは話を続けた。「全部オンライン化されるまで、新聞はノルボッテンから運んできた。あるいはヴェステルボッテンから。あの人には、もしコンピューターを持っていないのなら、出向いてくれればここの一台を貸してあげられるし、接続も手伝うと伝えたの」

「彼は来たの？」

「同僚が当番のときに来た可能性もあるけど、私には会いに来なかった。来れば覚えているもの」

「それはそうね」と、エイラは言った。

「お母様によろしくね。私を覚えているなら。いいえ、とにかくよろしくと伝えて」

署に戻ると、アウグスト・エンゲルハートがエイラのデスクに座っていた。正確に言えば、ふたりはオフィスに決まった席を持っていなかったし、エイラは他の部局からの出向の身だった。それでも彼女はそこが自分の席だと思っていた。

「これを見たいんじゃないかと思いましてね」と、椅子を後ろに少し引いて、アウグストが言った。

エイラが身を乗り出すと、アウグストが触れそうなほど近くにいるのに気づいた。身体のなかを走った感覚に気づかれたくなかった。

「ぼくのガールフレンドが自分のフィードで見つけたんです」と、アウグストが言った。

投稿を見ていくたびに、ウーロフ・ハーグストレームの名前が目に飛びこんできた。

こういうやからは去勢すべきだ。こんな人間を自由に歩きまわらせるなんてとんでもない暴挙だ。警察がレイプ犯を保護するのは、警官もレイプ犯だからだ。こういうビョーキなやつらは名前を公表して、辱めてやればいい。そういうことができる勇気を持つ人間に全権力を、うんぬん。

エイラは胸の内で悪態をついた。

警察はメディアに彼の名前が漏れないように努めてきたが、むろん警察内部の人間は名前を知っていた。リーク元は数えきれないほど考えられる。だいたい、あの地域の住民はひとり残らず身元を知っているのだから。

アウグストが手を伸ばすと、それがエイラの尻《しり》に触れた。

「もう何百もシェアされてますよ」と、画面をスクロールしながら、彼は言った。「ここに座っているあいだにも、七人がシェアしていた」

〝やつらがどこに住んでいるのか公表すべきだ〟。投稿のひとつにはそう書かれていた。〝おたがいに警告しあおう。メディアはわれわれに隠している。われわれには知る権利がある〟

「それで、あなたのガールフレンドだけど」と、エイラが言った。「何か書いたの?」

「シェアしただけですよ」

「やめるように言ったほうがいいかもしれないわね」

頭がはっきりする瞬間は、朝の五時から六時のあいだに訪れることが多い。シャシュティン・シェディンが目を覚まし、コーヒーを淹《い》れる時間帯だ。

コーヒーはいつも濃く、ときには濃すぎることもあるが、エイラは文句を言わなかった。朝は、見るもの聞くものすべてが複雑に絡み合う一日が始まる前のいっときの避難所だった。ルンデの古い波止場の脇の草原はひっそりと静まり返っている。以前は波止場に世界中から船がやって来て、活況を呈していた。波止場はまた、九十年近く前にデモ隊が足止めをくらった場所でもあった。軍隊が放った銃弾が空気を切り裂き、仲間がばたばたと倒れた。わずか数秒のあいだに、五人の犠牲者が出た。

〝スウェーデンの労働者、ここに眠る〟——共同墓碑にはそう刻字されている。彼らの罪は飢えだ。彼らを忘るるまじ。

そのときオーダーレンを揺るがした銃声は、未来永劫《えいごう》消えることなくルンデまで響き渡った。この出来事は一般にオーダーレン事件と呼ばれたが、その呼び名はあまりにも中立的すぎて、現実の持つ鋭い切れ味をそぎ取っている。国はスト破りを守るために、自国の労働者を銃撃した。その日に流れた血。撃ち方やめを合図したラッパ手。それは記憶から消えようのないほど強烈な物語だった。デモの参加者はもちろん、参加しなかった者にも、その両親、祖父母にも大きな意味を持ち続けた。人々はこの出来事のことを口にしなくなったが、それでも忘れ去られるのには我慢できなかった。

「セールヴィーケンのフリー・マーケットだって？」シャシュティンが新聞から顔を上げた。いつも一面から最終面まで新聞を読んでいたが、すぐにその内容の大半を忘れてしまう。「もちろん、知っている。道がカーブしているところにある白い家ね。よく生地を買いに行ったものよ。でも、彼女の名前は……」

エイラには、セールヴィーケンへ行ってどこかに立ち寄れば、フリー・マーケットを運営しているハーグストレームの雑用引き換えの愛人の名前をすぐに突きとめられるのはわかっていたが、母親に話をさせることが大切だった。記憶を取り戻させる手段のひとつだからだ。ここ一年ほど、何度そういう会話を繰り返してきたか、自分でも驚くほどだ。彼、または彼女を覚えている？あの歌を、あの映画を、あの本を覚えている？　自分がどうしたか、それは何年のことか覚えている？

「カーリン・バッケ」エイラが出かけようとすると、いきなりシャシュティンが大声で言った。「その女性の名前よ。あの人が何かめずらしいものを仕入れたのなら、私がついていってあげるわよ」

「私は仕事で行くのよ」と、エイラは言った。「スヴェン・ハーグストレームの死に関係があるの。そのことを話し合ったのは覚えているでしょう？　ママは新聞で読んでいたわ」

そのニュースはすでにニュースではなくなっており、いつの間にか一面から消え、続報も警察が何も発表していないこと、新しい手がかりを得ていないことに焦点が絞られていた。ネットのニュースでは、警察が外国人窃盗団に関する情報を無視しているとも書かれていた。

「おまえがそんなことにかかわっているとはね」と、シャシュティンは言った。目に不安の色が戻っていた。常に不安が心に潜在していて、指がいじくるものを探している。「おまえは用心深い子よ。そうでしょう？」

シャシュテインはエイラが幼い子供であるかのように、マフラーを手渡した。まるでいまが冬であるかのように。

エイラはマフラーを車内に放り入れると、署に電話した。GGは捜査官が到着するのを待っているところだった。ふたりで、現場から七キロ離れたキャンプ場で暮らしているリトアニア人の建設作業員を探しに行く予定だという。

「周知の秘密情報ってやつも無視するわけにはいかんからな」

カーリン・バッケのほうはおまえに全面的にまかせる、とGGは言った。

セールヴィーケンの家も小さくて散らかっていたが、散らかり方はスヴェン・ハーグストレームの家とは違った。ハーグストレーム家はがらくたをただ積み上げただけだが、こちらにはいくつかの大切なテーマがあるのがわかる。花瓶、青磁、おびただしい数のガラスの鳥。

「売るのはもうやめたの」と、カーリン・バッケは説明した。「でも、まだ買い続けている。みんなは、死んだあと残された人が苦労しないように処分したほうがいいと言うけど、私はいろんなところを見てまわって、品物を探すのをやめられない。ほかにすることがないから」

カーリンは白髪で、しゃべり方もしぐさも優雅だった。客に出す細かい気づかいのコーヒーのもてなしを連想させる。

「あなた、葬儀はどうなっているのかご存じ？」キッチン・テーブルに載った新聞をそっと指さして、そう尋ねた。「まだ告知を見ていないの。教会ががらがらだったら気の毒でしょう。教会でやるのかしら？」

パーコレーターがぶくぶくと泡を立てていた。その向こう側に、オーディオブックを一時停止にした彼女の携帯が見える。サイドボードには子どもや孫、亡くなった夫の写真、白黒の結婚写真、上の世代の人々の顔写真が飾ってある。みんな、かつてこの女性を囲んでいた人々だが、いまはじっと動かない。国じゅうの、誰かが亡くなり誰かが残された家々のキッチン・テーブルで見られる光景だ。

エイラは、スヴェン・ハーグストレームの遺体をまだ埋葬できない事情を説明し、引き渡しには少し時間がかかりそうだと伝えた。

「あの人は十年ぐらい前に、ここの納屋によく来ていた。特定の品物を探すお手伝いをしたわ。古い気圧計とか、戦時中のコンパスとか。そういうものに興味があったのね。そんなこんなで、だんだん一緒にいることが多くなった。いつも彼のほうがここに来ていた。いつも夕食時に。私が料理をして、彼は家のいろんな仕事をしてくれた。蛇口のパッキンを替えたり。始終、何かが壊れるから。ふたりで一緒にしばらくテレビを観たわ。おもにドキュメンタリーを。でも、だんだんうまくいかなくなった。彼は陰気すぎた。わが家にああいう陰気さを持ちこまれるのが我慢できなくなった。でも、いまではときどき懐かしくなる。そばに誰かいて、その呼吸を感じる時間が」

「あの人の息子の事件について話し合ったことはありますか？」

「いいえ、とんでもない。それは禁句よ。よく言うでしょう、立ち入り禁止区域って。一度訊いてみたけど、彼を怒らせてしまった。誰だって嫌でしょうよ、よほど長生きしたあとでなければ」

エイラは頭のなかで、いつもどおりの質問を並べてみた。彼と最後に会ったのはいつか？　彼に敵はいなかったか？……。だが、普通の人間に敵などいるだろうか？

考え直して、彼とそりが合わなかった人間はいなかったか、と質問した。

「オーダーレンの住民、ほぼ全員かしら」と、カーリン・バッケは言った。「少なくとも、彼はそう考えていたようね。みんなが自分と敵対している。何もかも彼のせいだと――息子をあんなことをする人間に育てたのは彼だと思われている、と。でも、スヴェンだってそのために殺されるはめになるとは考えてなかったと思う。どんな死に方だったの?」

「申し訳ないけれど、お話しできません」

カーリン・バッケは五年前に競馬場で撮った雑用引き換えの愛人の写真を引っ張り出した。スヴェン・ハーグストレームはいかにも頑固そうな顔をしていたが、それでも七十歳のときの運転免許証の写真よりは生き生きしていた。

その写真は、ふたりが競馬場で落ち合ったときに撮ったものだった。カーリン・バッケは、その日も素敵な夕食を共にできると期待していた。

「だけど、あの人は競馬にしか関心がなかった。馬場のすぐ脇まで下りて行きたがった。おじいさんたちがいっぱいいるところよ。あそこならレースがよく見えるし、スピードも体感できる。ひづめが土を蹴《け》る音も聞こえる」

ふたりは連絡を取り合わなくなったが、むろん偶然出くわすことはときおりあった。カーリンがスヴェンに最後に会ったのはそれほど前ではなく、その年の晩春、頑固に留《とど》まっていた流氷の残党がようやく岸を離れた頃だった。スヴェン・ハーグストレームがラブレを散歩させているのを窓から見たカーリンは外へ出ることにした。

「ラブレっていうのは犬の名前ですか?」

カーリンは笑った。「お似合いの名前だって言ってたわ。収容施設で手に入れたのだから育ちは良くないけど、彼は犬とはうまく付き合っていた。犬は、胸の内を明かせなんて迫らないから」

最後に会ったときに妙だったのは、スヴェンがいきなり泣き出したことだった。ふたりは岸辺の桟橋に立っていた。そこから湾の反対側の斜面に、森にぽつんと置かれた巣箱のようにハーグストレーム家が貼りついているのが見えた。たぶんその距離のせいだろう、あるいはほんの一瞬、地上にある自分の場所を、そこがいまどうなってしまったのかを理解したためなのかもしれない。

地球が回っているからだけじゃなかった、とスヴェンは言った。彼が異端審問に引き出された理由はそれだけではなかったのだ、と。

カーリン・バッケは、スヴェンがガリレオのことを言っているのに気がついた。一緒にガリレオについてのドキュメンタリーを観たことがあった。スヴェンは科学史に興味を持っていて、いまの人間の知っていることは全部、古代の知識だとよく言っていた。だからこそ、そのほとんどは誤った学説なのだ、と。カーリンはその考えには同意できなかったが、それでも彼の言っていることは理解できた。

「要するに、ふたつの真実が並行して存在できるというのがすべての前提になる」とスヴェンが語を継いだのを、カーリンは覚えている。「教会や異端審問所が我慢できなかったのはそれだった。ガリレオが、地球が宇宙の中心ではないのを、太陽や星が地球のまわりを回っているのではないのを発見したとき、彼らの許容範囲を超えてしまった。彼らにはただひとつの真実しか――聖書の真実しか手に負えない。ガリレオが不確実なもののほうに目を向けさせたことが許せなかった。彼らが恐れたのは混乱だった」

「彼はほかに何か言いましたか？」

「もちろん私は、大丈夫なのかと尋ねたわ」

「それで？」

カーリン・バッケは首を横に振った。白髪がひと束ほどけて、額のうえに落ちた。カーリンはそれを、小さな羽の飾りの付いた髪留めにはさんだ。

「犬を呼んだだけだった」

彼は日が暮れるのを待って川へ下り、身体を洗った。太陽は梢《こずえ》の下に沈み、聞こえるのは鳥のさえずりだけだった。犬は円を描いて泳いでいた。溺《おぼ》れるのを恐れてでもいるように、がむしゃらに水を掻《か》いている。

岸に上がると、犬はぶるっと身体を震わせて毛皮に付いた滴《しずく》をはね飛ばした。帰り道はウーロフから数メートル離れて、空気のなかに何か楽しいものでもあるかのように荒い息をつきながら軽い足取りで歩いた。ブヨを見つけると、飛び上がって噛みつこうとした。

突然足を止めると、犬はあたりのにおいを嗅いだ。ウーロフも家の反対側で動きがあるのに気づいた。日中停まっていた車はいなくなったが、別のグループが木の間越しにこちらを覗《のぞ》いていた。自転車がきらりと光るのが見えた。

「何の用だ?」

ウーロフは相手を脅すようにわざと音を立てながら、数歩近づいた。木々のあいだで何かがこすれる音がして、急いで斜面を這《は》いのぼろうとする音がした。

ウーロフの鼓動が速まり、身体がカッと熱くなった。

「出て行け!」両腕を振りかざし、さらに数歩前に出る。戦う意思のあることをはっきり示す──送られた場所でそう学んだ。心安らかでいるためには、もっと大きく、重くならなければならなかった。身体がどんどん大きくなり、どんな部屋もひとりで満たしてしまうほどになると、誰もそこへは入ってこなくなった。

少年拘置所の所員は秘密保持義務に縛られていたが、だからと言ってウーロフの助けにはならなかった。ほかの少年たちは、はなから彼が殺人を犯したことを知っていた。誰かにからまれるたびに、彼が自分でそのことを話したからだ。ボコボコにされたのは最初のうちだけだった。ガキどもが自転車で森を走り出てきた。三人いた。まだ小さくてやせっぽちで、ティーンエイジャーとも言えない子どもで、あっという間に姿を消した。

ウーロフは家のなかへ入り、ドアの鍵をかけた。屋根でカモメが鳴く声がした。煙突に巣を作っているのに気づいて、ウーロフは暖炉に火を入れようかとしばらく考えた。暖気が欲しかったからではなく、カモメを追い払うためだ。毎年毎年戻ってくると思うとうんざりするよ、と父親が言っていたのを覚えている。だが、そうする気力がなかった。父親に教えられなくても、火の付け方はこっそり記憶していた。薪のあいだに新聞をまるめて突っこめばいい。一人前の男は本などなくても困難を切り抜けることができる。

家のなかの明かりはひとつもつけなかった。一階のカーテンを全部引いてあったから、ウーロフは腰を下ろし、ミートボールとマッシュポテトをプラスチックの容器から直接食べた。家のなかに静寂はなかった。木の枝が外壁に当たる音、何かがきしむ音。風が強くなったらしい。ネズミが壁の裏側を這いのぼり、逃げていく音。人間は死ぬが、その声は残る。二階の床を踏む足音が、どすんどすんと天井に反響している。

ウーロフは、自分が昔と同じ場所に座っているのに気づいた。ソファの一番端だ。母親は彼の隣だが、身体が触れないように少し間隔を取っている。身体が縮んで、ウーロフのほうが大きくなったように見えた。父親は安楽椅子に、インゲラは母親の向こう側にぴったり寄り添って座っていた。誰もウーロフに目を向けなかった。部屋全体が彼の身体で埋め尽くされているように、みんな、床や窓の外を見つめていた。ウーロフ本人も床と自分の手を見下ろした。汚らわしい自分の手を。

覚えているかぎりでは、誰もひと言もしゃべらなかった。

やがて階段を下りる足音が聞こえ、警官たちが戻ってきた。ひとりがビニールの袋を持っていた。なかに何か柔らかいもの——黄色いものが入っている。

彼らはウーロフのベッドの下を探ってきたのだ。警官がビニール袋をテーブルに置いた。太陽のようにまぶしいタンポポの黄色。家族全員が突然、目のやり場を見つけた。視線がハエのようにビニール袋に着地した。

これが何か教えてくれるか、ウーロフ？

なんで、きみのベッドの下にあったのかな？

ウーロフには何も言えなかった。みんなが見ている前では。たとえ、よそを見ているふりをしていても。あのにおいのせいだったことは言えない。彼女の香水のにおい、あるいはデオドラントか髪のにおいかもしれない。彼女の身体は強いにおいを発していた。

これはカーディガンだ、ウーロフ。

それが誰の声かわからなかった。顔を上げると、父親と目が合った。初めて見る目つきだった。

彼女はこれと同じものを着ていた。姿を消したときに。

雲は雨を降らせることなく流れ去り、スタート地点では熱く、埃《ほこり》っぽい乾いた大気に包まれてコールドブラッド・トロッターたちがウォームアップ中だった。

「なるほど、老いも若きもここに集合ってわけか」と、デジタル・スクリーンに映し出された数字に目を据えたまま、アウグストが言った。フレッケ・プリンスが圧倒的な人気で、オッズは十一倍。それに対して、アクセル・シグフリードが勝てば七百八十倍の配当がつく。アウグストは、繋駕《けいが》速歩競馬場で助っ人が必要と聞きつけると、すぐに名乗りを上げてエイラに合流した。

「これがコールドブラッド・クライテリア。V75が終わったあとの、シーズン最大のイベントよ」と、エイラが言った。

「二十クローナぐらいなら、賭けても問題ないですかね？」

エイラはじろりとにらんだ。

「冗談ですよ」

ダンネロー競馬場は昔のレストランが焼け落ちたあと、すっかり様変わりした。新しい建物は風通しがよくて明るいが、以前の社会民主主義的〝国民の家《フォルクヘム》〟のくたびれた雰囲気は失われていた。エイラの家族も一家総出でよくここへ来たもので、狙いは夏の最大の催し物である真夜中のレースだった。エイラはいまでも、酔っぱらった観客や、親が自分とマグヌスにくれた十クローナを馬に賭けるときの耐えがたいほどの興奮を覚えていた。大人たちの脚のあいだを這いまわって、酔っ払いが落とした馬券を探したことも。夢がすぐ手の届くところにあって、誰でもまばたきする瞬間に金持ちになれるという思いが押し寄せてきたことも忘れられなかった。

新しいレストランとVIP専用のラウンジはすでに満員で、野外のスペースもまもなく埋まろうとしていた。カーリン・バッケの話では、スヴェン・ハーグストレームがよく立っていたのがそのスペースだった。そこまで近づくと、通り過ぎる繋駕車の一群が巻き起こした風を肌に感じ、雷鳴のようなひづめの音を聞き、馬たちの強烈でくらくらするようなにおいを嗅ぐことができる。エイラはまわりにいる人々の会話の端々に聞き耳を立てた。気温は二十五度もあるのに、そろって帽子をかぶり、フリースの上着を着た年配の男たちが身を寄せ合うように立って、低い声で話をしていた。廏舎《きゅうしゃ》にコネを持っている男が流した情報がエイラの耳に入ってきた。ビィスケ・フィリップは調教でよく走ったが、エルドボルケンは昨冬の故障を引きずっていて、今シーズンはあまり期待できない……

ラウドスピーカーの吠えるような声がだんだん早口になるなか、予想に反してエルドボルケンがビィスケ・フィリップをかわして先頭に立ち、そのままゴールすると、誰かの口から叫び声が上がった。

勝利騎手に花束が渡され、ビクトリーランが終わったとき、エイラの携帯電話が鳴り出した。競馬場の理事長からだ。レース前にはつかまらなかったのだが、二分後にホットドッグ・スタンドの払戻窓口の前に来るという。

「こういう日はいろいろやることがあってね」と、額の汗をぬぐいながら、理事長は弁解した。シャツの腕をまくり上げ、またスポンサーに会わなければならないので、三分しか割けないと言った。

彼はスヴェン・ハーグストレームという名前を知らなかった。「まあ、名前は知らなくても知った顔はたくさんいるがね」

エイラは、いまいるところからおよそ三十メートル離れた場所で撮影された写真を見せた。

「ああ、わかった」と、理事長は言った。「知ってるよ。ふだんはあそこにいるグループと一緒だった。私がここに着任する前から来ている常連だ。賭けるのは少額だがね」理事長は馬場のフェンスのそばにゆるやかに集まった年配の男たちを指さした。ベンチにいるふたりも確かあのグループだ、と付け加える。「その男が何かしたのかね？」

「彼を知っていた人の話を聞きたいんです」

「知っていた？」理事長は目を泳がせた。視線はふたりの警官から観客用エリアに移動し、次のレースのオッズを映し出したデジタル・スクリーンのうえで止まった。「ていうことは、つまり彼は……ああ、そうだったのか。あの年寄り連中と話してみてくれ。ハッケは古株だし、もうひとりプレーストモンから来たクルト・ウルベリという人がいる。昔は馬主だったが……それ以外はよく知らない……残念ながら、これ以上はお役に立てそうにないな」

ふたりが礼を言う間もなく、理事長は急ぎ足で去って行った。

まだレース中だった。エイラは紙コップのコーヒーをふたつ買った。イエルヴセー・ヨハンナがゴールして最速の牝馬《ひんば》になると、ふたりの警官は男たちのほうへ近づいた。ベンチとベンチのあいだに集まった小さなグループのなかで意気軒昂《けんこう》と意気消沈が入り交じっていた。なかのひとりは的中させたが、残りの者は外したらしい。写真を見せる必要はなかった。みんな、スヴェン・ハーグストレームをよく知っていた。彼の身に起きたことも。

「家には、金は一銭もなかったはずなのにな」顔じゅうに白毛交じりの髭《ひげ》を生やしたハッケと呼ばれる男が言った。「スヴェンは五月の終わりのV75で全財産はたいて以来、ずっとつきがなかった。時期によっちゃ、そういうことがよくあるものだ」

「まさか自殺じゃないんだろうな？」と、グスタヴという名の男が問いかけた。エイラはその男のアクセントが内陸地域のものと絞りこみ、アウグストに名前をメモしておくよう合図した。次のレースのオッズが発表されると、男たちの注意を引き留めておくのが難しくなった。彼らはこの件に関心がないわけではない。みんな感情的になり、憤りから協力を惜しまず、ふたりの警官のほうに詰め寄ってきていたのだから。ただ、近づいてくるひづめの音に筋肉記憶が反応しただけなのだ。

「あいつを傷つける理由が、いったいどこにあるっていうんだ？」

「あいつは何も悪いことはしていなかった」

「無口で気難しかったが、こんな年齢《とし》になれば、みんなそうだろう？　国がおれたちをどんなふうにしようとしてるのかわかっているんだから」

「あんた方、やった野郎を捕まえてくれるんだろうな。それともスヴェンの一件はどこかのファイル・キャビネットにしまわれておしまいか？　病院をみんな沿岸地域に移しちまうなんて、とんでもない話だ。そんなことがなければ、スヴェンも生きてたかもしれない」

「見つかったときは死んでたんだぞ」

「ああ、それでもだ」グスタヴが身を乗り出してきた。エイラは思わず酒のにおいと清潔とは言えない身体の体臭から後ずさろうとして、なんとか思いとどまった。「あいつには何か助けの手が必要だったのかもしれない。そうさ、あんなことがあってはな」グスタヴは片手にビールのプラスチックカップ、もう一方に食べかけのホットドッグを持っていた。彼はソーセージを自分の頭のほうに向かって振り、スヴェン・ハーグストレームを助けるべきだったと考えていることを強調した。

「どういう意味です？」

グスタヴはホットドッグをひとかじりしながら、詮索《せんさく》するような目でエイラを見た。あるいは、差し出がましい目つきと言ったほうがいいか。そのふたつには微妙な違いがある。

「あんた、子どもはいるのか？」

「いいえ、まだ」

「子どもには最高のことをしてやりたいと思う」と、グスタヴは続けた。「そのうち、あんたにもわかるよ。もし子どもがつまずいたら、強くあらねばならない。もし手に負えない事態になったとしても、あんたの手に子どもが倒れかかってきたら、子どもがどん底まで落ちたら、あんたはそのすべてに向き合わなければならない」グスタヴが手を振ると、ビールがカップの縁からこぼれた。「自分の子どもを救えない人間に他人をとやかく言えるか？」

「アルコール依存だったの？」

「もっと深刻なものにはまっていた」

「スヴェン・ハーグストレームが？」

「馬鹿言え、そうじゃない。おれの息子さ。いまは一緒に暮らしていない。だから、あいつの胸のなかがわかる気がしたんだと思う。スヴェンの胸のなか、という意味だぜ。子どもがいなくなって、心に穴がぽっかり空いたみたいな感じがな」

「その話を彼としたことは？」

「あれが話と呼べるかどうか。あいつはいつもその話題は避けていた。誰だって、ひどく心の痛むときはそうするものだ」そのときスピーカーが出走を告げ、馬たちが息を詰め、ひづめで地面を打ち鳴らして走り出すと、グスタヴはくるりと向きを変えた。六百三十九倍という信じ難いオッズのハルスタ・バルセが先頭に立つと、観衆は予想外の可能性に我を忘れた。エイラは、それまでアウグスト・エンゲルハートがすぐ後ろに立っているのに気づかなかった。そう言えば、少し前から姿が見えなかった。

「この話は、あなたも聞きたがるはずですよ」

「ちょっと待って」

最終コーナーにかかると、ハルスタ・バルセは重さに耐えかねて、違反走法である襲歩《ギャロップ》を始め、代わってフェトロラッドがリードを広げ、ラウドスピーカーの声が裏返った。全員が希望し、同時に恐れていた劇的な結末はついに訪れず、集団的ため息とも言える動きが観客のあいだをさざ波のように広がっていった。

「レイプ犯が身を隠している場所はどこか、当ててみてください」アウグストはエイラの耳に触れてしまいそうなほど、間近に立っていた。エイラは彼の息の熱さを感じた。

「どこなの？」

アウグストは男たちのグループのほうにうなずいてみせた。「あのうちのひとりがさっきのレースの払い戻しをしに行くのについていったんです。千クローナはあったかな。そこで二、三、小耳にはさみましてね」

「話してちょうだい」

にやりとしたアウグスト・エンゲルハートの態度は耐え難いほど尊大だった。これが、彼が職務で果たした最初の大発見だと、腕時計に目をやりながらエイラは思った。まだしばらくは帰る者もいないだろう。

「レストランで何かおごるわ」と、エイラは言った。

「カツレツとポテトは?」

「たぶん、レタスの葉っぱも何枚か付けてくれるはずよ」

ふたりはなんとかテーブルを確保できた。馬場を見るには最悪の場所だが、そこしか残っていなかった。アウグストは食器がぶつかり合う音や話し声、各レースの前に流れるやかましい音楽──『ポップコーン』のへたくそなカバーだ──に負けないように、身を乗り出した。

アウグストが馬券の払い戻しについていった相手はクルト・ウルベリ、以前馬主だったという男だ。アウグストは乱暴に書きつけたメモを読み上げた。

「この春、五月の初旬だったと思うが、問題の女性の隣に住んでいるいとこの義弟──もしかしたら義弟の隣人だったかもしれない──から聞いた話だが……その女性はニィランド・ヤーンで男に気づいたのだという。金物屋《ヤーン》で……」

「金物屋の説明まで聞く必要はないわ」

「最後に聞いたのは四十年前だったというのに、女性はその男の話し方、声に覚えがあった」

「誰に気づいたの？」

アウグストはメモ用紙をパラパラとめくった。「アダム・ヴィーデ」

エイラは記憶を探ってみたが、捜査活動でもそれ以外のところでも聞き覚えがなかった。

「いまはどうも、その名前を使っていないようですがね」と、アウグストは先を続けた。「ウルベリに言わせると、このあたりの森を避難所に使う人間が引きも切らないそうです。ベトナム戦争のアメリカの脱走兵、都市開発で追い出された人々、夫の暴力から逃げてきた女性……」

「森の外れにようこそ、っていうわけね」と、エイラは言った。「でも、それが今度の件とどんな関係があるの？」

アウグストは口の端に付いたサラダ・ドレッシングをぬぐってから、ラムローサのミネラルウォーターを飲みほした。

「このアダム・ヴィーデなる男は現在クングスゴーデンで暮らしている」と、アウグストは言った。「だからウルベリは、スヴェン・ハーグストレームにそのことを話したんです。知っておくべき人間がいるとしたら、スヴェンだと思った。ウルベリはこう言ってます。〝何と言っても、息子があんなことをやったんだ、さぞや面目なかっただろう。だが、そういう人間はあいつの息子だけじゃない〟」

「この話に出てくるレイプって、どんなものだったの？」

「北部ノルランドで起きた集団レイプです。かなり残虐な事件だったらしい」

混雑した部屋と客たちの発する熱と湿気、騒音のせいで、エイラは理路整然と考えることができなかった。ふたりで外へ出ると、ようやく訊いておくべき質問がいくつか頭に浮かんだ。

「ウルベリは、問題の男がいまどんな名前を使っているか知っているの？」

「あいにく知りません。彼のいとこだか、いとこの義弟だかも、その女性が人違いした場合を考えて名前は教えなかったらしい。もしかしたら、知らなかっただけなのかも」

その日の最終レースが終わったが、年配の男たちのグループはそのまま馬場のそばをうろついていた。遠目で見ても、彼らのプラスチックカップにはまだ中身がたっぷり入っているのがわかった。

「でも、その女性の名前はわかっています」と、アウグストが続ける。「彼女はプレーストモンに住んでいる。それに、ほかのことで必要になったらと思って、ウルベリの電話番号も訊いておきました」

「やるじゃない」と、エイラは言った。

アウグストはにやりとして、尻のポケットから紙片を取り出した。「これから、当たった馬券の払い戻しに行ってもいいですかね？」

ふだんなら、エイラは勤務明けに同僚とビールを飲みに行くことはない。母親がちゃんと夕食をすませたか、何も問題がないかどうかを確認するために、まっすぐルンデへ帰宅するのが常だった。

スウェーデンの言語では、〝ビールを一杯やりに行く〟はいつも三杯か四杯という意味になる。つまり、十キロ近く離れた家にタクシーでご帰還という結末が待っている。

それなのに、誘ったのはエイラだった。競馬場で聞きこんだ情報をふたりで再検討したときのアウグストの口調が、どこか寂しげだったからだ。帰り道、アウグストは面白いテレビ番組はないかと訊《き》いてきた。もうその大半は観ているはずなのに。

「クラムフォシュで、ほかに夜することがありますか？」

「ホテル・クラムに行ったことがある？」と訊き返したとたん、エイラはそう言ったことを後悔した。アウグストが寂しいのは自分の責任ではない。

「わくわくしますね」と、アウグストが言った。

「ちょっと待って」

ホテル・クラムのネオンの文字はいくつかなくなっていた。遠い昔、エイラは何度となくここで深酒の夜を過ごしたことがある。一夜かぎりの情事も一度か二度経験した。記憶にあるのは、顔のぼやけた肉体だけだ。

アウグストはハイ・コースト・ビールを二本持って、カウンターから戻ってきた。

「それで、レイプ犯の一件はどう思います？　脈はありそうですか？」

「事件のことをパブで話し合う——それが賢明なことだと思う？」

「レストランでも話をしたじゃないですか」

「でも、情報を教えてくれたのはあなたよ。それに、誰も聞いていなかったし」

ふたりは同時にカウンターに視線を走らせた。床一面に敷き詰めた絨毯《じゅうたん》、布張りの椅子、四十代とおぼしき地元の女性グループ、むっつりとしたビジネスマンがふたり。

アウグストは罎《びん》からラッパ飲みをした。「生まれてからずっと同じ場所で暮らしているって、どんなものです？　みんながあなたを知っている場所で」

そう言って、アウグストは目を輝かせながら背もたれに背中をあずけた。エイラはアルコールの効き目が押し寄せてくるのを感じ、いまこの瞬間を強く意識した。危険はない。アウグストはまだ若いし、ガールフレンドがいると言っていた。

「何年か、ストックホルムで暮らしたこともあるのよ」と、エイラは言った。「ずっと前から、自分で決められるようになったらすぐにここを出て行こうと思っていた」

「だけど、愛情が邪魔をしたわけだね」

「まあ、それもあるわね」エイラは窓の外に目を向け、舗装された駐車場に停まっている車を眺めた。邪魔をしたのは母親だが、その話題はこの場では重すぎるし、個人的すぎる。母親の病気、責任感、周囲から浮いた存在になることへの不安——そういった理由で、去年ここへ戻ってきた。確かに、愛情と言えば言えないこともない。

アウグストは自分のビールをエイラの罎とカチリと合わせた。

「エイラか」と、彼は言った。「いい名前だね。めずらしいけど」

「オーダーレンではそうでもないわ」と言って、エイラは何か反応があるかどうか様子見した。

反応はなかった。「一九三一年に軍の流れ弾に当たって死んだ娘の名前なの。エイラ・セーデルベリ。由来は彼女よ」

「ほう、それはそれは。クールだね」

エイラは相手が自分の話の背景を知っているかどうかわからなかったので、ふだんはことあるごとに逸話を話して聞かせるタイプの人間にはなりたくないと思っていたのだが、その思いは忘れることにした。いずれにしろ、オーダーレンの銃撃は広く知られた事実だ。エイラ・セーデルベリはわずか二十歳で命を落とした。銃弾が当たったとき、彼女はデモに参加してもおらず、脇に立って参加者たちを眺めていた。それがスウェーデンを根底から変える瞬間になった。それ以降、市民に対処するのに軍が派遣されることは二度となくなった。のちのちスウェーデンの標準となる形式が産み落とされ、労働者と資本家の親和的関係と妥協の国家が誕生した。

エイラはビールの残りを飲みほした。

「じゃあ、その話に乾杯しよう」と言って身を起こすと、アウグストはもう一本ずつビールを買いに行った。

三本目を飲み終えると――あるいは、四本目だったかもしれない――エイラはホテルの前に立ち、クラムフォシュ・タクシー会社に電話をかけた。アウグストはトイレに行っていた。屋根のネオンの光が駐車中の車をきらめかせていた。アウグストが後ろから近づいてくる音に気づき、エイラは振り返った。思いがけず、彼は間近に立っていた。気づくと、エイラはなぜか彼の腕に抱かれて、唇を合わせていた。どうしてそんなことになったのかさっぱりわからなかった。

「あなた、何をしているの?」と、エイラがつぶやく。

どうにも理解できなかった。アウグストの舌はすでに深く押し入れられているが、彼はあまりに若く、あまりにハンサムだった。私は飢えている、とエイラは思った。空白が長すぎたのだ。

「私たちは一緒に仕事をしなければならない」とエイラは言ったが、その言葉は途切れ途切れに口を出てきた。

「少し黙っていられないか？」

「あなた、ガールフレンドがいると言ってたわ」

「そんな間柄じゃない」

タクシーはまだ来なかったが、エイラはそれを呼んだことさえ忘れていた。アウグストの仮住まいは遠かったから、ホテルのフロントに戻るほうがはるかに楽だった。アウグストが自分の名でチェックインし、自分のクレジットカードで支払いをするのに、エイラは異を唱えなかった。

「ダンネローの配当だ」ふたりは声を合わせて笑った。アウグストはエイラの身体をエレベーターの壁に押しつけ、その拍子に階数ボタンを押し、このいまいましい乗り物を間違った階に止めてしまった。夜勤のポーターはシリア人で、最後の難民の大量流入のあとに来た者だった。ポーターはエイラを知らなかったから、噂を広められる恐れはない。

ひと晩だけのこと、とアウグストが誤ってキーカードを落とすのを見ながら、エイラは思った。もしそうなら、何の問題もない。

時刻は午前四時十五分、日差しがまともにエイラの顔に当たっていた。アウグストは彼女の横でうつぶせになって眠っている。両手を左右に広げた姿勢は、十字架のキリストを思わせた。音を立てずに服を着て、爪先《つまさき》立ちで部屋を出る。夜勤のポーターの姿はない。クラムフォシュの街はぐっすりと眠りこけていたが、タクシー会社はウメオで――たぶん、インドのバンガロールでも――営業していた。

二十分後、エイラは車に乗ってルンデへ向かっていた。家で待ち構えている事態を想像して、パニックがどんどんとふくらんでいった。

黄色く塗られた家はふだんどおりの姿で建っていた。ドアには鍵《かぎ》がかかっている。母親はあたりを徘徊《はいかい》したり、川に落ちたりはしていない。煙が出ている気配もなく、床には腰の骨を折って倒れている者もいない。

日中は短時間だが、定期的に介護士に来てもらうように手配してあった。料理を温め、母親の健康チェックをし、適量の薬を飲ませ、週に二度は入浴の手伝いもしてくれる。長く家を空けなければならない場合は、いつでも近所の人か、まだ残っている母親の友人に電話することができる。友人は年を経るごとに少なくなっていた。仕事のために引っ越した人もいるが、大都会に住まざるを得ない子どもを持った女性たちは、孫のそばにいたいがために一緒についていった。

母親は寝室のベッドのうえにいた。着替えずに眠りに落ちたらしく、読書灯はつけっぱなしで、メガネが斜めになって顔に載っていた。本は床に落ちていた。マルグリット・デュラスの『愛人《ラマン》』だ。ページは色褪《いろあ》せ、綴《と》じは本の背でほぐれ始めている。なかの数行がエイラの目に飛びこんできた。

彼は少し待ってくれと私に言う。私に話しかけ、ふたりが川を渡っていたときにすぐにわかったと言った。私が最初の愛人をこんなふうに追いかけ、男と寝ることが好きになるのをか

……

本を閉じると、しおりが落ちた。エイラはでたらめにそれを差しこんだ。自分の母親がこんなエロチックなものを読んでいるのに気づいて、子どもっぽい恥ずかしさを覚えた。

動揺したのは、おそらく愛人の痕跡《こんせき》がまだ自分の身体のなかに、鑑識官なら楽々と見つけてしまうほどまざまざと残っているせいだろう。それに、この十九年間の母親の恋愛生活のことを何ひとつ知らなかったからかもしれない。それ以前のことも。両親はいかにもわざとらしい合意のもとで離婚し、父親は一年とたたずに再婚した。それでエイラは離婚の原因は父親だと思っていたが、実は逆だった可能性もある。

エイラは本をベッドサイド・テーブルに置いて、いつかこれを読んでみようと自分に約束した。そうすれば話題ができる。シャシュティンは読んだものをすぐに忘れてしまうようだから、毎朝話ができるかもしれない。母親はまだ言葉とか物語に喜びを見いだしているのだろうか、とエイラは疑問を抱いた。それとも、これまでずっとやってきたから、ベッドで本を読んでいるだけなのか。

そのあとバスルームへ行ってシャワーを浴びた。自分の身体がそこにありながらどこにもないような感じがし、何カ所かずきずきと痛む場所がある。歯を三回磨いたが、口のなかの味は消え

てくれなかった。
二日酔いの味、彼の味、すべての味が。

エイラが少し遅れて着くと、会議はもう始まっていた。用心してガムを口に放りこみ、息を止めて挨拶《あいさつ》をした。

エイラはいまだに、この事件の捜査に誰が加わっているのか正確なところを把握していなかった。ひと昔前ならもっとまとまりのあるチームで動いたものだが、いまは必要に応じ、また誰がその人間をよそから呼んだかによって、メンバーがめまぐるしく入れ替わる。すべてが弾力的で、動き続けている。ある意味それは、社会全体の変化によく似ている。グループはいまや流動するものとみなされる。情報を大勢の人間が共有し、知識やノウハウをまとめたデータベースはどんどん大きくなるが、それぞれの関係性を把握するのはますます難しくなっている。誰が明日《あした》も一緒に働くのか、誰が消えてしまうのか、エイラには予想もつかなかった。

「父親が死んでいるのを、それも残虐に殺されているのを発見して」と、シリエ・アンデションが言った。これまでインターネット回線を通じて声を聞いただけで、エイラは一度も会ったことのなかったスンツヴァルの捜査官だ。「あるいは自分でナイフを突き立てたのかもしれないけど、いずれにしろ家のなかをうろつく理由がどこにあるの？　そんなところでぐずぐずしたがるなんて、いったいどんな人間なのかしら？」

「『サイコ』の主人公だな」と、ボッセ・リングが例を挙げた。ボッセとはエイラも何度か顔を合わせている。勤続三十二年のベテランで、それ以前は軍隊にいた。老いたボクサーのような曲がった鼻に、厚みのないメガネをかけている。

声は人をあざむく。通常、会議にはビデオ装置が用意されているのだが、ウェブカメラのスイッチを入れる出席者はほとんどいない。シリエ・アンデションの低い、少しハスキーな声から、エイラは白髪を黒く染め、老眼鏡が必要な中年女性を思い描いていて、犯罪者が喜んで警察署まで付いてくるような胸の大きいプラチナ・ブロンドの美女とは考えてもいなかった。本人もそのことに気づいて、気にしているふうだった。

「どうして、その話が出てくるんだ?」と、ボッセ・リングが言った。「やつは母親は殺していない。そうだろう?」

「誰の話だ?」コンピューターの画面から顔を上げて、GGが尋ねた。

「『サイコ』に出てくる男だよ。母親を屋根裏部屋に隠して、彼女のロッキング・チェアを使ってたんじゃなかったか?」

「それはともかく、ウーロフ・ハーグストレームに関する報告がいくつか入っている」と、シリエが言った。「ひとつは、若い頃に送られた施設からのもので、彼は何度か同年代の収容者を殴っている。重い傷は負わせなかったけど。そこを出ると、ウップランズ・ブローの里親に引き取られた。学校は卒業までは行かず、長期にわたっていろんな職業に就いた。あの地域の製材所でも働いていた。住所も転々としていたようだけど、犯罪記録はなし」

「捕まらなかっただけじゃないのか」と、ボッセ・リングが言った。

「でも、手口がどうもしっくりこないの」と、シリエが先を続けた。「ああいうナイフの傷ならさほどの力は要らないけど、多少の技術が必要になる。犯人は自信家で、冷酷な人間である可能性が高い。襲ったのが気の弱い人間なら、相手が死ぬのを確認できるまで刺し続けるでしょう。それに復讐《ふくしゅう》とか、感情的・個人的な動機の犯行であれば、もっと怒りを相手にぶつけるはずよ」

エイラは血の気のない死体を思い出し、こみ上げてきた吐き気を押し戻した。

「被害者のかかりつけの医師が折り返しの電話をかけてきたんだけど」と、シリエがなおも続ける。「四年前にスヴェン・ハーグストレームがはしごから落ちて大腿骨《だいたいこつ》を骨折したことは間違いないと言っていた。シャワー椅子は一時的に借りていたものだけど、誰も返却を求めなかったらしい」

「おれが椅子に座ってシャワーを浴びなければならなくなったら、ひと思いに撃ち殺すと約束してくれ」と、ボッセ・リングが言った。

エイラはここに来る途中、なんとか買うことのできたコーヒーをすすった。ミントのガムを嚙《か》んでいたので、ひどい味だった。GGが彼女のほうに顔を向けた。まるでほとんど眠っていないように疲れた顔つきで、目が充血していた。

「さっきまで、きみたちが競馬場で手に入れた情報について話し合っていたんだ。きみはあれをどう解釈する？」

「何とも言えません」遅刻したことで気まずい思いをしながら、エイラは答えた。「情報源は信用できますが、あくまで三次情報、四次情報の伝聞ですから」

「この場では自由に考えを言ってくれてかまわない。その女性が金物屋で見た男がスヴェン・ハーグストレームである可能性はあるだろうか？　そいつは……何という名を名乗ってたんだっけ？」

「アダム・ヴィーデです」

「スヴェン・ハーグストレームが過去に名前を変えた形跡はないけど」と、シリエ・アンデションが口をはさんだ。

「女を引っかけるときにそう名乗った可能性はあるな」と、ボッセ・リングが言った。「そういうときは、好き勝手な名前を名乗るものさ。友だちに、相手の正体を見抜く秘訣《ひけつ》を教えてくれと頼まれたことがあるよ。その友だちは、自分を〝でかパイ〟と呼んでいる女とチャットをしているらしい」

「友だち?」と、シリエが静かな声で言った。「SNSでも精神科医のカウチでも、その言葉が同じ意味で使われるのは知ってるわよね。本気で、友だちの代わりに質問する人などいないわ」

「シリエ、きみはエイラと一緒に行ってくれ」と、GGが言った。「その女性を訪ねて、この話に脈があるかどうか確認してほしい。必要なら、そのゴシップを又聞きした連中にも当たってみてくれ」

GGとボッセ・リングはビールの建築現場へ行って、ちょっぴり圧力をかけてくるという。学校だった建物を急ぎB&Bに改装しているリトアニア人の建築業者は、毎朝六時から仕事をしていると言い張っていた。

「その話が本当かどうか確かめてみる。脱税と違法な賃金引き下げに関する情報がいくつか出てきているから、やつらもしゃべらざるを得ないだろう」

同時に、エイラが作ったリストをもとに、問題の地域に住む後ろ暗い過去を持った人物を何人か出頭させる手はずも整えた。

「全員、時期はさまざまですが、暴行罪または暴行未遂で有罪になっています」と、エイラは説明した。「でも、謀殺または故殺の容疑をかけられた者はいません」

「何事にも、初めはあるものだ」と、GGが言った。「それに、少なくともそいつらが何らかの情報を持っているのは間違いない。誰々が小屋に金を隠しているとか、誰々が休暇で留守にしているなんて噂には飛びつく連中だからな。いつだって落ち着きなく、外を出歩いている」

「スヴェン・ハーグストレームはほとんどどこにも旅をしていない」と、シリエが言った。「パスポートは前の世紀の終わりに失効している」

「たぶん、そいつらはほかの件を自白してくれるだろうよ」と、GGが言った。

〝私たちは袋小路に入ろうとしている〟とエイラは思った。〝誰ひとり、いま追っている線が何かにつながるとは思っていない。やらなければならないから、希望を持っているふりをしてやっているにすぎない〟

「誰か、これが金銭がらみの事件だと考えた人はいないの？」と、シリエが問いかけ、すらすらと被害者の財政状況を並べ上げた。生涯続けた林業の季節労働のわずかな年金、評価額一万九千クローナの家、一万三千七百クローナの預金。「きっと自分の葬式のために取っておいたのね。お荷物になるのを嫌がる世代だから」

「おれたちはあらゆる可能性を検討する」と答えたGGの口調は意外なほど鋭かった。「それはつまり、完全に除外できるまで何事も除外しないということだ。日が過ぎていくにつれ、老人たちの不安は高まる。玄関に鍵をかける人も出てくるだろう。警察はやるべきことをやっていないと投書してくる者もいるはずだ」

すでに二週間が過ぎていた。誰かがスヴェン・ハーグストレームの腹をナイフで刺し、動脈を切り裂いたのは、二週間前のほぼこんな時刻だった。

それなのに、まだ凶器も見つかっていない。決定的な目撃者も。

そのことは、GGに言われるまでもなく、みんな十分に承知していた。

エイラは吐き気を抑えようと買ったコーラを飲むと、速度を落としてボルスタブルックに車を走らせた。縮みつつある製材所の町の、窓やドアに板を打ちつけたわびしげな店の前を通り過ぎる。

新しい同僚との会話はいつも代わり映えせず、型にはまったものになりがちである。〝警察に入ってどれぐらい？　ここに来る前はどこにいたの？〟。答えのほうはいくらか変化があるものだが、シリエ・アンデションもまた、警察アカデミーを卒業したばかりの警官ではなかった。

「本当は地質学者になりたかったの」と、シリエは言った。「ほかの女の子はみんな、馬とか犬とか男性アイドルグループに夢中だったけど、私は岩に取り憑《つ》かれていた。カウンセラーに言わせると、子どもの頃と関係があるそうよ」

岩は、いかにも不安定な世界のなかで揺るぎないもののひとつである。何千年もかけて摩滅し、変形していく。その話を聞いて、エイラはこの同僚を違った角度から見るようになった。シリエは警官になる前、心理学の学位を取ろうとしたらしい。

ラジオから臨時ニュースが流れ、ふたりは口をつぐんだ。

数日前から、殺人事件の報道は地方版の大見出しからは外れており、代わりに裕福なストックホルムの自治体がひそかに、生活保護の受給者をノルランドのもっと貧しい地域に転出させていたことが露見したニュースがトップ記事になっていた。アパートメントの空室があれば貸し出し、旅費を払い、ひと月分の賃借料を与えて縁切りしていたという。クラムフォシュの当局は、福祉事務所に新住民が登録しにくるまでその事実を知らなかった。

「GGと仕事をするのはどんな感じ？」と、シリエが訊いた。

「特に問題はない、と思う」と、エイラは言った。「経験豊かだし」

「私たちふたりにこの件をまかせたのはどう思う？」

「筋は通っている。私たちは女性に性的暴行のことを質問しにいくんだから」

エイラは内心、地元の麻薬常習者を追う役目でなくてよかったと思っていた。そんな連中に会えば、よう、マグヌスによろしくなと言われるのは間違いなかった。だが、そのことは言わなかった。それに、いま前を通り過ぎたのが悪名高き〝魔女山《ボールベリエット》〟で、そこはこの国で一番多く、女性が魔女として斬首《ざんしゅ》されたり火刑にされたりした場所であることも黙っていた。十七世紀末の六月の一日だけで、その教区に住む四人にひとりの女性が処刑されている。

「もしかしたら、あの人のガールフレンドが私と彼がふたりきりになるのを嫌がっているのかもしれないわね」横目でちらりとエイラを見て、シリエが言った。「だから、あなたも気をつけることね」

「どういう意味？」

「彼、ちょっと食欲をそそるタイプじゃない？　いろいろ噂があるけど、こんな北のほうまでは届いていないかもね」

「仕事中の人とは寝ないように努めているわ」と言って、エイラはプレーストモンの女性の家に向かって道を曲がった。「それに、予約ずみの相手とはね」そう言ってしばらく沈黙が続いたあと、エイラはようやく気づいた。偽善者というものが、これほど手早く、かつやすやすとできあがることを。

「ええ、もちろんよ」と、シリエが言った。「みんな、そう言っているわ。それが実際に起きるまではね」

その女性の名はエリザベト・フランク。五十代前半だったが、椅子に腰を下ろし、あったことを全部話してほしいとシリエに言われると、たちまち十六歳に戻ってしまった。太もものあいだに両手をはさみ、ありもしない縁飾りを押し戻そうとした。身体が一瞬前よりずっと細くなったように見えた。

「なぜそんなことをお知りになりたいの？」

夫がエリザベトの手をぎゅっと握った。

「あの人がまたやったの？」と、エリザベトは尋ねた。「だからなの？」

ふたりの家は夫が両親から受け継いだもので、趣味よくリフォームされていた。おそらく土台は十七世紀のものだろう。もしかしたら、当時は魔女のひとりが暮らしていたのかもしれない。床板は磨き上げられ、巨大な薪ストーブが鎮座し、薄紫色のカーテンが風にそよいでいる。外には広々とした芝生が広がり、二基の小型ロボット芝刈り機が低い回転音を立てながら、芝のでこぼこを均《なら》している。エリザベトは裾の広いズボンと、それに合わせたトップスを着ており、どちらも国産の高級ブランド品だった。夫妻は冬をヨーテボリで過ごすが、妻はもっと北の地方の出身だ、と夫は説明した。

「イエーヴレダールです。ご存じかもしれないが」

シェレフテオとピテオというふたつの街に挟まれ、最北の県ふたつを隔てる県境近くにある場所で、エリザベト・フランクが二度と足を踏み入れることのない街である。

「最初は確信がなかった」と、エリザベトは言った。「後ろから声が聞こえたの。頭が処理する前に、身体がその声を聞き分けたみたい。突然、震え出したわ。そんなこと、信じられる？」エリザベトは窓の外に目を向けると、しばらく間を置き、涙か、あるいはそれ以外のあふれ出してほしくないものを抑えこんだ。

北西の空が暗くなった。山地から嵐がやってくるらしい。

「人は忘れることができると思っている。ずっとそのことを考えないでいれば、やがて素晴らしい男性と出会い、結婚して、家庭を築き、幸せな暮らしを送れる、と。そのうち、それは永遠に去って行った、消えて行ったと考え始める。でも、そんなことはない。決して、消えたりはしない」

「どうぞ好きなだけ時間をかけてください」と、シリエが言った。

エリザベト・フランクは刑事をしげしげと眺めた。

「あなたを見てると、彼女を思い出すわ。おわかりかしら？　あの人もブロンドで、自信にあふれ、美しかった。昔の自分の写真を見ると結構かわいいと思うけど、あの人にはとても太刀打ちできなかった。あなたみたいな人に、そういう気持ちがわかるとは思えない」

「どういう意味です？」

「無視されていた。いつも、無視されていた。でも私は、誰よりも彼女のそばにいたかった。なぜだと思う？」

「日の光ね」と、エイラが言った。「誰でも日差しを浴びていたいと思う」

エリザベト・フランクはゆっくりとうなずいたが、なおもシリエに熱のこもった視線を向け続けた。まるで、シリエの皮膚の下の何かを見つけ出そうとしているかのように。

「ニィランド・ヤーンでその日に何があったのか、教えていただけますか」と、エイラが質問した。

「私が代わりに行けばよかった」と、エリザベトの夫が言った。「だが、どうしても行くと言い張った。私の六十歳の誕生日だった」

エリザベトはその日、パーティに必要なこまごましたものを買い、注文してあったワインを引き取るために出かけた。金物屋は街で政府が認可する酒類の引き取り場所にもなっていた。

「私は間違えないように電球を選んでいた。簡単ではなかった。いまではワット数が昔とずいぶん違っているから。そこに立っているときに、後ろから声が聞こえた。ドリルの売り場のそばだった。きっと私のなかの何かがすぐに気づいたんでしょう、私は動きを止めて耳をすました。家でやることがいっぱいあったから、急いでいたのに。男が店の従業員と話をしていた。ふたりともあるブランドがほかよりいいという意見で一致しているのに、男はまだ決めかねていた。男がそう言うのを聞いて、私はがつんと強く殴られたような気がした」

夫が片手で妻の背中をやさしくなでた。

「彼が言ったことを正確に覚えている。昔聞いたメロディーのなかに逆戻りしてしまったようで、北の地方のアクセントだった。棚越しに見えたのは男の後頭部だけだったけれど、私にはわかった。思わず〝アダム・ヴィーデ〟という言葉が口をついて出たとたん、男が振り向いた。あの目だった。同じ目だ。男は目をそらすとドリルを手放し、急ぎ足でレジとドアのほうへ向かった。

でも、間違いない。昔、彼がまったく同じことを言うのを聞いたことがあったから」

「何を言ったんです？」

エリザベトは夫に、コーヒーを淹《い》れて持ってきてほしいと頼んだ。夫が部屋を出て行くと、エリザベトは声を抑えて早口で先を続けた。

「〝あの女が最高だ〟。彼はあの夜もまったく同じことを言った。そのときは〝ブロンドの女、きれいな女〟のことで、ドリルではなかったけど。そんな男だった、アダム・ヴィーデは。当時は名前も知らなかった。裁判になって初めて知った……私たちはガソリン・スタンドでハンバーガーを食べていて、彼に目を惹《ひ》かれた……あのグループが全員そろっていて、彼は目立ってハンサムだった。でもハンサムすぎる、と私は思った。意味はおわかりでしょう。口には出さなかったけど、彼は私に興味を持っていて、私を見ているような気がした。目がとても素敵だと思った。少し緑がかったブルーで、休日の海みたいだった。でも、もちろん彼が欲しかったのはアネットだった。いつもアネットだ。トイレへ行こうとして脇を通り過ぎたとき、彼の言葉が耳に入った。〝欲しければ、もうひとりを落とせばいい――もちろん、私のことだ――だけど、かわいいほうはあきらめろ〟」

その夜、エリザベトは長い時間、トイレにいた。戻ってくると、すでにアネットはアダム・ヴィーデの膝《ひざ》に乗って、くすくす笑っていた。アネットは酔っていた。イェーヴレダールで一年の最大の催し物であるドラッグ・レースへ行った帰りだから、みんな酔っ払っていたが、男の子の大半は地元の人間ではなく、周囲の地域から集まった者たちだった。彼らは湖畔に張ったテントでもっと飲むつもりで、こう呼びかけてきた。「来いよ。つまらない女になっちまうぞ」

「最後に見たのは、側面に炎の絵が描かれたキャデラックの前部座席で、ふたりの男にきつくはさまれて座っているアネットの姿だった。足をヴィーデの足に載せていた。ヴィーデの手は早くも彼女のドレスのなかへ突っこまれ、全身をまさぐっていた。アネットは駐車場全体に響きわたるような大声で何かの歌をうたいながら、壜から酒をあおった。密造酒だと裁判のときに教えられた。私は少しも欲しくなかった。それ以前に、好きでもない男の子何人かと寝たことがあった。つまらない女と言われないために。ときには恋をしたようにみせかけたこともある。そのほうが気分がいくらかよかったから」

夫が戻ってくると、エリザベトは身を起こして手を伸ばし、相手をかばうようにいとしげに夫の頬を撫《な》でた。

「自分で思うとおりにお話しするのが一番いいと思ったの」と、エリザベトは言った。

「きみは何も恥じることはない。それはわかっているだろう？　ぼくはいつでもここにいるからね」

「わかってるわ」

妻の額にキスすると、夫は家の別の場所に引っこんだ。

「夫は全部知っているわけではないの」と、エリザベトは説明した。「あれから、あの日のことを一度も考えていないというのは本当ではない。いつでも頭の隅に残っていた。私は彼女を車から引きずり下ろすべきだった。何かおかしいとは思ったけど、彼女にひどく腹を立てていたので何もしなかった。いまでも彼女の姿が思い浮かぶ。車が走り去るあいだ、両腕を宙で振っていた。でも、私は動かなかった。泣いて、地面を蹴《け》りながら、二キロの道のりを歩いて帰った。自分がとても哀れだった」

その日の午後遅く、エリザベトはアネットの母親から電話をもらった。誰かがアネットをテントで見つけて通報してきたあとだった。

七人の若者がレイプに加わった。最年少は十六歳だった。すべてのことに終止符を打ったのはその少年で、片手をすっぽりアネットのなかに入れて突き動かし、その過程で膣壁《ちつへき》を引き裂いた。エリザベトが事件のあらましを知ったとき、アネットは手術中だった。彼女の腹腔《ふくくう》は文字どおり断ち割られていた。

「一審のときには少しのあいだ法廷にいたけど、それ以上は耐えられなかった。もっと南にある学校に転校した。道で、釈放された彼らに出会ったりすることがないように。彼らはわずか一年で出所した。アネットがその後どうなったか、私は知らない。生きているかどうかさえ。子どもを産める身体に戻ったのかしら。もしかしたら、それが街を去った本当の理由かもしれない。二度とアネットに会わなくてすむように。いまはときどきフェイスブックで彼女を探して、元気なのか、ちゃんと暮らしているのかを確かめようとしているけど見つからない。たぶん、名前を変えたんだと思う」

「ご主人の言うとおりです」と、シリエが言った。「あなたの過失ではない。恥じるべきは、そんなことをした男たちよ」

エリザベトは顔をそむけた。エイラは、彼女が高級な服を衣装として使っているように感じた。どちらかと言えば個性のない服装で、どんな場面にも合うものだった。

「ドリルに囲まれて、どうしたらいいだろうと考えながら彼を見ていた。まるで何事もなかったかのように……あとで考えれば、私のまわりには重いもの、危険なものがいくらでもあった。鋤《すき》か草刈り機で頭を殴ることもできたのに、私は何もしなかった。彼が出て行くのを黙って見ていた」

その瞬間、稲光が走って、三人の女性はびくりと腰を浮かせた。雷雲はちょうど手ひどい暴行を受けた肌のような青黒さだったが、まだ雨は降り出していなかった。エリザベト・フランクは立ち上がって窓辺に行き、足を止めた。十秒後に大きな雷鳴が聞こえた。嵐が三キロ以内に近づいていることを意味した。

「あれ以来、ニィランドには一度も行っていない」と、エリザベトは言った。「ずっと遠くても、ソレフテオにはときおり行く。よく夫と川でカヌーに乗るんだけど、いまは下流のニィランドの方角へは行かないでほしいと頼んでいる」

「その男がクングスゴーデンに住んでいると、どうしてわかったのです？」

「店を出て行く彼に誰かが話しかけたの。私は棚の後ろに隠れていたけど、話はよく聞こえた。〝クングスゴーデンはどうなってる？　もう光ファイバーはつながってるのか？〟。まだだ、と彼は答えた。光ファイバーのことよ。手間取っているのに文句を言っていた」

男が店を出て行くと、ようやくエリザベトはレジまで移動した。訊かなければならないことがあったからだ。あの人は、アダム・ヴィーデじゃない？　と、彼女は尋ねた。

いや、そんな名前じゃない。

「名前は訊かなかったんですか？」

「ええ、訊かなかった。訊けなかったの」

シリエはその男の姿かたちを教えてほしいと頼んだ。平均より長身で、百九十センチ近い。六十歳に手が届こうというわりにはかなり良い体型を保っており、その点がエリザベトの怒りをかき立てた。彼女としては、車椅子の彼と対面したかった。何であれ、彼が人生を謳歌《おうか》していないことを示す姿に出会いたかった。白くはなっていたが、髪はふさふさとしていた。

エイラは相棒の捜査官と目を見交わした。これで、スヴェン・ハーグストレームを除外できた。スヴェンは七十歳を超えており、背もずっと低かった。

「長い年月ですものね」と、シリエは言った。

「あと二週間で三十八年よ」と言って、エリザベト・フランクはふたりの警官を代わる代わる見つめた。「でも、あれは彼の動き方だった。彼の声だった。でなければ、私が名前を口にしたときに振り返ったりするかしら？　見映えがいいと思っていたドリルを買わずに帰るかしら？」

エリザベトはその日、電球は買ったがワインのことはすっかり忘れてしまい、あとで夫が店へ取りに行かなければならなかった。それで彼女は夫に打ち明けざるを得なくなり、その日の午後、客が来る前にいきさつを語って聞かせた。夫は妻の動揺を見抜き、その記憶を夫婦で共有しようと言った。家族のプロジェクト・マネジャーは夫であり、エリザベトはいつも夫の言うことに従っていた。いずれにしろパーティを取りやめるわけにはいかなかったから、エリザベトは普段どおりの行動をしようと努力したが、パイを焦がし、泣き崩れてグラスをひとつ割ってしまった。

夫があの夏にイェーヴレダールで起きたことを知ったのは、そのときが初めてだった。

「それ以来、夫の態度に何か変化があるのではないかと戦々恐々としていたのだけど、何も変わらなかった。信じられる？　夫がまだ私を愛しているなんて。ときには、とても腹が立つことがある。私という人間の本当の姿に気づかないとは、夫は馬鹿なんじゃないかと感じることも。夫は理解しているつもりで愛しているけれど、その人物は本当の私ではないのよ」

パーティが終わりに近づき、一番親しい者が数人残っただけになると、夫はパーティがいつもとまったく違う雰囲気であった理由をわからせるために、彼らにも打ち明けるようエリザベトを促した。みんな、きみを愛している友だちや身内だ。話すことがきみのためにもなる、と夫は言った。

捨て去るために。軛《くびき》を解かれるために。

エリザベトはほかの者には内緒にするという条件で、夫が話をするのを許した。

彼女本人はそのままベッドに入った。

「でも、誰かがうっかりしゃべるとは思っていた。それを聞いた者がまた別の者に話すだろうと。他人の秘密をしゃべらないでいられる人などいないわ」

嵐が近づいていた。エリザベトの夫が二階から下りてきて、電気のブレイカーが下りないようにテレビなどのプラグを抜いた。

「私が今日この話をしたのは」と、エリザベトが言った。「あなた方が彼を、何かの罪で捕まえたがっているように思えたからよ」

玄関に送りに出たとき、夫は妻を守るようにすぐ後ろに立っていた。

「これが大いに役立つことであればいいのだが」と、彼は言った。

「わかりません」と、エイラが答えた。「この情報は別の捜査で取り上げられる可能性もあります。私たちはあらゆる角度から調べているのです」

「レイプかね？」

「殺人です。役立つかも知れません。あるいは関連のない可能性もあります」

「なんにしろ、私たちはもう思い悩まずにすむだろう」

公判の速記録は分厚い封筒に入ったまま、読まれるのを待っていた。エイラは早めに署を出てヘノサンドに寄り、それを持って帰った。八〇年代の公判記録はまだデータ化されておらず、ピテオ地区裁判所はすでに閉鎖されていた。その記録を見つけるのに、国立公文書館の女性係員は大いに手間取った。

そのあと、夕食という邪魔が入った。

「あなたはもうここにはいないはずなのに」と、シャシュティンがつぶやいた。テーブルを片づけている途中で、チーズ・スライサーを持ったまま動きを止めている。

「どういう意味?」

「ひとかどの人間になっていたはずなのに。まだここにいて、無駄に時間を過ごしている」

「きっといまの仕事が好きなのよ」と、エイラは言った。「私にすれば、この家で暮らすのが理にかなっているの」

「でも、あなたはとても有能なのに」

「それをもらうわ」チーズ・スライサーを母親の手から奪って食器洗浄機に入れながら、エイラは言った。よく覚えていないほど昔から、人にそう言われ続けていた。あなたなら、先人が切り開いたあらゆる可能性を手にすることができる。望みどおりになりたい人間になれる、と。

エイラの人生の意味は、生まれるずっと前から決まっていた。木のように。下生えのように。

警官になったことは失望を招いた。裏切りに等しい。多くの古い世代の人々にとって、制服はいまだに一九三一年の軍隊の記憶をよみがえらせるものだった。

エイラが人文科学か自然科学を勉強していたら、何にでもなれただろう。先人たちは彼女のために、製材所の労働者の子どもや孫にも教育の機会を与えられる社会を築いた。文学に身を捧《ささ》げるのは、栽培され伐採される樹木から食物連鎖を上りつめ、頂点に達したことを意味する。だがエイラはもっと具体的で、物理的で明確なものを求めた。本から、大仰な文章から逃れたかった。足をすべらせて間違った側に落ちないように、常に正しい側にいたかった。

「ドラッグの常習者にならないだけで上等じゃない！」エイラの職業の選択が家族に爆弾を落としたとき、彼女はそう叫んだものだ。家族は分裂し、ばらばらになった。

エイラはSVTプレイのオンデマンドから『シェトランド』のエピソードを適当に選び、母親の前に紅茶のカップを置いた。母親が筋を追えるのかどうか疑問だったが、少なくともこのドラマに出てくる物憂げだが好感の持てるハンサムな警官を気に入っていた。

北西の方角から、川を越えて煙のにおいが漂ってきた。ローカルニュースでは、落雷がマリエベリとサルトシェーン湖の北側で山火事を起こしたと報じていた。乾いた大地が、ふたたび人々の恐怖をあおり立てている。前年の山火事の記憶がまだ人々の心に焼きついていた。火事は森に幅広の帯状の焼け跡を残し、人々に家を捨てることを余儀なくさせた。

エイラはピテオ地区裁判所の評決を手に、キッチン・テーブルの椅子に腰を下ろした。

分厚くて、普通ではありえないほど細大漏らさぬ内容だった。ヘノサンドの文書係もこれがどれほど包括的であるかを強調し、こんなものはいままで見たことがないと言っていた。

「信じられないほど細かいわ」と言って、文書係の女性はあなたも読めばきっとショックを受けるわよ、と何度も繰り返した。

裁判が行われたのは、一九八一年の十一月だった。

七人の若者が訴追された。アダム・ヴィーデが、原告のアネット・リードマンに対する暴行の主犯と見られていた。被告数人の証言によれば、アダムがほかの者をけしかけ、テントのなかで彼女の服を脱がせたという。

彼女の下着をずり下げ、服を剝《は》ぎ取った。

アダム・ヴィーデの記憶では、彼女はまったくの自発的意思で服を脱いだという。興奮しており、車のなかでさわったときにはすでに濡《ぬ》れていた。テントにも進んでついてきた。それは、あいつが欲しがっていたという証拠じゃないのか？

それ以外にどう考えればいいんだ？

ほかの者の証言では、アネットはキャンプ場に着くまでにほとんど意識を失うぐらい酔っていた。助けなしでは歩けないほどだった。

八〇年代初めには、ＤＮＡ技術は犯罪捜査に重要な役割を果たしていなかった。そのため、アネット・リードマンを検査してかなりの量の精液が発見されたのに、誰が彼女のなかに射精したのかを突きとめることはできなかった。

アダム・ヴィーデは、自分がひどく酔っていたと主張した。勃起《ぼっき》しないので、彼女のうえに乗って身体にこすりつけ、なんとか立たせようとした。そのうち吐き気を覚えたので、彼女をそのまま残して外へ出た。

テントを出たところで、知らない男とぶつかった。自分でもなぜかわからないが、その男にテントのなかに欲情した女がいる、行って仲よくなったらどうだと話した。

あるいは、こう言ったのかもしれない。「ぜひファックすべきだ」と。

そのあたりは、証言がさまざまに分かれるところだった。

アダム・ヴィーデはもっと酔っ払うためにその場を離れたが、若い男は彼の忠告に従ってテントにもぐりこんだ。若者の友人も次々とあとに続いた。彼らを止めたり、抗議したりした者はひとりもいなかった。それどころか、順番に行為に加わり、仲間に声援を送ったりした。彼女のうえで上下運動を続ける若者の背中を叩いて励ますことまでした。

そんな記述が次から次へと続く。各ページにレイプの各段階の詳細が描き出されていた。そこにいた者の誰ひとり、やめろと言って事の進行を止めようとしなかった。そんなことがあり得るのか？　きっとそうしたいと思った者もいたが、見て見ぬふりを決めこんだのだろう。

ひとりはアネットが男を押し戻そうとしたと証言し、別の者は彼女が気を失っていたと語った。彼女の服を剝ぎ取ったのが誰かははっきりしない。最後に襲った最年少の十六歳の少年は、勃起しなかったので指を使ったと話している。そうしているうちに、自分の指が血まみれになっているのに気づいた。

翌朝、最初にテントに戻ってきたのがアダム・ヴィーデで、アネット・リードマンが裸で横たわっているのを発見した。具合を尋ねても答えがなかったので、彼はテントを離れた。

誰かが通報して病院に運ばれたときも、アネットはまだ意識が戻らなかった。血中アルコール濃度は〇・四パーセントだった。

自分の身に何が起きたのか、アネットはまったくわかっていなかった。

アダム・ヴィーデと五人の若者が性的虐待の廉《かど》で禁固一年を宣告された。法的に見ると、それはレイプではなかった。少女はいっさい抵抗していないからだ。最年少の若者は加重暴行で有罪となり、社会事業局に引き渡された。

エイラは腰を上げ、紅茶を飲むためにもう一度湯を沸かした。

頭の奥深くから、何か語りかけてくるものがある。昔、受講した法学講座で聞いた細かい事実だ。この事件が起きて熱っぽい議論が交わされたあと、法が強化されたのは九〇年代初頭だったか？　グーグルで検索してみると、その法律の立案に関連してイェーヴレダールでの暴行事件が出てくる国会の議事録がすぐに見つかった。事件当時は、七人の暴行犯に対してわずか一年の刑期を与えるしかなかったのだ。

エイラは腰を下ろし、まるでクリスマス・プレゼントのなかを覗《のぞ》いてはいけないと体験から学んだ子どものように、それまでじりじりしながら待ち続けていた箇所をゆっくり読み始めた。

公判記録には、被告ひとりひとりの履歴が詳細に書かれていた。名前は簡単に変えられるが、個人の識別番号はそれこそゆりかごから墓場までつきまとうことになる。尋常ならざる出来事が起きたときは別で、その場合は国がその人物を過去から解き放ってやることがある。

だが、それは性的虐待で有罪になった人間には適用されない。

正規の捜査官であれば、ラップトップ・コンピューターを自宅に持ち帰ることができる。エイラは各種の記録簿やデータベースを見るために署に出向かなければならないが、個人の識別番号を調べられる公開のアクセス・サイトがいくつか存在する。最後の四桁《けた》の番号は見られないようになっているが、それは大した問題ではない。

アダム・ヴィーデの番号を打ちこんでみた。一九五九年八月生まれ。まもなく彼の誕生日だ。ハッピーバースデー、アダム――ニィランドと打ちこみながら、エイラは頭のなかでつぶやいた。郵便番号は、クングスゴーデンとその周辺の地域に割り当てられたものだ。

一件、ヒットした。

まさか、と声を出さずにつぶやく。キッチンのなかを一周して改めて腰を下ろし、画面でちらちらまたたく名前を見直した。

エリック・トリッグヴェ・ニィダーレン。

どうして見落としていたのだろう？　公判記録のなかには、囲みに入れて被告のフルネームが書いてあったのに。

アダム・エリック・トリッグヴェ・ヴィーデ、と。

彼は結婚したときに、〝アダム〟という名を切り捨て、妻の姓を加えたのだ。偽名としては最上等とは言い難い。

だが、そのことにどんな意味があるのだろう？

初めて庭で会ったとき、トリッグヴェ・ニィダーレンが力強い握手をしてきた場面を思い返した。確かに長身で、髪もふさふさしていたが、目の色はブルーだっただろうか？　自分は、せっぱつまったときはお粗末な証言しかできないタイプの人間なのかもしれない、とエイラは思った。他人と目があったときは常に、その裏側に隠されているものを見抜こうとしてしまう。

トリッグヴェ・ニィダーレンは最初、動揺しやすい一家――ときにはヒステリックにさえなりかねない一家のなかで、比較的穏やかな人物、理性的な人物として現れた。

エイラはふと、テレビの音が聞こえてこないのに気づいた。『シェトランド』が一話終わったのだ。行ってみると、シャシュティンが娘を見上げた。眠そうで、頭がぼんやりしているらしい。

「あら、あなただったの」

服を脱がせ、寝間着を着せ、歯を磨かせた。そうしたいつもどおりの手順を、エイラはどこかで楽しんでいた。平穏のあかしであり、微々たる勝利でもある。また一日を無事に過ごせたのだ。

母親が前日と同じ本を持ってベッドに入ると、エイラはチラシ広告の裏に時間の経過を示す表を書いた。

五月は、あっという間に過ぎ去ってしまう雪解けと夏のあいだの短い春だ。その春の初めに、スヴェン・ハーグストレームは近隣に性的犯罪者が住んでいるという噂を耳にした。

五月。それはスヴェンが図書館に問い合わせをした月でもある。エイラは人の目の色には鈍感かもしれないが、日付については優れた記憶力を持っている。五月十四日と十六日に、のちに被害者となる人物は、北から届く新聞から何かを見つける手伝いをしてほしいと電話してきた。かなり古い、八〇年代の新聞だ。

エイラは別の図書館員にも電話することを忘れないようにメモした。それで、もっと何かがわかるかもしれない。肩にカーディガンを羽織ると、家の外へ出た。火事の煙が黄色味を帯びた濃密な靄《もや》を作り出し、川の向こうの森がぼんやりとしか見えなくなっていた。

そう言えば、スヴェンは警察にも電話している。六月三日だ。おそらく苦情を申し立てるか、何かを問い合わせようとしたのだろう。相手を怒鳴りつけたが、途中で気が変わって電話を切ってしまった。

たぶん、彼は警察を信用していなかったのだろう。

スヴェンは情報収集のプロではなく、コンピューターや携帯電話さえ持っていなかった。一方エイラは、一分ほどでアダム・ヴィーデをトリッグヴェ・ニィダーレンと関連づけた。だからと言って、スヴェン・ハーグストレームに、同じ結論にたどり着くチャンスがなかったわけではない。なにしろ彼にはありあまるほどの時間があり、何週間でも何カ月でもかけることができたのだから。

春の終わりだった、とカーリン・バッケは言っていた。雑用と引き換えの愛人を最後に見たのは。それは五月の末にちがいない。スヴェンは岸辺に立って、湾の反対側にある自分の家を見上げていた。しかも、ほとんど感情を表に出さないこの男が泣いていた。これが二重の真実というものかもしれない。ふたつの真実が同時に存在することもあり得るのだ。

むろん、明日でかまわない。警察の記録保管所が開いたらすぐに、二十年以上前のデータ化されていない調書を探してもらおう。裁判には至らず、それゆえ封印され、数十年にわたる事件の山の下に埋もれてしまった事件の調書を。

そのことはいったん忘れて、エイラは電話をかけた。携帯の連絡先には保存してあるが、ずいぶん長いことかけたことのない番号だった。

呼び出し音が七回鳴ってから、聞き慣れたかすれ声が聞こえた。

「ごめんなさい、起こしてしまったかしら」

「いや、大丈夫だ。サルサのステップを練習してたところさ」と、エイレット・グランルンドは言った。

「おめでとう」と、エイラは言った。「人生を楽しんでいるみたいね」

「おおいにね」昔の同僚は、大きなあくびをしながらそう答えた。「で、おれをわずらわせるんだから、よほど面白い用件なんだろうな」

「スヴェン・ハーグストレーム」と、エイラは言った。「やめるとは言ってたけど、まだ新聞は読んでるんでしょう？」

「ラジオを聴いているよ」と、エイレットは言った。「あの人がまだ生きていたとはいささか驚きだな。息子の一件じゃあ、さぞや苦労したことだろう。あんな状況を耐え抜ける人間がいるとは、ちょっと信じられないよ」

「捜査の過程で、ひとつ疑問が生じたの。少しあなたの力をお借りできるかしら？」

「じゃあ、きみは捜査をしているんだな」昇進を祝ってくれるエイレットの言葉に、エイラは感激した。ときおりエイラは、知識を分け与えてくれるときの彼の少し強気な口調がなつかしくなる。彼の身体には経験の深さが刻みつけられている。「悪党どもはさぞや戦々恐々だろうな」その声があまり大きかったので、エイラは携帯電話を耳から遠ざけた。

エイラはそのひやかしへの返答にふさわしい軽口を見つけようとしたが、見つかったのは泣き出したいというなんとも馬鹿げた感情だけだった。きっと、ここ数週間、プレッシャーで気持ちが張りつめていたせいだろう。暴力犯罪班の捜査官で、エイラの能力を疑問視した者はひとりもいなかった。疑っているのは本人だけだった。いつもそんなふうなのだ。

「何はともあれ、あれはひどい事件だった」と言って、エイレットは咳《せき》をした。エイラは彼の葉巻から立ちのぼる煙を思い出し、肺がんでないことを祈った。

エイレットはかつて、退職する日が待ち遠しいと言っていた。好きなだけ眠れて、いまいましい目覚ましに起こされなくてもすむ暮らしをしたいと。孫たちに鳥の名前を教えたいとも。だがエイラには、そこにかすかな迷いがあるように聞こえた。いま彼女は、すぐに電話をしなかったことに罪の意識を覚えていた。毎日顔を突き合わせていた人でも、これほど早く視野の外に消えてしまうのが不思議でならなかった。

「その頃、あなたは捜査に加わっていたのよね？」と、エイラは尋ねた。「トリッグヴェ・ニィダーレンという人物を聴取したことはなかった？」

「大勢の人間に質問して、見たこと聞いたことを訊き出したが、なにしろ二十年以上前のことだ。

とっさに思い出せなくても責めないでくれよ」

「その男は性的虐待で禁固刑になっている――当時の法的基準に従って。私は公判記録に目を通した。少女は意識を失い、膣壁が裂けていた。男は七人。一度読んだら、とうてい忘れられないはずよ」

「ひどい話だ。いや、覚えてないな、どんな人間の事情聴取をしたか……でも、その事件は覚えている。北のほうだったよな？　私が考えているので間違いなければ、それをきっかけに法律が変わったはずだ。間違ってないよな？」

「おおよそのところは」

電話の相手はしばらく押し黙った。

「きみは、リーナ・スタヴリエドの事件はよくある殺人とは違うことを心しておかなければならない」と、エイレットは口を開いた。「死体はなく、犯行現場も存在しない。最初の数日は、失《しっ》踪《そう》事件として扱われていた。ウーロフ・ハーグストレームを指し示す情報が出てきて、ようやく殺人事件として捜査を始めた。証拠はいやというほどあった。事件の全面解決に必要なのは、自白だけだった。私は被害者の両親に対する事情説明に同席している。だから、きみも私が覚えていると思ったんだな……それできみは、この話から何を見つけたいと考えているんだ？」

「わからないの」と、エイラは言った。「今度の捜査のなかで、彼の名前が浮かび上がっただけだから……」

不意に、エイラは昔の同僚に電話したことを後悔した。まるで自分の言葉が、川向こうのエイレット・グランルンドの家から反響してくるのを聞いたかのように。

「たぶん、何でもないことだわ」と、エイラは言った。「こんな遅くにお邪魔してごめんなさい」

「気にするな」と、エイレットは陽気に答えた。だがその口調には、退職や鳥の話のときと同じためらうような響きが交じっていた。「言うまでもないが、きみは好きなときに電話してきていいんだぞ」

雷鳴が夢のなかの彼の耳まで届いて、目を覚まさせた。頭を胸の前に垂らして眠っていた。目の前のポーチに続くドアが開いており、あたりには濃密な煙が漂っている。近くに雷が落ちたらしい。

ウーロフはソファの位置を変えていたので、川の上方の広い空を横切る稲光を眺めることができた。雨が降り出すのを待っていたが、いっこうにその気配がなかった。

頭蓋骨《ずがいこつ》の底から雷頭痛が立ち上がってきて、頭全体がずきずきとした。そう言えば、雷頭痛と命名したのは母親だった。母親の関節は雨が降るたびに痛み出した。彼女はまるで人間天気予報で、痛まないのは日差しを浴びているときだけだった。

ウーロフはあたりを見まわして犬の姿を探した。部屋の隅で寝ているものと思っていた。外に出たとは考えられない。雷鳴が最高潮に達すると、犬はウーロフの膝に乗り、ぶるぶる震えながら鼻を鳴らしていた。ウーロフは背中を撫でてやった。

雷を恐れたことは一度もなかった。空を走る稲光を楽しみながら、「一ピルスナー、二ピルスナー……」と数えたものだ。稲光と雷鳴の時間差の秒数を出し、距離を割り出すためだ。一秒が意外に長いことを教えてくれたのは父親だった。あわてて数えないために、「ピルスナー」を付けろと言った。それに、どことなく愉快な響きじゃないか、と。数えた秒数を三で割って、その答えにキロメートルを付ければ距離になる。魔法のようだった。まるで、人知を超えた嵐の力をコントロールできたみたいだ。嵐の中心が近づいてくるにつれ、興奮が高まっていく。父と息子は並んで座って秒数をかぞえ、距離を測った。いま頃プレーストモンあたりか、それとももっとニィランドに近づいているのか？　そのうち空が光で覆われ、突然の雷鳴が窓ガラスをかたかたと震わせる。ウーロフはずっとそのときを待ちわび、それが訪れた瞬間に叫び声を上げる。だがいまは、すべてが静まり返っている。夢のなかの轟音《ごうおん》は、雷鳴の記憶として彼のなかにはっきり残っていた。犬はどこへ行ったんだ？

しぶしぶ身を起こすと、身体が抗議の声を上げた。こうやって絶え間なく行きつ戻りつすることで現世の暮らしが成り立っているのだ。ウーロフには、どうしてそんな言葉が浮かんだのか、どこから忍び寄ってきたのかわからなかった。雷頭痛、現世の暮らし、ピルスナーを数える——いまどき、そんな言葉を使う人間はいない。

ウーロフはポーチへ出て、手すりの柱のあいだから小便をした。まだ雲が垂れこめ、煙の靄が さらに夜を暗くしていた。もう夏の終わりが来たかのようだ。明日だ、とウーロフは思った。地下室で見つけたビール——彼はそれを、稲光が空を切り裂いているあいだにソーセージの壜詰め三つとともに平らげていた——の酔いが身体から抜けたら、ここを立ち去ろう。間抜けなカウボーイみたいに、夕陽に向かって去って行くのだ、と彼は思った。もっとも、いまの季節は日もほとんど沈まないから、行くところはどこにもないのだが。

もう何度目になるか、今週も家主からボイスメールにメッセージが入っていた。荷物をまとめて出て行ってほしいと言っていた。〝警察とのいざこざはごめんですから〟

警察はもう家まで来て、聞きこみをしているのだ。ウーロフの持ち物を引っかきまわすことを許可する書類を持って。

ボスもまた電話してきて、怒鳴り散らしていた。ウーロフが車を盗んだと非難し、すぐに持ってこなければ通報するという。それが一昨日《おととい》か、その前だった。ところが次のメールでは一転して、二度と顔を見たくないと言ってきた。警察が会社にも来たのだろう。

ウーロフはもう一度犬を呼んだ。吠《ほ》える声も、草を踏む足音も、何かよからぬことをたくらんでいるうなり声も聞こえなかった。遠くで大型トラックのエンジン音がするだけだ。あのガリガリというかすかな音は何だろう？　家の裏側で、砂利を踏む足音のようだ。キツネだろうか？あるいは、いまだに主人が誰か決めかねているあの犬なのか。

ウーロフは家のなかに戻った。正面のカーテンは引いてあるので、外に誰かいても見ることはできない。その瞬間、窓が砕け散った。ガラスの破片が宙を飛び、カーテンがスローモーションのように上下に大きく揺れた。ウーロフの足もとに何か落ちた。石だろうか？　続いてもう一度、ガラスの割れる大きな音が今度はキッチンから聞こえ、閃光《せんこう》が走るのが見えた。炎がドアからこちらへ押し寄せてくる。ウーロフはとっさに火を消せるものを探した。毛布か、父親の古い上着を。だが、火はあちこちで燃えていた。廊下の姿見にも、窓ガラスにも映っており、もう場所を特定するのは無理だった。ウーロフのまわりにも炎が広がり、彼を取り囲んで、足を舐《な》めようとしている。

ウーロフはよろめくようにポーチのドアを出て、狭い階段を下り、頭から芝生に倒れこんだ。またひとつ、窓の割れる音がした。炎が彼のあとを追ってくる。急な斜面をすべり降り、なんとか立ち上がった。足には靴下しかはいていなかった。家のなかで見つけた厚手の古い靴下だ。父親のにおいがした。倒木につまずいて倒れ、顔が泥だらけになり、泥が口まで入りこんできた。唾《つば》を吐き、頬を叩いて泥を押し出そうとする。ひどい味だ。

まるで彼女がそばに立ち、その影が光をさえぎったように感じた。彼女は木であり、雲であり、落ちてくる空だった。

最低の男ね、あんた、何考えてるの？　私があんたみたいな男にキスをするとでも？　口が臭いわよ。あんた、歯を磨いてるの？

虚を突かれた彼はその場に立ったまま、彼女を愛撫《あいぶ》しようとした。服のなかに手を差し入れ、彼女の胸を、柔らかい胸をさすった。いまでも指のあいだに片方の乳房を、その柔らかさを感じ取れる。そのとき強く突き飛ばされ、彼は地面に倒れた。からみ合ったイラクサに覆われた土のうえに。なんとか立ち上がって、彼女を捕まえようとする。だがつかんだのはカーディガンだけで、それが脱げると、彼女は大声を上げながら、何度も彼を蹴りつけた。彼は頭を両腕で抱え、這い逃げるしかなかった。彼女は土を手のひらに握って彼にまたがり、片腕の自由を奪って土を彼の口に押しこんだ。服の生地にくっついたイラクサが彼の顔をこすった。〝それにキスするのね、この変態野郎〟

背後で炎の上がる音とエンジンをかける音、タイヤのきしむ音が聞こえた。足を止めずに逃げなければ。森がキーキー、ザワザワと音を立てるのは、誰かがあとを追ってくることを意味する。進むにつれて樹幹がさらに密生し始め、小道も識別できなくなった。

ウーロフは森のなかで道を見つける方法を学んでいなかった。アリ塚があるのは木の北側か南側か知らなかったし、木の名前もほとんど覚えていない。だいたい、木にそんなにたくさんの名前が必要なんだろうか。地衣類も苔《こけ》もシダも何千年も前からあるもので、誰も関心など持っていない。丈高く生い茂り、ウーロフの靴下を切り裂くもののせいで、地面が見えなくなっていた。小枝が顔を叩き、枯れた枝が槍《やり》のように立ち向かってくる。コケモモ摘みに森に入ると、いつも赤アリが足のあちこちに這い上がってきたし、キノコはどれも毒を持っているように見えたし、地面にぽっかり口を開けた穴が人を地中に吸いこもうとしていた。吸いこまれたら、たちまち苔に覆われて消えてしまうのだ。

ウーロフは以前、地中にすっぽり埋まった男が出てくる映画を観たことがある。男の姿はまったく見えないが、苔の稠密《ちゅうみつ》な繊維層を通して声だけがまだ聞こえていた。

二本の木のあいだに道が見えたようだったが、行ってみると消えており、ウーロフは獣の糞《ふん》のなかに足を踏み入れてしまった。大きな糞だった。熊だろうか？　あたりを見まわすと、何かが隠れているのに気づいた。

がさつな笑い声が遠ざかっていき、リーナはいなくなった。残されたのは、地面に落ちたカーディガンだけ。ウーロフの傷はずきずきと痛み、熱を持っていた。敗血症になりたくなかったら、急いで洗う必要がある。岩に腰かけてできるだけ長くじっとしていたが、やがて光が薄れ、蚊が襲って来た。今年の蚊の季節は特にひどかった。森には若木が多く、川も近い。蚊が好む環境だ。これ以上、咬《か》まれるのは嫌だし、かゆいのは我慢できない。たぶん、あの連中はもういなくなっているだろう。やつらと顔を合わせたくなかった。この森はマリエベリあたりほど荒れていないし、密生もしていないのに、それでもウーロフを惑わし、迷わせる。方向を変えるたびに変わっていいはずの風景が前と同じに見え、自然と同じところをぐるぐる回ることになる。新しい道を見つけたと思うと、必ず前の道に戻っていた。

道路は静かで、ときおり車が通り過ぎるだけだった。ウーロフは手のひらをズボンの足の部分でぬぐった。片方の膝のところが裂けていた。

一歩踏み出すたびに小枝がポキッと音を立てて折れた。まるで木々があらゆる方向に伸び、下から突き上げる根の力でひっくり返ったみたいだ。枝が顔に当たっても、もう痛みは感じない。靴下の脱げた裸の足もよく見えなかった。蛇のことが気になった。それ以外の、枯れ木のあいだを這いまわるもののことも。一度、父親が蛇を一匹捕まえて、腹をふたつに裂いて見せてくれたことがある。なかで幼虫や気味の悪い虫がうじゃうじゃとうごめいていた。いいか、死んだもののなかにも命があるんだ、これが自然の循環なんだぞ、と父親は言った。

彼らはまだ道路脇に立っていた。全員、残っていた。ウーロフを、あるいは何かが起きるのを、ペダル付きバイク《モペッド》のかたわらで所在なげに待っている。いかにも、じゃれ合うのは卒業したが次に何をすればいいのかわからない年頃らしい。

静かなのは、雑誌のまわりに群がっているからだった。当然、リッケンが持ってきたポルノ雑誌だ。ウーロフはとにかく家に帰りたかったが、連中のひとりに見つかって、その望みも絶たれた。

ようう、ママっ子のウーロフじゃないか。ずいぶん時間がかかったな。熊か何かに出くわしたのか？

しかたなく、ウーロフはカーディガンをセーターの下に押しこんで、彼らのほうに近づいた。ほかにどうしようもなかった。泥だらけ、埃《ほこり》まみれで、顔が燃えるように熱かった。

やつの格好ったら。ふたりで地面を転げまわったのか。

あははは、パンツを見てみろ。ひざまずいて、やらせてくれと頼んだのか、この馬鹿。

ウーロフは背中をバシンと叩かれるのを感じた。みんなが目を見開くのが見えた。

やばいぞ、とリッケンが言った。これはキスマークか？

ウーロフはにやりとして、背筋を伸ばした。みんなのなかで一、二を争う長身ではあったが、一番年少だった。

ああ、ひでえもんだ、となんとか答えた。口のまわりの泥を拭《ふ》き取ろうとすると、顔に刺すような痛みが走った。

そうさ、リーナは最高だ。まじ、あいつはすごいぜ。

突然、足の下で地面がぽっかり口を開いた。身体を支えるものが何ひとつなくなった。ウーロフは捕まるものを求めて手を伸ばしたが、なんとかつかんだ太い根はぽっきりと折れた。真っ逆さまに落下し、何か鋭いものが頭にぶつかり、目のすぐそばに刺さった。森が身体のうえに崩れ落ちてきた。重いものが頭を押さえつけ、やがて息ができなくなった。

感じるのは、またしても泥の味だけだった。

黒いロール・ブラインドが下りていたので、いまが朝なのか、まだ夜中なのかエイラにはわからなかった。自然もまたこの混乱に拍車をかけた。外は途切れることなく光が降り注いでいるのに、エイラの横たわっているところだけは稠密《ちゅうみつ》な闇が支配していた。

携帯電話の載っているナイトスタンドに手を伸ばすと、電話が床に落ちた。画面に光る文字で名前が映し出される。

「起こしてしまって、申し訳ない」

あの声だ。その力から逃れることはできなかった。

「何があったの？」

「きみは神の裁きを信じるかい？」と、アウグストが尋ねた。「復讐する神を」

声から興奮が聞き取れた。いま走ってきたばかりのように、少し息を切らせている。そのせいで、前日の彼の面影はすっかり消えている。エイラが最後に見た彼は、裸でホテル・クラムのベッドに大の字に寝ている姿だった。

「あなたは宗教問題を議論するために、私を午前三時に起こしたの？」エイラは上掛けを蹴り飛ばした。部屋はとても暑かった。

「昨夜《ゆうべ》、いくつか落雷があったんだ」と、アウグストは言った。

「ええ、ラジオで聴いたわ」と、エイラは言った。「サルトシェーン湖とマリエベリのどこかでしょ。私はどこへ行けばいいの？」

「どちらでもない」と言って、アウグストは息を吸いこんだ。風の音が電波に乗って届いてくる。

遠くで何かがゴーゴーと音を立てるのが聞こえる。「ぼくはいまスヴェン・ハーグストレームの家の前にいる。というか、その残骸《ざんがい》の前に」

「何ですって？」

「火はもうおおかた消えてるけど、きみもこのことを知りたいだろうと思って」

エイラはブラインドを開けて、日差しを部屋に流れこませた。椅子から服を拾い上げる。母親が電気器具の扱いに苦労しないようにコーヒーを淹れて魔法瓶に詰め、サンドエー橋に向かっているときに、アウグストによって中断された夢のことを思い出した。

それは子どもの頃から見ている悪夢だった。材木が死体に変わって川を下っていく夢だ。エイラは水のなかへ入って死体の服を、手をつかもうとするが、足をすべらせて潜ってしまう。そして、死体のあいだを泳いでいく。

その夢を見始めたのは、おそらくリーナの事件があったあとだろう。材木流しはエイラの生まれるずっと前に過去のものになっていたが、まだ川にはたくさんの沈木が残されており、あちこちのぬかるみや岸辺に材木が引っかかっていた。春の増水で流れ出し、ぶつかって子どもを気絶させることがあった。そのため、ひとりで泳ぎに行くのは厳にいましめられていた。

サンドエー橋が崩落した話を聞いたあとは、悪夢がさらにひどくなった。死体が実際に流れに乗って運ばれたのを知ったからだ。一九三九年に、それまでこの大きな川を渡るのに使っていたフェリーに代わって橋が建設され、半分に分かれていた国土が南の半島先端部分からハパランダの最北地方までようやくつながることになった。世界最大で最新式の橋はルンデから立ち上がり、サンドエーとスヴァンエーの上空五十メートルにそれまで誰も見たことのない大きなアーチを描いて対岸まで延びていた。だが八月末日の午後、橋は崩れ落ちた。サンドエーに二十メートルの波が押し寄せ、鉄骨とコンクリートが直下の水面に落下した。十八名の死者が出た。その翌日、第二次世界大戦が勃発して、メディアは災害のニュースをまったく報じなくなった。それでも近隣に住む者には、人が人形のように放り出されるイメージがまるで二重露出のように、のちに再建された橋の周囲にいつまでもつきまとうことになった。

煙は何キロも手前から見えた。エイラは、緊急車両に道を空けるために郵便受けの裏手の草むらに車を停め、そこから歩いた。

最初に目に入ったのは、焼け焦げたトウヒだった。エイラはセーターの裾を引っ張り、煙が入らないように口を覆った。一部の壁はまだ立っていたが、屋根は崩落していた。黒ずんだ組み合わせ煙突だけが空に突き出し、くすんだグレーの雨のような灰が降っていた。たわみ、焼け焦げ、溶けた残骸は以前の面影をすっかり失っている。

離れの納屋さえ、破壊しつくされていた。

ポンティアックはまだ外に停まっている。

アウグストが近づいてきた。

「彼はなかなの?」と、エイラが訊いた。

「わからない。消防隊が到着したときはもう、家全体が燃え上がっていた。消防隊はサルトシェーン湖の落雷で手一杯で、消防車は一台しか送ってこなかった。入ろうにも入れなかった。たぶん彼はまだ寝ている最中だったと思うね」

ふたりは顔を見合わせることもなく、すすだらけの家の残骸に目を向けていた。まだあちこちで炎が上がっており、消防隊員がそれをひとつひとつ消していたが、ひとつが消えると、また別の場所で火の手が上がる始末だった。

「いいえ」と、エイラは言った。

「何が、いいえだい？」

「私は神も復讐も信じていない。雷が場所を選んで落ちているとは思わない。ここは高いところにある。屋根には古いテレビ・アンテナがあったし」

エイラはアウグストの胸に身を寄せたいという欲求と闘った。

「彼らは入れるようになったら、すぐにも入るよ」と、アウグストが言った。「そうしたらはっきりする」

近隣の人々が起きるまであと数時間はあるので、エイラは着替えのためにルンデに戻ることにした。

シャシュティンはすでに起きており、新聞を取ってきていた。「あらまあ、何のにおい？　どこに行ってたの？」

エイラが火事の話をすると、母親の目が泳ぐのがわかった。しっかりした足場を探しているみたいだった。

「ひと晩じゅう、外にいてはだめよ」

「私は警官なのよ、ママ。もう十五歳ではないわ」

「ええ、そんなことはわかってる」

エイラはトースターにパンを押しこみながら、本当にわかっているのだろうかといぶかった。すでに母親の関心は新聞の訃報《ふほう》欄に移っており、独り言をつぶやいている。「あら、彼ではないわ。彼女でもない。まあ、お気の毒に」彼女は郵便物も取ってきていた。昨日届いたものではなさそうだ。この仕事はまだシャシュティン・シェディンにも手に負えるもので、エイラは細々した仕事を母親から取り上げたくなかったから、全部まかせていた。請求書や銀行からの手紙、年金の支払い通知などが来ていた。エイラは封筒をひとつひとつ開けて、重要なものは金庫にしまった。そうしているうちにふと思いついた。

もしかしたら、人間には電話やコンピューターなど必要ないのかもしれない。グーグル検索の意味さえ知らなくてもやっていけるのではないか、と。

「スヴェン・ハーグストレームは、近所の郵便受けを全部まわったのかもしれない」数時間後、クングスゴーデンへ戻る車中で、エイラはボッセ・リングにそう言った。

時計が七時を打つと、エイラはGGに電話して、トリッグヴェ・ニィダーレンについてわかったことをすべて話した。集団暴行と言ったほうがいい性的虐待で有罪になったこと、素性を消し去ろうとしたことを。

「呼んで聴取しよう」クラムフォシュに着いたら、すぐにパトカーを向かわせるとGGは言った。家族のほうはエイラとボッセ・リングが担当する。いま向かっているのが、警察車両でそのひとりを連行するという、今朝下された決定によって平穏を破られた一家の住む家だった。あたりに立ちこめる前夜の火事のにおいが、破局の雰囲気をまだ漂わせていた。

エイラは裏道に入って、地面がでこぼこの短い坂を登った。敷地に入る正面の道は消防車でふさがれていたからだ。

「郵便受けは全部一列に並んでいる」と、エイラは話を続けた。「ニィダーレン家のものから請求書を抜き出すだけでよかった。名前がフルネームで書かれた公的な通知でもいい。そうやってトリッグヴェはアダムとも呼ばれていることを知った。封を開けて、個人の識別番号を見たのかもしれない」

「だけど、このあたりには少なくとも二十軒の家があるんだぞ」エイラが小道を見つけて丘を登り始めると、ボッセ・リングが言った。「その老人が本当に全員をチェックしたというのかね？」

「競馬場で噂を耳にしてすぐ、誰のことかある程度当たりがついたんじゃないかしら。該当する年齢で、ピッチ川の谷間の出身者で……」トリッグヴェ・ニィダーレンと話したときには北部の訛《なま》りに気づかなかったが、努力して訛りを矯正した可能性もある。三十年前に南部に移住したときはもっとずっと強い訛りだったのだろう。それがときおり出てしまうのだ。金物屋でのときのように。

「もしスヴェンがニィダーレンと対決したら」と、ボッセが口をはさんだ。「もし当時起きたことを思い出させたら……まあ、四十年近くうまく素性を隠してきた人間が、それをきっかけに何をするかちょっと予想がつかないな」

車は丘の天辺《てっぺん》に達した。屋敷は静まり返っている。人のいる気配はなかった。

エイラは、プールにプラスチックのおもちゃがいくつか浮いていて、二台の車のうち一台が消えているのに目を留めた。

「奥さんは知っていたのかしら」と、エイラは言った。

「人はいつでも知っているものさ」と、ボッセが応じた。「自分で知っているとは思ってないこともな」

メイヤン・ニィダーレンは疲れているように見えた。腹のボタンをひとつかけ忘れている。マスカラをして眉毛《まゆげ》を描いていたが、ボタンには気づいていなかった。

かろうじて取り乱さないようにしているのが、エイラにもわかった。メイヤンはキッチンに通じるドアを閉めた。それでも、パトリック・ニィダーレンのうわずった声がかすかに聞こえてくる。彼はいまボッセ・リングと居間にいる。警官が二手に分かれたのは、ニィダーレン家の者が供述を変えたり、家族に黙っていろとか、話を合わせろと合図したりするのを防ぐためだ。目くばせひとつでも、ため息や息づかいだけでも十分それができる。家族を相手にしたときは、愛情の絆《きずな》を断つのが最大の難問になる。家族は深い根で結びついており、どう行動するか予測し難い。愛情と憎しみを同時に抱いている場合もあるし、家族を守りたいと願いながら、進んで裏切る場合さえある。

ソフィ・ニィダーレンはもう家にいなかった。その朝、警察が来るとすぐに、子どもを連れて出て行ったという。

「あの人はどこへ行ったのです？」と、エイラが尋ねた。

「家に帰ったのよ。ストックホルムに」メイヤンの目はあらぬほうを向いていた。松材に手彫りの模様の入ったキャビネットの扉を見つめているようだった。ふたりはコーヒーの入った魔法瓶を前に、テーブルについていた。メイヤンには、二杯目をエイラに淹れてやるつもりはないようだった。「これでよかったんだわ」と、彼女は言った。「あなた方は子どもの目の前で、祖父をパトカーに押しこんだんだから。理由も言わずに」

「あなたはご主人の過去をどれぐらいご存じなのですか？」と、エイラが訊いた。「ここに来る前の、北にいた頃のことを」

「トリッグヴェと私のあいだに秘密はありません」

「イエーヴレダールと聞いて、何か思い当たることは？」

「じゃあ、今度の一件はそのことなのね」

「どういう意味です？」

「あそこであの娘に起きたことを知りたいわけね」と、メイヤンは言った。「もう四十年も前のことだけど、一度あなた方のデータベースに載るともう逃げられない。それを見れば、その人の正体がわかる仕組みなのね」

「ご主人は事件のことを秘密にしていたのですか？」と、エイラが尋ねた。妻が事実を知っていたと聞いても、好奇心しか湧いてこなかった。そこまで知っていながら愛せるなんて、どんな人なのだろう？

「鼻筋の曲がったあなたのご同僚が、いまその話をパトリックに全部ぶちまけているわけね？」

メイヤンは立ち上がってドアのほうへ数歩近づいたが、また戻ってきた。このまま出て行くべきかどうか迷っているように見えた。「ごめんなさい。でもあの人、ちょっとギャングみたいな顔だったから」

「では、パトリックはこのことを知らなかったのですね？」

「どう思う？」

「私が訊いているんです」

メイヤンはなおも歩き続けた。五歩も進むと、狭い空間で回れ右して、梁《はり》にぶつけないように頭をうつむけて戻らなくてはならなくなった。

「パトリックは子どもたちを何よりも大切にしているのに、いまは妻が連れ去ってしまった。ソフィは違う世界から来た人よ。そこがどんなところなのかは知らないけど。家族が一番ではなく、自分が大事。それで安心していられる世界なんだわ。パトリックがここに残ったのは、私をひとりにしないためだった。思いやりのある息子よ。私にも父親にも」

「あなたが知ったのはいつです？」

「なぜそんな古いことを蒸し返すのか、私には理解できない。夫は刑期を務め上げているのよ」

「質問に答えてくださるとありがたいのですが」

メイヤンは強《こわ》ばった表情でしばし間を置き、エイラから目をそらして、壁に掛かっている県花の野生のパンジーを描いた刺繡《ししゅう》画を見つめた。髪は優美さを湛《たた》えた白髪で、女性が皆こうなれるわけではない。

「彼が私をピクニックへ誘った」と、メイヤンは言った。「出会って半年後に、オスロのアーケシュフースの城塞に。海がすぐそばに見えるところよ。彼がプロポーズするんじゃないかと思った。とても緊張していたし、ワインや何か、あれこれ気をつかっていた。そうしたら、いきなり別れ話を切り出してきた。石油プラットフォームのひとつで働くつもりで、そうなるとずっと帰ってこられないだろうと言うの。当然そうでしょうね、と私は答えた。でも大丈夫、あなたを待つわ、と。あの頃の彼がどんなにハンサムだったか、あなたにはわからないでしょうね。でも、とても用心深くもあった」

メイヤンは振り返って、臆《おく》することなくエイラの目をまっすぐに見据えた。

「私たち夫婦は、おたがいに一度も秘密を持ったことはない。もしこの世に彼を知る者がいるとしたら、それは私よ」

誰でも秘密を持っている、とエイラは思った。ことあるごとに何の秘密もないと言っている者は特に。

「初めは、私がお荷物なんだと思っていた」と、メイヤンは先を続けた。「あんなにハンサムな男性と一緒になれるなんて、本気で考えたことがなかった。でも、そうじゃないと彼は何度も言ってくれた。では何が問題なのかと尋ねた。彼は言いたがらなかったけど、私はあきらめなかった。そのうち、全部話してくれた。彼は、それを知ったら私が自分を求めなくなるだろうと思っていた。だから言いたがらなかった。だから北海《ほっかい》の真ん中へ逃げて行こうとしていた」

「でも、あなたは求めたのね？」

「私は妊娠していた」と、メイヤンは言った。「それまで彼に打ち明けられなかった。赤ん坊は欲しくないと言われるのが怖くて。でも、選択の余地がなくなった。〝ぼくは人の親にはなれない〟と、トリッグヴェは言った。それを聞いて、私は泣き出した。決して泣き虫ではなかったのに。私は〝なれるわよ。あなたは最高の父親になるわ〟と言った。それから、結婚のことを持ち出した。そうすれば、彼も迷わなくなるだろうと思って」

「ご主人はあなたにどんな話をしたのですか？」

「もうあなたもご存じだと思うけど」

「私は公判記録を読んだだけです」

メイヤンの語った話はまったく同じというわけではなかった。それはトリッグヴェが脚色したものなのか、それとも平穏に生きていけるようにメイヤン自身が作り直したものなのか、エイラには判断できなかった。

「トリッグヴェはその娘にひどいことをした」と、メイヤンは言った。「でも、傷つけるつもりはなかった。あちらから誘いをかけてきたと思っていた。それに、むろん酔っていた」

「そのことをどんなふうに話したのですか？」

メイヤンはふたたび腰を下ろした。エイラからできるだけ距離を取るために、ベッドの一番端に座った。

「そのあと、彼は人が変わったわ」と、メイヤンは言った。「裁判所の判決と刑務所で過ごしたことで気がついたのね。名前を変えて別の人間になろうとした。最初の頃は私もアダムと呼んでいたけど、ずっとトリッグヴェのほうが好きだった。初めて会ったとき、彼は私に触れようともしなかった。でも、あんまりひかえめで不器用な男性には惹《ひ》かれないものよね。だからしかたなく、彼に言ってやったわ。私はガラスでできているわけではない、って。彼は怖がってたのよ」

「あなたを?」

「自分をよ」

「この地域で、ほかにそのことを知っている人はいますか?」

この人は震えているのだろうか? それとも、筋肉がひきつっただけなのか? エイラには確信がなかった。一秒と間は空かなかったが、エイラはそれをためらいと解釈した。

「私は誰にも言ったことがないし、トリッグヴェだって言うとは思えない。打ち明ける理由などないもの。ふたりで自分たちの暮らしをしているだけ。素敵な暮らしを」

メイヤンは不安そうにドアに目をやった。パトリックの声は聞こえなくなっていた。ボッセ・リングがうまくなだめたのだろう。

「暴行事件のことを誰にも知られないようにするのが、トリッグヴェには大切なことだったんでしょうね?」

「ええ、もしあの事件がさっきからあなたの言っているようなことであればね。当然、人はゴシップや他人を裁くのが大好きですからね。当時のトリッグヴェはまだ子どもだったし、女性との体験もなかった。もしそれを考えてらっしゃるなら、私たち夫婦のセックスライフには何の問題もないと言っておくわ」

公判記録にあったいくつかの事実のせいで、自分の見方が偏向した可能性もある、とエイラは思った。七人の男、引き裂かれた膣壁……。制限を設けず、相手に考えさせる自由形質問《オープン・クエスチョン》をすべきだ、と自分に言い聞かせる。そして、慎重に耳を傾けよう。この女性にたくさんしゃべらせること、それが鍵になる。

「もしパトリックがこのことを他人から聞かされたら、どんな反応をすると思われますか？　あるいは、あなたのお嫁さんや娘さんなら？」

「娘にはもう連絡したの？」

「いえ、まだです」

メイヤンは目をそらしたまま、何かつぶやいた。

「もう一度言っていただけますか？　録音機に向かって」と、エイラは頼んだ。

メイヤンは立ち上がると、蛇口をひねった。一杯、水を飲む。エイラは彼女の動きの意味を読み取ろうとした。不安なのか、怒っているのか、ショックを受けているのか——あるいはその三つ全部かもしれない。経験豊かな尋問官なら、次にどんな質問をするだろう。目がちくちく痛み出した。煙のにおいがまだ口のなかに苦い味を残している。服や、その他あらゆるところにも。

エイラは、昨夜あまり寝ていないことを思い出した。

「スヴェン・ハーグストレーム」と、エイラは切り出した。

「何ですって？」

「ご主人は彼と話したと言いませんでしたか？　たとえば、五月か六月に」

「言ったかもしれないけど、よく覚えていない。あなた、前に来たときにそのことを訊いたんじゃない？」メイヤンはそのときの会話を思い出そうと、頭を働かせているように見えた。「確か、道路かＷｉ－Ｆｉの回線のことじゃなかったかしら。隣人同士がよく話すようなことよ」

「私たちは、スヴェン・ハーグストレームが暴行事件のことを知っていたと考えています」

「じゃあ、あなた方はそのためにここに来て、何もかもめちゃくちゃにしたのね？」と言って、メイヤンはいきなり立ち上がった。彼女がテーブルをつかむと、コーヒーカップがかたかたと鳴った。「トリッグヴェは市役所の仕事をしているのよ。財政の面倒をみているの。あんたたち、頭がどうかしたんじゃない?」

「スヴェン・ハーグストレームは人に話すと脅したのですか?」

「知らないわ」

「あの日の朝、何をなさっていたのか聞かせてもらえますか?」

「前と同じよ。何度も言わされたわ」と言って、メイヤンはカップを手に取った。いままで口をつけていなかったコーヒーが跳ねて、しずくがカップの側面を伝い落ちた。メイヤンは中身を流しに空けた。「トリッグヴェはバスルームの排水溝を掃除していたと思う。それから、薪割りとかも。パトリックとその家族のためには、全部きちんとしておかなければならない。文句のない状態にね。ソフィはちょっと気難しいの。ちょっとどころではない。何もかも決まったやり方でなければならない。たとえ自分は客である私たちの家でもね」

「ご主人が作業をされているのを実際にご覧になった?」

「私は午前中ずっと、ふたつの家を行ったり来たりして、キッチンでのんびり家事をしていた。彼がいなくなったら気づいたはずよ」

そのとき音がして、ふたりともびくっとした。廊下から足音と声が聞こえた。窓越しに、ボッセ・リングが庭に出てくるのが見えた。その後ろで、パトリックが音高くドアを閉めた。メイヤンはその音で身体を叩かれたように顔をしかめた。前に来たとき、彼女は何と言っただろう?

〝私たちはこの地上に自分たちの小さな場所を持ちたかった〟と言っていたはずだ。

エイラが外へ出ると、ボッセ・リングは車に乗りこんでいるところだった。急げというふうに手を振った。

「どんな具合でした？」

「ハーグストレーム家の火事は雷のせいではなかった」

黒焦げになった家の残骸《ざんがい》は、周囲の夏の風景と好対照をなしていた。日差しが川面《かわも》できらきらと輝いている。何事も長くは続かないことを思い出させてくれる光景だった。

火は完全に消えていた。運よく、敷地のすぐ近くの木立が燃え、乾いた芝生が焦げた程度ですんでいた。科学捜査班が焼け跡のなかをゆっくりと歩きまわり、生命の痕跡《こんせき》を探している。

「彼は見つかった？」と、エイラは尋ねた。

ふたりに報告に来た科学捜査班の捜査官は〝コステル〟と呼ばれる男だった。エイラは姓のほうは忘れてしまったが、ルーマニア語で〝森〟を意味する言葉であったことは覚えていた。トランシルヴァニアの出身で、以前エイラに、あちらとここは山の峰や谷のある風景が共通していると語ったことがある。

「誰もいなかったよ」と、コステルは言った。

「確かかね？」

「モリアカネズミより大きいものはね」

そう言って、コステルは家の残骸のほうを向いた。つられて、ふたりの警官も同じほうを見た。壁は全部崩れて、真っ黒な木材の山になっている。頭上には冷ややかなブルーの空が広がっていた。コステルは殺人現場での仕事を数多くこなしてきた。アルデレアンだ、とエイラは思い出した。ルーマニア語で〝森〟。以前、鑑識報告書でその名前を見たことがある。

「以前の様子がわかれば」と、コステルが言い足した。「とても助かるんだがね」

科学捜査班は火事の進行のマッピングを行っていた。そうすることで、どこでどんなふうに火がついたか、どんなルートで家屋を焼き尽くしたかを突きとめられる。コステルの話では、なかでガラスの破片が見つかっていた。破片は、窓が外から割られたことを示唆する位置に散らばっていた。それに、居間の真ん中の、とうていあり得ない場所に空き壜《びん》と石が落ちていた。

ボッセ・リングは少し脇に寄って、地域管理センターに電話をかけ、火事の通報の入った時間と通報者について詳細を調べてほしいと頼んだ。エイラは犬の吠《ほ》える声を耳にしたが、すぐには反応しなかった。数人の物見高い野次馬が立ち入り禁止線のそばに集まっていた。犬の吠え声はいつでもあちこちから聞こえるものだが、エイラはその声がとても近いことに気づき、あたりを見まわして犬を見つけた。家からさほど離れていない木の幹につながれていた。前に見たのと同じ毛の長い黒い犬で、鼻を鳴らしたり、ロープを咬《か》んだり、ぐるぐる回ったりしている。

「じゃあ、犬は見事に逃げおおせたのね」と、エイラは言った。

「近所の人間が森の奥で見つけたんだ」と、コステルが言った。「丘を少し下ったところで、ロープをぐるぐる巻きにされて木につながれていたらしい。誰か連れて行く人間が必要だな」

「ウーロフ・ハーグストレームがいまどこにいるか、思いつくことはないかしら？」

「電話には出ない。電源が切られている。車は二台ともまだここにある。父親の古いトヨタはガレージにあったが、ほとんど原形を留《とど》めていない」

エイラは考えるためにその場を離れて、家のまわりを半周してみた。裏手では、ポーチを覆っていたプラスチックの屋根が崩れ、黒ずんだ材木と灰のうえで溶けていた。

火事を起こしたのがウーロフだとすると、つじつまが合う。犬を安全な場所に移してから、生家に火をつけた可能性がある。

雲の影がゆっくりと地面を移動していく。

「では、これから彼を探すのね？」さっきの場所へ戻ると、エイラは尋ねた。それに対して、ボッセ・リングは人員がそろうのを待つと答えた。

「それに、ソレフテオから調教師が犬を連れて来る。三十分ほどで到着する予定だ」

「待つ必要があるの？」


森はまったく抵抗を示さなかった。エイラは低く垂れた枝をくぐり、何のためらいもなく倒木を飛び越えた。そのあとを、ボッセ・リングが悪態をつき、よろめいたり、枝に顔を打たれたりしながらついてくる。山々から遠く離れ、何キロも先を見通せる平らな土地の都会で育った者にありがちなことだ。よくは知らないが、彼はそんな育ち方をしたのだろう。ボッセ・リングは自分のことを多く語らないタイプだった。ほかの連中とは違い、どこの出身だとか、家で何をしているかといったおしゃべりに時間を費やさなかった。GGのやや過剰な子ども自慢を聞いたあとでは、エイラにはそれがとても新鮮に感じられた。

犬のラブレがイラクサのなかに駆けこむと、引き綱がぴんと張った。ヘラジカの糞《ふん》だ。この犬は追跡者としては無能で、ぐるぐると円を描いて回っているだけだった。もしかしたら、まだ老主人を探しているのかもしれない。連れて来るのは良い考えではなかったようだ。

きっと、この犬は何もかも遊びだと考えているのだろう。

背後で電話の鳴る音がして、ボッセが足を止めて話し出した。電話で話すのと、気を配りながらこの土地を歩くのを同時にはできないらしい。折れて垂れた枝を見つけ、苔《こけ》を踏みながら歩くのは楽ではない。エイラは、自分ももっと深く森を読めればよいのにと思った。木々を見分けることはできるが、名前まで言えるかどうかは怪しい。さまざまな木の樹齢はわかるし、それにからみついている宿り木には気づくが、この創意あふれるエコシステムのなかの関連性には疎い。まだ若い頃、どこかの時点で森の小道は彼女のものではなくなったのだ。食用植物を見分けたり、虫の暮らしを学んだりする代わりに、家のなかでできること――ケーキを焼いたり、手芸をしたり――に関心が移ってしまった。父親はマグヌスを森に連れて行くのをやめなかった。彼は年長だったし、狩りの仕方やチェーンソーの扱い方を覚えなければならなかったからだ。

お伽噺《とぎばなし》では、少年は森へ行って一人前の男になることを学ぶ。だが、同じことをする少女はトロールに誘拐されるか、狼に食われてしまうのだ。

「ちょっと止まれ。いま連中が着いたぞ」と、ボッセ・リングが後ろからうなるように言った。「正規の捜索犬を連れてきている。おれたちは本部に戻ったほうが役に立ちそうだ」

あなたはね、とエイラは思った。たったいま、枝が数本折れて、前方の木々のあいだにぽっかり口を開いた箇所が見つかったところだ。誰か、ないしは何かが通り抜けた跡であるのは間違いない。ヘラジカか、あるいはウーロフ・ハーグストレームか。さらに数歩進むと、靴下の片方が落ちているのが見えた。枯れたトウヒの小枝でなかば覆い隠されている。エイラは引き綱をボッセに渡すと、枝を取り除いてメリヤスの靴下を慎重に拾い上げた。サイズは四〇をゆうに超える大きさで、かかとに穴が開いているが、それ以外の部分は泥に覆われている。

「そんなに前からあったものではないわね」

「あいつは裸足《はだし》で逃げ出したのか？」

同僚が靴下を検《あらた》めているあいだに、エイラは目を凝らし腰をかがめて、ゆっくりと前進した。ウーロフ・ハーグストレームの体格を考慮し、取った可能性のあるルートを考え出そうとした。言うことをきかない犬がいないと、ずっと楽に動けた。いまは同僚がついてこられるかどうかを気づかうことなく、木々のあいだをジグザグに進んだ。遠くから、犬の吠える声と人声が峡谷や窪地《くぼち》に反響するのが聞こえる。トロールの国――若い頃、エイラはこんなタイプの風景をそう呼んでいた。氷河に削り取られ、古代の樹木に取り囲まれた土地。去年の春の嵐が残した破壊の跡である小道をたどっていく。倒木のあいだを縫い、根こそぎ倒れた木が作り出す穴を避けて進む。枝がポキポキと折れる音がして、小走りの足音が聞こえた。

犬の吠える声が続く。

警察犬パトロール隊が別の方角から近づいていた。エイラはあやうく踏みつけそうになるまで、男がそこにいることに気づかなかった。男は地面に這《は》いつくばって、木の根の下に上半身を突っこんでいた。男の飼い犬は数メートル離れたところに辛抱強く腰を下ろし、舌をだらりと垂れて息をはずませている。

「ヘリコプターを呼んだぞ。何があってもここへ来るように指示した」

エイラは目の前の光景をすぐには理解できなかった。裸足の足が地面から上に向かって突き出している。泥まみれで、血が交じっている可能性もある。身体のまわりの土は荒らされており、誰かが穴を掘って、それをまた埋め直したように見える。名前を聞くのを忘れていたもうひとりの警官が男の太い足首をつかんで、脈を取っている。木はまるで男の身体越しに伸びたかのように見えた。男が誰にしろ、木の下に潜りこもうとしたのか、あるいは埋められたのか。木の根が蛇のように男の足にからみついていて……

「こんなこと、あり得ない」と、エイラは言った。

「何だって？」

「根こそぎ倒れた木。その穴に入ってはいけないことは誰でも知っている。木が跳ね上がってまた元どおりに立ち、穴をふさいでしまうことがある。子どもを近寄らせないためによく言われるけど、本当にそんなことがあるとは思っていなかった」

「生きているぞ」と、足首をつかんでいた警官が言った。「まだ脈がある」

「まさか」

警官は立ち上がり、木の幹をつかむと、それを動かそうとした。

「まだ息があるのなら、空気が通っているはずだ。根のあいだか、土のなかを……それはわからんが。とにかく引っ張り出さなければ」

三人は木を押しのけるためにあらゆることをした。あちこちを切り落とし、大きな枝を払ったが、それでも抵抗をやめず動こうとしなかった。まるで、ふたたび地面の奥深くへ根が張ってしまったかのようだ。

「こんなことってある？　倒れたのはだいぶ前のはずなのに」

「吸引力が生じたんじゃないだろうか。真空状態みたいなものが」

エイラは地面にひざまずき、土を掘り始めた。足の角度から見て、うつぶせの状態であるのは間違いない。すぐそばで、同僚の電話が鳴る音がした。彼は反対側から地面を掘っているところだった。

「何だって？」

「ショベルカーは持ってこられないそうだ。何かの禁止令が出ている……火災の危険があるんで。森林用の機械はどれも使えない。火花がわずかでも出ると、火が……」

「それなら、消防隊も一緒に連れてこいと言ってやれ」

エイラの手が何か柔らかいものに触れた。片手だ。完全に力が抜けているが、とにかくそれをつかんだ。温《ぬく》もりのある、大きくて柔らかい手だった。速くて弱々しかったが、脈があるのは間違いない。手首に腕時計がはまっているのを感じて、エイラはさらに土を掘った。

コンパスと気圧計が組みこまれた腕時計だ。

「彼よ」と、エイラは言った。「これは彼の腕時計だわ」

三人は土をひとつかみ、またひとつかみと、さらに掘り続けた。遠くからローターの回る音がして、まもなく頭上に救急ヘリコプターが姿を現した。

いつの間にか、午後が夜に変わっていた。エイラはひとり、鉄道線路を見下ろすオフィスにいた。爪にはまだ泥が挟まっていた。

結局、小型の木材牽引車《けんいんしゃ》を使って、なんとか木をどけることができた。ウーロフ・ハーグストレームはいまウメオの大学病院だが、まだ意識は戻っていなかった。医師の話では、頭蓋骨《ずがいこつ》に挫傷《ざしょう》を負い、内出血もあるので、手術室の準備をしている最中だという。ほかにも傷を負っており──肋骨《ろっこつ》が折れ、肺から出血している──乗り切れるかどうかは何とも言えないとのことだった。

いまや殺人事件はいくつかの新たな方向に枝分かれし、放火襲撃事件の捜査に多くの人員が割かれている。

エイラは、その朝早く犯行現場を訪れたのを計算に入れなくても、十二時間近く休みなしで働いていた。それでも集めた資料を要約し、矛盾を見つけ出す人間が必要で、GGはその仕事をエイラに割り当てた。それとも、自分から志願したのだったか。どちらでもいい。彼女は証言者たちの声と、聴取記録のプリントアウトに囲まれていた。

三人の人物とひとつの家族。

岩盤の亀裂《きれつ》が広がるときのように、岩がひとつずつ切り離されていく。

パトリックの声がまだ耳に残っている。

「きみたちは間違っている。誰かほかの人間と混同してるんだ。父にそんなことができるわけがない。とんでもない誤解だ。真面目な話、きみたちはいったい何をやっているんだ？　頭のめぐりの悪いのばかり使ってるんじゃないのか。そうさ。きみたちは樽《たる》の底をこそげ落とすしか能がなくて、ほかで職を見つけられない人間ばかりなんだ。いったい、アダム・ヴィーデって誰なんだ？」

　何かがぶつかって壊れる音がする。

　ボッセ・リングの冷静で乱れのない声は、パトリックの感情的な言葉とは正反対だった。温かくて親しげな口調はまるで父親のようで、それまで聞いたことがないものだ。

「今度の滞在で、何かいつもと違うことに気づきませんでしたか？　家の雰囲気はどうでした？　お父さんが暴力をふるう場面を見たことがありますか？」

　パトリックの声は信じられないほど張り詰めており、以前エイラが聞いたものより一オクターブ高かった。いつもと変わりなかったと彼は断言した。ソフィと母親のあいだで、子どもの服や何かのことでささいな言い合いが何度かあったぐらいで。

「正直なところ、父が何をしていたかは覚えていない。何かあると、父はいつの間にか姿を消してしまうのが常だった。でもあとで、ポーチで一緒にビールを飲んだ。隣人を殺したばかりの人間がそんなことをすると思うか？　とんでもないよ。きみたちがいま言っていることは、正気の沙汰《さた》ではない」

　少し長めの間が空く。ここは、ボッセがパトリックに父親にかけられた容疑の内容を読み上げている部分だ。

　またしてもガタンと音がした。パトリックがいきなり立ち上がって、椅子が倒れたのだ。

「きみたちは、この話を母にするつもりなのか？　それを知って、母にこれからどうやって生きていけと言うんだ？」

　その言葉は途切れ途切れに、ひと言ずつ無理に口から押し出されているかのようだった。まるで半乾きの雑巾《ぞうきん》を絞るみたいに。

「そんなことを……そこであったということを……やった人間は永久に閉じこめておくべきだ。そんなやつらは野放しにしてはいけない。扉を閉じて鍵《かぎ》を放り捨てて……」

また間が空いた。おそらく、その事件が起きたとき、自分がまだ生まれてもいないことに気づいたのだろう。

「くそっ、なんて野郎だ。そんな男が母さんと暮らしてたと思うと……なんで気がつかなかったのか信じられない。人間はそんなに変われるものじゃない。無理だ。自分はいつまでも自分なんだから。じゃあ、きみたちはそのことであいつがあのじいさんを殺したと……」

パトリックが部屋のなかを歩き出すと、分厚い材木を張った床がぎしぎしときしんだ。

メイヤンの証言はまだエイラの記憶に新しい。彼女は許し、運命を受け入れ、夫は違う人間になったと主張した。エイラは知らず知らず、つい我慢できずに手を出してレイプで有罪になった不面目な夫を持つ名高い女性詩人のことを考えていた。詩人は全力をあげて夫を弁護し、夫に不利な証言をした十八人の女性を嘘つきと非難した。

エイラはその思いを頭から追い払った。今度の件はそれとは違う。事件はどれもそれぞれ唯一無二のもので、どんな人間の証言も別のものとして聞かなければならない。どんな真実にも、それと対立する別の真実が存在する。

「それに、子どもたちをこの家で育てたのを考えると……」それが、聴取の最後にパトリックが言ったことだった。「二度とあんなことはしない。それだけは言える。二度としない」

エイラは、前のデスクに広げてあるトリッグヴェ・ニィダーレンの供述の速記録に注意を向けた。すでに録音で一部始終を聞いていたが、紙のうえで見直すと違う見方ができる。答えをためらい、何度も長く口を閉ざしていた段階は終わっていた。四十年近く前に起きたことを弁解しようとする長広舌の部分は飛ばし読みですむ。途中、何度も泣き出して、家族をこんな目に遭わせた自分を、こんなかたちで息子に知られてしまった自分を責め続けた。長く恐れていた日がついにやって来た。金物屋で昔の名前を呼ばれたとき、彼は思わず逃げ出した。それでも、まさにこうなることを願ったときも何度となくあったのだという。そのために、最近はネジ回しひとつ買うためにクラムフォシュまで二十キロも車を走らせていた。子どもなど持たなければよかった。いなければ、もっとずっと楽だったろう。

だが、スヴェン・ハーグストレームを殺してはいない、とトリッグヴェは言った。

「私はそんな人間ではない。そんな人間になったことは一度もない。確かに、私がやったと思われてもしかたないとは思う。申し訳ない。すまない。彼女を傷つけるつもりはなかったんだ」

と言って、トリッグヴェはふたたび過去へ、イェーヴレダールへと戻っていった。

トリッグヴェ・ニィダーレンは正直に真情を吐露しているように感じられるが、ただ少し……。

エイラはぴったりの表現を思いつかなかった。少し熱がこもりすぎている感じがする。準備していたような。それに、メイヤンは夫の過去を知っても穏やかに暮らせたと言っていた。それとも、彼女は否定することで身を守る、虐待された妻の古典的事例なのだろうか。

それに、パトリックの怒りが気になる。あれは何から生まれた怒りなのだろう？　スヴェン・ハーグストレームの家に呼び出された朝、初めて会ったときのパトリックは警察の到着が遅いといらだっていたのでは？　ウーロフ・ハーグストレームに罪を着せたかったのか？　父親を疑っていたのか？　認めたこと以外にもっと知っているのでは？

エイラは席を立って、マグにコーヒーを満たしに行った。こんなに遅くカフェインをとるのはよくないが、どうせ眠れないのはわかっている。

トリッグヴェ・ニィダーレンは昼食時から勾留《こうりゅう》されている。勾留期限は三日間だから、あと二日半しか残っていない。

デスクに戻る前に、冷たい水で顔を洗った。

GGは自分に、心理分析をするためにこの仕事を与えたわけではない。自分も、そんなふうには一瞬たりとも考えたことはない。

勾留の請求を検事が受理したのは、何と言ってもトリッグヴェの指紋が合致したからだ。彼の親指と人差し指のかなり新しい指紋が、家のなか――キッチンと玄関のドア枠で見つかっていた。いま必要なのはそうした具体的な証拠だった。それがあれば、嘘で切り抜けるのを難しくできる。

速記録を読み進むうちに、トリッグヴェのその朝の行動について、本人と妻の供述に小さな齟《そ》齬《ご》があるのに気づいた。片やベッドの脚を直していたと言い、片や排水溝の掃除をしていたと言っている。むろんそういったことは忘れたり、取り違えたりすることも考えられる。ふたりの供述で一致しているのは、薪割りをしたことだ。薪割りなら室内にいても庭から音が聞こえるが、もしかしたら室内の作業については、メイヤンは夫がそれを実際にやっているところを見ていないのかもしれない。そして、彼を守るために嘘をついた可能性がある。

もし彼女が嘘をついたのだとしたら、それ以外の話もすべて怪しくなる。

森の道だ、とエイラは思った。トリッグヴェは道路の一件を話しにハーグストレーム家を訪ねたという。その案件を担当する市役所の職員はすぐにわかった。おそらく、近隣のほかの住民にも話が行っているはずだ。

　次に、殺人の凶器。狩猟用ナイフは、銃の保管棚に二挺《ちょう》の猟銃と一緒に鍵をかけてしまわれていたのが押収されていた。スヴェン・ハーグストレームのＤＮＡが見つかるのは望み薄だが、狩猟グループは結束が固いから仲間の知られざる側面を見ているものだ。トリッグヴェは二年前にナイフを購入したというが、きっとその前にも別のナイフを持っていたはずだ。そういうものをあっさり捨てたりするだろうか？

「大変な一日だったようだね？」

　座ったままくるりと振り向くと、戸口にアウグストが立っていた。前髪が少し乱れており、ジーンズに濃い鮮やかなブルーのシャツを着ている。とてもいい色だ。

「ホテル・クラムで一杯やるっていうのはどうだい？」

　エイラは、自分がまだ森に入ったときと同じ服装であるのに気づいた。泥が付き、セーターには針葉が貼りついている。口のなかにも、臭い息の素《もと》になりそうな味が残っていた。

「聴取の速記録を全部読まなければならないの」と言って、片手で髪を撫《な》でつけようとすると、指先にからみついた小枝が触れた。

「徹夜かい？」

「どれぐらいかかるかわからない」

「わかった。じゃあ、またにしよう」

　斜めに差しこむ夜の光で、エイラの影が床に長く伸びていた。手を上げれば、影がアウグストに触れそうだった。何か言わなければ。深刻ではない、気軽な言葉を。ふたりのあいだに何かが生まれつつあると思っているとは見られないように。むろん、そんなことは考えていないが。だが、エイラがひと言も言わないうちに、電話が鳴った。

知らない番号だ。彼女が出ると、相手の男はほっとしたようだった。エイラは思わずオフィスを駆け出て、途中で気づいて車のキーを取りに戻った。そのときになってようやく、電話の男の名前が川の近くに建つ昔の税関のそばに住んでいる人物の顔と結びついた。

「見つけたのは妻なんだが、彼女はうちのそばの家をうろついていた。隅を白く塗ったブルーの家だ。ドレッシングガウンを羽織って……」

エイラは、アウグストのにおいなら嗅《か》ぎ分けられると思っていた。まだひと月ほど余裕はあるが、晩夏は刻一刻と近づいていた。闇はいつも、思ってもみなかったときにだしぬけに現れる。そうなると、季節はもう秋だ。

いまは毛布にくるまって、ポーチに座っている。まったく寒くはないのだが、いまエイラが考えているのは寒さのことだった。霜、そして冬の冷気。もしシャシュティンがスリッパだけで徘《はい》徊《かい》したら……。親しい隣人もピンクの絹のドレッシングガウンが家々のあいだをさまようのを見分けられないほどの闇だったとしたら……。

エイラが帰宅すると、みんながそろってキッチンに座り、紅茶を飲みながらおしゃべりをしていた。シャシュティンがそうしろと言い張ったのだ、と隣人はエイラに言った。意識の混濁は最悪の時期を過ぎたから、と。だが、いつ正常に戻ったのか、何がきっかけだったのかはわからずじまいだった。

「難しい決断よね」イネスという女性は帰り際にそう言って、エイラの手を軽く叩《たた》いた。「こういう人からすべてを取り上げてしまうのは」

シャシュティンは眠りに落ちたが、エイラは神経が高ぶっていてとても眠れそうになかった。ひどく疲れており、身体の節々が痛んだ。翌日の起床までの時間がどんどん短くなっていくのが不安だった。

こんな状態はいつまでも続かない。そんなことはずっと前にわかっていたのに、いまだに状況を変える気になれなかった。話を持ち出すたびに、シャシュティンは拒絶した。どこにも行く気はない、ここが私の家なのだから、話はおしまい、と。彼女は行った先で不自由はしないこと、さほど費用もかからないことを知っていた。ただ、その必要性が増せば増すほど、考えただけで不安が高まるのだ。

母親の頑《かたく》なさは少しも緩むことがなかった。

別の日には、「でも、私はお荷物なだけじゃない」などというので、エイラはそんなことはないと励まし、会話はまた袋小路に入った。

難しい決断、こういう人からすべてを取り上げる……エイラは夜の世界を覗《のぞ》きこんだ。母親に代わって自分が決断し、彼女の意思に反して、すべてを取り上げる。身体の一本一本の繊維がそれは間違いだと悲鳴を上げているが、それでも論理的に考えれば必ずその結論に至ってしまう。

だが、もしそう決断して、それがうまくいかなかったら？

エイラは毛布を身体に引き寄せた。これが誰かの抱擁であればいいのにと思った。誰かが自分を支えて、アドバイスしてくれるか、せめて意見を聞かせてくれれば。

携帯電話に手を伸ばした。名前が出てくるまでスクロールする必要はなかった。これほど長いあいだ電話をしていなかったのに、彼の名前は一番上に表示されている。もう夜だし、時間も遅いが、マグヌスはそんなことを気にするだろうか？

彼女はあなたの母親でもあるのよ、とエイラは心でつぶやく。こんなことを全部私に押しつけるわけにはいかないわ。

カチッという音がして、小さな声が耳に届く。

「この電話は現在使われておりません」

GGもまた、昨夜《ゆうべ》はあまり眠れなかったようだ。いつもより眉毛《まゆげ》の色が薄く、肌に張りがなかった。エイラは、彼のシャツに染みがついているのを指摘しないことにした。何で夜起きていたのか知りたいとは思わなかった。

「われわれは彼らに小言を言いに行くわけではない」車に乗りこむと、GGが言った。「地元のパトロール隊の連絡が二十四時間以上遅れたのを怒っているわけではない」

サンドエー橋を通る近道を取れば何分か節約できたが、エイラはそちらを選ばずに、川辺の道を上流に向かった。急いでいるわけではない。警察に協力している人々とお茶を飲みながらおしゃべりをするだけなのだから。エイラはハンマル橋で川を渡った。これで帰り道は同じルートを引き返さなくてもすむ。地元のパトロール隊はボランティアによって構成され、夜間、地域を回ってふだんと変わりがないかと目を配るが、何かあっても直接手を下すことはない。エイラは彼らのおかげで押しこみ強盗を阻止し、自動車泥棒を捕らえたことがある。

「こんなに辺鄙《へんぴ》なところでは、彼らの目と耳がなければわれわれには手も足も出ない」と、GGは続けた。「だが常に、われわれが何に気づくか、何かを注視しているときに実際は何を見ているかという問題がある」

ふたりはレンガ造りの家の前に車を停めた。地の精《ノーム》や小妖精《エルフ》の置物がいくつかと、鹿の小さな彫像がひとつ置かれている。

よく手入れされた植木や花が生い茂り、大事に育てられているのは明らかだった。

〝こんなところを住む場所に選ぶ人もいるのだ〟とエイラは思った。〝ほかで暮らすこともできるのに。たまたまここにたどり着いたわけではなく、たまたまここで生まれ育ったか、あるいは何らかの理由があってここを終《つい》の棲家《すみか》にしたのだろう〟

少年がふたり玄関に出てきて、ふたりの警官に真面目くさって挨拶《あいさつ》したが、父親に用を言いつけられて姿を消した。

コーヒーが出された。どこへ行っても、コーヒーだ。

「そのときは、大したことではないと思ってました」と、嗅ぎタバコ入れを尻《しり》の下に押しこみながら、エリック・オルカイネンは言った。三十前後の年格好で、そろそろ腹が出かかり、配管工の広告をプリントしたTシャツを着ている。「どこといって変わったところはなかったという意味ですが」

「いつもと違うこと――それをわれわれは探しています。目を惹《ひ》くこと、と言ったほうがわかりやすいかもしれませんが」と、エリックより年配の隣人が口をはさんだ。ボリエ・ストールという名だった。道路の反対側に住んでいる、と言って、ボリエは森の端に建つ白い家を指さした。

このふたりが問題の晩にコンビを組んでいた。「だから、私たちのどちらにも責任があるのです」

その夜は、雨を伴わない激しい嵐がほかのすべてのものを圧倒した。もしかしたら、気候変動の兆候かもしれない。

不吉な感じがする。

「いずれにしろ、これだけ高いところに住んでいる私たちは幸運だ」と、エリックが言った。

「海面上昇が進んでもね」

森から煙が上がるのを見て、サルトシェーン湖付近の落雷を通報したのはこのふたりだった。その後数時間は、消防車の到着を待って、森の狭い道を先導することに忙殺された。真夜中を過ぎて、ふだんのルートのパトロールをすませて火災現場に戻ると、火はおおかた消えているのがわかった。そこで車を道路脇に停めて、魔法瓶に詰めてきたコーヒーを飲んだ。この数時間で消耗したエネルギーを取り戻す必要があった。ふたりは食べ物を分け合い、ラジオの音楽に耳を傾けた。嵐が荒々しく吹き荒れたあとの静寂が心にしみいるようだった。ところがまもなく、道路がふたたび活気を取り戻した。

「誰の車かすぐにわかりましたよ。若い連中が夕方になるとたいていあの辺を走りまわる。ときには夜中も走っている。われわれも若い頃は同じことをしてましたよ。例のEPAトラクターを手に入れた日からね。ご存じだろうが、ピックアップトラックを改造したもので、十五歳から運転できる」

「そのことは一度も報告していません」と、年配のボリェが付け加えた。「彼らは眼中になかったんで」

「じゃあ、どうして気が変わったのですか?」

「あの事件のことを聞いて、考えたんです。だって、われわれは警察と一緒に働いているんだから。そうじゃないとは誰にも言わせない。たとえ成果はなかったとしても。もともとそういう仕事ですからね。われわれは報告し、あなた方がどんな措置をとるか決める――そのことは耳にタコができるほど聞かされてきた」

「おふたりは何を見たんです?」

ふたりは目を見交わした。ひとりがうなずき、もうひとりが話を続けた。「車は三台でした。ボルボが一台とEPAが二台。クングスゴーデンへ向かっていた。というか、そっちの方角へ。むろんソレフテオかもしれないし、ハンマル橋を渡ってニィランドへ行くつもりなのか。それはわからなかった」

「何時頃の話です？」

「午前零時を少し過ぎた頃でした。さっきも言ったように、われわれは日誌をつけていないので。でも、ラジオの選局をしていた。零時まではいつも公共ラジオ局のP3の番組を聴いているから、零時過ぎであるのは間違いない」

「私は、あいつら、朝起きて仕事に行けるのかなと言った。覚えてるだろう？」

「ああいうときのおしゃべりは、あらゆる話題が出るからな」

「その車のナンバープレートを記録しましたか？」

「その必要はない」と、エリックが言った。

ふたりは若者たちの名前も住所も知っていた。ひとりはボリェ・ストールのいとこの孫だった。ボリェは目線を下げ、ゆっくりコーヒーをかき混ぜながらそれを伝えた。

「みんな、悪い子ではないんですよ。ちょっと発散してるだけで。若いのはみんなそうでしょう。ほかにやることがないんだから。根っからのワルではない」

エリックが目を上げたが、何も言わなかった。長い沈黙が続いた。もっと言いたいことがありそうだが、ためらい、苦しみ、どちらが先に口にするか様子見しているようだ。

エリック・オルカイネンは尻の下から嗅ぎタバコ入れを引っ張りだし、指でつまんで押しつぶした。

「それからしばらくして、彼らは帰ってきた」タバコ入れをコーヒーのソーサーに傾けながら、エリックは静かにそう言った。「大変な速度を出していた。ああいった改造車では出ないはずの速度だったが、別にめずらしいことではない。パーツを替えたり、エンジンの馬力を上げたりする者は多いけど、誰も注意したりはしない」

「戻ってくるまで、どれぐらいの時間がかかったと思いますか？」

「一時間半かな。あるいは、もう少し長かったか、短かったか。夜中で疲れていて、感覚が鈍り始めていたから」

「最後にもうひと回りすることにしました」と、ボリエ・ストールが言った。「クングスゴーデンの方角に煙と火が上がっているのに気づいて、すぐに一一二番に通報した。でも、その前に誰かがすでに知らせていた」

「あんな天気で、大変な夜だった」エリック・オルカイネンはタバコ入れを手のうえでひっくり返した。「本当に、あれは落雷のせいではないんですか？」

エイラはいつも、ＥＰＡトラクターを買うために貯金していたときの気分を自由と結びつけて考える。それは後部座席を外して改造したボルボ・アマゾンで、公式には時速三十キロ以上出してはいけないことになっている。それでも、見た目は本物の車と変わりなく、何と言っても十八歳を待たずに運転できるのが魅力だった。一九七〇年代に政府が禁止令を出そうとしたが、地方で激しい抗議の声が上がり、ＥＰＡトラクターは除外されることになった。

ふたりの警官が邸内路に入ると、それと同じ車が一台停まっていた。後部座席の部分をトラックの平台に変えたメルセデスで、黒と赤に塗り分けられている。

両親は年次休暇を取っており、もう起き出して屋根の修理に精を出していた。これは好都合だった。なぜなら、息子はまだ十六歳で未成年だからだ。

父親が息子を起こして服を着させるのに三十分かかった。

少年はバギー・ジーンズとだぶだぶのＴシャツという姿で、まだ半分眠っていた。温かいチョコレート・ミルクを飲んでいる。

「この人たちは大勢の人々に話を訊《き》いているの」と、息子の前にバターを塗ったトーストを二枚置きながら、母親が言った。「あなたを咎《とが》めるために来たわけじゃないのよ」

「本当のことだけ言うんだ」と、父親が言った。

少年の名前はアンドレアス。すでにケチな盗みで二度の前科があり、何度か要注意の通知が彼宛てに送られていた。同僚が来るのを待つあいだに、エイラはデータベースでチェックしてあった。その同僚はいま別の少年の聴取に行っている。

「ただ車で走りまわってただけだ」と、アンドレアスは言った。

「どこを走ったんだね？」

「あちこちの道路さ、ほかにどこがある？」

GGは自分のiPadに地図をアップし、少年の前のテーブルに置いた。

「行った場所を正確に指せるかね？」

「わかりゃしないよ」

そんなやりとりがしばらく続くと、父親がしびれを切らし、息子を怒鳴りつけた。「本当のことを言えばいいんだ。おまえのくだらん人生で一度くらいな」

「言っただろう、覚えてないって」

「朝、おまえの服は煙のにおいがしていた」

「だから？　きっとバーベキューでもしたんだろう」

「その違いが私にわからないと思うのか？　私を馬鹿だと思ってるのか？」父親は一歩前に出た。

息子を揺さぶろうとしたようだが、途中で母親が腕をつかんだ。

「この子たちはいつも走りまわっている」と、母親が言った。「このあたりじゃ、ほかにすることがないもの。特に夏の、学校が休みのときは」

「まるで冬はそうじゃないみたいだな」と、父親がつぶやく。「夜じゅう起きていて、昼間はずっと寝ている。おまえたちはいったい何をしでかしてるんだ？　おまえとロッバンとトシュテンソン兄弟は？」

「しでかすって、どういう意味？」

「われわれに質問をまかせてもらったほうがいいようですね」と、GGが言った。

「私のコンピューターを借りて、おまえが何を見ていたか知っているんだぞ。下品で胸の悪くなるようなものばかりだ」

「お願い、もうやめて」と、母親が割って入った。「今度のこととは関係ないわ」

さらに十五分ほどが過ぎた。GGに父親を連れ出すように言われて部屋を離れたエイラが戻ってきたちょうどそのとき、少年はようやく口を開いた。テーブルにささやきかけるような小さな声だった。

「誰かがあいつを退治しなければならなかった」

「誰を？」

「あの汚らわしい変態さ」少年はぐいと顎《あご》を持ち上げると、まっすぐに相手の目を見つめた。「あんたたちにはそれができない。ここでは、やるべきことは自分でやるしかない」

「ウーロフ・ハーグストレームのことを言ってるのか？」

「あいつにはあんなことを二度とさせない。少なくとも、このあたりの女の子にはな」アンドレアスは気まずそうに母親と目を合わせた。「誰かがやらなければならない。あんたたちの目は節穴だ。ああいうやつらが、どんなことをやってのけるかわからないのか？」

今日ばかりは、エイラも正規の時間に署をあとにした。彼女が帰るのに気づいた者がいなかった。みんな、ついさっき与えられた職務に全力で取り組んでいた。四人の若者の行動と生活を綿密に割り出す仕事だ。

彼女とGGが連行した十六歳の少年以外に、もう一台のEPAを運転していた同い年の少年とその十三歳の弟、その夜は母親の車を借りて乗っていた十八歳の男が連行された。

重苦しい雰囲気が外までエイラを追ってきた。三人の若者は勾留され、そこにまだ十三歳の子どもも加えられた。一日の仕事の成果としては、望ましいものとはとうてい言えない。署を出る前に最後にしたのは、押収したコンピューターから若者たちの検索履歴をチェックすることだった。ポルノの獣じみた画像がまだエイラの頭に残っていた。

「彼らは、娘たちを守るためと言っている」シリエ・アンデションはさっき肩越しにそう言っていた。「それなのにこんな屑《くず》を見ているのよ。最高のレイプはどういうものかなんて代物を。理屈に合わないじゃない」

〝確かに理屈に合わない〟。街の中心部の端にある赤レンガ造りの建物の前を歩きながら、エイラは思った。〝人間はもともと理屈には合わないものなのだ〟

エイラは自分の周囲にあるものを、健康で活気のあるものすべてを日常の暮らしに取り入れようと努めている。庭の花々。散水機で遊ぶ子どもたち。

賃貸契約書に記載されている女性は知らない名前だが、とにかくその住所が一番最近、兄が登録したものだった。新しい電話の契約書は見つからなかった。

エイラはベルを鳴らして、なかに入った。

女性の名はアリスで、四十歳前後の美人だった。薄手のサマードレス姿でドアを開けた。

「いいえ、マグヌスはもうここで暮らしてないわ。私たち、春に別れたの」

エイラは彼女の背後の廊下を覗きこんだ。十歳前後の子どもの持ち物、リュックサックや運動靴が置いてあった。

「でも、彼には住民登録をここのままにしておけばいいと言ったの」と、アリスは話を続けた。「どこかずっと住めるところが見つかるまで。じゃあ、あなたは彼の電話番号を知らないのね？」

「ええ、最近のものは」

アリスは廊下の収納棚に置いてある封筒の薄い束を指さした。

「ときどき郵便物を取りに来るわ」

エイラはその束をつかみ取りたいという衝動を抑えた。未払いの請求書や請求の最後通告書、購読解除の脅し——どれも開封せずに放っておけば、面倒なことになるのは間違いないものばかりだ。「あなた、お子さんはいらっしゃるの?」と、エイラは訊いた。

「ええ、男の子ふたりと、まだ小さい娘が。三人とも父親のところにいるわ」

エイラはそっと安堵《あんど》のため息をついた。少なくとも、兄の子どもではないわけだ。彼がめったに会わないふたりの子どもだけで十分すぎる。アリスは少し戸惑ったように、温かい笑みを浮かべた。

「お入りにならない？　あなたのことは彼からいろいろ聞いているのよ」

「ありがとう。でも、どうしても兄を探さなければならないの」

「警察で働くなんて、とても興味をそそられるわ。あなた、勇敢なのね」

〝この人は兄についてしゃべりたがっている〟と、エイラは思った。〝だからこんなことを言っているのだ。たとえ郵便物を取りに来るだけでも、兄が来るのをいまでも楽しみにしている〟

「リッケンの家に行けば見つかると思うわ」アリスはチラシの紙を取って、携帯電話の番号を書きつけた。「マグヌスはそう言ってたもの。しばらく彼のところに置いてもらうって。あなたも知ってるでしょ、リッケンを？」

「ええ、リッケンはもちろん知ってるわ」エイラは動揺を押し隠してそう答えた。「まだストリンネにいるのかしら？」

エイラは石綿セメントのタイルを貼った小さな家を思い浮かべた。地下に、低いソファを置き、松材のパネルを張ったレクリエーション・ルームがあった。その前を通り過ぎるたびに、視線を向けずにはいられなかった。おもに職業上の関心ではあったが、ほかにも理由があったのかもしれない。リッケンがまだそこにいるのはわかっていた。

「ええ、マグヌスと彼は永遠の友だちよ」と、アリスは言った。「おたがいを、兄弟と呼んでいる」アリスは片手でもう片方の腕を上腕までさすり上げた。その無意識の動きで、エイラはそこにタトゥーがあるのに気づいた。花でもハートでもない、文字だけのタトゥー。かなり凝った美しい字体で、〝M〟から伸びた線がループして残りの文字を囲んでいる。

「恋愛は現れては消えるものだけど、友情は持続する。そう言われてるんじゃなかったかしら？」

エイラは車体の錆《さ》びたボルボ・アマゾンの後ろに車を停めた。

壊れた車が敷地のあちこちに置かれ、なかには地中に根を張ったように地面に深く沈みこんでいるものもある。旧式のフォードの窓には、ホップの蔓《つる》が這っていた。わずかとはいえ、すぐに修理をすればまだ走りそうなものもあるが、そんなことが起きるとはとうてい思えなかった。壊れた車は主張であり、誰が住んでいるにせよ、ここを領地とする支配者が存在することのあかしなのだから。

クラムフォシュの市長は、議会に廃車基金を再導入させるために、ノルランドに数多くある廃車に関する議論を呼び起こそうとした。基金ができれば、車をそのあたりにでたらめに捨てるより廃車置き場に持っていったほうが得になるし、地元の当局に罰金を科されることもなくなる。市長は、風景の荒廃を訴えた。

リッケンこと、リカルド・ストリンドルンドならおそらく別の言葉を使うはずだ。力、と表現するかもしれない。彼はそこでやりたい放題のことをやっており、人がそれを美しいと思うか醜いと思うか、合法か不法かなど一顧だにしなかった。ここに入った者には、責めを負わせる相手は自分しかいないのだ。

エイラはすぐに、リッケンが独特の歩き方で近づいてくるのに目を留めた。動きは緩慢で、大きな歩幅、身体はそよ風のなかの葦《あし》のようにかすかに左右に揺れている。それに、その笑み。いつもながらに魅力的としか言いようがない。

「やあ、エイラ。しばらくだな」

リッケンは数メートル離れたところで足を止めた。髪を後ろへ押しやり、日差しに目をすがめる。

「戻ってきたと聞いたよ。今日は警官の仕事かい？　それとも挨拶に寄っただけか？」

「マグヌスに用があるの」と、エイラは言った。「まったくのプライベートよ」

「わかった」

リッケンは頭を後ろに傾けて、ついて来いと合図した。彼の名前はこの地域で知られた小悪党リストのなかに入っており、GGに呼ばれて聴取を受けていた。前科の記録は窃盗、ドラッグ売買からずっと以前のノルフィヤルスヴィーケンで起きた夏至祭パーティ乱入事件までそろっており、目を付けられて当然だった。エイラには彼をリストから除外させる力はなかった。

リッケンは家の角で立ち止まった。「クングスゴーデンでじいさんが殺された事件の捜査はどうなってる？」と、彼は訊いた。「もう誰かを捕まえたのか？」

「まだよ」

「まったく、病気としか思えないな。孤独な老人をあんなふうに襲うなんて。誰かわかったら、おれがボコボコに叩きのめして、銀の皿に載せて給仕してやる。きみの友だちにはそう言ってやったよ」

〝知ってるわ〟と、エイラは思った。〝あなたが言ったことは知っている〟

エイラはふたたび、リッケンの細身の身体のあとをついて進み始めた。いつもと同じぴっちりしたジーンズをはいた後ろ姿は揺るぎない自信にあふれている。エイラは彼の聴取記録を読んでいた。もし彼が事件に関わっていれば面倒な事態になる。関係があったことは事実なのだから。たとえそれが大昔のことで、彼が夢に見る存在であったときから、自分が成長してその夢を見なくなってから、永遠とも思える時間がたっていたとしても。

それでも、初めてのことはいつになっても初めてであるのに変わりなく、何ものもそれを変えることはできない。

「容疑者はいる」話してはいけないのをわかっていながら、エイラはそう言った。「こうなれば、時間の問題よ」

「ほう、大したもんだ。誰なんだ？」

「あなたに言うつもりはないわ」権力の小さな移行――微々たるものだが、確かにそれがあった。いまやエイラは十七歳でも、恋にのぼせ上がっている少女でもない。警官であり、捜査官なのだ。暴力犯罪班に属している。

「ああ、そうだな。わかるよ」と、リッケンは言った。

マグヌスは家の裏手で、ガーデン・チェアにだらしなく座りこんでいた。エイラのほうに手を伸ばして握手したが、ハグするために立ち上がることはなかった。

「ママはどんな具合だ？」

「いいとは言えないわね」

「何かあったのか？」

マグヌスはカットオフ・デニムの短パンをはき、ベストを着けていた。日に灼《や》け、伸びた金髪を肩に垂らしている。すぐ脇の草のうえに、栓を抜いた缶ビールが置いてある。エイラはそれについては何も言わなかった。嗅いだように思ったマリファナの独特のにおいについても。もしかしたらそれを予期していたせいで、においの記憶がよみがえっただけかもしれない。兄は容疑者リストには載っていなかった。一番最近の記録は五年前の暴行容疑で、ただの喧嘩《けんか》だった。有罪にはならなかったから、リストから除外しても職権乱用とは言えないと思った。

「このところ、どんどん悪くなっている」と、エイラは言った。「わかってるでしょう。認知症は治らないの」

エイラは旧式の日光浴用ラウンジチェアのひとつに腰を下ろした。こんな椅子が、子どもの頃は大好きだった。木の枠にストライプの布を張ったもので、何段階か背を倒すことができる。背筋を伸ばして座るのは無理な椅子だ。

「おれがいたときは何でもないようだったぜ」

「いつのこと？」

「さあ、先週だったかな？　一緒にコーヒーを飲んだよ」

「そんなこと、何も言ってなかったけど」

「もしかしたら先々週かな。夏だから、どうしても記憶が曖昧《あいまい》になっちまう」と言って、マグヌスはビールをひと口あおり、タバコに火をつけた。「おまえは休暇なのか？　それとも……」

「勤務中よ。いまこの時間は違うけど」

「おれたちにはそのほうがありがたいな」と言って、マグヌスは笑い声を上げた。エイラは兄の笑い声が好きだった。とても大きく、部屋じゅうに響き渡る。マグヌスが笑うと、みんなが笑い出す。「だけど、ひどいもんだな。七月だっていうのに、そんなにこきつかわれているのか？」

「私はこの仕事が好きなの」

マグヌスは片眉を吊《つ》り上げた。エイラは辛辣《しんらつ》な批評か小言が飛んで来るものと覚悟した。警察は小悪党を追いかけるのにかまけて、悪徳金融業者や汚職政治家が社会に損害を与えるのを許している、などなど。だが、マグヌスはその時間を与えられなかった。リッケンがキッチンの窓から、エイラにコーヒーでも持って行こうかと呼びかけてきた。エイラはコーヒーをお願い、それにお水もちょうだいと答えた。

「私、車なの」みんながくつろいでいるこんな夏の日にビールの一本も飲めない理由を説明する義務でもあるかのように、そう付け加えた。なんだか昔からずっと、自分が退屈で潔癖な人間であるのを弁解し続けているみたいな気がした。

「あなたがいたとき、ママは精一杯がんばってたのよ」と、エイラは言った。「わからなかった？　何も気づかせないようにしてたんだわ」

「それで、おれに何をさせたいんだ？　あそこへ行って、〝やあ、ママ。あんたは自分で思っているより重い病気なんだよ〟とでも言わせたいのか？　それじゃああんまりだろう」

リッケンの草が伸び放題の庭を、ハチが気持ちよさそうに羽音を立てて飛んでいた。庭はそのまま野花が満開の斜面となって、ふたつの集落を縫って流れる狭い水路、ストリンネ湾まで続いている。

エイラはマグヌスに、母親が徘徊していることを話した。具合のよくない日には、自分がどこにいるのかわからなくなる。普通の家庭でも、危険はどこにでも潜んでいる。エイラは一部始終を兄に語って聞かせた。

マグヌスはタバコの灰をビール缶に落とした。タバコは根もとまで燃え尽きていて、缶に落ちるとジュッと音を立てた。マグヌスは気にするふうもなく、またゆったりと椅子の背にもたれて空を見上げた。銀の筋のような雲が頭上をゆっくり流れていた。

「おまえが何で家を出ないのか、よくわからんな」と、マグヌスは言った。「ママだって同じ気持ちさ。自分の面倒もみられないみたいに、四六時中おまえが目を光らせていると言ってたぜ」

「ママは自分の面倒をみられないのよ」

「おまえはストックホルムで暮らすべきだとママは考えている。おまえはひとかどの人間になると期待されていた。学校の成績も良かったしな」

「やめて。話を聞いてないの？」

「ちゃんと聞いているさ」

「ママは兄さんのことを心配している。年がら年中ね」エイラは椅子に座ったことを後悔していた。立ち上がって、自分の言葉が通じるように兄にもっと近づきたかった。できれば手を取り、強く握りしめて兄の目を覚まさせたかった。兄を地面に押し倒し、芝生のうえで取っ組み合うかくすぐってやるか、とにかくこの二十年一度もやらなかったことをやってみたかった。だが、エイラはそうはせず、さらに深く椅子に沈みこんだだけだった。「家にはどれぐらい帰ってるの？月に一度？」

「おまえは無理に引っ越させることはできないぞ。ママがいやがっているのに」

「私たちよ」と、エイラは言った。「私たちふたりが一緒にこの問題に対処しなければならない。もうママにはそういう決断ができないから」

「人生はその人間だけのものだ」と、マグヌスは言った。「最後の瞬間までな。それを取り上げる権利は誰にもない」

「ママはときどきおもらしをするのよ。自分がどこにいるかわからないと、パニックを起こすし」

「たぶん、ママは老いぼれたちと寄り集まってテレビのくだらない歌番組なんか観たくないんだろう。入った先がひどかったらどうするんだ？　家を売っちまえば、おれたちにはどうすることもできない。よせよ、ああいうところで何が起きてるか、新聞で読んでないのか？　部屋に閉じこめて、うんこまみれのおむつのまま放っておくんだ。外出もさせないで」

「それはほかの地域の話で、ここではないわ。全部が全部そんなふうじゃない」

「おまえはそれを保証できるのか？」

「ママは歌番組も好きよ。火曜日はいつも一緒に観てるわ」

「まじかよ？」

そのときリッケンが欠けたマグに入れたコーヒーをエイラに持ってきて、会話が途切れた。水は忘れていた。

「今朝ビヤットローで何人か捕まえたそうじゃないか」マグヌスに缶ビールをひと缶手渡し、自分の分の栓を開けながら、リッケンが言った。「きみもそこにいたと聞いたよ」

「そんな話を持ち出すな」と、マグヌスは言った。「エイラは捜査のことは話せないんだ」

リッケンが芝生に腰を下ろすと、虫たちが鳴きやみ、あたりは静けさに包まれた。エイラは、手漕《てこ》ぎのボートが一艘《そう》、湾に漕ぎだして行くのを見つめた。兄は自分とリッケンの関係を知らない。何もかも、内緒で進めてきたから。

「どうやら、あんた方も腹を決めたらしいな」と、マグヌスを無視して、リッケンは話を続けた。「一度あることをやれば、そいつは必ず別の罪も犯す。それがあんたたちの考え方だ」

「こいつに自分の考え方を教えてやる必要はない」と、マグヌスは言った。

「あの馬鹿どもはあちこちで家を燃やしたことを自慢していたから、おれにもあいつらが捕まるのはわかっていた。口を閉じていられない間抜けだが、でも人を殺そうとしたりする連中じゃない。あのうちのふたりの父親とは知り合いだ。やつらはただの悪ガキさ」

「もし本気で私に何か言いたいことがあるなら」と、エイラは言った。「同僚を連れて戻ってきたほうがよさそうね。それか、あなたが署に電話するか」

「おれたちはウーロフがリーナ・スタヴリエドにやったことを忘れていない」と、リッケンは言った。「だから、あのガキどもがオーダーレンをあいつから救おうとしてるなら、止めはしない。だが、あくまで公平に行こうぜ」

「いいかげんにしろ」マグヌスは半分空の缶ビールをリッケンに投げつけた。頭は外れたが、リッケンはビールのシャワーを浴びた。「ここにいるときは、エイラは警官じゃない、おれの妹だ」

リッケンが缶を投げ返したが、こちらも的を外した。おどけて、身体にかかったビールをなめようとしてみせる。

エイラは声を立てて笑った。マグヌスが味方してくれ、自分の妹であると言ってくれたことがうれしかった。リッケンが胸の内を打ち明けてくれたことも。このやりとりのおかげで、身体の奥に温もりが生じるのを感じた。一緒にビールを飲んで、昔を思い出し、くだらない冗談に笑い声を上げ、がたのきた椅子に深く沈みこみたかった。その思いを振り捨てて立ち上がると、椅子がいまにも壊れそうな音を立てた。

「わかった、もう行くわ」と言って、エイラはマグカップを芝生に置いた。カップが倒れて、飲み残しが彼女の靴にかかった。

「明日《あした》ママに会いに行くよ」と、マグヌスが後ろから呼びかけてきた。「だめなら、明後日《あさって》に。信じてくれ、もっとまともになるよ」

「わかっていることを全部、検討し直してみよう」窓と空、沿岸の街を背にして立ち、GGがそう言った。彼の背後では、八階か九階の建物が階段状になって丘の斜面を覆っていた。

何らかの理由で、この日の会議はスンツヴァルで行われた。GGはその理由を言わなかったし、エイラも訊かなかった。

黙って車に乗り、ここまで走って来た。

「わかっていること全部って何についてです？」と、ボッセ・リングが質問した。「あんたが言っているのは殺人の件なのか、放火の件なのか、殺人未遂の件なのか？」

「その全部だよ。ハーグストレームの名前が出てくる事件は一切合切な。もしかしたら、おれたちは両手を合わせて、二件の殺人事件を早く解決できるよう祈ったほうがいいかもしれない」

「そんなに良くないの？」と、シリエ・アンデションがラップトップ・コンピューターから顔を上げて尋ねた。

「何が？」

「ウーロフ・ハーグストレームの容態よ」

「変わりない。まだチューブだの機械だの、いろんなものにつながれてるがな。ウメオの同僚が今朝様子を見に行ってきたそうだ」

「彼らは何と言っているの？」

「翻訳してほしいのか？」

「医者の言葉をね。お願い」

手術のあと、ウーロフ・ハーグストレームは鎮静剤を投与され、人工呼吸器を装着された。脳の硬膜内に溜《た》まった血は彼が森にいたあいだに凝固していたが、おもなものは手術で除去され、肺の出血も同様に処置された。肝臓にも出血があったという。医師は傷がどれほど深刻なものかわからないと語った。意識が戻るかどうかも。

「連中は森まで彼を追ってはいないと言っている」と、GGが先を続けた。「火が燃え上がったので怖くなって逃げたのだそうだ」

「でも、犬の面倒はみているぞ」と、ボッセ・リングが言った。「忘れずにな」

犬はどこからともなく現れたのだという。火を見ると狂ったように暴れ出したが、ふたりの少年がなんとか捕まえた。少年のひとりは腕を咬まれて傷ができたと言って、袖《そで》をまくり上げて見せた。いくらか誇らしげな顔つきだった。

「そのまま逃がしてもよかったんだが」と、ボッセ・リングが供述書を読み上げた。「車に轢《ひ》かれるかもしれないと思って」

「ずいぶんおやさしいこと」と、シリエが言った。

少年のひとりが家に帰って、匿名で緊急通報サービスに電話した。そのことは仲間には話していない。誰が火をつけた壜を投げたのかという質問を投げられると、ひとりひとりの供述がまったく噛《か》み合わなかった。十三歳の少年ひとりだけが投げたのは自分だと供述し、ほかの者はそれぞれ別の者に罪をなすりつけた。

「きっとその子はＹｏｕＴｕｂｅの動画で本物のチンピラの行動を観ていたのね」と、シリエが言った。「年上の仲間が監獄に送られないように罪をかぶろうとしたんだわ」

「それとも兄にいいところを見せようとしたか」と、エイラがつぶやく。

エイラはスンツヴァルの本署には何度も来たことがあったが、こういう役割で、チームの一員として来たのは初めてだった。一歩建物に足を踏み入れると、ここで仕事をしている自分の姿が目に浮かんだ。暴力犯罪班のメンバーという地位を与えられて。ここなら車で一時間ほどで来られるので、母親の問題が片づいたら通勤も可能だ。

「あるいは、本当にそいつがやったのかもしれない」と、ボッセ・リングが言った。

ため息が部屋のあちこちで聞こえた。一線を踏み越えてしまった四人の若者の重みが全員にのしかかっていた。

「だが、森での襲撃については真実を語っている可能性もある」GGはそう先を続けてから、会議に加わってもらった犯行現場専門の鑑識官にうなずいてみせた。

自分のコンピューターで鑑識結果を探さなくてすむのはありがたかった。テーブル越しに目と目を合わせて話し合える。こういう機会はそう多くない。

「めったにお目にかからない犯罪現場と言えるな」と、自分のラップトップをネットワークに接続しながら、コステル・アルデレアンは言った。「日々、新しいことを学ばされるものだよ」

壁のスクリーンいっぱいに倒木が映し出された。前夜遅く、森林レンジャーが呼ばれて根こぎ倒れた木を検分した。自然の回復力――枝がなくなり、重力がかかった結果という結論だった。コステルの話では、太い枝は樹冠と一緒に払われていたという。材木にするために誰かがやったものらしく、春の大嵐で倒れた周囲の木も何本か同じ目にあっていた。平衡状態が失われて、木はふたたびまっすぐに立ち上がった。つまずいて倒れたウーロフ・ハーグストレームの体重がそれを助けたのだろう。

木の一部は掘り起こされ、さらに分析を行うために運ばれていった。

「同じことが前にもあったようだな」と、コステルは言った。「少なくとも人命にかかわる事件がひとつ、二〇一三年にブリエキンゲで起きている。特に危険なのは、霜が全部溶けて、春の雨で地盤がゆるんだときだ」

「自然のなかへ足を踏み入れるのはよほど向こう見ずな人間ってことだな」と、ボッセ・リングが言った。

「頭の傷は木がぶつかってできたのか？」そう言ったとたん、GGはうっかりテーブルの下でエイラの足を蹴った。エイラは足を引き寄せた。GGは気づきもしなかった。

「そうらしい」と、コステルが言った。「監察医の話では、傷は重い枝の強烈な一撃でできたものだという。血痕から見ると、広がった根に土が貼りついてぶつかった可能性もある。傷には樹皮がくっついていた」

その後しばらく沈黙が続くあいだ、エイラは知らず知らず火事と十代の若者たちについてリッケンの言ったことを思い返していた。物理的な証拠は彼らの供述を裏づけていた。だとしたら、そのことをいま持ち出す必要はない。私生活の乱れた部分は、すべてが汚れのない純粋なものであるはずの仕事の世界とは切り離しておいたほうがいい。

エイラは椅子の背にもたれ、誰の足にも触れないように気をつけながら両足を伸ばした。

「いずれにしろ」と、GGが言った。「いまは待つ以外、われわれにできることは限られている。鑑識の報告やウーロフが意識を取り戻すのを待とう。やつが意識を取り戻せばだが。ガキどもは現場にいたことを自白している。何にせよ、放火の一件で訴追されることになるだろう」

「まったくややこしい事件だな」と、コステルが言った。「同じ犯行現場でふたつの捜査が行われているんだから。片や父親、片や息子。最初は家、次は家の残骸だ」

「まったくな」と、GGが言った。

それを潮に、話は殺人の捜査へと移った。


もしトリッグヴェ・ニィダーレンをさらに引き留めておきたければ、検事は二十四時間以内に再勾留の請求を行わなければならない。

「つまり、やつを尋問したければ、ヘノサンドまで車を走らせ、あの面倒くさいセキュリティ・チェックをくぐり抜ける必要があるってことだ。ベルトを外し、ポケットから硬貨を全部取り出して」

「いまどき、ポケットに硬貨を入れている人がいるの？」と、シリエが尋ねた。

トリッグヴェを再勾留するにはそれなりの根拠が必要になる。

犯行現場は全焼してしまった。家に指紋が残っていたことは証明できるが、それが付いた時期は立証不能だ。監察医はこれ以上報告することはないと言って、スヴェン・ハーグストレームの遺体を手放していた。

トリッグヴェ・ニィダーレンはまだ無実を主張していた。自分は悪い人間かもしれないが、隣人といさかいを起こしたことはないと言い張った。

「まあいい。で、われわれの手の内には何がある？　まず何より、有力な動機だ。スヴェン・ハーグストレームは隣人に性的犯罪者がいるのを発見し、ニィダーレンはスヴェンの口をふさぎたいと思っていた」

「スヴェンが実際にトリッグヴェを脅したのは確かなの？」と、シリエが言った。彼女は忙しくて全部の資料に目を通す時間がなかったようだ。「ここにはそれを裏づけるものがひとつも見当たらないけど」

「確かなのは」と言って、GGはエイラに目を向けた。「スヴェンがあの近所に性的犯罪者がいると聞き、もっと探り出そうとしていたことだ。だが、探り出せたのだろうか？」

「それは間違いないと思います」と、エイラは言った。「暴行事件の記事を読んで、調べを進めていたようです。以前の愛人も、人が変わったと言っています」

その言葉に説得力がないことは、エイラにもよくわかっていた。数日前にはあれほど堅固に思えたのだが、本当にそうなのだろうか？　自分がでっち上げた幻影以外の何ものでもなく、真実をつかんだと思った瞬間に見た心象に過ぎないのではないか？

いや、スヴェン・ハーグストレームは知っていたのだ。これがまったくの偶然であるはずがない。

「もうひとつ見せたいものがある」と、コステル・アルデレアンが言った。

コステルがコンピューターのキーをいくつか押すと、木の根の写真に代わって狩猟用ナイフが一本映し出された。容疑者の銃保管棚にあったものだ。その寸法も刃のかたちも傷に合致していた。コステルはこのナイフのモデルについて長々と説明した。カバノキとオーク材を組み合わせた波形模様の把手、ゆったりと弧を描く鋭い刃《やいば》……。とりわけ、刃と把手のすき間に見つかった乾いた血の痕跡については細かく語った。肉眼では見分けられないものだが、付着した場所のせいで、洗っても証跡が残るという。

「DNAの分析の結果はまだ出ていないが、いま言えるのは、これが人間の血ではないことだ」

「エルクの血なのか？」GGは椅子を前後に揺らしながらそう尋ねた。「あるいは、熊を仕留めたのか。去年の九月に付いた血だなどとは言ってくれるなよ」その頃がこの地域ではエルク猟の最盛期で、住民にとってはクリスマスより大切な時期になる。

「まもなくわかるよ」

「では、その……人間ではないものの血の痕《あと》は、その後にナイフを使って、丁寧に洗っても残るものなのか？」

「どれだけ丁寧かによるな」

「なぜ、殺人の凶器を自宅の銃保管棚にしまっておいたりするのかしら？」と、シリエが訊いた。

「なくなれば、いずれ誰かに気づかれる」と、ボッセ・リングが言った。「このあたりでは、狩猟用ナイフを持っていない人間は持っている人間より怪しいからな」

部屋が急に静かになった。誰かがチーズ・サンドイッチの残りを食べた。〝殺人の凶器〟という言葉は、オロフ・パルメ暗殺事件以来、スウェーデンでは特別な意味を持つようになった。その捜査は三十年以上たっても、まだ継続している。警察の人間は全員――それに大多数の市民も――凶器さえ見つかれば殺人事件は解決するのを知っている。スウェーデンという国が変わってしまったことのあかしとして、この事件はいつまでも消えないトラウマになった。首相を銃撃しても捕まらずにいられる国に、もはや安全は存在しないからだ。

「で、やつはナイフをどうしたんだ？」と、ＧＧが言った。「川へ投げこんだのか？　穴に埋めたのか？」

「もしあのガキどもを捕まえてなければ」と、ボッセ・リングが言った。「証拠隠滅のためにニィダーレンが家に火をつけたと思うだろうな。気になるのは、燃えたのが、、あの夜であることだ。やつを逮捕する直前だった」

「ニィダーレンが連中のひとりと知り合いだったら？　やつらは、どこからああいうことを思いついたんだろう？」

「フェイスブックだと言ってたな」

「確認する価値はあるか？」

「あそこには、いやってほどその手のアイデアが書かれている。われわれがウーロフ・ハーグストレームを釈放してから、みんな、あちこちのスレッドに言いたい放題のことを書き始めた」

「こちらがニィダーレンに目を付けたのを知っている者は？」

GGはエイラに顔を向けた。ひどく落ち着かない気分に陥りながら、エイラはしばらく考えた。誰かにしゃべっただろうか？　いや、そんなことはいっさいしていない。名前を明かしたのは唯一、昔の同僚にだけで、彼は自分の小屋に引きこもって退職生活を楽しむふりをしている。

「川まではかなり下って行かなければならないから」ややあって、エイラはそう言った。「ナイフの捨て場所に選ぶとは思えません」

「深い藪《やぶ》だしな」と、ボッセ・リングが同調した。「やつは急いでいた。平日の朝だから、誰かと鉢合わせすることもある。おまけに妻が家にいた。そう言えば、彼女はまだ頑なに夫を擁護しているな」

「あの朝していたことについては、夫婦の供述にいくらか食い違いがあります」と、エイラは言った。「もっとも、彼らは別々の建物にいました。トリッグヴェは短時間抜け出して、妻に気づかれずに戻ることは可能でした。パン焼き場の前を通らなければ」

「地図を見られるか？」と、GGが言った。

誰かが見つけてきて、スクリーンに映し出した。地図の画像はしばらくあちこち飛びまわり、イェムトランドの位置まで見せてくれたが、やがてクングスゴーデン周辺地域に焦点が合った。

エイラはその土地の記憶を地図と突き合わせてみた。ニィダーレンの家はハーグストレーム家より少し高い位置にあり、ふたつの家のあいだにはほとんど森があるだけだった。トウヒ、松、それに少なからぬポプラ。コケモモの灌木《かんぼく》。あちこちに岩が露出しており、土壌はさほど深くない。論理的に考えれば除外できる一般道路以外には、スノーモービル用の道と、伸びた草に覆われて衛星写真には写らない獣道があるだけだった。

「よし、わかった」と、ＧＧが言った。「駆り出せるだけの人間に金属探知機を持たせて、森のなかを散歩させてやろう」

ボッセ・リングとはクラムフォシュで落ち合う予定だったが、ふたりは別々の車で北へ向かうことになった。これでエイラは、途中ルンデへ寄ることができる。冷蔵庫から夕食の材料を出しておけば、遅くまで働いても大丈夫だ。

テーブルにはバラの花束が置かれていた。スーパーマーケットで売っている花で、まだセロファン紙に包まれたままだった。

「お客さんがあったの、ママ?」

シャシュティンの顔がぱっと明るくなった。

「マグヌスが来てくれたの。何もかも順調みたいで、新しい仕事を見つけたそうよ。そのうちおちびちゃんたちを連れて来なければだめよと言っておいたわ」母親の視線が壁にかかった孫たちの写真のほうに漂った。写真は、孫たちがまだクラムフォシュで暮らしていたときに託児所で撮ったもので、その後マグヌスの別れた恋人はヨーテボリで就職し、引っ越していった。

冷蔵庫に最近の写真が貼ってあった。たぶん、元恋人が送って来たものだろう。

エイラは花束を手に取り、セロファン紙を剝《は》がしてから、しおれた花びらを数枚むしった。何はともあれ、マグヌスは約束を守ったらしい。母親を訪ねてきたのだ。

エイラはラザニアの皿を見つけて、電子レンジで解凍した。発信元不明の電話は無視して、しばらく椅子に腰を下ろしていた。もしかしたら、わが家の暮らしはそれほど差し迫ったものではないのかもしれない。もうしばらく、このままやっていける可能性もある。みんなで力を合わせれば。

「マグヌスが持って来てくれた素敵な花束を見た？」

シャシュティンはバラを花瓶に活《い》け、エイラが出かけるまでの短い時間、向かいに座って同じ言葉を何度も繰り返した。エイラは車に乗りこむまで、母親があれほど幸せそうな顔をするのを最後に見たのはずっと前だったことを忘れていた。


サンドエー橋の真ん中を走っているときに、また電話が鳴った。今度はボッセ・リングだった。彼はもう、クングスゴーデンの待ち合わせ場所に着いていた。〝もう一度、やつの女房の話を聞いてこい〟というのが、GGの指示だった。

「十五分で着くわ」と言って、エイラはアクセルを踏みこんだ。

「あわてなくていい」と、ボッセ・リングが言った。「家には誰もいない。なんとか電話で息子をつかまえたが、母親はエーンシェンスヴィークのいとこのところへ行ったそうだ」

「ふたりでそっちへ行ってみたほうがいいかしら？」

ボッセは少しためらってから答えた。

「少し話がしたいだけだと言っておいたよ。いつもの友好的なやり方でな。彼女を追っているわけじゃないんだ。明日の朝でいいさ」

エイラは閉鎖されたキャンプ場のところで脇道に入って車を停め、どこにいれば一番役に立てるかを考えた。署に戻ってコンピューターで捜査の記録を一からたどり直すこともできる。だが、誰かに話を訊きにいったほうがいいのではないか。

小さな木造のキャビンは傾き、黄色いペンキがところどころで剝げていた。倒壊したものも何棟かあった。ここはひと時代前、とりわけ六〇年代前半には多くの人を惹きつける場所だった。

コンクリート製の橋のたもとで、昔のE4高速道路の各出口に包まれたさえない場所であるにもかかわらず、人々はここを周遊旅行のキャンプ地として利用していた。

携帯電話を見ると、二本着信があった。母親とバラの美しさを語り合っていたときに見逃したものだ。

一本はアウグストからで、もう一本は覚えのない番号だった。

エイラはその番号にかけてみた。

「ロッレです」

スヴェン・ハーグストレームが製材所で働いていたときの同僚、サンズローンに住むロッレ・マットソンだった。

「犯人はもう見つけたかね？」と、ロッレは尋ねた。「家が全焼したと聞いたよ。スヴェンはきっと墓のなかでのたうちまわってるにちがいない。ご存じだろうが、あれは両親の家で、スヴェンが受け継いだんだ。もっとも、あいつはまだ埋葬されてないんだったな。信仰の篤《あつ》い男ではなかったが」

「葬儀はまだしばらく先になりそうです」と、エイラは言った。「そのことで電話されたの？」

「そうじゃない。あんたは地元の狩猟会の会長と連絡を取りたがってたが、会長は五月に心臓発作を起こしてね。もし急ぎの用件なら、おれから連絡するように奥さんから言われたんだ。まあ警察が電話してくるんだから、緊急の用件だよな」

「あなたも同じ狩猟会のメンバーなんですか？」

「次の会長はおれかもしれない。いまの会長の病気が重かったらの話だが」

エイラは車のドアを開けて外へ出た。キャンプ場の草は最近刈られていた。所有者たちはキャビンは放置しているのに、そういうことだけはきちんとしているようだ。草を伸び放題にすると、それが最終段階、とどめの一撃とみなされるからだろう。

「少し一般的な質問をしたいのですが」と、エイラは切り出した。「あなた方が狩猟で使っている道具について」

「いいとも」

「たとえば、ナイフについて」

「どんなことだね？」

殺人の凶器の細かい点は公表されていなかったが、当然知っている人間はいて、噂が広まっていた。前に会ったときはいざ知らず、いまではロッレも知っているにちがいない。

「みなさん、同じ種類のナイフをお持ちなの？」エイラにはそれが馬鹿げた質問であるのはわかっていたが、ロッレはそうだと答えた。ほとんどの者が限られた製造業者のナイフを愛用しており、おおむね地元の金物屋で買っていた。

「ナイフが切れなくなったら、新しいものを――前と同じものを買いますか？」

「まさか。おれは研いでるよ」

「ご自分で？」

「自分で研ぐか、ニィランド・ヤーンのハリーに頼む」

当然、そうだろう。

「狩猟をやっている人はみんなナイフを使っているけど、何に使うんです？」またしても間の抜けた質問。訊くまでもないことだ。森に囲まれて育たなくてもわかることだが、エイラは女性であるという理由だけで、そうしたこととは無縁に生きてこられた。

「そうだな」ロッレはなおも辛抱強く答えた。「森のなかで、エルクの内臓もさばけずに立ち往生なんてのは困るだろう。皮を剝がなければならないし。たいていはそのために一本、もっと小さな獲物用にもう一本持っている。さらに、あとでたき火で焼くソーセージを切るのに別の一本を持って行く者もいる。だけどおれは常々、そんなものは必要ないと言っている。道具がいくらあっても、一人前のハンターになれるわけではないからな」

「では、ナイフをうまく扱えなければなりませんね」

「射撃と同じくらい重要だ。動物に敬意を払わなければならんからね。無様なやり方をすれば、間違いをしでかしかねない」

「トリッグヴェ・ニィダーレンも会のメンバーですか？」

数秒、間が空いた。いまのところメディアはトリッグヴェのことを〝五十九歳の男〟としか書いていないが、明日には勾留審問が行われるから、そう長く名前を隠しておくことはできないだろう。まだ漏れていないとすればだが。

それに、勾留請求がされるとすればだが。

「そうそう」と、ロッレ・マットソンは言った。「ふたりともメンバーだ」

「ふたりとも？」

「ああ、あいつと奥さんだ」

「メイヤンが？」

「それほど意外なことじゃないよ。おれたちは女性も会に受け入れている。むろん最初は反対する者もいくらかいたが、おれはこう言ってやったよ。〝女たちも射撃はかなり上手にこなすぞ。そのあいだ、おしゃべりさせないようにすればな〟って」

「覚えてらっしゃるかしら？」と、エイラは言った。「去年の秋に、どちらかがエルクを仕留めたかどうかを」

「さて」と、ロッレは言った。「どうだったかな。もちろん狩猟日誌は付けているが、スネが保管してるんだ。心臓発作を起こした会長だよ。少し待ってくれれば……そう言えば、メイヤンは一度も獲物を仕留めたことがなかったんじゃないかな。まだ狩りは女人禁制なんて考えているやつもいくらかいて、そういう連中は女性に先を越されるといつもいちゃもんをつけてくる。だが、あれは去年の冬だったたか、あるいはその前の年だったたか？　いや、思い違いかもしれないな……」

エイラは電話してくれてありがとうと礼を言ってから、GGに電話をかけた。

「みんな、二本はナイフを持っているようです」と言ってから、狩猟会のこと、用途別のナイフのこと、エルクの皮を剝ぐのに使うことなどを——やや興奮気味だったかもしれないが——GGに細かく伝えた。「銃の保管棚にあったのは、メイヤンのものかもしれません」

「やつの身柄はまだ押さえてある」と、GGが言った。

エイラが電話を切ろうとすると、GGが止めた。

「よく考えておいてほしい」と、GGは言った。「次の機会にはポストを空けておくからな」

非番の日だったのに、アウグストは署の食堂でエイラを待っていた。

店で買った野生キノコのスープの残りを紙の容器から一気に飲みほすと、立ち上がって、「一緒に来てほしい」と言った。

エアコンの効果がなくなるのに、誰かが窓を開けていた。エイラは温かい気持ちになった。理由はともあれ、廊下や出入り口で誰かと鉢合わせする日がずいぶん多くなったような気がする。

「しばらくこれを眺めていたんだ」と、自分のラップトップ・コンピューターを開きながら、アウグストが言った。「言っておくけど、夜だよ。勤務時間外にね」

エイラは明るくなった画面に目を向けた。よくあるフェイスブックのスレッドのひとつで、ウーロフ・ハーグストレームの性器を切り取れと呼びかけている。ずっと以前にアウグストが見せてくれたものだ。一週間前か、二週間前か？　時間がいくつもの軌道に分裂してしまったような感じだった。ホテル・クラムのベッドにアウグストを置き去りにしてから、永遠とも思える時間がたったような気がする。

やつの尻《しり》をバットで殴りつけてやれ。この国から追い出せ。

放火容疑で捕らえた若者たちのタイムラインや携帯電話、コンピューターにも同じコメントが表示されていた。

「ほかにもっとやる価値のあることはないの？」と、エイラは尋ねた。

「どんな提案も喜んで耳を傾けるほうなんでね」と、にやにやしながらアウグストが応じた。

エイラは画面に目を据えた。前に見たときと比べて、スレッドはずいぶんアップデートされていた。いまの話題の中心は、ウーロフ・ハーグストレームの家が火事になったことで、喝采《かっさい》する言葉と熱のこもった〝いいね〟が並んでいる。

〝一緒に燃えちまわなかったのが残念だ〟と、ひとりが書いていた。

〝今度人前に出てきたらそうなるさ〟

瓦礫《がれき》に変わった家の写真が映し出されるのを見て、エイラはぶるっと身震いした。かなり早く撮られたものらしく、外に消防車が停まっている。まだ完全に鎮火しておらず、立ち入り禁止線のテープも張られたままだ。

「どうやらぼくには、この写真の出どころがわかった気がする」と、アウグストが言った。

彼は画面の写真を拡大した。ソフィ・ニィダーレンが写っていた。にこやかな顔で夫や子どもたちと一緒に立ち、そよ風に髪をなびかせている。まるで、みんなでボートにでも乗っているようだ。

「真面目に言ってるの？」

「ほかのフォーラムの別の人間である可能性もある。だが、間違いなく彼女がそのひとりだ」

アウグストはエイラに、ソフィの最初の投稿の日付と時間を見せた。ウーロフ・ハーグストレームが釈放された翌晩だった。ソフィがアップロードした写真には、窓に映るウーロフの影だけが写っていた。

「どうしてこんなに早かったのか不思議だった」と、アウグストが言った。「あれだけ細かい情報が――名前や前科、正確な住所が出まわったのが」

アウグストが話し続けるあいだに、エイラはマウスで若いほうのニィダーレン夫人が作ったスレッドをスクロールしていき、次第に憎悪と残酷さが高まっていくのを見ていった。

「おおもとをたどるためにアカウントを借りた」と、アウグストが言った。

「ガールフレンドのを？」

「まあね」

「彼女、あなたを信頼しきってるのね」

「こういう投稿を拡散するのは法に触れるかもしれないから、警察に協力するのが最善の道だと言ってやった。ぼくは黙認しても、暴力犯罪班の捜査官は見逃さないぞ、って」

顔はそっぽを向いていたが、彼がにやにやしているのがエイラにはわかった。横からはっきり見えるのは彼のうなじだけだった。髪の生え際の柔らかい部分が日差しを浴びていた。

「それに、こんな連中とはかかわりにならないほうがいい、とも」と、アウグストは言い添えた。

彼は次々と現れる新しいスレッドの迷路に入り、シェアされた投稿を前へ後ろへとたどっていった。エイラは脈絡のないコメントがまたたきながら通り過ぎていくのを眺めた。アウグストが何か強調したいとき、あるいは単に姿勢を変えたときだけ、流れが止まる。アウグストは、大多数の意見に異議を唱えるコメントをひとつ見つけてスクロールを止めた。

〝あんたたちは臆病《おくびよう》な羊よ。みんな一斉に同じ方向へ走っている〟と書かれている。

〝ちょっとは批判的思考《クリティカル・シンキング》ってやつをやってみたらどう？

『スケープゴート』っていう本を読んだ人はいないの？　ああ、ごめん、うかつだった。あんたたちは本の読み方も知らないのね。救いようのないお馬鹿さんたち〟

そのあとには、あえて疑問を呈したこの人物を攻撃するコメントが長々と並んでいた。

アウグストは椅子の背にもたれて、窓から空を見上げた。

「多数派の考えに反対する人間がどれぐらいいるか知ってるかい？」と、アウグストは尋ねた。

「数えたわけでも、全部読んだわけでもないが、たぶん一パーセントにも達しないね。人情っていうやつはどこへ行ってしまったんだ」

「だからって、それで人の考えていることがわかるわけじゃない」と、エイラは言った。「賛成する人にだけシェアして、自分の投稿と同じ意見を持たない人は排除する。それだけのエネルギーは持ってないから、反論はせず、あきらめて、好ましくない人をブロックする——先にブロックされてなければの話だけど。そうすれば、二度と投稿を見ずにすむ」

アウグストは、エイラの座っている椅子の背に手をかけた。

「まあ、ソフィ・ニィダーレンがこんな真似をやめてくれることを望むね」

「私たちはいままで、ソフィが子どものためにあの家を出たと考えていた」アウグストの手が背中のすぐ後ろにあるのを意識しながら、エイラが言った。「でも、彼女は火事が起きたので怖くなったのよ。自分がきっかけで、何が始まったのか気づいたんじゃないかしら」

「少なくとも、扇動ではある」

「今度の件では何千もの人間を巻きこんでいる」

「それなのに、ぼくは火をつけた子どものひとりを連行するのに手を貸した」と、アウグストが続けた。「あいつらがあんなことを自分で思いつくはずもないのに。少女が殺されたときはまだ生まれてもいなかったんだ。やつらはゲームの世界で生きている。オンラインにないものは存在しないに等しい」

エイラは、アウグストとこれほど接近していつまで座っていられるか自信がなかった。この状況は、夜遅く眠りに落ちる前にだけふけることを自分に許している空想を呼び覚ました。ときには、朝起きたときにもまだ頭に残っていることもあるが。

「GGにこのことを報告するわ」まだ立ち上がるかどうか決めかねながら、エイラが言った。

「スンツヴァルのSNSの専門家がこの件にかかわっているんだけど、私はよく知らない人だから」

「名誉毀損《きそん》ってことだね？」

「それにはウーロフ・ハーグストレームが意識を回復し、ベッドを出て担当者に報告する必要がある」

「くそっ」と、アウグストが言った。

「お礼を言うわ」

「何に？」

「気づかってくれたことに。警官として言わせてもらえば、少々疑わしい行為だけど」

「何が？」

「ガールフレンドのアカウントを使ったことよ」

エイラは思いきって、にやにやしているアウグストに微笑んでみせた。ほんの一瞬ではあったが。

その夜遅く、ゴミ袋が発見された。十時十一分前、雲がピンクに変わり始めた頃だった。お伽《とぎ》噺《ばなし》から抜け出してきたような大きな岩がふたつ並んでいるそばの地面に、十センチの深さで埋められていた。

ふくらんだ袋のうえには、帽子を連想させる平たい石が載せられていた。どちらも白い苔《こけ》に覆われている。近くのアリ塚にはアリがうようよともぐりこみ、あたりをブヨが群れをなして飛びまわっていた。

コケモモはもうまもなく熟す頃だ。

「こういう森のなかには、予想もつかないようながらくたが捨てられているものだ」と、捜索に参加した男のひとりが言った。確かヨーナスという名だった、とエイラは思った。

彼はスンツヴァルから送られてきたふたりの警官候補生のひとりだった。ほかに超過勤務の若い警察官補と、エイラも顔を見たことのある女性刑事が参加していた。地元の警官も何人かいたが、すでに立ち去るよう指示されていた。

不必要にそのあたりを歩きまわられたくないからだ。

候補生がスノーモービル道のわきの空き地を指さした。そこに拾い集められたものが全部置かれていた。錆《さ》びた農業機械の一部。大きな車輪。二本の折れた熊手とチェーンソーのチェーン、曲がった補強棒、旧式の芝刈り機。鹿の頭蓋骨《ずがいこつ》や空き壜《びん》の山、ぺちゃんこに潰《つぶ》れたサッカーボールまでそろっている。

黒いゴミ袋はまだ発見された場所に置いてあった。警官のひとりが棒を使って慎重に穴を開け、中身が見えるようにした。

黒っぽい(もとはネイビーブルーだったのかもしれない)厚手の生地のものがあった。服らしい。オーバーオールのようだ。

それに、黄色いゴム手袋の片方。

「もう片方があるのかどうかわかりません」と、候補生が言った。「あんまり引っかきまわしたくなかったので」

「それでいいのよ」と、エイラが言った。この現場では、彼女が殺人捜査の指揮官だ。ボッセ・リングはすでにホテルの部屋で安ワインの栓を開けていたが、タクシーが捕まりしだいこちらへ向かうと言っていた。

「枯れ枝や去年の落ち葉で覆われていました」と、候補生が言った。「かなり雑なやり方ですが、ここを掘ったことを隠すには十分でした」

エイラはしゃがみこみ、棒をそっとビニール袋に差しこんで穴を広げた。

把手は、種類の違う木材を組み合わせたものだった。カバノキとオークの波形模様に革をあしらってある。刃はエルクの皮を剝《は》ぐのに便利なように、ゆるやかなカーブを描いている。

エイラは立ち上がった。

「いいわ」と、彼女は言った。「このあたりを立ち入り禁止にしましょう」

そのあたりの木立はかなり濃密で、何本かのトウヒは枯れかけていた。下のほうの枝には水気がなく、灰色の地衣類で覆われている。数歩脇へ寄ると、赤い木造の建物が見えた。窓枠は白く塗られている。

そこは、パン焼き場から二十メートルと離れていない場所だった。

「ナイフはどれも同じに見えるわ」と、尋問室に身じろぎもせずに座り、前のテーブルに置かれた写真に目を据えて、メイヤンが言った。「誰のものとも言えない」

「これはあなたの銃保管棚に置かれていたのと同じものです。製造元はホルメダールのヘッレ。ふたつとも、同じ時期に買ったのですか？」

「そんなことまで覚えてなければならないの？　ナイフはたくさん持っているのよ」

「これに見覚えは？」と言って、エイラは別の写真をテーブルに置いた。森で見つかった服の写真だ。

「オーバーオールね」と、メイヤンが言った。

「ご主人はこれと似たものを持っていませんか？」

「同じものかどうかはわからないけど、ペンキを塗ったり修繕をしたりするときに似たものを着ている。ええ、もちろん持っているわ」

「普段はそれをどこに置いていますか？」

メイヤンは頭をかいた。「ああ、ちょっと考えさせて。たぶん物置だと思う」

オーバーオールはどこといって特徴のない品で、ホームセンターでもインターネットでも買えるものだった。ニィランド・ヤーンでも売っているはずで、いま調査中だ。大きなサイズで、だいぶ着古されている。ペンキの染みが付いていた。それとは別のものと思える染みも。

エイラはゴム手袋の写真をメイヤンのほうにすべらせた。

「これは全部、パン焼き場の裏手で見つかったものです。十八メートルしか離れていないところで。あの朝、あなたはそこにいたとおっしゃっていた。森に誰かいるのを見ていないのは確かですか?」

「いろんなことで忙しかったから。あそこに誰かいたということ?」

ボッセ・リングがテーブル越しに身を乗り出した。彼はそれまで黙って話を聞いていた。聴取をまずエイラにやらせてみようと言い出したのはボッセだった。女性のほうがメイヤンも話しやすいだろうし、ガードもゆるくなると思ったからだ。エイラは必ずしも同意できなかった。男が女性に対して無警戒な態度をとるのをこれまで何度も見てきた。男のほうがやわな素材でできているのではないだろうか。

メイヤン・ニィダーレンの話しぶりは落ち着いていた。ためらう様子もなく、孫を迎える準備の一部始終を警官たちに改めて話して聞かせた。そこに皮肉っぽい響きが含まれていたのは、そういうときにやる仕事がどれほど多いか、どうせ彼らには理解できないだろうと考えていたからかもしれない。

エイラはメイヤンが、子どもの頃に周囲にいた女性たちと同じものを持っているのを見て取った気がした。祖母や母親はじめ多くの老女たちの断固とした口調、疑いようのない知識——それがメイヤンにも備わっていた。

いいえ、そうじゃない、とエイラは思った。そういった人々の誰ひとり、森のなかで地面を掘るようなことはしていない。

「彼女は嘘をついていると思うかい?」署の最上階にあるオフィスに戻ると、ボッセ・リングが尋ねた。ふたりは窓越しに、メイヤンが車に乗りこみ、バックで駐車場を出て行くのを眺めていた。

「嘘をついている」と、エイラは言った。「自分が嘘をついていることに気づいてないだけよ」

「ひとつの家族にどれだけ屑《くず》がいればすむんだ?」ウーロフ・ハーグストレーム攻撃の陰の扇動者の正体を知ると、GGはそう言った。

「ストックホルムへ行ってこい」少し間を置いてから、GGは続けた。「ソフィ・ニィダーレンに、われわれが知っていると教えてやれ。家の残骸《ざんがい》を見せろ。木の下で、あの哀れな男の足が地面から突き出しているところも。そうすればあの女の頭蓋骨の内側に刻みつけられて、次にフェイスブックに自分の考えを書きこもうとしたときに思い出すはずだ。ソフィ・ニィダーレンに、われわれが目を光らせていることをわからせるんだ。夕食の写真ひとつ投稿したって見逃さないことを。話を全部録音してこい」

GG本人は検事と話をする予定だった。勾留《こうりゅう》請求の審問がすんで、話し合う時間ができたのだ。

「いいか」と、彼は言い足した。「感じよくやるんだぞ。われわれが知りたいのは、あの一家が隠しているもの——寝室で交わされるひそひそ話の中身なんだからな」

列車がクラムフォシュを出ると、エイラは目を閉じ、思いがあてもなくさまようのにまかせた。列車での移動には何か特別なものがある。ひとつの場所と次の場所の中間にいて、何に対しても影響を及ぼせない立場に置かれる。今回は、出かける前にホームヘルパーを手配したり、近所の者に電話をしたりと大騒ぎをしなくてもすんだ。マグヌスがメールに返事を寄こし、母親の世話をするし、もしかしたら泊まっていくかもしれないと言ってくれた。

酔いしれてしまいそうな自由の香り。

エイラのいる車両は静かで、携帯電話はマナーモードにしてあったが、メールが届いた振動は感じとれた。トリッグヴェ・ニィダーレンの再勾留が認められたと、GGが知らせてきた。

イェーヴレの北でまた電話が振動した。ソフィ・ニィダーレンからの七通目のメールだった。

〝どこか外で会うほうがいいんじゃないかしら？〟

〝そうね〟と、エイラは書いた。〝適当な場所はある？〟

落ち合う場所を変えるのはこれで三度目だ。恐れと不安、それに罪の意識さえ感じさせる。

最初は街の郊外住宅地にあるニィダーレンの自宅で会う予定だった。次に、エイラが通勤電車を使わずにすむし、絶品の海老《えび》のサンドイッチがあるからという理由で、都心の人気パティスリーを指定してきた。それが今度は、〝天気がとてもいいから〟と、ノル・メーラルストランドの水辺のカフェで会いたいと言ってきた。

〝了解。そこで会いましょう〟

ソフィは「いいね！」とニコニコマークを送り返してきた。まるで、ふたりが日差しを浴びてコーヒーとケーキを楽しむ友人であるみたいに。

列車は定刻どおり、午後二時三十八分に目的地に着いた。

エイラは、これほど多くの人に取り囲まれるのがどんな感じか、ほとんど忘れかけていた。騒音が混然一体となってストックホルム中央駅の丸天井に反響していた。汗と焼きたてのシナモンパンのにおいが入り交じり、そこにこの前来たときにはなかったキオスクから立ちのぼるアジアの麺《めん》料理のにおいが加わっている。

エイラは浮桟橋にあるカフェまで歩いた。注文が来るのを待つあいだに、まわりで少なくとも七カ国語の言葉が飛び交っているのが聞き分けられた。リッダル湾を行く船が起こした波の静かな上下動を感じながら、大半の人が見ず知らずの人間で、ただ通り過ぎていくだけの場所に匿名の存在でいるのを意識した。昔も、大都会の暮らしが好きになったのはこんな瞬間だった。もっとも、エイラの借りたアパートメントは都心からかなり離れていたが。

「遅くなってごめんなさい」本当に来るだろうかとエイラが疑い始めた頃、ソフィ・ニィダーレンが到着した。身につけた幅広のパンツと軽い布地のブラウスはどちらも白だった。「子どもを預ける人を探さなければならなかったの。パトリックはもう仕事を始めているから。何もしないではいられない人なのよ。このところ大変なストレスがかかっていたのをわかってあげて。水をひと壜、お願い。スパークリングを。できれば、レモンを添えて」

エイラがソフィの水と、自分に四杯目のコーヒーを持って戻ってきたとたん、彼女の座席に頑固なカモメが舞い降りた。カモメが隣のテーブルに飛び移ると、ソフィは身をかわした。

「気味の悪いことばかりだわ」と、ソフィが言った。「映画でも観てるみたい。そこに自分が出ているのよ。わかるでしょう。パトリックはお父さまが少女に何をしたのか話してくれたけど、それ以来その話題は避けている。トリッグヴェが私にそのたぐいのことをしたことはないわ。言い寄るようなことはいっさいしていない。あなた、本当にあの人が罪を犯したと思う？」

エイラは、電話では曖昧《あいまい》なことしか伝えていなかった。家族のごく一般的な関係について訊きたいと言ってあった。

「あなたはどうお思いになる？」

ソフィは顔に落ちてきた前髪をかき上げて、もぞもぞと身じろぎした。

「虫唾《むしず》が走るわ」と、彼女は言った。「若い頃にあの人がしたことを考えると。あの老いさらばえた身体が頭を離れない。ときどき下着だけで歩きまわることがあるの。ねえ、あんなふうに他人を受け入れることなど、私にはとうていできないわ。相手がどんな人間かわからないのに」と言って、ソフィは用心深くまわりのソファに座っている人々を示してみせた。エイラには、何組かのカップルは本物のカップルには見えなかった。話しているあいだもやや緊張しすぎているし、笑みを浮かべる回数も多すぎる。初めてデートをする人にだけ見られる態度で、本人たちもそれに気づいている。

ソフィ・ニィダーレンは、義父が多少引っ込み思案だが、やさしい人間だと思いこんでいた。それでも、心から親しくなるのは難しい相手だった。特にオープンな性格ではなく、ソフィはそれをノルランドの男特有のものだと思っていた。

「メイヤンのほうが手ごわかった。最初は怖いと感じたほど。とても高飛車になることがあった。それでパトリックに、ふたりとは別の家で過ごすのでなければ、もうここへは来ないと言った。休暇にはもっと楽しいことがいっぱいあるものね。たぶん、よくある姑《しゅうとめ》と嫁の問題なんでしょう。私が床を石鹸《せっけん》で磨いたり、ビショップボーフウやイラクサのスープを作ったりするのが上手にできないことなんかで。グーグルで検索してみるとどちらも雑草で、本当に健康にいいかどうか首をかしげたくなるわ」

ソフィはテーブルに置かれた携帯電話を見下ろした。ボイス・レコーダーが作動している。自分の言葉が録音されることに、ソフィが不安を抱いているのか、それとも喜んでいるのか、エイラには判断できなかった。相手の言葉が聞き取りにくいほど風が吹き荒れていた。

「それに、私がストックホルム出身だということがあった。職業を持ち、高給を取っていることなんかが。そういうことに劣等感みたいなものを抱いていたと思うかもしれないけど、話はまるで逆よ。あの人は私を見下していた。私が自分を優秀な人間だと思いこんでいると考えていた。

これもレイシズムの一種じゃない?」

エイラは答えなかった。iPadを取り出してスイッチを入れ、目当てのページを画面に出す。全部、ソフィに気づかれないうちにすませた。

「またもや起きたのよ」と、エイラは大きな声で読み上げた。「警察はまたひとり性的食肉獣を野放しにした。その男は女性をレイプし、殺人を犯したのに、街に戻ってきた」

「何なの?」

「これを書いたのはあなた?」

「よしてよ、覚えてないわ」

エイラはiPadの画面をソフィのほうへ向けて置き、彼女が自分のページに最初に載せた投稿のスクリーンショットを見せた。

ソフィの浮ついた調子が影をひそめた。「私のプライベートのフェイスブック・アカウントに入ったの?」

「あなたのページは公開されているのよ」

「そんなことをする権利はないわ」

「あなたの書いたものは二千回もシェアされている。そのうちのひとりが私の同僚で、ガールフレンドを経由して受け取った。それがどうしてプライベートなんて言えるの?」

ソフィ・ニィダーレンはリッダル湾のほうに目を向け、セーデルマルム地区と湾の反対側にそびえるノコギリの歯を思わせる崖《がけ》を見つめた。それまで頭に載せていたサングラスをかけた。どうあがいても、自分のプロフィールを隠すことはできない。ページに来た者は誰でも、彼女が書いたものを見られる。おそらく彼女は、勤めているインテリアデザイン会社の宣伝のために利用していたのだろう。もしかしたら、そう命じられたのかもしれない。多くの企業が社員に、SNSのプライベートなアカウントをブランドの宣伝に使うよう求めている。

「私にも書きたいものを書く権利がある」と、ソフィは言った。「この国には言論の自由があるもの」

「あの家が燃え落ちたとき、どう思った？」

「煙のにおいを嗅《か》いだときは恐ろしかった。火が広がるのが心配だった」

「あそこで焼け死ぬ可能性のあった人の心配はしなかったの？」

「あなたはお子さんをお持ち？」

「それは無関係よ」

ソフィ・ニィダーレンはサングラスを持ち上げ、エイラの反応をうかがった。「そうは思わない」と、彼女は言った。「子どもがいればわかるわ。子どもを守るのは両親の仕事なのよ」

「どうしてウーロフ・ハーグストレームがお子さんの脅威になるの？」

「あいつが逮捕された朝、あなたもあそこにいた。それなのに、私たちには何も言わずにあいつを釈放した。人がそれをどう思うか、あなたは足を止めて考えなかったのね」

「不愉快だったのはわかるわ」エイラは、GGが感じよくしろと言っていたのを思い出した。

「不愉快？」ソフィは片足を、まだパン屑を求めてぴょんぴょん跳びはねていたカモメに向かって蹴《け》り出した。カモメは飛び立ち、関心を別のものに向けた。「あいつは少女をレイプして殺した。あるいは父親も殺したかもしれない。あいつが、父親が死んだばかりの家にいるのを見て、息が止まってしまいそうな気がした。パトリックに、何とかしてちょうだい、あそこにいさせてはだめだと頼んだ。だけどパトリックは、あれはあいつの家だから、われわれには手の打ちようがないと言った。私有財産なんだから、って。泳ぎに行こうとしたら、ついていってやると言われて、私はカッとなった。出かけるのに、夫についてきてもらわなければならないなんて我慢できない。ここはアフガニスタンじゃないのよ。あんなやつが自由に動きまわってるのに、どうして私にそれができないの？」

「私たちは家を燃やした者を逮捕した」と、エイラは言った。「彼らはあなたが始めたスレッドを読んでいた」

「私のせいだと言うの？」

「いいえ」と答えるのに少し努力が必要だった。「でも、知っておいてもらったほうがいいと思って。この件が裁判になったときには」

「真実を書いただけだわ。それが犯罪なの？　私が言いたかったのは、誰も守ってくれないなら、自分で自分を守るしかないってことよ」

「ウーロフ・ハーグストレームはいま昏睡《こんすい》状態にあるわ」と、エイラが言った。「医者は生き延びられるかどうかわからないと言っている」

「私を非難するために来ると知っていたら、あなたには会わなかった。パトリックにも言わずに来たのに。パトリックは、あなた方が私たち一家を苦しめていると考えている。いまは私たちを支えるべきときなのに」

「非難などしていないわ。質問をしているだけよ」

ソフィ・ニィダーレンは腕時計にちらりと目をやった。ローズゴールド色の大きな時計だった。

「ごめんなさい、もう帰らなければ。子どもたちを迎えに行かなければ」

エイラが予約したホテルは旧市街にあった。部屋はごく簡素で、最低限の広さしかなかった。警察の予算管理ルールで許容される範囲だ。ひとつだけの窓からは暗い路地しか見えないが、窓台には腰かけるだけの奥行きがあった。生ぬるい湿った風と、観光客のおしゃべりが部屋に侵入してきた。エイラは電話帳をスクロールして、かけられそうな相手を三、四人拾い出した。かければ、軽く飲みながら、おたがいの恋愛や仕事の近況を報告し合う相手が見つかるだろう。だがそんな場面を思い描いても、なぜか期待より疲労感のほうが先に立った。実家に戻って以来、昔の友人とは疎遠になる一方だった。この街に住む友人とは一度も連絡を取っていなかったから、さしずめエイラの社交生活は、当時と現在のはざまで行き場を失っていると言ってよかった。

もしかしたら〝社交生活〟という言葉には勤勉さを感じさせるところがあるのではないだろうか？　それは本当の生活と呼べるものではなく、作り出し、築き上げ、取り組んでいくものなのかもしれない。

エイラは汗で濡《ぬ》れたシャツを脱ぐと、ベッドに移って寝ころがり、携帯電話の出会い系アプリを開いた。アプリは一定の条件に合う独身男性を自動的に探し出してくれる。家に帰ると、いつもそれを見ないようにアプリを閉じるのはそのためだった。わずか数時間のあいだに、昔の知り合いが三人連絡を寄こしていた。さらに、エイラが逮捕に協力した容疑者がひとり、署でコンピューターの管理をしている男がひとり。

ウメオやストックホルムにいるときには、ときおり無意識にアプリを起動して、匿名のまま同年齢かプラスマイナス五歳の範囲に絞って男の写真を次々と眺めることがあった。警官であることを明かさなくてすむ相手が見つかるかもしれない。

ひと夜だけの関係。それなら、恋愛に心乱される時間を持たずにすむ。

二十以上の顔が目の前を通り過ぎていく。何人かハンサムな男もいた。ふたりが連絡してきたが、返事はしなかった。

代わりに、ウーロフ・ハーグストレームの姉に電話した。

インゲラ・ベリィ・ハイデルは二度目の呼び出し音で電話に出て、「会議中なの」とささやいた。

「あとで電話していいかしら？」

「いいえ、ちょっと待っていて」インゲラが席を立ったらしく、背景の音が変化した。人の声が遠ざかり、ドアが閉められた。

「誰かを勾留したんですってね」と、インゲラが言った。「その人がやったの？」

「まだ送検はされていません」と、エイラは答えた。「捜査は継続中です。言えるのはそれだけです」

「じゃあ、なんで電話してきたの？　何も話せないなら」

エイラは、伝えなければならないことをうまく話す方法を思いつかなかった。少なくとも、思いやりや敬意を適度に込めて話す方法は。

「昨日、監察医がお父様のご遺体を返してきました」

「何が言いたいの？　私が引き取らなければならないの？　父を？　無理よ」

「いいえ、そういう意味ではありません。監察医の検視が終わったのをお伝えしただけです。これで、ご家族も葬儀の準備を始められます」

「家族？　家族って、どういう意味？」インゲラの声が高くなった。彼女のストレス度が急上昇するのが、エイラにもわかった。「父がどんな葬儀を望んでいたのかさえ知らないのよ。教会に通っていたとは思えないし、信心深いほうではなかった……それに、葬儀に来る人なんかいるかしら?」

「急ぐ必要はありません」と、エイラは言った。「葬儀社に連絡すれば、すべて取りはからってくれます」

インゲラの耳にはその言葉が入らなかったらしい。

「ウーロフの家主がそれこそ毎日のように電話してきてるわ。引き取りに来なければ、弟の持ち物を捨ててしまうと。あとで請求書を送るとも言っていた。そんなもの、どこへ置けばいいの? 運ぶ車だって持ってないし。それに、もし弟の意識が戻って自分の持ち物を全部処分されたと聞いたら、それを誰のせいにするかしら?」

インゲラの息づかいが速くなった。たぶん廊下を行き来しているのだろう。柔らかいカーペットが敷かれているらしく、足音は聞こえなかった。

「ウーロフがなぜすぐに出て行かなかったのか、私にはわからない。なぜ留《とど》まったのだろう? みんなが自分を憎んでいる土地に」

「あそこを訪ねてもう一度話を聞く予定でしたが、間に合わなかった。彼が留まった理由はわかりません」

「常に引き戻す力が働いている」と、インゲラは言った。「離れようとしても無理。五百キロも離れた土地に移り、自力で暮らしを立てる。それも、そう悪くない暮らしを。仕事もあるし、子どももいて、すべてがうまく回っている。私はママの旧姓を名乗り――それがベリィよ――ハイデルという男と結婚して、過去のがらくたを全部捨てる。それを実行した。実行したつもりだった。それなのに、いま私が抱えているのは葬儀の準備と燃え落ちた家。弟はウメオで昏睡状態だし、みんな、何かと言っては私をわずらわせる。保険会社は書類を出せと言うし、弟の持ち物は捨てられようとしている。それに、父が本当に死んだとは信じられないし、きっとこれからも受け入れられない。生きているあいだは、ほとんど思い出すこともなかったのに」

エイラは、また条件に合う相手を紹介してきたアプリを閉じた。

「いまストックホルムにいるの」と、エイラは言った。「レンタカーを借りて、あなたをそこへ乗せて行ってあげられますよ」

インゲラ・ベリィ・ハイデルはスウェーデン公共テレビの駐車場で待っていた。会う約束をしていなかったら、きっと見分けられなかっただろう。それでも、子どもの頃に覗《のぞ》き見した十七歳の少女の面影ははっきり残っていた。

黒く染めた髪を、わざとぞんざいな形に短く切り詰めていた。男性用の上着を羽織り、ウェストをオレンジ色のベルトできつく締めている。耳には、ギターをかたどったイヤリングがぶら下がっていた。

「まだ荷物をどこに置くか決めてないのよ」と、インゲラは言った。「うちのフロアには二平米の保管室があるけど、全部入るとは思えないわ」

「とにかく行ってみましょう」と言って、エイラはレンタカーのカーナビにウーロフ・ハーグストレームの住所——前の住所と言うべきか——を打ちこんだ。「量を見てみましょう。あまり無理を言わないように、家主を説得できるかもしれない」

「あの子が十四歳のときから、一度も会ってないの。私に弟がいるのを知っている人はほとんどいない」

北行きの自動車道路に乗ろうとヴァルハラ通りに入り、ラッシュアワーの渋滞をじりじりと進んだ。ラジオをつけると、あらかじめセットしてあった局からアメリカ南部のブルーグラスが流れた。ホテルを出る前に、エイラは顔を洗い、それまで着ていたシャツにもう一度袖《そで》を通した。実現の可能性のあったデートのことはすっかり忘れていた。

ノルトゥルを過ぎたあたりで車の流れは完全に停滞した。南に来るにしたがって傾くのが早くなる日が、果てしなく続く車列をぎらぎらと輝かせていた。エイラはインゲラに、医者も先が読めないと言っているウーロフの容態を説明した。肺と肝臓の周囲から血のかたまりを除去するのには成功したが、いまだに痛みに反応していない。

車はかたつむりのように前進している。

「ウーロフは何をしているの？」と、インゲラが訊《き》いた。「こんなことが起きるまで何をしていたかと訊くべきかもしれないけど」

「仕事のこと？」

「弟のことは何も知らないの。父は連絡をすべて絶ってしまったから。でも、母は離婚したあと、手紙を書き始めた。ウーロフは一度も返事を寄こさなかった。母が病気になったとき、私は住所を調べて手紙を書いたけど、そのときも返事はなかった。葬儀にも来なかったわ」

「地方から車を運んでくる仕事をしていました」と、エイラは言った。「車のディーラーがインターネットで探して、それを都会で売って利益を出していた。もちろん帳簿外の利益よ。ウーロフは定職にはついてなかったようね」

警察はウーロフの通話履歴をもとに、ディーラーと連絡をとることができた。最初ディーラーはウーロフをあしざまにののしり、車を返してほしいと要求していたが、これが殺人事件の捜査にかかわるものであるのに気づくと急に口調を変え、ポンティアック・ファイアーバードのことなど何も知らないと言い出した。

「彼、どんな感じだった?」と、インゲラが尋ねた。

「ウーロフのこと?」

「ええ、あなた、会ったんでしょう? ふたつ目の事件が起きる前に」

「どう言えばいいか難しいわね。かなり緊迫した状況で会ったから」エイラはあの朝、ハーグストレーム家の外に停められた車へ近づいたときに抱いた印象を思い出そうとした。だが、思い出せたのは、あのときの落ち着かない気分だけだった。彼が昔やったことを知っていたからだ。

そしてそのあと、水辺で見つけたときの彼は、奇妙な静けさを漂わせていた。

「よそよそしかった」と、エイラは言った。「彼の心の内を本当につかんだ実感がなかった。それに、途方に暮れていた。無理もないけどね。おびえていたんだと思う」ウーロフの大きな身体を思い浮かべたが、いろいろ考えてもそれを表現する適当な言葉が見つからなかった。「水辺に置いてあったボートのことを言ってたわ」

「覚えてる。そのボートのことは覚えている」窓から、ゆっくりと横を通り過ぎていく王立公園の巨大なオークの木立を眺めながら、インゲラが言った。ふたりはしばらく黙りこんだ。ラジオのバイオリン《フィドル》の甲高い音が穏やかな音色に変わり、澄んだ声が川を下って祈りに行こうと歌っていた。

「よくあのボートに乗ったものよ。弟とふたりで、岸沿いの浅瀬を。ビーバーを探しに行ったり、ただ当てもなく漕《こ》ぎまわったり。あのあたりは、木が水面から突き出して伸びていた。そういうことは全部覚えているのに、若い頃の弟がどんな顔だったか覚えていない。それって変かしら?」

ようやく車列が動き出し、ふたりの車は現代的な公益住宅公社の団地や、緑が広がるイェルヴァ緑地の前を通り過ぎた。

「私の内には存在感みたいなものがいつまでも残っていた。弟がそばにいるという感覚。でも、実際にはいない。私は弟に向かって金切り声を上げるけど、それは頭のなかにある記憶で、弟が見えているわけではない。〝この色狂い、変態、私にさわらないで〟みたいなことを。どうやってあんな状況に耐えられたのかしら？　まだ十七歳だった。事態をまったく理解していなかった。学校に行けば、みんなが私を見て、弟が私にもそういうことをしたかどうかを知りたがった。父が弟の部屋から一切合切を引きずり出して捨ててしまったのを覚えている。彼のものを何もかも。そのときまでに、どれぐらい時間がたっていたのかわからない。私には、足りない断片を見つけることができない」

声が尾を引くように少しずつ消えていった。ウップランズ・ブローに近づくにつれ、前方の道路はがらがらになった。

「どういう意味？　足りない断片を見つけるって」と、エイラが尋ねた。

「何もかもがめちゃくちゃだった。私には対応できなかった。転校し、引っ越さなければならなかった」

目指す住所は郊外地の端にあった。途中、工場地帯を通り抜け、メーラレン湖に続く曲がりくねった道を走り、かつては農業地帯だった土地を通過した。

エイラは、離れ家付きで庭にリンゴの木のある赤い大きな家の前に車を停めた。出迎えた女性は五十代で、ダンガリーのシャツにベストという組み合わせで、髪を後ろにひっ詰めていた。にっこりと笑って、庭仕事用の手袋を脱いだ。

おたがいに名乗り合い、ふたりはウーロフの私物を見に来たことを伝えた。

家主の顔から笑みが消えた。「警察はもう全部すませたと言ってたわ。私たちは部屋を貸してるだけ。住む場所を提供して人助けをしているのよ。いま思えば、素性調査をもっと徹底すべきだったかもしれない。でも人を信じたい、そうじゃなくて？」

すでに部屋はすっかり片づけてあるというが、インゲラはそれでもいいから見せてほしいと頼んだ。イヴォンヌという名の家主はしぶしぶ鍵《かぎ》を開け、ふたりをなかに通した。ウーロフが借りた離れ家は、傾斜を少し下った藪と木の陰にあった。母屋にいる家主からは見えない位置にあるので、借家人が在宅なのか留守なのか常にわかるわけではない、と前に来た警官には話したという。

「私たちは管理大好き人間じゃない。こんなところに住んでるのも平穏と静寂が欲しいからなの」

ペンキ缶がふたつ三つ、スツール、それに床に敷く保護シートを除けば、離れ家は空っぽだった。せいぜい十五平米の広さで、食料庫付きの簡素なキッチンの隅にホットプレートが置かれている。水が出るのはシャワーだけで、シャワーはポーチの物置のなかに押しこまれていた。

「次に貸すまでに念入りに掃除しなければね。どうすればこんなに汚せるのかしら。それに、このにおい。違法なスプレーを使わなければならなかったのよ」

ウーロフの私物は家の外に置かれ、防水シートが掛けられていた。

「おまかせしていいかしら？」と言って、家主は立ち去った。

インゲラがビニール・シートを剝《は》がした。

家具はたいしてなかった。マットレスはサイズの大きいものだったが、ベッドフレームやヘッドボードは見当たらなかった。マットレスの上敷きと下台はまるめられている。ほかに、古びたアームチェア、テーブルと椅子がふたつ、巨大なスピーカーとセットになったヤマハのステレオが積み上げられていた。エイラが数えると、段ボール箱が七つとビニール袋が三つあった。

「全部、ゴミ捨て場行きにするしかないわね」と、インゲラは言った。

「ステレオを載せるスペースはあると思う」と、エイラが言う。「あと段ボール箱をいくつか」

エイラはそばにあるゴミ袋を覗いてみた。かび臭いにおいがした。タオルや服だ。どれもたたまずに放りこんである。もっと大きな車を借りるべきだった。家主にはこれ以上頼めない。強い雨が降れば、何もかも湿ってかびが生えるだろう。残しておく価値はない。

インゲラは椅子のひとつに腰を下ろした。

「弟はどうしようもない落ちこぼれだと思っていた。私が入っているのにトイレのドアを叩《たた》くのがとても嫌だった。人の部屋に入って何か盗んでいくのも。つまらないことでいつもきょうだい喧嘩《げんか》をしていた。耳にした話は信じなかったけど、どっちみち弟のことは告げ口した」

インゲラは段ボール箱をひとつ引き寄せ、蓋《ふた》を開けてフライパンを取り出した。お玉やナイフ、フォークに交じって手紙が出てきた。インゲラは封筒を表に向けた。

「母からの手紙だわ」と、インゲラは言った。手紙を選《え》り出すと、たちまちひとつかみの束になった。「見て、開封してある。読んだのね。でも、返事は書かなかった。なぜかしら？」分厚い白の封筒を見つけると、声がうわずった。「これは見覚えがある。ママの葬儀の案内状よ」

インゲラは顔をそむけた。エイラは何と言えばいいのかわからなかった。一番近くにある段ボール箱を覗きこんだ。インスタントのマカロニの袋やホットドッグ用ソーセージの缶詰が入っていた。

「何を信じなかったの？」しばらくして、エイラはそう尋ねた。

「何ですって？」

「さっき、耳にした話は信じなかったけど、弟のことを告げ口したと言っていたわ」

「ウーロフがリーナを追って森に入ったことよ」インゲラは封筒をそろえて脇に置くと、ティッシュを取り出して洟《はな》をかんだ。「私の弟。まだ模型作りに夢中になっていた。飛行機を作っていた。彼の部屋に入ると、ときどき汗とは違うにおいがした。十四歳で、その年、急に身体がとても大きくなった。でも、まだ……。みんなはいいかげんなことを言っている、あれは全部嘘だと思ってたんだから、なぜママに話したのかよくわからない。弟に腹を立てていた。ママとパパにはもっと怒りを覚えた。ふたりは私のやることなすことにいちゃもんをつけた。私のほうが三歳年上なのに、ウーロフはあの年上の連中と一緒にいて、いくら遅く帰ってきても大目に見られた。きっと弟は連中のためにタバコやビールを盗んでいた。リッケンやトーレと一緒にいられるなら、何でもやった」

「リカルド・ストリンドルンドのこと？」

「そんな名前だった？　ずっと昔だから、そういうことはみんな忘れた。でも、ウーロフがあの連中とつるんでいるのがどれほど不愉快だったかは覚えている。私と同年代の男たちで、何人かハンサムなのもいた。ふたりきりでいるところを想像してしまうような……。でもあの頃は、弟にまつわることは全部不愉快だった。自分のことで頭がいっぱいだったから、ああいうことをして……」

　インゲラは地面に置かれた手紙の束を見下ろした。

「みんな、弟がやったと言っていた。弟も自白した。そうでしょう？　じゃあ、彼がやったのにちがいないわ」

クラムフォシュ行きの一番列車は昼食前に終点に着いた。エイラは署内がいやに静かなことに気づいた。オフィスには人気《ひとけ》がなく、空気が淀《よど》んでおり、その午後にやるべきことをエイラに指示するメモは残されていなかった。

食堂に行くと、大昔から警察で働いている地方採用の捜査官がいた。その女性、アニヤ・ラリオノヴァは休暇をいっさい必要としていない人らしい。噂では数年前にロシア人と結婚したらしいが、結婚指輪ははめていないし、ロシア人の夫がどこに消えたのか誰も知らなかった。なかには、結婚していると見せかけているだけなのだと陰口をたたく者もいた。

「それで、捜査のほうはどんな具合？」と、アニヤが訊いてきた。まるで天気の話をしているような口調だった。

「順調よ」と、エイラは言った。「いまはあまりやることがないけど。法医学報告を待っているところ」

「あなた方が森のなかで見つけたもののことね？」

「ええ、まあ。あなたのほうは？」

「通りがかりの避暑客が増えているわ」と、大きくため息をついて、アニヤが言った。「ローで見つかった盗品の写真を見にくるの。なくなった持ち物を探しているんだけど、私はそのたびにそれが必ずしも返ってくるとはかぎらないと説明しなければならない。昨日も、桜の模様の入った日本の屏風《びょうぶ》を持っていたカップルが訪ねて来た。オンゲルマンランドを隅々まで探したって、そんなものはひとつしかないのはよくわかってるけど、ただ行って押収するわけにはいかないことを納得させるのはとっても難しい」

「ほかに、屏風が彼らのものであることを証明するはっきりした特徴はないの？」

「何もない。桜の模様だけでは家宅捜索の令状は取れないわ」

エイラは自分のマグカップを洗って、アニヤと別れた。GGにメールを送り、いつでもいいので手が空《す》いたときに電話してほしいと伝えた。今朝の会議は、彼がヘノサンドの拘置所へ行き、ほかの者も別の仕事で手一杯だったために中止になった。三十分後、スンツヴァルから帰る車のなかから、GGが電話してきた。

「ニィダーレンはだんまりを決めこんでいる」と、GGが教えてくれた。「森に埋まっていたものの写真を見せてから、ひと言もしゃべっていない」

「何か特に私にやってほしいことはありませんか？」

「法医学報告がまだ届かないんだが、たぶん明日《あす》になるだろう。早くてもな。おれたち、メディアに後れをとっていないか？」

「昔の予備捜査の記録を調べる必要があるんじゃないかと思うんですが」と、エイラは言った。「ニィダーレンの名前がどこかに出てこないかを確認するために」

「かびくさい埃《ほこり》を舞い上がらせるのだけはやめてくれよ」とGGは言ったが、どこか上の空の感じだった。思いは別のことに向いているようだ。「それと、間違っても記者にきみのしていることを気づかれるな。賞か何かもらえると思って、昔の事件を掘り返し始めるからな」

文書保管庫の奥に埋もれていた古い予備捜査の記録を見つけ出すのに三時間かかった。夏季限定の管理係がリフトから箱を運んできてくれた。

記録簿によれば、保管された一九九六年からこの方、この資料を利用した者はひとりもいなかった。ここ何年か、四、五人のジャーナリストが資料請求を行っていたが、そのたびに却下された。

全部で何千ページにもわたる分量で、ほとんどが尋問の速記録をタイプしたものだった。別の時代の証言者の役割を担うVHSテープや、ずんぐりしたカセットテープを詰めた箱も何箱かあった。

箱からフォルダーを取り出すと、エイラの膝《ひざ》に死んだゴキブリが落ちてきた。

この笑顔。まばゆいばかりの笑みが、リーナのイメージとして永遠に残ることになった。

写真の背景は青みを帯びた人工的なものだった。その頃、夏にはどこでも撮られていた学校の記念写真だ。ミディアム・ブロンドの髪は肩までかかる長さで、ゆるいウェーブがかかっていた。撮影前にカールしたのは間違いない。新聞には、もっとリラックスした表情の写真が何枚も載っていた。家族写真や、彼女の友人にもらったか、金を払って入手したスナップ。だが、予備捜査の資料に入っていたのは見慣れたものだった。カメラのほうになかば振り向いて微笑んでいるリーナ・スタヴリエド。

中学一年の最終学期が終わる数カ月前に撮られたものだ。

いま訪れる花のとき
喜びのとき、最高の美のとき

スウェーデンのほかの子どもたちと同じく、リーナもこの古い讃美歌を歌ったことだろう。優しい日差しの温もりが、すべて死に絶えた大地から新しい成長を促すのを謳《うた》った歌だ。

それが近づくと、生まれ変わった命が目の前に待ち受けているファイルを開くエイラの手は危うく震え出しそうで、胸が高鳴っていた。いま自分は殺人事件の捜査を手伝っている。浜辺を這《は》いまわって証拠を探している九歳の少女のように。

ファイルは古新聞のような乾いたにおいがした。

午後の時間が過ぎていくのに、エイラはほとんど気づかなかった。外の日差しは次第に冷たくなっていた。いま彼女は別の時代で働いていた。一日一日が境目もなくだらだらと続いていく。時間の流れは同じところをぐるぐる回り、いつも前の地点に戻ってくる。

七月三日の生暖かい夜。日中は晴れわたり、風ひとつない日だった。リーナ・スタヴリエドが失踪《しっそう》した夜。

翌日まで誰も気づかなかった。なにしろ夏休みだったし、リーナは友だちの家に泊まると言っていた。失踪届が出されたのは、四日の夜遅くだった。

たちまち情報が大量に流れこんできた。リーナの姿をあっちで見た、こっちで見たという通報を確認するために、警察がピンボールマシンのボールのように右往左往した日々が綴《つづ》られた分厚いページに、エイラはざっと目を通した。ある者は、ネースオーケルの近くにあるコミューンで〝環境保護活動家〟たちと一緒だったと知らせてきた。別の者は、ストックホルムのマルムシルナズ通りにたむろする売春婦といるのを見たと言っていた。やれ、川を走るボートで、海で、ヘノサンドのパブの外で、スキューレ山のふもとで行われたパーティで、ととりとめもない。ひとりの男など、夢のなかで彼女とセックスしたので出頭したいと言ってきた。それ以上に、該当地域にいる怪しげな人物の情報は山ほど提供された。特にさまざまな国籍の外国人——ロシア人、リトアニア人、ユーゴスラヴィア人がやり玉に挙がった。〝いまじゃ、セルビアと呼ばれてるのか？　それとも、ボスニアか？　どこの国の人間かはわからんが、おれにすりゃあ、どこもおんなじだ〟。近くの人間で、裸で自分の家にいた男たちや、良からぬことをたくらんでうろつく若者たちも報告されていた。

エイラはようやく、戸別訪問との関連でトリッグヴェ・ニィダーレンの名前が出ているのを見つけた。警察が周辺に住む人々の家を一軒一軒まわって、何か見ていないか聞きこみ調査を行っていた。

記録といっても、短いメモしかない。

自宅で家族と夕食。妻と義妹が証言。七月三日の夜――六歳の息子と甥《おい》を連れて川釣りの小旅行。目撃情報はなし。

それだけだ。

そこまで読んで、エイラはフォルダーを閉じた。ほかのものと一緒に箱へ戻す。

これで、ありがたいことに埃も元の鞘《さや》に収まってくれる。

とはいえ、手の届くところに全部そろっているのはいまだけではないだろうか？

これらのファイルに目を通す機会は、おそらく二度とないだろう。未解決事件が掘り起こされるドラマはとても人気があるが、警察がそういったものに十分な時間を割くことはまずあり得ない。とりわけ、その事件が解決され、保管された記録に〝機密〟のマークが付けられているときは。

ウーロフ・ハーグストレームに関する情報は七月六日の朝に届いた。「何でもないことかもしれないけど、でも、きっと知りたいだろうと思って……」

エイラは一瞬、その名前に目を奪われた。グンネル・ハーグストレーム。

電話してきたのは、ウーロフの実の母親だった。

「何人か、あの娘が森へ入っていくのを見たようなの。少なくとも、見たと言っている。直接聞いたわけではないけど、若い連中が口をそろえて言ってるそうよ。ウーロフが……そう、あの子が……ほかの人の口から伝わるのは嫌だったんで、参考までに……」

エイラは、クングスゴーデンのあの家の以前の様子を想像してみた。きちんと片づいた廊下、花が飾られたキッチン、薄手の夏用カーテン。まだ家族はひとりも欠けていない。そこへインゲラが帰ってきて、外で聞いた話を、ウーロフについて年上の男の子たちが話していたことをぶちまける。リーナの件だ。ふたりが森でしていたことを。ウーロフがどんな話をしたかを。

グンネル・ハーグストレームは翌朝まで通報しなかった。眠ったのか眠れなかったのかはわからないが——さぞや恐ろしい夜だったろう——朝起きてから警察に電話した。

その話を信じたからだろうか？　それとも、どう考えればいいかわからなかったからか？

グンネルの通報を受けた警官は、さほど身を入れて聞かなかったらしい。警察がおおやけに情報を募ると、いつでもたくさんの馬鹿が電話してくる。頭のおかしい人間ほどしつこくてあとに引かない。

ほとんどの場合、疑いが真実を隠してしまう。

ハーグストレーム一家への最初の事情聴取は二時間後に行われた。質問はおおむね、エイラがその場にいたらするはずのたぐいだった。ウーロフはほとんど答えなかった。

ウーロフ（以下、ＯＨ）——いや。

ＯＨ——誰がそんなことを言った？

OH——知らない。

OH——いや。

彼はほとんどの質問に沈黙で応《こた》えた。

すると、父親が口をはさんだ。

スヴェン（以下、SH）——真実を話せば問題は解決するんだ。警察はやるべきことを心得ている。

スヴェン・ハーグストレームが死からよみがえるのを見て、エイラは不思議な気分になった。少なくとも言葉として——黒と白、いや、黒と黄ばんだ白の存在として。

SH——いまここで真実を話すんだ、坊主。

そして、警官に向かって——

SH——おれはそうやってこいつらを育ててきた。真実にこだわれ、とな。

インゲラも同じ部屋で聴取をされたのだろうか、とエイラは思った。ウーロフは誰が情報を漏らしたか知っていたのだろうか？　通報したのが母親であるのを知っていたのか？

警察は翌日、検事の承認を得て戻ってきた。ウーロフの指紋を採取し、家宅捜索を行った。

エイラは報告に丹念に目を通した。ベッドの下から箱が引っ張り出されたとき、ウーロフの子ども部屋を覆った沈黙を想像できた。その部屋は二階にあった。エイラは一度も見ていないが、報告にある素描から、この手の家にはよく見られる傾斜屋根の下にある狭い物置部屋であるのはわかった。

報告によれば、箱にははちきれそうなほど物が詰めこんであったという。

漫画本、菓子の包み紙、腐ったバナナの皮、翼の折れた飛行機。

それに、黄色いカーディガン。

エイラには、当時のテレビ・ニュースの記憶がまだ残っていた。母親は懸命に見せまいとしていたが、その努力は実らなかった。

突破口《ブレイクスルー》──みんながそう呼んでいた。エイラが覚えていたのは、その言葉の意味を知らなかったからだ。何か骨折《ブロークン・ボーン》と関係があるのだろうと思っていたが、いつも家に来ていた母の友人の前に出ると、なんだか馬鹿にされている気がした。

ふたりの女性はエイラの前で言葉を選んでいたが、しばらくすると母親が、これでやった人がわかったのよ、あれを……と説明した。「リーナがどうなったかももうすぐわかるよ、おまえ」

ふたりともリーナが死んだとははっきり言わなかったが、どんな子どもでも親のささやき声を聞き逃すはずはない。子どもが近づくと、ふたりは声をひそめた。そして安心させるように、「もう心配ないわ。でも、だめよ、ひとりで外へ出ては」と言った。

たぶんそれが、リーナのカーディガンが発見された夜だったのだろう。

捜査が新しい局面に入ったときだ。

エイラは、その翌日から始まった尋問の速記録を読み始めた。見ると、数百ページの分量がある。尋問は何週間にもわたって続けられた。

ＥＧ――森へリーナを追っていったときに起きたことを話してくれ。
ＯＨ――［答えず］
ＥＧ――なぜ森まで彼女を追っていったんだ？　リーナが好きだったのか？　写真を見てみろ。彼女、かわいいな。そうじゃないか？
ＯＨ――［首を振る］
ＥＧ――声を出さなければ録音できないぞ。話すときは私の目を見ろ、ウーロフ。私を見るんだ。

ＥＧとはエイラのかつての同僚、エイレット・グランルンドだ。彼がときおり尋問を担当するほど、この事件に深くかかわっていたとは知らなかった。ページは延々と続いた。何時間もの尋問が連日、ひと月以上も継続された。エイラは速記録を飛び飛びに拾い読みしていき、別のセクションに移ると、知らない尋問担当官が登場してきた。今度は女性の尋問官だった。エイラはその女性の前に座る十四歳のウーロフ・ハーグストレームの姿を思い描いた。〝答えず〟〝首を振る〟ことの裏側に、いったい何が隠されていたのだろう。
そのときドアが閉まる音がして、エイラは腰を浮かせた。捜査資料を壁のようにまわりに山積みにしていたので、人の出入りにまったく気づかなかった。今夜のパトロールはソレフテオが担当だから、クラムフォシュに宿直はいなかった。建物は静まり返っている。どうやらこの建物にいるのは自分ひとりらしいと思っていると、何かが床に落ちる音がして、誰かが悪態をつくのが聞こえた。それは期間職員の管理係で、業務用コーヒー・マシンの中身をせっせと空にしていた。そのマシンは一日中赤いランプが点灯しており、フィルターか何かを替えてくれという要求が出ていた。

「こんなのぼくの仕事じゃないのに」と、管理係がつぶやく。「だけどこのままじゃあ、朝みんながまともなコーヒーを飲めないから」

「ねえ、あなた、VHSのプレーヤーがどこにあるか知らない?」と、エイラは尋ねた。

十四歳の少年はテーブルに突っ伏し、頭を両手で抱えていた。

画面のなかに腕が伸びてきて、少年の身体を起こしてカメラの正面に据え、両手を頭からどかした。

「話をしているときはあなたの顔を見ていたいのよ、ウーロフ」

今度も女性の尋問担当官だった。エイラはあらかじめオンラインでこの担当官を検索し、昔の記事を見つけていた。彼女は南部の出身で、児童に対する尋問の専門家としてたびたび仕事を頼まれていた。その速記録は、ウーロフ・ハーグストレームが捜査対象の中心になってから一週間ほどたったときのものだ。

「何人か、森を出てきたときのあなたは泥と埃だらけだったと言っている人がいる。何もしなかったのに、どうしてそんなものが付いたの?」

「転んだんだ」

「リーナを捕まえようとしたんじゃない?」

沈黙。

「あなたは一人前の男性になりかけている男の子だもの、ウーロフ。そんなこと、めずらしくもなんともないわ。きっと身体に自分でもよく理解できないことが起きているのよ。私のために、もう一度、写真を見てちょうだい。リーナはきれいだと思わない？」

ウーロフはそっぽを向いた。何度も首をかいている。エイラは、自分が会った大人のウーロフに残っている特徴をなんとか見つけようとした。目は確かにこの目だ。がらんとした尋問室でビニールのソファに座っている少年は背が高く細身で、成長が速すぎたみたいに動きがぎこちなかった。肩幅は広かったが、のちの巨体とはまるで違っていた。

三時間近く、空気がどんどん乾燥していく狭い押し入れのようなところにいるうちに、エイラは最後まで目を通すのは無理だと判断した。

最初の週だけで、十二時間ほどの尋問が行われていた。ざっと計算すると、都合百時間のテープを見なければならない。残りのテープを調べると、何本か〝現場検証〟と表示されたものが見つかった。

捜査官が、昔の事件の再調査に熱心でないのには理由がある。

新たな展開、新しい証拠が必要だからだ。警察は根拠もなく、みずから既決案件の再調査に乗り出すことはできない。それはジャーナリストの仕事だ。スウェーデンでシリアル・キラーの疑いをかけられたトーマス・クイックの一件のように。

クイックは三十件を超す殺人を自白し、そのうちの八件で有罪になった。ところが、犯行現場の検証を繰り返したにもかかわらず、クイックは一体の死体のもとへも警察を案内できなかった。唯一の法医学的証拠は少女の骨の破片だったが、のちにそれはプラスチックであるのがわかった。

立件した根拠はすべて、クイックが覚えてもいない殺人の抑圧された記憶を掘り出すために行われたセラピーに基づいていた。

「ウーロフ、私を見て」と、女性尋問官は言った。彼女の姿は画面に現れていない。「あなたが捕まえると、リーナはどうした？　悲鳴を上げたかしら？　それで、あなたは黙らせようとしたのでは？」

エイラはＶＨＳプレーヤーのスイッチを切った。腹がすいているのに気がついた。母親に電話して、問題がないかどうかを確認する必要もある。母親はサンドイッチをふたつ三つ食べ、ワインを一杯飲んで、これから寝るところだと答えたが、エイラは同じことをもう一度言わせてから、ようやく信じることにした。

食堂の食器棚にライ麦ビスケットが少しと、誰かのチーズとバターが残っていた。食料に名札を付けておかなければ、なくなっても誰にも罪を負わせることはできない。

それを食べてから、エイラはアウグストに電話した。


「何のために、これを全部見ようっていうんだい？」同僚はいそいそと駆けつけて来たが、忍耐力は三十分ともたなかった。

〝なぜなら、子どもの頃に誰も事情を教えてくれなかったからよ〟と、エイラは思った。アウグストには、もうひと組、目が欲しい、疑わしいところがあるから、と説明した。ここにいられるのは今夜だけで、明日になったらビデオの箱は保管庫に戻し、自分はまたパトカーに乗って、何マイルもこのあたりを走らなければならないからだ、とも。

あなたとここに――数平米もない部屋に一緒にいたいからだとは言わなかった。

「またひとりね。両親のどちらも来ていないわ」ビデオを早送りしながら、エイラは言った。

「そのことに気づいた？　まだ未成年なのに、いつもひとりだわ」

「その頃はそんなやり方だったんだろ」

アウグストは両足をテーブルに載せていた。彼の足が、ビニールのソファに座った少年の姿をまっすぐに捉《とら》えて離れない画面の前で小きざみに上下した。映像は何時間も同じ角度から撮られている。エイラは、事態に変化が生じたところまで場面を飛ばすために速記録をめくった。すでに何本もビデオを見終え、尋問は三週目に入っていた。

「そこで止めて」と、エイラが言った。「何かあるわ。彼がちゃんとしゃべり始めている」

ウーロフは床を見下ろしていた。両手で顔をすっぽり覆っている。

「そんなんじゃなかった」

「どういう意味？」

「あいつらにはそんなことは言わなかった」

「いま言ったのは、友だちのことね？　道路で待っていた少年たちね？」

女性尋問官が座り直して横に動いたのだろう、ウーロフはちらりとそちらに目を向けた。

「彼女が押したんで、おれは倒れた」

「いまさら何を言い出すの？」

「地面はどろどろだった。ぬかるみだらけだった」

「リーナの体重は五十キロぐらいよね」

「まあ……」ウーロフはふたたび床に目を落とした。

「なぜ、いままでそれを言わなかったの？」

「だって……だって……あいつは女の子なんだぜ。そんなこと、予想してなかった。だからきっと転んだんだ。おれは強いのに」

「わかってるわ。あなたが強いのは」

「それからあいつは、イラクサをこんなふうにつかんだ」ウーロフはリーナにやられたことを実演してみせた。両手で口のまわりをこすり、顔全体を撫《な》でまわした。「そうして、泥をおれの口に押しこみ、私が汚れたのはあんたのせいだ、あんたが全部台無しにしたと言った」

「それであなたはカッとなったのね？」

「違う、そうじゃない」

「私を見て、ウーロフ」

ウーロフは首を振っただけで、顔を上げなかった。

「いま何て言った？」と、アウグストが訊いた。

エイラはテープを巻き戻し、音量を上げて、十四歳の少年のつぶやき声を聞き取ろうとした。

「あいつは行っちまった」と、ウーロフは言った。「おれを地面にひとり残して」

「それが、あなたが彼女にしたことなのね？　彼女にそう言ったのね？」

「そうじゃない。やったのはあいつだ」

「でもそれでは、あなたが友だちに話したことと違うじゃない。どっちが真実なの、ウーロフ？」

「おれはどんな話をしたと言われてるんだ？」

「どう考えればいいのかわからなくなったわ。最初、あなたはリーナには何もしていないと言っていた。それが今度はあなたに何かしたのはリーナのほうだという。どっちが本当なのか、どうしたらわかるのかしら？」

「本当の話だ」

「どっちの話が？　頭がこんがらがってくるわ、ウーロフ」女性尋問官が身を乗り出し、半身が画面に映った。「真実はひとつしかない。森を出てきたとき、あなたは友だちに嘘をついたの？」

「このへんでやめられない？」

「いいえ、ウーロフ、もう少し続ける必要があるわ。あなたが本当のことを言うまで。わかってくれるわね。あなたがリーナにしたことを話してくれるまでやめるわけにはいかないの」

そのあと、少年は何度もやめてほしいと繰り返した。それがかなえられないと、母親にもここにいてもらいたいと頼んだ。

「お母さんは外にいるわ」

「入ってきてほしいんだ」

「私たちは、いまはここにいないほうがいいと判断したの。でも、お母さんもあなたが真実を話すことを望んでいる。ご両親のどちらもそう願っているわ」

アウグストがエイラの手からリモコンを取り上げた。その瞬間、エイラは手のひらが熱くなるのを感じた。

「いったい何が起きてるんだ？」ビデオを一時停止して、アウグストが尋ねた。「この子はまた嘘をついたのか、それとも真実を話してるのか？」

「わからない」

ふたりはしばらく押し黙った。エイラは速記録をめくって、時間の経過と出来事を確認しようとした。

「尋問はこのあと数週間続き、そのあとウーロフは全面自供した。川にリーナを投げこんだ場所も自白したとされている。シダレヤナギの枝の写真を覚えている。テレビで見たわ。ウーロフが彼女の首を絞めたものよ。テレビが事件は解決したと言うのを聞いて、ママがほっとして泣き出したのが忘れられない。何が起きているのかわからなかった。人が泣くのは悲しいときだけと思っていたから」

エイラはまたビデオの箱を探して、八月末の日付がある最後の数本を見つけ出した。

ラベルには、〝現場検証3〟と書かれていた。

手持ちカメラの揺れる映像のなかに、ゆっくり森を進む一団が見える。

十四歳の少年は列のまんなかにいて、ぎこちない足取りで歩いていた。警官のひとりが彼の背に手を当てていたが、励ましているのか、せかしているのか定かではない。もしかしたら、両方なのかもしれない。おれたちを信用しろ、おまえは安全だ、あの崖《がけ》まで連れて行ってやる。その警官が振り向くと、エイラにもそれが、ずっと若いときのかつての同僚であるのがわかった。

風が少し吹いているらしく、ときおり雑音が交じる。

「彼女を殺すのに何を使ったの？　思い出せる、ウーロフ？　何が彼女の息を止めたのか、私たちに見せてちょうだい」

別の人間が画面に姿を見せた。大きな人形を持っている。ほぼ等身大の大きさだ。両腕をだらりと垂れているのを見ると、布製らしい。顔はのっぺらぼうだった。

「あなたがセックスしたとき、彼女はここに横たわっていたの？　こんなふうに？」

人形が乱暴に地面に置かれた。ウーロフは首を横に振った。

「彼女とセックスしたと言ってたでしょう。地面に横たわって。ふたりがどんな姿勢だったか教えてくれない？」

少し間を置いて、ウーロフが指さした。岩があり、倒木が小道をふさいでいた。あらゆることが驚くほどゆっくり進行している。エイラはビデオを巻き戻して、何か見落とした可能性のあるいくつかのパートを見直した。ウーロフがシダレヤナギの枝を使ってリーナを絞殺した様子を話したとき、彼女がどんなふうに死んでいったかも話しただろうか？

「だめよ、ウーロフ、まだやめるわけにはいかないの」

「小便に行きたい」

「あったことを、おたがいにきちんと納得するまではやめられないのよ。あなたは口に土とイラクサを入れられたと言ってたけど、彼女を窒息させるのに土を使ったの？」

「いや、違う」

「このあたりで、あなたが使ったものを見つけられる？　枝だったの？　それとも持っていたものを使ったの？　ベルト？　いますぐ思い出すのよ、ウーロフ。ここにあるのはわかってるんだから」尋問担当官はウーロフの頭に片手を載せた。「勇気を出して、いますぐ思い出すのよ、相棒」

エイラはビデオを止めた。

「言うべきことを前もって教えようとしている」と、エイラは言った。

「彼の記憶にアクセスしようとしているんだよ」と、アウグストが言った。「心の奥にしまいこんでいるものにね。忘れられないほど衝撃的な経験をすると、そういうことがときどきあるらしい」

「抑圧された記憶っていうこと？　そんなものは存在しないと何度も証明されているわ。自分の身に起きた恐ろしい出来事は決して忘れない。忘れるのはありきたりの出来事よ。それが起きたことに気づきもしないような。たとえば、アウシュヴィッツのことを忘れる人はいないわ」

「もう二十年前から唱えられてることだよ。それに、明確な答えは出ていない。友だちにストックホルム大学で法医学を専攻したのがいるんだけど、担当教授はこれと似た事件に何件かかかわっていて、自分でセラピーもやったそうだ。何かあると彼のところに持ちこまれるんだな、虐待事件などが。その教授はそういう記憶が現実にあると確信している」

「私たちは警官よ」と、エイラが言った。「存在しないものを信じることが仕事じゃない」

「じゃあ、想像力を使うのも禁止されてるのかい?」アウグストはからかうような、じらすような笑みを浮かべた。

「うーん」エイラはなんとかこうつぶやく。「仕事ではね」

もう午前二時になっていたが、エイラは疲れを感じなかった。ビデオを早送りしていく。一九九六年八月のその日の午後、被疑者を伴った現場検証はすでに二時間近く続いていた。

ウーロフは地面から何かを拾い上げて放り捨てると、また別の何かを拾った。枝だ。

「これがその一本?」

「たぶん」

「それを使ってどうやったのか見せてくれる?」

ウーロフは枝を曲げて輪を作った。

「シダレヤナギの枝ね」と、エイラが言った。

「もう家に帰れる?」と、ウーロフが訊いた。

「よくやったわ」と、尋問担当官が言った。「じゃあ今度は、彼女をどうやって運んだか教えてちょうだい。人形を使ってやってみてくれる? こんなふうにかついだの? 両腕で? それとも、こんなふう？」

ウーロフが人形を肩にかついだとたん、画面がちらちらしだし、ビデオのその巻が終わった。

エイラは次のビデオに入れ替えた。

「彼だと決めつけてるみたいね」と、エイラは言った。「みんな、そうだと信じていた。よく覚えているわ。私もずっとそうだと思っていた」エイラはアウグストの手を握りたいという衝動に駆られた。こんなに近くにある。椅子の肘掛《ひじか》けから無雑作に垂れている。

次のビデオが映し出された。背景が変わっている。川と水辺、砂、泥らしきもの。

尋問担当官の声が少ししゃがれて聞こえた。

「ここで彼女を下ろしたのね？　彼女が鍵を落としたのがここなのね？　それとも、彼女の持ち物を落としたのはあなたなの？　彼女のリュックサックはどうしたの？　川に投げたの？　どこで投げたのか教えてくれる？」

人形をかついだまま、金属製の小屋の前を通り過ぎ、桟橋の先端まで進む。ウーロフの背中で人形がはずむたびに、両腕がぶらぶらと揺れた。

ここでは子どもが遊ぶのは禁じられている。水深が三十メートルあると言われ、製材所のあった時代には大型船が停泊していた。それでも、川の最深部にはとうていおよびもつかない。もう少し先へ行ったところは、きらめく水面でごまかされてしまうが、川底が急激に落ちこんで百メートルの深さがある。そこに人がはまれば、永遠に浮かび上がってこなくても少しも不思議はない。

「ここから彼女を投げこんだの？　それとも、もっと先？」

「いや、違う」

「じゃあ、ここだったのね。どうやったか見せてちょうだい」

ウーロフは人形を放った。

「そうやって彼女を放ったのね？　それでリーナは川へ落ちたのね？　放ったとき、彼女はもう死んでたの？」

「死んでない」栈橋にしゃがみこみ、コンクリートに目を据えたまま、ウーロフが小声で言った。

「あいつは死んでなかった」

尋問担当官がウーロフの横にしゃがんだ。耳に入れていたものを調整してから、目を上げた。顔には絶望感と疲労がくっきり表れていた。尋問官の目がカメラの後ろの誰かを探し求めているのが、エイラにはわかった。〝彼女は誰かから質問の指示を受けている〟と、エイラは思った。

マイクに雑音が交じりこむ。

「あなたが放りこんだとき、彼女はまだ生きていたのね？」

GGがクラムフォシュの署に戻ったのは昼食後だった。携帯電話を耳に当てて、廊下を大股《おおまた》に近づいてきた。

エイラはGGの電話が終わるのを待ってから部屋に入り、予備捜査の要約をデスクに置いた。

「彼がやったのかどうか確信がありません」

「何だって？」GGは戸惑ったようにフォルダーを見下ろした。

「ウーロフ・ハーグストレームです」二、三時間しか睡眠は取れなかったが、エイラはビニール・ソファのある尋問室にいる夢を見た。マリエベリの桟橋の端で身を揺らしもした。手足をだらりと垂らしたのっぺらぼうの人形も出てきた。

「ああ」と、GGが言った。「何のことを言ってるのかわかったよ」

彼はフォルダーの端をつまんで、表紙に書かれている文字が見える程度に持ち上げた。件名と年を確認する。

「ウーロフは、警察があらかじめ彼に教えたこと以外、何も自白していません」と、エイラは続けた。「それに、両親を立ち会わせずに何時間も尋問しています」言いたいことは全部、前もって頭のなかで文章にしてあった。何度も繰り返し復唱してきた。そういうやり方は、子どもの頃に教えこまれたことに反するものだった。常に謙虚であれ、上司より自分のほうが分別があると思っているような行動を取ってはならないと教えられてきた。それは忠誠心の深さの問題であり、

エイラは胸に空虚なわだかまりが生じるのを感じた。「尋問官は誘導尋問をしています。ウーロフにはリーナを投げこんだ場所を言うまで——どんなふうに彼女を殺したかを教えるまで家には

GGは無精髭《ひげ》のはえた顎《あご》を撫でた。

「きみはニィダーレンの名前が出てこないかをチェックしていたんじゃないのかね？」

「そこに書いてあります。戸別訪問の聞きこみのメモにありました」

そう言ってから、エイラは自分の見つけたことを伝えた。ニィダーレン家にその晩、親戚《しんせき》が来ていたこと。トリッグヴェが子どもを釣りに連れて行ったこと。

「でも、それを裏づけるための質問はしていません。彼の言ったことをメモしただけで」

「あの男ではないんだ」と、GGが言った。

「彼だと言っているわけではありません。でも、そのぐらいの質問はする価値があると思いませんか？　彼が性的犯罪で有罪になったことは知らなかったし、アリバイを証明したのは家族だけです。捜査に大きな穴があったんです」

「トリッグヴェ・ニィダーレンは無実だ。スヴェン・ハーグストレームを殺していない」

「何ですって？」

「オーバーオールは彼のものじゃなかった。二時間ほど前に結果が出た。ゴムの手袋も彼がはめていたものじゃない。血はスヴェン・ハーグストレームのもので、量はたっぷりあったが、トリッグヴェ・ニィダーレンを指し示す分子はひとつも見つからなかった。要するに、オーバーオールに付いていた指紋もＤＮＡも別の人間のものなんだ。手袋も同じで……」

「誰のです？」

「データベースには載っていなかった」

エイラは部屋の片隅にあった椅子にぐったりと身を沈めた。外では、空が曇り始めていた。雨だろうか、ようやく少しおしめりが来るのか。

エイラは過去から遠ざかり、現在の捜査に気持ちを集中した。

スヴェン・ハーグストレーム殺害事件だ。すべて疑いようがないように思えた。強力な動機もある。自分の正体を隠していた男。昔やった集団暴行のことを人に知られたら、人生が崩壊してしまう男。

ナイフもある。使われたものと合致するナイフが。

「奥さんはデータベースに載っているんですか？」と、エイラは訊いた。

「まだだ」

「ナイフの一本は彼女のものです」

「わかってるよ」

エイラはメイヤン・ニィダーレンの精力的だがひかえめな側面に、主導権を握って事をまるく収めようとする欲求に思いを馳《は》せた。深くからみ合い、周囲の世界に立ち向かう砦《とりで》のようなふたりの結婚のことを思った。彼らの羞恥《しゅうち》心のことを考えた。事実を知りながら、それを隠蔽《いんぺい》したレイプ犯の妻のことを。

「メイヤンには失うものが多かった。夫と同じくらい秘密を守ろうとしていた」

「それはおれも考えた」と、GGが言った。「いまあの家に人を行かせている」

エイラはそれ以上言うべきことを思いつかなかった。そのまま部屋を出ようとしたとき、GGが呼びとめた。

「これを忘れてるぞ」と言って、フォルダーを突き出した。エイラがつかんでも、GGはすぐにはそれを放さなかった。

「きみは責任を感じてるんだな？」と、GGは言った。

「何の責任を？」

「ウーロフ・ハーグストレームだよ。あんなことになるのを防げたのではないか？　警告すべきだったのでは？　インターネットで、多くの人間が怒りの声を上げているのを知っていたのだから。そのことを教えてくれたのはきみだった」

エイラは手に握ったフォルダーを見下ろした。

「私たちはまだ殺人事件の捜査の途中です」

「そうだな。もし何か見落としがあれば」と、GGは言った。「全部、おれの責任だ」

この前やってからまだひと月しかたっていないのに、メイヤンは窓を全部拭《ふ》いた。何度拭いても、ハエの糞《ふん》や風が運んできた種子の鞘《さや》がガラスにくっついてしまう。

当然、床も掃いて、ブラシで磨いた。特にキッチンと居間、それに三十年間夫と共にしている寝室は念入りに掃除した。

ときおりトリッグヴェのいびきで目が覚めることがあった。春の光が差す明るい夜も、秋の静かな夜も、青白い冬の月光が雪に反射する夜も。

そんなすべての夜。

長い時間が作り上げた暮らし。

メイヤンはシーツや上掛けを洗濯し、代わりのシーツをひとりでもできるだけピンと張れるように端を引き出しにはさんで伸ばした。いつものようにトリッグヴェが手伝ってくれれば、ふたりでシーツを広げて真ん中で折り、畳みながら近づいていけば、ちょうど真ん中で出会うときにはきちんとした包みができあがっている。このやり方は祖母に教わった。家にいづらくなったときは、よく祖母の家で過ごしたものだった。

隅に泥がほんのちょっと付いただけでも、そこから問題はどんどん広がっていくものだとも教えられた。

毛玉、染み、メイクしていないベッド、あるいは羽毛布団を雑にかぶせただけの乱れたベッド。パトリックが十代の頃がそうだった。

会って最初の頃のトリッグヴェも同じで、メイヤンはノルウェーの彼の部屋をよく覚えている。

初めてそこで彼と寝たのだが、床には服が積み重なり、汚れた皿を洗ってやらなければならなかった。

トリッグヴェは、人の心がどんなふうに動くかをほとんど何も知らなかった。嫉妬《しっと》心とはどんなものかを理解していなかったし、了見の狭い老人が何かを一途《いちず》に思い詰めることもわかっていなかった。

ときおりメイヤンは、夫が自分の息子も理解していなかったのではないかと思うことがある。

パトリックに打ち明けるですって？　あの人はどうかしてたんだわ。

ふたりの息子、ふたりの素晴らしい息子は胸の内に怒りをみなぎらせていた。「あの馬鹿野郎、おれはあいつが憎い」庭の向こうからそう叫んで、息子は出て行った。

「自分の父親をそんなふうに言ってはいけないわ！」メイヤンは即座にそう言い返した。

「ママは知ってたんだ。よくも、あんなやつと同じベッドにいられたものだ、よくも……」

息子の言葉が心に深い傷を残した。

〝あなたはパパがどれほどハンサムだったか知らないのよ〟。そう言いたかった。息子の髪を撫《な》でながら、言い聞かせたかった。〝あの頃、ずっと私に寄り添ってくれる人がほかにいたと思う？　妊娠して、あなたを産んだときにそばにいてくれる人が？　頼る人がほかに誰ひとりいないときの気持ちがどんなものか、あなたにわかる？〟

でも、おそらくもう時間の問題だ。あるいは、もう一日待たなければならないのか？　ああいったものの分析にどれぐらい時間がかかるか、メイヤンにはだいたいわかっていた。ミステリーも読むし、ほかの人と同じ程度には犯罪ドラマも観ている。それを参考にして行動の計画を立てていた。

シナモンパンを袋に小分けして入れた。ラザニアをひと盛りずつにして冷凍庫に収める。ソーセージとマッシュポテト入りのブロッコリー・スープと、ソースと豆とポテトを添えたウィーン風カツレツ。ポテトは冷凍庫に入れると水分が抜けてパサパサになるが、トリッグヴェは家に帰ったときに全部用意されていれば喜ぶだろう。プラスチックの皿と冷凍保存袋には、中身がわかるようにラベルを貼った。

これだけ用意しておけば、トリッグヴェも二、三週間はやっていけるだろう。ニィランドのスーパーマーケットには、生鮮食品を必要なときに買いに行くだけですむ。

その頃には、娘が帰ってきているはずだ。

イェンヌはオーストラリアに住んでいて、ほとんど連絡もしてこなかった。あちこちで山火事ばかり起きているのは別にしても、あんなところは人間の暮らす土地ではない。まして父親がひとりきりになるのだから、帰ってくる潮時ではないか。

〝あなたは、父さんと私から別々に事情を聞くことになるだろう〟と、メイヤンは書いた。

父さんを裁かないで。悪い父親ではないわ。

あなたにドール・ハウスを作ってくれたのを覚えている？

イェンヌへの手紙は長くなった。よく考えて理解して欲しいと頼み、いまは自分のことだけでなく、人のことを考えるときだと説いた。

最後には、家族があるべき姿に戻るのよ。

トリッグヴェにも手紙を何度か書きかけたが、こちらのほうがずっと難しかった。数行書いては紙をまるめて暖炉で燃やし、火が消えるまで放っておいた。そうすれば燃えさしが残らずにすむ。

結局、夫には短いメモを書くだけにした。

冷凍庫に食べ物がある。
ハグとキスを。
メイヤン

パトカーが庭に停まったとき、メイヤンはコーヒーの魔法瓶を横に置いてポーチに座っていた。自分用にシナモンパンをふたつ取っておいた。服装は自分で決めたとおりにした。簡素で見苦しくなく、それでいて十分エレガントなものを選んだ。黒のパンツに赤錆《あかさび》色の柔らかいボウ付きブラウス。クラムフォシュのバーゲンで見つけてから、ほとんど洋服ダンスに掛けてあったものだ。店では素敵に見えても、家で着ると派手すぎることもある。

強い風が吹き、肌を刺す雨がオープン・ポーチに吹きこんでいるのに、メイヤンは一、二時間外に居続けた。

もうみぞれが降ったと報じられていた。まもなく秋が来る。

トリッグヴェは家をどうするか考えているのだろうか、とメイヤンは思った。もうあきらめて、このあたりのほかの家と同じく、朽ちるにまかせるつもりなのか？　おおかたの家が明らかに荒廃し始めていた。なぜかメイヤンは、ここから数キロと離れていない、かつてリーナ・スタヴリエドの住んでいた家を思い浮かべた。一家が出て行ったあとは空き家になっていた。一部の窓はガラスが割れ、煙突が崩れ出している。家の正面は目をそむけたくなるような様相だった。あの家族は十分に苦しんだはずなのに、それでも足りなかったのだろうか。

メイヤンは膝《ひざ》に落ちたパン屑《くず》を払ってから立ち上がった。黒い生地のうえだと、何でも目立ってしまう。

「マリアンネ・ニィダーレン？」

警官がふたり、芝生を横切って近づいてきた。

「ええ、私です」

「話を聞きたいので、クラムフォシュまで同行してください」

言われる前に、メイヤンはポーチの階段を下りていた。警官に泥で汚れた靴で上がってほしくなかった。ひとりが彼女の腕を取ろうとした。

「ありがとう、ひとりで歩けますから」

警官の声が遠くから響いてくるように耳に届いた。検事とか、指紋とか、ＤＮＡといった言葉が聞こえた。これは逮捕ではなく、任意の事情聴取であるとも。その声をかき消すように風が木を揺する音がして、雨が顔にかかるのを感じた。何もかもがすがすがしかった。

エイラはフォルダーを整理して、きちんと順番どおりにそろえて終わりにするつもりだった。あとは保管庫へ引きずっていき、以前あったと思われるところにしまえばいい。〝あらゆる合理的な疑いを超えて証明されている〟――もし裁判が行われていたら、そう判断されたことだろう。

リーナ・スタヴリエド事件の捜査の中核を担ったのは七人の捜査官だった。そのうちの数人は警察内で最も経験豊かな捜査官と言えたし、それを法医学者、心理学者その他もろもろの人々が支援した。

エイラは三十二歳だった。警察官補として六年、捜査官になってまだ二週間ほどだから、口出しすれば何を馬鹿なことをと言われるのがオチだ。

ビデオテープは元の箱に入りきらなかったので、詰め直さなければならなかった。

GGは何をしてほしいとははっきり言わなかったが、気持ちは気配でわかった。話を聞きたがっていない。ウーロフ・ハーグストレームの過去に関する疑いを掘り起こしたのは、エイラの罪の意識だと思っている。

その考えは正しい。ウーロフ・ハーグストレームはエイラの子ども時代の亡霊だった。初めて車にいる彼のところへ近づいたときも、森のなかで彼を捕まえたときも、狭苦しい尋問室に一緒に座っているときも、常にその感覚がつきまとって離れなかった。それは彼の汗のにおいから発していた。

単に不安なだけではなく、もっと強い感情だ。嫌悪であり、侮蔑《ぶべつ》であり、好奇心のようなもので、そのせいでプロの警官として守るべき一線を踏み越えてしまった。

尋問。目撃者の証言。犯行現場の検証。

ともあれ、資料を全部分類しなくてはならない。

資料の一部は、エイラが見つけたときには順番がばらばらになっていた。少なくとも、それを正しい順にそろえることはできる。そのために、時間はかかるが、読んでいないものも含めて表紙を全部確認していった。日付と内容、人名と個人情報が書かれている。

作業は手早く進めたが、見ているあいだに細かい情報をいくつか把握することができた。たとえば、書かれている住所の大半をマリエベリのものが占めていることなどだ。どうやら犯行現場の周辺地域の住民にはのきなみ話を聞いたらしい。目撃者の多くは一九八〇年前後生まれで当時十六歳か十七歳、リーナと同年代の者だった。友人や旧友だろう。

生年月日のひとつが目に留まり、エイラは手を止めた。数字の並びに見覚えがあった。

それに、その名前。

それまで音がしていたのかどうかはわからないが、まわりが急に静けさに包まれたような気がした。

別に妙なことではない、とエイラは自分に言い聞かせた。少女が失踪《しっそう》したのだから、警察はできるだけ多くの人に話を聞こうとするだろう。まして、クラムフォシュの同じ学校に通っていた仲なのだ、聞かないですますはずがない。

ところが、ほかに併記された名前はなかった。彼は、知り合いだからという理由で聴取された級友のひとりではなかった。何かを目撃した可能性のあるグループの一部でもない。

彼ひとりだけだ。ひとりに何ページも費やしている。

マグヌス・シェディン（以下、ＭＳ）の聴取

ＥＧ――最後にリーナ・スタヴリエドと話したのはいつだった？
ＭＳ――言っただろう、どこに行ったか知らないって。
ＥＧ――質問に答えてくれ。
ＭＳ――一週間ぐらい前かな。
ＥＧ――大切なことだ。正確な日時を思い出してほしい。
ＭＳ――前に言ったけど、おれたち、別れたんだ。
ＥＧ――彼女と別れて、どんな気分だった？
ＭＳ――どんな気分？
ＥＧ――おれなら、かなり動揺しただろうな。腹を立てていたかもしれない。受け入れるのは難しかっただろう。
ＭＳ――ただ終わっただけだよ。
ＥＧ――リーナの友だちに話を聞いたよ。きみはずいぶん彼女にのめりこんでいたようだが、彼女のほうはそうでもなかったそうだな。
ＭＳ――あいつらにおれの気持ちなどわかるわけがない。
ＥＧ――彼女に帰ってきてほしいか？
ＭＳ――言っただろう、おれはどこにいるか知らないんだ。

エイラは、十七歳の頃のマグヌスの声を覚えていなかった。覚えているのは大人になった兄の声、つい先日話したときの声だった。エイレットのきしみ声は大きくて明瞭《めいりよう》に聞こえてくる。

EG――七月三日の晩、きみはどこにいた？
MS――家にいた。
EG――帰ったのは何時だ？
MS――九時ぐらいだったかな。
EG――家に誰かいたか？　誰か証言してくれる人が？

エイラが家に帰ると、シャシュティンはラジオを聴いていた。まるで舞台に足を踏み入れたような感じがした。ここは自分が育った家で、家族はもとより、ここにあるものすべてをよく知っていると思っていた。安心感と力が宿る場所だと。

水を一杯飲んでから、ラジオの音量を下げた。

「消してちょうだい」と、シャシュティンが言った。「聴いてると暗い気分になる。コーヒーはいらない？」

「いただくわ」

その朝、満たした魔法瓶は空になっていた。エイラはパーコレーターに粉を入れようとしてこぼしてしまった。

「私が拭いておくわ」と、シャシュティンが言った。「あなたは座っていて。一日、働いてきたんだから」

「ありがとう」

「サンドイッチもたっぷりあるわよ」

エイラは腰を下ろして、何から話を切り出そうかと考えた。マグヌス、リーナ、リーナ、マグヌス、一九九六年七月三日の晩。シャシュティンがあとの仕事を引き受けた。ときおり計算間違いをして、粉を入れすぎたりすることもあるが、コーヒーを淹《い》れるのはまだ自然にできる。

「リーナ・スタヴリエドが失踪した夏のことを覚えている？」

「ああ、ええ。いつだったかしら？　確か、一九……」

「一九九六年よ。そのことで、マグヌスが聴取されている。何度か」

「そうだったかしら？」

母親の口調に何かをほのめかす響きがあるのを、エイラは感じとった。その話題は避けよう、遠ざかろうとしている。それは、ふだんの物忘れとはまったく別物だ。

「覚えているはずよ、ママ。マグヌスは聴取のために連行されたんだから。なんで、リーナが兄さんのガールフレンドだったことを黙っていたの？」

「あら、まあ……あの娘《こ》がそうだったの？」

認知症はすべてが消え失《う》せてしまうことではない、と病院で医師が教えてくれた。記憶はまだそのまま残っており、ただそれを把握するのが難しくなるだけなのだ、と。家族の一員として、エイラは記憶を活性化する手伝いをしているつもりだった。おそらく、古い歌をうたったり、アルバムの写真を眺めたりするのが本来のやり方なのだろうが。

「リーナは失踪する前の週にマグヌスと別れた」と、エイラはそのまま先を続けた。「ママも聴取を受けた。この部屋で。キッチンだったかもしれないけど。そのとき、私はどこにいたの？

ママは、失踪の夜にマグヌスが家にいたと証言している」

シャシュティンはチーズを手にしたまま動きを止めていた。まるで手に持っているものが何かわからなくなったかのように。

「でも、マグヌスがあの夜、家にいたわけがない」と、エイラはさらに続けた。「ママと兄さんはいつもそのことで言い争っていた。あの問題の夜だけ、ガールフレンドが殺された夜だけ、兄さんが家にいたとは考えられない」

シャシュティンの目の焦点がぼけたのは、病気のせいかもしれない。「あれをやったのは男の子で、名前は確か……」

「ウーロフ・ハーグストレームよ」

「そう、そんな名前だった……」

「ママと兄さんはリーナのお葬式に行ったの？」そう言ったとたん、エイラはそれが行われたかどうか知らないことに気づいた。リーナの遺体は結局、発見されなかった。断片的な記憶がよみがえった。セレモニーを映したテレビの一場面だ。「どうしてこんなに長いあいだ、そんなことを隠しておけたのかしら？」

おずおずと手が伸びてきて――血管が浮き、皺《しわ》の寄った手だ――エイラの髪を撫でた。

「ああ、おまえ……おまえはまだ幼かった」

エイラは母親の手を払いのけた。十代の頃もそうだったように、母親に触れられるのがうっとうしかった。やさしくもあり、わざとらしくもある母親の口調としぐさにいらだちを覚えた。

〝あなたが何をして、何を覚えていないか知らないけど〟と、エイラは思った。〝あなたは間違いなく私に何かを隠している〟

「彼女が吐いたぞ」

電話はGGからだった。スンツヴァルへ向かう車のなかからかけてきた。背後からブルース・スプリングスティーンの歌声が聞こえている。

メイヤン・ニィダーレンは最初の尋問のときから自白する覚悟をしており、警察は弁護士が到着するまで話すのを止めなければならないほどだった。何人《なんぴと》も、法定代理人不在の場で謀殺の自白をしてはならない。

「おれたちはあの家に向かう」と、GGは言った。「まっしぐらにあの家に向かうぞ」

電話を受けたとき、エイラは署の階段にいた。一段抜かしで階段を駆け上がり、パソコンの前に座ると、捜査陣に加えられたときに教わったパスワードを打ちこんでログインした。


マリアンネ・ニィダーレン（以下、MN）の聴取

MN――私は家族を守った。それが私のやったことです。誰かが戦わなければならなかった。ふたりのうち、どちらが強いかと言えば、私のほうだと思った。
エイラはメイヤンとは何度も話したので、その温かくもあり厳しくもある声が聞こえてくる気がした。

MN——でも、夫はこの件と何のかかわりもない。私よ、私がひとりでやったのよ。いまは彼をそっとしておいて。十分に苦しんだんだから。
MN——悔いが残るのはただひとつ、トリッグヴェをあんなに長く勾留《こうりゅう》させてしまったこと。正直言って、あなた方が無実の人間を閉じこめておくとは考えてもいなかった。起きている時間はずっと、彼が家に戻るのを待ち続けた。そう伝えていただけるかしら？

自白は最初から最後まで、少しも取り乱すことなく行われた。沈黙することも、言い逃れもなかった。容疑者は普通、一刻も早く尋問室を出て行きたがるものだが、メイヤンはむしろ話す機会ができたことを喜んでいるようだった。

四月末のある日、トリッグヴェが文字どおり震えながら帰ってきた。それが悪夢の始まりだった。ニィランドの金物屋で、女性に本名を呼ばれたという。

いいえ、本名ではないわ。それは間違っている。

夫の昔の名前よ。

アダム・ヴィーデはとうの昔に命を失った。存在しない人間になった。夫が自分で選んだ名前——それがいまの彼なのだ。

メイヤンは夫に心配する必要はないと言ったが、心の奥では最悪の事態を覚悟すべきだとわかっていた。

山々のうえに集まってくる黒い雲のように、最初にしこりを感じたあとの癌のように。

この手のゴシップでそのまま立ち消えになったり、あっさり消滅してしまうものは存在しないし、これまで一度もそんなことはなかった。メイヤンは子どもの頃からそういうゴシップを嫌というほど聞かされており、その対象になった人間がどれほど見下されるかをよく知っていた。
ひと月かそこら前、トリッグヴェがまた震えながら帰ってきたことがある。まだ朝早く、メイヤンが一杯コーヒーを飲んだばかりのときだった。

郵便受けに行ったトリッグヴェは恐ろしい話を聞かされたという。よりにもよって、スヴェン・ハーグストレームからだ。

「あんたが昔やったことを奥さんは知っているのかね？　あのことを奥さんに打ち明けたのか？」

トリッグヴェは無視しようとしたが、どうやらそれがよくない対応だったようだ。

事態はますます悪化していた。

「あんたがそれほど薄汚い変態だとは思ってなかったよ、ニィダーレン。それを知ったら、みんな、どう思うだろうな？　あんたのご立派な息子はどう考えるかな？　ストックホルムから来た嫁は？　息子にはもう話したのか？　父親がそんな下劣な人間であるのを知っているのか？」

おそらくトリッグヴェは穏やかに話し合おうとあらゆる手を尽くしたのだろうが、攻撃はやまなかった。ハーグストレームはだんだん厚かましくなった。外に立ち、ニィダーレン家を見つめたりもした。ある日、メイヤンがアカフサスグリの繁みに生えたイラクサを抜きに行くと、彼女にも質問をぶつけてきた。

「あいつはあんたにも同じことをやったのか？　娘にはどうだ？　それでオーストラリアに逃げたんじゃないのか？」

夏休みが間近に迫っていた。今年の春はライラックがいつもよりずっと早く咲いた。パトリックと子どもたちがまもなくやって来る。トリッグヴェは口座から何千クローナか現金を引き出し、それを持って行ってハーグストレームの口をふさごうとした。

「だめだ、そう簡単に逃げられるとは思うなよ。正しいことはあくまでやるし、貸し借りなど作らない。おまえのような人間は何でも金で買えると思っている。じゃあ、家族も買い戻したらどうだ。離れていったら、買い戻せばいいじゃないか」

〝パトリックには打ち明けなければならないな〟。その日、トリッグヴェはそう言った。〝他人に教えられるより、父親の口から聞きたがるはずだ〟

メイヤンは、パトリックが来てから直接話したほうがいいと言って、夫を説き伏せた。その前に何とかするしかない。

だが、彼女は先延ばしにした。一日、また一日と。

みんながそうするように、奇跡が起きるのを期待しながら。

心臓発作でも起こすかもしれない。

だが、スヴェン・ハーグストレームは生き続けた。腹に溜《た》めた怒りを吐き出し続けた。

パトリック一家の到着があと数日という日に、メイヤンは夜中に起き出して、こっそり偵察に出かけた。外に立ち、ひっそりと静まり返ったハーグストレーム家を観察しながら、どんなふうに実行しようかと考えた。自分が勇気を振り絞らなければ、すべてが瓦解《がかい》してしまう。やらなければいけないことをやる力を見つけ出すだけでいいのだ。

その日の前夜、メイヤンはナイフを持って出かけ、ハーグストレーム家まで行ってドアを調べてみた。鍵《かぎ》がかかっていた。犬が吠《ほ》え始めたので、あわてて引き返し、一睡もできずに夜を過ごした。

ハーグストレームが毎朝、新聞を取りに行くのは知っていた。

戻っても鍵をかけないのは間違いない。いまは夏で、またすぐに出かけることになるのだから。

シチュー用に置いてあった肉を一片用意した。これほどのご馳走《ちそう》を拒める犬など、地上には存在しない。

メイヤンは夫を朝早く起こして、やるべき仕事がまだまだあるのを思い出させた。ベッドの脚の修理と排水溝の掃除を言いつけて、夫を家のなかで働かせているあいだに、そっと家を抜け出した。

ハーグストレーム家に着いて窓からなかを覗《のぞ》いたが、スヴェンの姿はなかった。見えたのは、バスルームの窓が曇っていることだけだった。気力を奮い起こして、さらに近づく。水道管を湯が流れる音がする。肉を与える前に犬がひと声吠えたが、すかさずキッチンに肉を放る。思いどおりの展開になった。

メイヤンはナイフの扱いを心得ており、手の一部のように使うことができた。刺すなら、相手が死んでいようと生きていようとためらってはならない。

あっという間の出来事だった。

スヴェンは悲鳴を上げただろうか？

メイヤンにはわからなかった。たぶん、上げなかったのだろう。口をぽっかり開いたのは間違いない。自分の身に悪いことが起きるとは考えていない悪党におなじみの姿だ。自分はあらゆるものの支配者であり、好き嫌いに関係なく人を操ろうとするやからだ。

「疑問の余地なし、じゃないか？」

突然エイラは現在に、自分のオフィスに引き戻された。外では、太陽が空高く昇っていた。エイラが背中を向けた戸口に、片手でコーヒーのマグを持ち、笑みを浮かべたＧＧが立っていた。

「いい仕事をしたな」と、ＧＧは言った。「きみをチームに加えてよかったよ。だが、きみの上司には早く戻してくれとせっつかれてるんだ」

「いますぐですか？」

「残念ながら引きとめる手段がなくてな。でも、月曜までは協力してくれと言ってあるから、少なくとも数日は自由に動ける」

「わかりました」

エイラは、すでに解決済みと思われる事件の資料を閉じた。メイヤンの自白によって疑問符を付ける余地はなくなった。ほんの小さなことまでひとつ残らず明らかになった。鍵の問題も含めて。メイヤンは家を出るとき、ドアの内側に置いてあったスヴェンの鍵を拾い、外から閉めて、鍵をポーチの穴に落としておいた。なぜ見つからなかったのだろう、とエイラは首をひねった。

たぶん、灰に埋もれたのだろう。

何日も続けて休むのは、本当に久しぶりのことだった。

「ありがとう」と、エイラは言った。「あなたと仕事ができて、とても得るものがありました」

「それはうれしいね」と、GGが言った。「だが、まださよならをするのは早すぎるぞ」

ふたりは、クングスゴーデンへの最後の小旅行に出かけた。


トリッグヴェ・ニィダーレンは古い納屋の端に置かれた椅子に座っていた。薪割り台の脇の地面に斧《おの》が横たわっている。あたりには、切ったばかりの木のにおいが漂っていた。

勾留を解かれる前に短い尋問を受けたが、トリッグヴェは多くを語らなかった。今は状況も変わり、彼は自宅にいる。妻が自白してから、しばらく時間もたっていた。

「薪を重ねようとしてたんだが」と、トリッグヴェは言った。「いつの間にか、何のためにそうするのかわからなくなっていた」

「座ってもいいですか？」と、エイラが訊《き》いた。

トリッグヴェは肩をすくめてベランダのほうへうなずいてみせたが、立ち上がろうとはしなかった。椅子をふたつ、ここに持ってこいという意味らしい。

GGは、この会話は録音されると注意してから携帯電話を芝生のうえに置いた。

あなたは、奥さんの計画を前もって知っていたのか？　一緒に考え出したのか？

「私なら、銃を持ち出したろうね」と、トリッグヴェは答えた。「そして、それを自分に向けただろう」

確かに、その考えはずっと頭にあった。少なくとも心をよぎったのは間違いない。

まさかメイヤンが……

それは一度も考えなかった……

気づいたのは、ハンティング・ナイフとオーバーオールの写真を目の前に突きつけられたときだった。

真相を確信した。

「私のせいだ」と、トリッグヴェは木々の梢《こずえ》のあたりに目を据えて言った。「私が昔あんなことをしなければ、あいつはまだ生きていた。どんな権利があって、あいつは私の人生をめちゃくちゃにしたんだ？　なんとかおがみ倒そうと思って行ったとき、あいつは不公平だと言った。ひとりの人間がひどく苦しんでいるのに、うまく逃げおおせる者がいるのは不公平だと。だが、私は逃げおおせたわけではない。刑期は務めたのだから」

トリッグヴェは手鼻をかんで、ズボンで手をぬぐった。

「こんなふうにすべきではなかったんだ」

「どういう意味です？」

トリッグヴェは庭を指さした。よく手入れされた家、放置されたトランポリン。孫たちのおもちゃは砂場にきちんと積み重ねられている。白鳥形のプールは空気が抜けてつぶれていた。

「家族も何もかもだ。こんなものを望んではいなかった。石油プラットフォームに行く覚悟ができていた。あれは冒険だった。北海のうえなら、どこから来たかなど誰も気に留めない。だが、彼女は泣き出して、出かけようとする私を引きとめた。それで私はすべてを打ち明けた。イエーヴレダールであったことを。ほんのわずかでも常識を持ってる女なら、すぐに遠くへ逃げ出しただろう。私自身から私を救えるなどと考えて、一緒に暮らそうと言い出したりせずに。おまけに、彼女は身ごもっていた。中絶のことなんか、話をするのさえ嫌がった。私が去ったら、自分が何をするかわからないとも言った」

「奥さんは以前にも暴力的な傾向を見せたことがあるんですか？」

「私にメイヤンの悪口を言わせるのは無理だぞ。そんなことをするくらいなら、拘置所に戻るよ」

エイラは肩がちくりと痛むのを感じて、アブを追い払った。夏の盛りになると、大量にやって来る。エイラは太ったアブが一匹、トリッグヴェの前腕に、もう一匹がむき出しの手首にとまるのに目を留めたが、トリッグヴェは咬《か》まれても痛みに気づきもしなかった。

その日のメイヤンはふだんと変わりなかった、とトリッグヴェは言った。昼食時に、彼が掃除をしているバスルームにやって来た。排水溝は詰まってもいなかったのだが、彼女はどうしてもきれいにしろと言い張った。トリッグヴェは長年の経験から、妻の望みどおりにするのが一番楽なことを学んでいた。

「ハーグストレームの家は物音ひとつしない」と、メイヤンは言ったという。「留守なのかも。病院かどこかへ行っているのかしら。もう例のことをパトリックに話す必要はないわ」

スヴェン・ハーグストレームが死んだと聞いたとき、トリッグヴェはまったくの偶然の一致だと自分を納得させた。彼は神を信じていなかった。奇跡というより、宝くじが当たったというほうが近かった。

ほかのみんなと同様、トリッグヴェもやったのは息子かもしれないと考えた。

自分に容疑が向けられたときは、それもいたしかたないと思った。世間に正体を知られれば、自分がスポットライトを浴びる身になるのはわかっていた。

「だから、いままでずっと黙っていたんだ」と、トリッグヴェは言った。「別件で逮捕されることになるから」

「どういう意味です？」

「あの娘がいなくなったとき」と、トリッグヴェは言った。「警察は私の過去を探って、昔の記録を掘り出していたと思う。メイヤンも同意見だった。妻はこう言っていた。〝警察がデータベースを使ってあなたの過去をたどれば、例の件が浮かび上がってくる。そうなれば、きっとあなたに罪を着せるわ。あなたが逮捕されたら、トリッグヴェ、私はどうなるの？　子どもたちはどうなってしまうの？〟と」

彼の話を聞いているあいだに、エイラは冷たいものが背筋を這《は》いのぼってくるのを感じた。夏が急に終わったみたいだった。

「娘とは、どの娘のことです？」

だがトリッグヴェにはその質問が耳に入らなかったらしい。エイラが身を寄せたことさえ気づいていないようだった。

「だから、ほっとしたよ」と、トリッグヴェはそのまま続けた。「警察の捜査がハーグストレーム家の息子一本に絞られたときは。あの子はどことなく陰険なところがあった。わが家ではずっと、ウサギを逃がしたのはあいつじゃないかと疑っていた。だが、やつではなかった」

「誰がウサギを逃がしたのですか？」と、GGが尋ねた。

「娘を殺したやつだ。だが、いまはそいつも死んでるだろうし……」トリッグヴェが額の汗をぬぐうと、顔に泥の黒い筋が残った。たぶんそれまで、穴掘りとか、家の修繕とか、庭仕事など、夏に人がよくする仕事をしていたのだろう。

「ずっと黙っていたことって、何だったのです？」と、エイラが穏やかに質問した。

「彼女を見たことだ」

トリッグヴェの視線が庭をゆっくりとさまよった。まるで最後に見る光景を記憶に取りこもうとするかのように、ひとつひとつの建物に目を留めていく。さよならを言っているみたいに。GGは黙ってそれを見ていた。エイラにはGGの息づかいが聞こえた。意識は集中しているが、ここはエイラのホームグラウンドだと思っているらしい。

「リーナ・スタヴリエドのことを言っているのですか？」

「そう……私たちは川に出ていた」

「一九九六年七月三日のことですね？」

トリッグヴェはうなずいた。

「あなたは釣りに出ていたと警察に話しています」と、エイラは冷静な口調で言ったが、胸のなかでは心臓が早鐘を打っていた。「パトリックと。息子さんは当時六歳でしたね」

「それに、息子より年下のいとこも。幼い子どもには少し遅すぎる時間だった。それを覚えているのは、帰ったときにメイヤンの妹にさんざん文句を言われたからだ。義妹は過保護だった。何にでもいちゃもんをつけたがった」

トリッグヴェは、話すことに妻の許しを得ようとでもするかのように、もう一度母屋のほうに目を向けた。

「だが、子どもたちは大喜びだった。船べりから身体を乗り出して、浮きが引っ張られるのをいまかいまかと待っていた。だから、あのボートには気づかなかったと思う」

「あのボート？」

それは手漕《てこ》ぎのボートで、音も立てずに近づいてきたという。トリッグヴェも彼らがすぐ横に来るまで気づかなかった。彼もむろん、別のことで気持ちに余裕がなかった。ふたりのやんちゃ坊主がボートにいて、泳げもしないのに鼻先が水面に触れるほど身を乗り出していたのだから。

「彼ら？」と、エイラが尋ねた。

「ああ、パトリックのいとこも一緒だった」

「別のボートのことです。あなたは、彼らが漕いでそばを通り過ぎた、とおっしゃった」

「ああ、そうだ、娘ふたりだった。ひとりは例の娘だ、ブロンドのな。そのときは誰か知らなかったが、あとで新聞で見て……。間違いなくあの娘だ。船尾に脚を投げ出して座り、スカートも……。つい目を引かれてしまうような娘だった。たとえ、相手はまだほんの子どもでも。何と言っても、ずっと昔のことだし……」

トリッグヴェは髪に手を走らせながら地面を見下ろして何かつぶやいた。エイラには聞き取れなかったが、弁解するような口調だった。

「それで、もうひとりは？」

「ああ、そうだな、彼女はもっと黒っぽかった。漕いでいるとき、長い髪が顔にかかっていた。こんなふうに」と言って、トリッグヴェは両手で顔を覆って、その様子を表現してみせた。「それに、その娘はあまり漕ぐのに慣れていないようだった。オールが水面をパシャパシャ叩《たた》いていた。服装は、そう……裸ではなかったことぐらいしかわからない。もうひとりのほうに目が行っていたからな。新聞には黒い髪の娘のことは何も出ていなかったんで、誰なのかわからずじまいだった」

「もう少し正確な時間を教えてもらえますか？」

「十時十五分過ぎだった」

「どうしてそんなに正確にわかるんです？」と、GGが尋ねた。「二十年も前のことなのに？」

「ボートを降りたとき、もしかしたらばあさんどもが怒り出す前に戻って、言い争いを避けられるかもしれないと思いついた。それで時計を確認したんだ」

「ブロンドのほうの娘の服装について、何か思い出せませんか？」エイラはリーナの名前を口にできなかった。口にすれば、トリッグヴェの話が真実であると認めることになる。まだそうとは……。その話を語る口はいかにも重く、先を話したがっているようでもあり、同時にいまにも口を閉じてしまいそうでもあった。それは彼が真実を語っているあかしなのかもしれないが、まだとてもあり得ない話に思える。

「ベストとスカートだけだった」と、トリッグヴェは言った。「ドレスの一種なのかもしれないが。いずれにしろ、肩がむき出しになっていて、細い肩紐《かたひも》が見えた」

「カーディガンは着ていなかった？　その時間だと、かなり寒いでしょうに」

「いや」

「寒くなかったということですか？　それとも彼女はカーディガンを着ていなかったという意味ですか？」

「カーディガンは着ていなかったと言っただけだ」

トリッグヴェは質問されるのに嫌気がさしたように見えた。エイラは、GGがこちらにちらりと視線を投げたのに気づいた。GGは知らない、とエイラは思った。どの新聞も失踪した夜のリーナの服装を報じていた。警察が発行した人相書きにも、黄色いカーディガンが載っていた。それがウーロフ・ハーグストレームのベッドの下から発見されるまでは。

「彼女がバッグのたぐいを持っていたかどうか、覚えてないでしょうね」

「ずっと見つめていたわけじゃないからな……だが、持っていたと思う。下に置いて……」と言って、トリッグヴェはまた脚のあいだをしぐさで示した。〝なるほど、この人はそこを見つめていたのね〟とエイラは思った。〝ふたりの男の子が魚を探しているあいだに〟。「横を通り過ぎた瞬間、娘はそのなかに手を入れて、タバコに火をつけた。そのあとは背中しか見えなくなった」

老人は宙に渦を描くようなしぐさをして、息を吸いこんだ。二十年ものあいだ、煙が川のうえを漂っていたかのように。

「あとで彼女のことを新聞で読んで驚いたが、さっきも言った理由で……」

「川のどのあたりでしたか？」

「シェーヤのそばだ。流れに乗ってゆっくり漂っていた……」

エイラは携帯電話を取り出して、地図を画面に出して差し出した。トリッグヴェは二本の指で地図を拡大した。エイラが身を寄せる。

「この島の真西だった」と言って、トリッグヴェは画面をエイラのほうに向けた。「ふたりのモンスターを連れてるんだ、あまり遠くへは行きたくなかった。ここだよ、入り江のすぐ手前だ」

エイラは画面の地図にピンを立てて、スクリーンショットを撮った。もっとも、彼が指さした地点は決して忘れられない場所であるのはわかっていた。狭い湾が虫垂のように島の後ろに入りこんだ場所、ストリンネ湾だ。

「この二十三年間、あなたはこのことをひた隠しにしていた」と、GGが言った。「リーナ・スタヴリエドの捜索が連日行われていたというのに。近しい隣人の息子が彼女を殺害した容疑で告発されたというのに。どうしていま、あなたを信じられると思いますか？」

「信じたいことを信じればいい」

「それに、あなたは釈放されたばかりで、その一方で奥さんは勾留中だ。これを話したことで、あなたにどんな得があるのです？」

「失礼するよ」と言って、トリッグヴェは椅子の背に寄りかかって立ち上がった。脚は強《こわ》ばり、背中が曲がっている。まるで突然、老いに追いつかれたかのようだった。「私をひとりにしてくれないか？　あるいはここに残って、クソをするところを眺めているかね」

タンクローリー、トレーラーハウス、機械を引っ張るトレーラー……。ふたりが追い越しをかけるチャンスを待つあいだに、何台もの車がレーンを出たり入ったりした。

「あいつはわれわれを混乱させようとしている」車が分岐点で立ち往生すると、GGが言った。「川でボートに乗った娘だと？　いったいどういう意味なんだ？」

エイラはエンジンを切った。思いがあれこれ頭を駆けめぐっているときに、車の流れの切れ目を探すのがつらくなったからだ。

「失踪人報告には、リーナはドレスと黄色いカーディガンを着ていたと書かれています。もしあの話がトリッグヴェのでっち上げだとしたら、なぜそのとおりに言わなかったのでしょう？　新聞で読んだものから思いついたのだとしたら？」

「たぶん忘れたんだろう」と、GGが言った。

「それなら、なぜリーナの事件を持ち出してきたのか？」

「自分を良い人間に見せたいのさ。ニィダーレンは自分のやったことを——妻のやったことも——みんなに知られ、それでも残りの人生を生きていかなければならない。身を隠せる場所などどこにもないんだ」

「時系列が明確ではないような……」エイラはトリッグヴェの話と予備捜査の記録を照らし合わせているうちに、幾筋かに分かれる思考の流れのなかで方向を見失ってしまった。「捜査の結論はすべて、ウーロフがリーナを追って森へ入ったのを見たティーンエイジャーたちの証言に基づいています。彼らは時間など気にしなかった。どこにも行くところなどないのだから。七月に入ったばかりだったので、真夜中でも暗くならないし」

「おれはその頃、もう警察にいた」と、GGが言った。「配属先はヨーテボリだったから、捜査は遠くから見守っていただけだが」

「リーナの持ち物は岸辺で見つかりました。ウーロフが彼女を放りこんだとされる桟橋に近い場所で」

「そこは釣り場からどれぐらい離れているんだ？」

「上流に二キロほど行ったところです。三キロと言ったほうが正確かもしれない。手漕ぎのボートでどれぐらいかかるかは訊かないでください」

トレーラーハウスがまた一台通り過ぎた。

「ここからは？　車でだが」

「かかっても十分ですね」

ふたりは草が茫々《ぼうぼう》と生い茂った野原に車を停めて、なかば見捨てられたような風景のなかを歩き出した。百年間も操業していたマリエベリの製材所は一九七〇年代の初頭に閉鎖されたが、まだいくつか建物が残っている。なかでも材木倉庫は威容を誇り、幅が二百メートルもある巨大なものだった。何年か前、一部の愛好家がこの建材の乾ききった建物をアーティストのスタジオにしようと画策したが、土壌に蓄積したダイオキシンの量が安全基準値よりはるかに高いのがわかり、計画は立ち消えになった。

この毒性のある物質は、米国の化学兵器企業が開発して、米国が第二次世界大戦で使用し、のちにベトナムの森林に撒《ま》いた枯葉剤と同じものである。ふたつの戦争にはさまれた時期には、スウェーデンの製材所で木材を黴《かび》や害虫から守るのに使われていた。

栈橋の先端は、ウーロフ・ハーグストレームを伴った現場検証を手持ちのカメラで撮ったビデオ映像と変わっていないように見えた。コンクリートにひび割れができ、そこから雑草が顔を出していた。

GGは栈橋の先を見据えた。「水深三十メートルと言ってたな？」

「その先は百メートルまで下っています。それに流れがあるのと、岸からさほど離れていないことを考えると……」

雲が頭上を覆い、水の色が暗くなって風も立ち始めている。川面が波立ち、遠くに波頭の白い小さな波が砕けるのが見えた。

エイラはあたりを見まわした。いまいる位置からは、巨大な建物が邪魔になって景色がよく見えないが、それにしても殺人の目撃者がひとりもいないのは解せなかった。

暖かい夏の夕暮れだというのに。

「ここで彼女の持ち物が見つかったんだな？」

GGは、二十メートルほど前方にある川岸を指さした。ふたりは栈橋から岸へ下りた。

「鍵とメイクブラシが」と、エイラは言った。「それだけです」

奥行き数メートルしかない砂地は葦《あし》で覆われていた。水中に先を尖《とが》らせた杭《くい》が何本も立って腐っていた。昔の蒸気船用栈橋のなごりだ。ほんの二十年ほど前には、その先に木の密生した小さな岬があったが、刈り込みが行われて見通しがよくなっていた。岩に三艘《そう》の小型船がもやわれ、川の流れに乗ってゆっくり上下動を繰り返している。

「その日の天気はどうだったんだね？」と、GGが尋ねた。

「晴れてました。暖かかったし。リーナは夕刻に薄いカーディガンだけで出かけていきます」

「川のそばには小屋が一軒建っていた。普通、人は出入りするボートには目を光らせているものだ。夜の十時過ぎに、ふたりの娘がボートを漕いでいたんだ。誰かが見ていないはずはないんだが」

エイラは、川岸に真珠のように点在する小さな集落のことを思った。マリエベリ、ニィハムン、シェーヤ。ほとんどどの家にも、川まで伸びて夕陽を眺められるベランダがある。これこそ、川の日のあたる側だ。

「たぶん見た者がいたんじゃないかしら」エイラはざっと目を通した資料を全部思い出そうとした。情報提供の電話、戸別訪問——どれもまだ失踪事件として扱われているあいだのことだ。「確か、彼女がボートに乗っているのを見たという通報があったような気がします。でも、みんなの言うことを信じれば、彼女はいたるところに現れている。森のコミューンにも、キャンプ場にも。国の半分の場所で……」

「失踪事件だからな」と言って、GGはため息をついた。

「そのあと、ウーロフ・ハーグストレームの身柄をおさえている」

「じゃあ、追跡調査はしてないんだな」

「そのようですね」と、エイラは言った。「私も全部見たわけではないので」

GGは川を見渡した。向こう岸の並木ははるか遠くに見え、山を描いた水彩画の前景のようだった。

「別の日だったのかもしれない」と、GGが言った。「あるいは、別の娘だったのかも。ニィダーレンは、むき出しの肩と脚のあいだにはさんでいたもののことは言っていたが、本当に顔を見たのだろうか？　たとえ彼が、いまになって真実を語りたいと思ったとしても、どこかで記憶が変化した可能性もある」

犬が一匹現れて、ふたりのあいだを通り抜けようとした。飼い主がそれを追いかけ、離れたところから挨拶《あいさつ》してきた。エイラがそれに応じた。見覚えのない男だった。男は棒を投げて、犬を泳がせた。地面は岸辺から森に向かって上り坂になっている。エイラが想像していたより傾斜はきつく、かなりの距離を上らなければならない。

「あのあたりから犬が臭跡を追い始めました」エイラは、予備捜査の資料にあった地図のバツ印や線を思い出しながら指さした。

「森のなかは、歩くに勝るものなしだな」と、GGが言った。

エイラが先に立って、雑草や製材所の黄金時代の遺物のあいだを進んだ。途中で壊れてどこへも行く先のない階段を這いのぼり、家の土台を通り抜け、製材所の別棟だった数棟のレンガ造りの建物の前を通り過ぎた。ずっと昔、父親だったか祖父だったか忘れたが、指さして建物の説明をしてくれたことがあった。鍛冶場《かじば》と労働者用の浴場ということだが、小さい建物なのでせいぜいバスタブがふたつ三つ入るぐらいだろう。機械室のほうはまだ何かに使われているらしく、すり切れたアームチェアが数脚と、比較的新しいバーベキュー・コンロが外に置いてあった。〝城砦《じようさい》〟と呼ばれていた建物はうらぶれてはいたものの、領主館を思わせる白亜《はくあ》の堂々たる造りで、頭上高くそびえ立っていた。往時はこの建物から、所長や管理職が製材所の指揮を執り、船の出入りを見張っていたのだ。

「当時はここに誰か住んでいたんだろうか？」と、GGが訊いた。

「わかりません」と、エイラは答えた。「誰かいたとしても、何かを見たと申し出た者はいません。リーナが森に入ってから、ウーロフがひとりで出てくるまでのことは」

トウヒの木々ばかりが目立つ地域に入った。

自然は証拠をすべて消し去ってしまう。どこもかしこも、てらてらと光る分厚い苔《こけ》に覆われている。エイラはしばらく頭のなかで歩幅と距離を計算し、体重を想像してみたが、結局あきらめた。ウーロフがリーナに追いついたのがどのトウヒの下だったのか、どの空き地だったのかを突きとめようとしてもできるはずがない。

「じゃあ、連中が最後に彼女の姿を見たのはここだったんだな？」

ふたりは道路へ出た。昔の協同組合の建物の前に敷かれた砂利も雑草に覆われている。だが、少なくとも夏のあいだは、誰かがここに住んでいるらしい。窓にはカーテンが下がり、切り妻壁の端にプラスチックの椅子が置かれ、三輪車がひっくり返っている。

「その夜、五人の少年グループがウーロフと一緒にいました」と、エイラは言った。「起きたことについては、五人ともほぼ同じ証言をしています」

「彼らはリーナを知っていたのか？」

「彼女が誰かは知っていました」

いまになれば、エイラには少年たちの姿を思い描くことができた。タバコやビールを手に、ペダル付きバイク《モペッド》かバイクに寄りかかっている。交差点やガソリン・スタンドの外にたむろしているのをよく見かける、どこにでもいる少年のグループだ。

退屈し、何かが起きないかと目を光らせて待っている少年たち。リーナが現れたときに彼らが吹いた口笛の音さえ聞こえる気がした。それでリーナは方向を変えて森に向かったのだろうか？

リッケンは警察に話したこと以上に、リーナのことをよく知っていたはずだ。あの頃から、彼とマグヌスは一番の親友だったのだから。エイラに物心がついた頃から、ふたりは秘密を共有する友、兄弟分《ブラッド・ブラザー》だった。

「ほかに容疑者はいなかったのか？」引き返そうと歩いている途中、ＧＧがそう尋ねた。ふたりは溝に沿って進み、カーブを曲がり、車を停めたところへ向かった。

エイラはアスファルト舗装を見下ろした。ＧＧの足音と自分の足音がずれて聞こえる。道路のあちこちに、霜のせいで穴やひび割れができていた。

「わかりません。さっきも言ったように、全部読み通したわけではないので」

予備捜査の古い記録は待たせておける。一夜でいま以上の埃《ほこり》がたまることもない。

「力を入れないってわけじゃないんだ」と、車で署に戻るあいだにGGが言っていた。「ただ、ボートの件については具体的な根拠があるのかどうかを知りたい」

彼はアスファルト道路を横切って自分の車に乗りこむと、スンツヴァルへ帰っていった。エイラはしばらくキーをもてあそびながら、去って行く車を見送った。GGの口調には、彼がこの一件を真面目に受けとめているのを感じさせるものがあった。鵜《う》呑《の》みにする気持ちはなく、むしろ忘れてしまいたいと考えているのかもしれない。もしかしたらクラムフォシュでの仕事は完了したから、残りの夏は子作りに励もうとでも考えているのか。

エイラは川の日の当たる側へ戻るために出発した。廃棄された車のあいだに乗り入れたとき、リッケンは庭の穴掘りに余念がなかった。

「マグヌスはいないぜ」と、彼は言った。

「どこに行ったの？」

「電話してみたか？」

「出ないの」と、エイラは言った。それは事実ではなかった。兄には一度も電話していない。電話では話したくなかったからだ。リーナの名前を出したときの兄の反応が見たかった。

「どこかの海辺に女ができたらしい」両手から土を払い落としながら、リッケンがそう言った。手袋もはめずに土を掘っていた。彼が庭仕事に長《た》けているとは思えなかったが、それでもバラは見事に咲いていた。ジャガイモの茎が何本か、地面から突き出している。

「海辺って、どこの？」

「よく知らない。ノーディングローあたりかな。いかした娘どもがたんといるからな。世界遺産に登録されてから、あそこにはストックホルムのやつらがうじゃうじゃ押し寄せて来ている」

「なぜ、あなたはリーナ・スタヴリエドの姿を最後に見た人間のひとりであることを黙っていたの？」

リッケンは木々の梢《こずえ》のすき間から空を見上げた。南へ向かう飛行機を目で追う。

「あの頃、きみはまだ赤ん坊だった」

「もっとあとのことよ、私たちが……」エイラは、リッケンの身体をつかんで揺さぶってやりたいという衝動に駆られた。逃げ腰になる彼を止めて、言い逃れさせないようにしたい。だが、それは前にもやったことだ。「あなたは、警察にウーロフのにおいを追わせるきっかけを作ったひとりだった。あなたはヒーローなのよ。なんでそれを自慢しなかったのか、理解できない」

リッケンはカットオフ・デニムの短パンのポケットに両手を突っこんだ。

「おれをとっちめるつもりなら、その前に一杯コーヒーを飲ませてくれ」

エイラは、家の外壁に立てかけてあるビニールの椅子に腰を下ろした。庭のあちこちに置かれた、雑多な種類の家具のひとつだ。きっとそれが、リッケンなりの自由の表現なのだろう。どこでも好きな場所に座ることができる。素通しのキッチンの窓に張られた蚊除《かよ》けの網の向こうで、リッケンがカタコト音を立てるのを聞いているうちに、エイラはあの頃、彼がリーナのことを話してくれても少しも不思議ではないことに気づいた。エイラの顔がほてっているのは夏の暑さのせいではなく、ばつの悪さからだった。リッケンは私に話してくれなかっただけなのだ。私はあの短期間の恋愛関係を、実際よりはるかに大事《おおごと》と考えていた。ほんの数カ月の秘め事——終わったあとの何度かの密会を含めれば一年ほどの関係。それを恋だと思いこんでいた。別れ、熱情、禁断の香り。

他人を責める前に、自分の弱点に目を向けるべきだ。

「どうやら、あんまり考えたくないことらしいな」戻ってきて、エイラにコーヒーの入った欠けたマグカップを手渡しながら、リッケンが言った。「ちょっと怖いね。ホラー映画のなかに飛びこんだみたいだ」前に来たときと同じく、彼は芝生のうえに腰を下ろした。「だから、そのことはきみに話したくなかった」

「では、マグヌスとは関係なかったのね？」

「どういう意味だい？」リッケンは、芝生のうえを踊るように飛んでいる二匹の小さな白い蝶《ちょう》を見つめた。

「兄がリーナと付き合っていたのをいまになって知ったから」と、エイラは言った。「二十三年もたってから。たまたま私が警察にいるので、昔の捜査記録を読んだの」

「ああ、なるほど。だけど事件が起きたときには、ふたりは別れて……」

コーヒーは甘かった。リッケンはまだ、私が昔——百年も前のように思える——と変わらないと思っているのかしら、とエイラは思った。大人ぶりたいために、苦さを消そうと砂糖を何杯も何杯も入れていた頃と。

「統計の数値はすぐには思い出せないけど」と、エイラは言った。「でも、女性にとって、まだ未練を持っている男と別れるのが一番危険なのよ。自分の力が失われたと腹を立てている男と」

「何をほのめかしてるんだ？」

「何も」と、エイラは言った。「でも、あなたと仲間がウーロフ・ハーグストレームに目を向けさせるまで、明らかに刑事たちはそう考えていた。マグヌスを守るためにやったことなの？」

「あいつを見たのは五人いるんだぜ」と、リッケンは言った。「おれだけじゃない」

「誰がいたかは知っているわ、リッケン。みんな、あなたよりひとつかふたつ年下だから……」

「これは何なんだ、尋問なのか？　おれの権利を読み上げたほうがいいんじゃないか」

リッケンは跳ね上がるようにして立ち上がり、裸足《はだし》のまま、川へ向かって歩き出した。肩を強《こわ》ばらせた、日焼けした細身の身体からいらだちが感じとれた。

エイラはマグカップを地面に置いた。

処女を失ったのは、廃棄された石油タンクのなかだった。それからしばらく、エイラはその体験が特別なことで、ほかでは得難いものであり、恥ずかしくはあったが、同時に信じ難いほどの興奮を誘うものであると考えていた。とりわけ、それについては誰にも話せなかったことがその思いを強めた。

リッケンが話すのを禁じたからだ。

それははるか昔の春まだ浅き頃で、エイラは十六歳だった。リッケンはエイラの家の庭で、砂利をガリガリと押しつぶして車を停めた。当時のリッケンは二十四歳。エイラが彼をひそかに恋い慕い始めたのは、どれぐらい前からだったろう。二年か、三年か。それがどんな事態を引き起こすかを知ったのは、ずっとあとのことだった。

マグヌスは留守で、たぶん女の子と会っているか、アルバイトに行ったのだろう。エイラはどちらでもかまわなかった。リッケンがそばにいたし、彼女は自分の部屋で布団をかぶって練習した台詞《せりふ》を実際に試してみたいと思っていたからだ。

「私が代わりに行ってもいいわよ」

「どこへ?」

「どこか、一度も行ったことがないところへ」

リッケンはタバコを手にはさみ、肘《ひじ》を車の開いた窓に置いていた。エイラも同じことをして、煙を外へ吐き出した。

サンドエー橋の間近にある島に、ふたつの巨大な石油タンクが伸び放題の木々の合間に残されていた。表面は錆《さび》だらけで、一九七〇年代に閉鎖された亜硫酸塩製造工場の最後の遺物だった。リッケンはどのドアから入ればいいかを知っていた。

タンクは奥行きが五十メートルか百メートルもある、屋根付きの空っぽの空間だった。そこらじゅうにがらくたや罎《びん》、寝袋、マットが転がっていた。ふたりはそこを走りまわり、おたがいの声を反響させながら歌ったり叫んだりしていたが、やがてエイラが床に横たわり、リッケンを引きずり寄せた。

「マグヌスに殺されちまうな」初めてのキスをしながら、リッケンはそうつぶやいた。床は硬くて不潔だったが、ふたりは動きを止めなかった。

リッケンの立てる音の反響音が、いまでもまだエイラの耳に残っている。エイラは口を閉じ、恥ずかしさを顔に出さないように努めた。あまりに怖くて、これが初めての経験だとは言えなかった。

たぶん、リッケンは知っていたのだろう。

「このことは誰にも言うんじゃないぞ」帰路につき、エイラを車から降ろすときに、リッケンはそう言った。マグヌスが帰っているかもしれないので、道端に車を停めていた。「必要なときはおれから話す。でないと、あいつに殺されてしまう。約束するな?」

彼の肩に手を置くと、奇妙な感じがした。肌は日差しで温められている。彼に触れるのはずいぶん久しぶりのことだ。リッケンは触れられて思わずたじろいだ。

芝生は急な斜面になって川端まで達していた。リッケンは小さな桟橋を持っていて、木製の手漕ぎボートがもやってあった。

「事件に片がついてからは」と、リッケンは言った。「リーナのことは一度も話題にしなかった。マグヌスは気持ちを整理できなかった。それは言うなれば禁じられた領域、地雷原だった。だから、きみにも話せなかった。マグヌスを裏切ることになるから……」

「わかるわ」何より友情が優先される——エイラはそれを知っていた。どんな場合でも。

「警察に呼ばれていないときは、いつもおれのところにいた。震え続けていた。警察は自分に罪を着せようとしていると考えていた」

「兄は本当にリーナを愛していたの？」

リッケンはうなずいた。「リーナは写真で見るほどうぶじゃなかった。マグヌスの気持ちをかき乱し、彼と別れ、それでもまだ縁は切らなかった。駆け引きってやつだ、わかるだろう？　彼女が死んだとわかったとき、マグヌスは完璧《かんぺき》に打ちのめされ、どこへ行くとも言わずに姿を消した。きみの母さんにさえ言わずに。どこに泊まっていたのか、おれも知らない」

エイラはそのときのことを思い出そうとしたが、ふだん感じていたマグヌスに対する不安しか思い浮かばなかった。いつも家で怒鳴ったり叫んだりしていた。その年に限らず、ずっとそんな調子だった。

ドラッグを隠し、学校をサボり、家の金をくすねた。

「新しい目撃者が現れたの」と、エイラは冷静に言った。「あの夜、リーナを見たという人が。

川でボートに乗っていたそうよ」

リッケンが振り返った。エイラをしげしげと見つめる目の色が緑から茶色に変化した。忘れようにも忘れられない色だ。

「あり得ない」と、リッケンは言った。

「そうかしら？」

「ウーロフが自白した」

「ひと月もあとに」と、エイラは言った。「尋問官が自分の考えをひとつ残らずウーロフに吹きこんでからよ」

「何が言いたいんだ？」

「警察の捜索が始まったとき、あなたはすぐに彼女を見たことを通報しなかった。なぜ警察が情報を手に入れるまで黙っていたの？」

リッケンは崩れるように芝生に座りこんだ。

「なぜなら、おれがそう決めたからだ。ほかの連中には口を閉じていろと言っておいた。でないと、みんな、トラブルに巻きこまれるからな。連中が何を言うか怖かった。あそこでタバコをすってたし、マリファナを持ちこんだのはおれだった。それをタバコにして売っていた。なけなしの金をふんだくってな。あの頃のおれは愚かだった」

「あなたはいつも愚かだったわ」

リッケンはにやりとした。「わかってるよ。それに、ポルノ雑誌も見せてやっていた」

「その場面を想像できるわね」

「だがそのあとリーナがいなくなって、マグヌスが尋問されているのに気づいた。黙っているわけにはいかなかった。もっとも警察に電話したわけではない。そういうのを嫌っているやつらがいるんで……」

「マリファナを売ってくれる人たちね？」

「まあな。だけど、友だちには話した。それが警察に伝わったんだろうな」

「ほかの人間に注意を向けさせるためね？」

「それだけじゃないが」

エイラはリッケンの横に腰を下ろした。できれば別のことを話したかった。天気や、彼の両親の消息などを。いま自分がした質問などなかったように、全部忘れて沈黙が続くことを願った。

エイラはウーロフの姉、インゲラのことを思った。彼女が噂を聞きつけ、家に持ち帰ったことで、すべてが動き出したのだ。

「マグヌスでないことは間違いない」と、リッケンは言った。「そうとは一度も思わなかった。きみもそうだろう？　だけど、あいつはひどく取り乱していた。たぶんおれは、ほかの人間も尋問すべきだと思ったんだろうな」

「十四歳の少年を？」

エイラは横目で、古い友人の見慣れた横顔を盗み見た。それは長い年月のあいだに、さらに際立ち、さらに整ったものになっていた。顎《あご》を引き締め、両手で芝を握りしめている。これほど時がたったいまでも、エイラには彼の考えていることが読み取れた。まるでふたりのあいだには境界線がないみたいに。たがいを隔てる皮膚もなく、秘密もない。彼の苦痛、彼の愛情、彼の無力感――そうしたものをすべて伝えるのが自分の役目であると思わせるかのように。

「おれたちがウーロフにあんなことをやらせたんだ」と、声を低めてリッケンが言った。「それが、みんなに警察には言うなと命じたもうひとつの理由だ。何をしたらいいか思いつくのはいつもおれで、ほかのやつらはおれの真似をしていた」

「どういう意味？」

「おれがあいつをからかうと、みんながそれに乗ってきた。〝さあ、彼女を追いかけないのか？おまえは女を知ってるのか？〟などと、みんなではやし立てた。あの頃はそんな意味のないことばかり言ってたものだ。おれはリーナに腹を立てていたから、あいつの悪口を言ってやった。ところが、ウーロフは言われたとおり、森へ彼女を追いかけていった。ウーロフがそんなことをするとは思っていなかった。そういうタイプじゃなかったし……出てきたときも目を疑ったよ。泥まみれで、顔を真っ赤にしてたがな。リーナがどんなタイプの女かはわかっていた。自己中のかたまりだ。だから、あいつがまさか……」

「じゃあ、ウーロフはどんなタイプだったの？」

「臆病《おくびょう》で生意気だった。年のわりにはでかかったが、まだほんのガキだ。よく知っていたわけではないが……」

「あなたの証言の一部を読んだわ。あの頃は何の疑問も抱いてなかったみたいね」

「マグヌスが……あんな状況だったからだろう。警官にねちねちと責められて……」

「じゃあ、本当はあれほど自信があったわけではないのね？」

「おれは見たことをしゃべっただけだよ。だいたい、ウーロフがやったのかどうかなんてどうでもよかった。マグヌスがやってないのだけは確かだ」

「なぜ？」

「なぜなら、あいつは家にいたからだ」

「そうなの？」

「よせよ、あいつはきみの兄さんじゃないか。おれはあいつを生まれたときから知ってるんだ」

エイラは、少しの乱れもなく流れる川面を見つめた。〝いつでも、誰かの兄っていうことになるのね〟と彼女は思った。自分からそんなふうにはとても言えなかった。どんな場合もその結論ありきだったから、だんだん言い争いのようになってくる。リッケンが最後の最後までマグヌスを守り抜くのはわかっていた。マグヌスがリーナと別れたのは、友情を壊したくないからだ。少なくとも彼女にはそう言ったはずだ。もしかしたら、兄はリーナを本気で愛していなかったのかもしれないが。いずれにしても、最優先されるのは友情なのだ。

「もしその目撃者が真実を語っているのだとしたら」と、エイラは穏やかに言った。「自分が見たと思ったものを本当に見たのであれば、ウーロフが森から出てきたとき、リーナはまだ生きていたことになる」

「じゃあ、彼女はどこに行ったんだ？」

「ボートに乗った」と、エイラは言った。「シェーヤのそばで、ふたりの娘がボートを漕いで目撃者の前を通り過ぎ、島のほうに姿を消した」

「あそこに？」と、リッケンは言った。「湾のなかへ？」

ふたりは同時に同じ方向へ目を向けた。少なくとも川のこちら側に住む者には、ストリンネ湾と呼ばれていた。向こう岸では、ロックネ湾と呼ぶと聞いたことがある。単に見方の問題に過ぎない。

「どこへ行こうとしていたのかしら？」と、エイラが尋ねた。「二十三年前に、あのあたりに何があったの？」

「何も。家だな。ほとんどそれだけだ」リッケンは目を細くして、川の向こうを見渡した。何か別のものを見つけようとしているみたいだった。「行くとしたら、誰かの家を訪ねたんだろう。それ以外に理由があるとは思えない」

エイラは川の近くへ移動した。リッケンがあとからついてくるのが聞こえた。芝生を踏む柔らかい足音がする。

「向こう岸には何があるの？」と、エイラは尋ねた。

「農場だ」と、リッケンが背後から言った。「製材所時代のきれいな場所がいくつか残っている。ロックネのマナーハウスとか。馬の追いこみ場もあるな。まだ馬がいるのかどうか知らないが。昔はきっといたんだろう」

「あっちは？」

エイラは水面から何本も固まって突き出している杭のほうを指さした。川辺には草が生い茂り、木々が川のなかまであふれ出ていた。草木の緑の先に、細長い屋根を付けたビーバーのダムが見えた。さらにその先では地形が急角度の上り勾配になり、川のなかから目を惹《ひ》く岩がいくつも突き出している。

「ローレライだ」と、リッケンが言った。

「何ですって？」

「ローレライの岩と呼ばれている」リッケンの目ははるか遠くにある灰色の急斜面に据えられていた。「もちろん、ライン川の大きな岩の天辺《てっぺん》に座って、歌ったり金色の髪をくしけずったりしている女性の名を借りたんだ。船員を惑わし、危険な暗礁《あんしょう》への警戒心を失わせてしまう女性だよ」

「私が言っているのはあそこよ」と、エイラは言った。「古い桟橋の横の」

「ああ、工場のことか。まだ残っているものもあるけど、この何十年かでほとんど崩れてしまった。あそこは一九四〇年代に閉鎖されたんだ」

エイラは、リッケンが連れて行ってくれた場所を思い起こした。石油タンクだけではなかった。オーダーレンには、空き家や工場の廃墟《はいきょ》などがありあまるほどあった。誰の目も気にせずにすむ場所が。だいたいの場合、ひとりでは家に帰り着けなかっただろう。地理以外に気を配るべきものがたくさんあったからだ。

「あのあと、あそこに行ったことがあるの？」と、エイラは尋ねた。

「いや、一度も。行ったら、なつかしい気持ちがするだろうな」エイラはリッケンの笑う声が聞こえたような気がした。少なくとも微笑んでいた。「だけど、いまからでも遅くはないよ」

エイラはリッケンの腕をそっと撫でてから、車に向かった。

「話してくれてありがとう」

川を渡るボートに関する通報は七つ見つかった。そのうちいくつかはすぐに除外できるものだったが、残り三つは位置と日時が一致していた。

ニィハムンの郊外で、自宅のベランダに座っていた年配の夫婦から情報が寄せられていた。ふたりが、その後まもなく亡くなったのは間違いない。ニィハムンはマリエベリとストリンネ湾の中間にある町だ。夫婦は午後十時頃だと言っていた。ラジオで、夜の海運ニュースを聴いた直後だという。

シエーヤの外れにある桟橋で、数人のティーンエイジャーがビールを飲んでいた。そのうちひとりだけ、ボートのことを覚えている者がいた。その娘はボートにいるのが知り合いだと思って手を振ったが、それは勘違いだった。

三つ目の情報はリータン島の下流側にいた漁師からもたらされたもので、彼は手漕ぎのボートがストリンネ湾に入っていくのを見た覚えがあるという。目に留めたのは、ボートの漕ぎ手が恐ろしく下手だったからだ。漁師は何よりオールの立てる音に敏感なのだろう。メガネを船に持って来ていなかったので——なくても漁にはまったく支障がなかった——乗っていたのが娘かどうか見分けられなかったが、川面を渡って聞こえてきた笑い声は若い女性のものだった。

三組の目撃者にはコンタクトが取られ、証言は記録されたが、追跡調査が行われた形跡はなかった。

型どおりの手順だ。

「もうひとつあるんです」と、エイラは言った。

「何だね？」

ＧＧは不機嫌そうで、エイラの言ったことに短い応答しかしなかった。これまでとは違い、チームはすでにばらばらになっていた。エイラは数日前からボッセ・リングの姿を見ていない。シリエ・アンデションの姿も。メイヤン・ニィダーレンが自白し、法医学的な証拠も万全だったから、ＧＧが百キロも車を駆ってクラムフォシュに来る理由はないはずだった。

まさか、コーヒーを飲みに来たわけでもないだろう。

〝この人は知っている〟と、エイラは思った。〝この一件に特別な何かがあるのを感じているか、疑っている〟。エイラは初めて、この上司が自分と共通するものを持っているのに気がついた。細かいことにも時間と労力を惜しまない頑固な性分だ。

「情報よりもっとたくさん苦情が来ています」と、エイラは先を続けた。「でも、誰もそれを検討していないし、問い合わせの電話もかけていません。リーナに直接関係するものがひとつもなかったからです」

「だけど？」

「ロックネに住む未亡人です。それが三度目の電話だと言っていました」

エイラは電話の速記録を読み上げた。二十三年前には、見落としがないようにそういう配慮をしていた。あらゆるものを記録し、ファイルにまとめてあった。エイラは未亡人のオンゲルマンランド地方訛《なま》りを交ぜて読みたいという衝動に駆られた。いくつかの方言が交じってできた、いまではほとんど聞かれない話し方だ。だがそれはやめて、ＧＧのために翻訳をした。

「製材所にまた人が来ている。何をするつもりか知らないが、警察は放ったらかしよ」

「失礼、どこからおかけですか？」

「ここよ、ロックネよ。ドアは開きっぱなしだから、子どもだろうと母親だろうと入り放題よ。ああいう連中が何をしているかわからないのは良い気分じゃないわ。そのうえ、いまはあの娘のことがあるし。ひどい出来事だわ」

「彼女を見たのですか？」

「あんな連中がうろついているところに行くわけないでしょ」

そのあと、電話してきた女性はこう言った。「もしこれがあの娘、リーナ・スタヴリエドとは関係ないのなら、別の線を追ったほうがいいと忠告しておくわ……」続いて、当局はここが沿岸地域でないから無視しているんだといった、漠然とした不満をべらべらとしゃべり始めた。

ＧＧは椅子に腰を下ろして、ペンでデスクの端をトントンと叩いた。

「おれにはついていけないな」と、彼は言った。「どこが興味深いんだ？」

エイラは自分のｉＰａｄをデスクに置くと、地図を開いてみせた。

「ちょっとした思いつきなんですが」と、彼女は言った。「でも、ここを見てもらえば……」行き止まりの川の支流のように、狭い入り江が五キロほど伸びている。エイラはその途中にある製材所を指さした。

「なぜボートはここを通ったんでしょう？」と、彼女は問いかけた。「誰かを訪ねたのなら、その人物が名乗り出たのでは……」

そのあとの言葉は口にしなかったが、ＧＧに通じたのがわかった。〝その人物が殺人犯でないのなら〟

「ボートに乗っていたもうひとりは誰なんだろう？」ＧＧもその言葉は口にせずに、そう尋ねた。

「もうひとり失踪した人間がいれば、気づかれずにすむはずはないのだが」

エイラは衛星写真を拡大した。ぼんやりした草木の緑と、家の屋根と思われる点々が、ロックネ付近の川に立ちならぶ杭の先に見えてきた。

「まだ幼かった頃、よくこんな場所に出かけました。ほとんど人目を気にせずにすむ場所で、解放感を感じたものです」

「彼女の両親は何と言っていたんだ？　どこにいると考えていたのだろう？」

「リーナは友だちの家に泊まると言ってたけど、そこには現れなかった。きっとマリエベリまでずっと歩く必要があったんだと思います。だって、数キロは離れているのですから」

「男に会いに？」

「もしそうなら、なんであのワルたちがたむろしている道をそのまま行かなかったのかしら？」

「警察はどう解釈している？」

「ウーロフ・ハーグストレームに目を付けたとたん、リーナの行き先にはまったく関心を持たなくなりました。もはや、たいした問題ではないと」

ＧＧは椅子をくるりと一回転させると、クラムフォシュの中心街に並んでいる平らな屋根を見渡した。しばらく沈黙が続いた。

「昨日、ウメオの医者と話をした」と、彼は言った。「ウーロフは肺炎になって熱を出したが、それも治まってきたそうだ。瞳《ひとみ》が動くし、触れると反応するらしい」

「意識が戻ると言ってましたか？」

「彼らもわれわれと同じだ。根拠なく予測などしない」

また沈黙が続き、エイラはしばらく様子をうかがった。

「ひとつ、節目のようなものがあるんです」と、やがてエイラは口を開いた。「ウーロフ・ハーグストレームの尋問のなかに」

「そうなのか？」

「お時間はありますか？　ほんの数分ですみます」

「どういうことだね？」

「あなたの目で見てもらいたいんです」

GGは気乗りしない様子で立ち上がると、コーヒーをマグカップに注ぎ足した。プラスチックの容器から甘いゼリーをひとつかみ取った。母親が子どもの遠足のときに買い与えるような菓子で、食器棚に山ほど入っていた。

ふたりは狭いテレビ室に身体を押しこんだ。エイラはすでにビデオをもう一度見直しており、肝心の場面まで早送りしてあった。

画面に映像が現れた。ウーロフがビニールのソファに座り、目を床に落としている。

〝あいつらにはそんなことは言わなかった……彼女が押したんで、おれは倒れた……地面はどろどろだった。ぬかるみだらけだった〟

〝なぜ、いままでそれを言わなかったの？〟

〝だって……だって……あいつは女の子なんだぜ。そんなこと、予想してなかった。だからきっと転んだんだ……〟

GGは、飛び飛びの場面が終わりに近づくにつれて、ゼリー菓子をひとつ、またひとつと食べ続けた。嘘をつくのはやめたほうがいいと説得する尋問官の口調がさらに強まるのが耳に届く。そこで、ウーロフが母親を呼んでほしいと言った。

エイラは停止ボタンを押した。

「彼の言ったことが本当だったら？」長いあいだにしみついた習性がよけいなことは言うなと指示するのを無視して、エイラはそう言った。「もしリーナがひとりでそこを去ったのなら、ウーロフの供述は真実であることになる。もしかしたら誰かが川のそばで待っていたのかもしれない。でなければ、なぜリーナは森の道を選んだのかしら？」

「もう一度見せてくれ」

エイラはテープを巻き戻した。どこで止めればいいかはもう覚えていた。

〝それからあいつは、イラクサをこんなふうにつかんだ……そうして、泥をおれの口に押しこみ、私が汚れたのはあんたのせいだ、あんたが全部台無しにしたと言った〟

GGはエイラの手からリモコンを奪うと、一時停止のボタンを押した。

「これが、レイプされた人間の普通の反応だろうか？」

「何ですって？」

「汚れるのを心配するだろうか。文字どおりの意味でだよ」

その場面がもう一度終了する前に、GGは立ち上がって部屋を出ると、外の廊下を行き来し始めた。エイラはそのままビデオを再生し続けた。十代の頃知り合った少年たちのなかには、少女に突き倒され、恥をかかされたことを友だちに話す者などひとりもいなかった。そんな話を聞かされたら誰しも、ウーロフが言ったというこんな言葉を吐くにちがいない。〝そうさ、リーナは最高だ。まじ、あいつはすごいぜ〟

廊下から電話で話す声が聞こえた。こちらに近づいたときや、GGが声を高めたときに話が断片的にエイラの耳に入ってきた。

「再捜査をすると言ってるんじゃないが、ミスがあったんだから……いや、それはできない。ご承知のように、まだ昏睡《こんすい》状態で……ああ、二十年も前の話であるのはわかってる。だが、公共テレビの記者に嗅《か》ぎつけられる前に……いや、メディアに煽《あお》られたりはしないさ。そんなことを言ってるんじゃない。だけど新しい目撃証言が出てきたんだから、率先して動くべきだ。二、三人のチームを作って、もう少しあの地域を調べてみたほうがいいと……」

その仕事を進んで引き受けた男が、前をさえぎる枝の払い方をエイラに教えた。かつての工場地帯に残され、平穏に育ってきたカバノキの林に差しこむ日差しには、どこかほかとは違う不思議な感じがあった。光がシダの繁みで踊っている。

「道を見つけたかったら、まずはどこへ向かっているかを知らなければならない」と、男は言った。

ふたりは、ロックネの昔の製材所の最頂点近くに達していた。前方の密生した草木のあいだに、崩れた漆喰《しっくい》やレンガ、モルタルの破片が山をなしているのが見える。鑑識官たちはすでに半日そこで作業をしていたが、まだ何も見つかっていなかった。

エイラは割れたレンガをまたぎ越した。ドアは四五度の角度でぶら下がっている。かつて窓だったところには何も残っておらず、ぽっかり穴が開いているだけだった。鑑識官たちはなかで、慎重に金属のスクラップを持ち上げたり、モルタルを片づけたりして作業を進めている。錆《さ》びたオーブンのようなものや、落下した梁《はり》が転がっている。仕切り壁の大半が崩れ落ちていたので、建物の奥まで見通せた。

森が建物の内部まで侵入していた。

「ここはボイラー室と鍛冶場《かじば》だった」と、年配の男は言った。エイラが車を降りたときに道路脇に立っていて同行を志願したこの男は、このあたりの事業活動に通じていた。「戦時中はノルウェーからの難民が大勢働いていた。ギエオリ・シェルマンという男のことを知らないかね？ソレフテオの法廷で撃たれて死んだ職長だ。彼から金をだましとった人間がたくさんいて、結局、事はうやむやに終わった。二十世紀初頭に製材所ブームが起きる前の話だがね。その頃ここはアメリカの西部みたいで……」

エイラは手袋をはめた鑑識官たちの作業を見守った。古い道具やレバー、錆びた鎖を拾い上げては、丹念に観察している。

最盛期には、森の工場地帯で二千人もの人間が働いており、この谷には六十もの製材所があったという。ボルスタブルックにまだ稼働している工場がひとつだけ残っているが、そこでは三百人足らずの従業員で、六十の製材所を合わせたものより多くの製品を生産している。

この地域をよく知らない者は人気《ひとけ》もまばらな辺鄙《へんぴ》な土地と呼ぶが、実のところオーダーレン谷は工場地帯だった。工場がなくなって久しいのに、いまだにその存在感が幻肢痛のように漂っている。

人の口から口へと、たくさんのエピソードが伝わっていた。自然はゆっくりと回復し、じわじわとその勢力を広げている。

年配の男はまだエイラの後ろにいて、彼女の肩越しに覗《のぞ》き見ていた。昔の製材所のボスに関する蘊蓄《うんちく》を無視されてから、口数が少なくなっていた。

「このへんを若者がうろついているのを見たことはありませんか？」と、エイラは尋ねた。

「近頃は見ないね。もっと楽しいことがあるんだろう。ネットフリックスか何か知らんが。住んでる人間もごくわずかだ」

「あなたは一九九〇年代の中頃にここにいましたか？」

「ああ、もちろん」と、男は言った。「七〇年代にアルボーガから引っ越してきたんだ。当然、こんなに荒れ果ててはいなかった。確か、壁はまだ無事だったよ。確信はないがね。何度か通れば、そのうち注意を払わなくなる。ただ通り過ぎるだけだ。だがここは人の来たがる場所ではない。近づくのは楽ではないし、道路から見えないからな。川からだって見えはしない」

鑑識官のひとりがふたりに気づき、片手にレンガを持って近づいてきた。三人は素通しの窓越しに挨拶《あいさつ》を交わした。

「とんでもないところだな」と、鑑識官は言った。「根こそぎ盗まれていないのが不思議だよ。まるで考古学の発掘みたいだ。違うのは地面を掘らなくていいことぐらいだな」

エイラはなかへ入ることを許された。何もかもが近くに棲息《せいそく》する野生動物と天候によって破壊され、証拠が残っている可能性はないに等しかったからだ。エイラはガイド役の男に礼を言うと、階段が腐ってなくなっているドアまで五十センチほどの高さを上ろうとした。そのとき、電話が鳴った。

記憶に焼きついているプリペイド携帯の番号だった。

エイラはイラクサの繁みをかき分け、とうの昔になくなった何かの土台石に腰を下ろした。

「おまえたちは何をしようとしてるんだ?」と、マグヌスが言った。

「どうして電話を取らないのよ?」エイラは何度も電話しており、連絡を絶っている兄にいらだちを覚えていた。

「悪かったな。いつも電話を身につけているわけじゃないんだ」と、マグヌスは言った。「どうしてほしいんだ?」

「話したいの」

「二十三年前に起きたことについてか?」

〝兄は知っている〟と、エイラは思った。〝友だちからの電話は取っているにちがいない。私とは話したくないのだ〟

「リーナ・スタヴリエドがガールフレンドだったことをなぜ黙っていたの？」

「そのことを嗅《か》ぎまわっていると聞いたよ」と、マグヌスは言った。「何が目的なんだ？」

風が木々のあいだを吹き抜け、遠くからカッコウの鳴く声が聞こえた。もし自分のなかでする音を――血管が脈打ち、心臓が鼓動する音を分離できれば、さぞや牧歌的に思えたことだろう。

「電話では話せないわ」と、エイラは言った。

昔の鍛冶場から五十メートルも離れていないところに、製材所全盛の頃の黄色い木造家屋が建っていた。どうやら、以前は管理職の住居だったらしい。

そこが、警察に苦情を申し立ててきた老女の住まいだった。家を引き継いだ老女の娘のひとりが、庭でエイラにルバーブ・ジュースを振る舞った。

「よく覚えてますよ」と、その女性が言った。「母はそれこそ五分おきに、すぐ来てくれと電話してきたわ。当時、私はヘノサンドに住んでいた。母はあの出来事におびえきっていました」

その老女、インガマイはリーナ・スタヴリエドの失踪《しっそう》事件が起きたとき、すでに八十歳を超えていた。

「いまになって、なぜ連絡してきたの？　母は誰も折り返しの電話をかけてこない、老婆の言うことに耳を貸さないと言ってたけど」

エイラはどう説明しようかと考えた。ロックネの住人であれば、警察が製材所のことを嗅ぎまわっているのには気づいているだろうが、それをリーナの失踪と結びつけるいわれはないはずだ。

「新しい情報が入ったので」と、エイラは言った。「昔の記録も一緒に調べることになったんです。必ずしも今度の件と関係があるかどうかはわからないけれど、このことは誰にも言わないでください。仕事がやりにくくなるので」

「ええ、ええ、もちろん言わないわ」と言って、その女性はジュースを注ぎ足した。母親から教わったレシピだという。母親も祖母に教わったらしい。

女性は、九〇年代に母親から聞いた話の一部を思い出して語ってくれた。

その頃、昔の鍛冶場に何人かの若者がたむろするようになった。彼らが火を使ったとき、インガマイはまずにおいに気づいた。土地は乾ききっていたから、火が広がる危険があった。

インガマイは製材所の敷地の端まで行って怒鳴ったが、嘲笑《あざわら》われただけだった。それからしばらくして、インガマイが使い古した敷物を洗濯しに川へ行ったとき――何十年も前から洗濯機は持っていたが、それだけは頑固に続けていた――若者のひとりが身体を洗っているのに出くわした。

若者は浮浪者のように見えた。

「もちろん、母が言ったことですけど」

見間違えでなければ、バイクを持っていた若者もいたという。

「電話ではそういうことはおっしゃっていなかったようですが」と、エイラは言った。

「警察に話すので緊張していたんでしょう。それに、いずれ誰かが話を聞きに来ると思っていたから」

「その日付は間違いないんですね？　リーナ・スタヴリエドがいなくなった頃であるのは」

女性はしばらく考えこんだ。

「確かではないかもしれない」と、女性は言った。「でも電話したとき、それを話題にしたのは間違いありません。私は子どもを残してここまで車を走らせ、泊まることになるのですから、何か強く感じたものがあったはずです。翌日、様子を見に行くと言いました。母は来なくてもいいと言ったのですが、来ないわけにはいかなかった。昼間にここに来ました。でも、何も変わったことはなかった。もしかしたら、母の心配は全部、思い過ごしだったのかもしれない。よくあることですものね。何かあったのかもしれないけど、十年もたてば物の見方も変わりますから」

エイラは他言無用ともう一度釘《くぎ》を刺してから、ジュースの礼を言って辞去した。

ハイ・コーストに近づくにつれて、目を見はるほどの景色が徐々に開けていった。道路は片側をゆるやかな丘、もう一方を上に行くにしたがって急勾配《こうばい》になり、エイラの頭上に、湖に、湾に、黒い森と明るい空を映す静水に影を投げかける岩肌だけの切り立つ崖《がけ》にはさまれ、曲がりくねりながら続いている。

お伽噺《とぎばなし》から抜け出してきたような、見る者をうっとりさせる風景で、つい魔法という言葉を思い浮かべてしまう。

その住所はすぐに見つかった。ノーディングローのすぐ南にある農場だった。

〝フリー・マーケット／ギャラリー／コーヒー〟と書かれた手書きの標識があった。邸内路には、リッケンの家の庭とは似ても似つかない車が何台か停まっていた。どれも車体をきらきらと輝かせたアウディやBMWだった。一台にはドイツの、もう一台にはノルウェーのナンバープレートが付いている。世界遺産を観に行く途中の観光客だ。

マグヌスがいま一緒に暮らしている女性が差し出した手は冷たかった。マリーナ・アーネスドッテルはマグヌスよりかなり年上で、五十歳前後に見える。納屋で自分の焼いた陶器を売っていた。幸い、彼女は客の応対で忙しかった。

「でも、このライム・パイを持って行って」と言って、マリーナはギャラリーの外のテーブルからパイをふた切れ皿に載せた。「また訪ねてきたくなるほどおいしいわよ」

〝おいしい〟という言葉が残酷な皮肉のようにまとわりついてくるのを感じながら、エイラは家のドアをノックした。マグヌスが出てきたが、入れとも言わず、くるりと向きを変えてキッチンに入っていった。

この前会ったときより、髪が短くなっていた。最悪の状態のときでも、兄の髪はいつも美しかった。金を払って髪を刈ってもらったことは一度もない。

「付き合いはもう長いの？」腰を下ろすと、エイラはできるだけ当たり障りのない質問から始めた。

マグヌスは背中を向けたまま、肩をすくめた。「真剣な付き合いじゃない」

「良さそうな人ね。あなたより年上みたい」

「マリーナは素晴らしいよ。うるさく言っておれを悩ませたりしないからな」

「来週、警察補助員との面談があるのを忘れないでね」

「わかってる」マグヌスはいらだたしげにコーヒーの缶を振り、もうひとつカップを取り出すと、叩《たた》きつけるように食器棚の扉を閉じた。エイラは内心びくっとした。こういう音がすると不安になるのが習い性になっていた。言い争いの起きる前兆だった。兄は怒鳴り、悲鳴を上げ、拳《こぶし》を叩きつけた。もっとも、叩いたのはドアや壁で、家族には手を上げなかった。ドアが音高く閉まると、母は泣き出した。エンジンがかかり、バイクのタイヤが砂利をこする音がした。兄が行ってしまうと、静けさが戻ってきた。

「彼女はどんな人だったの？」と、エイラが尋ねた。

「この前おれが出かけたときは寝ていたよ」と、マグヌス。「だけど、何も問題はない」

「よしてよ、私の言ってるのが誰か、わかってるんでしょう。リーナ・スタヴリエドよ。警察の予備捜査記録で、あの人があなたのガールフレンドだったと知ったとき、どんな気持ちになったかわかる？」

「あの頃、おまえはまだ人形で遊んでいた」

「よく人形が死んだふりをしたものよ」と、エイラは言った。「バービー人形を川に放りこんで、流れが運んでいくのを見ていたわ」

「おまえは何を知りたいんだ？」

「どうして兄さんはいままで黙っていたの？」

マグヌスはキッチン・カウンターによりかかった。いつもやっていたように、髪に手を走らせる。

「何を言えば気がすむんだ？　おれはあの頃まだ間抜けなガキだった。あいつを死ぬまで愛すると信じていた。どちらも同じ思いだと……」

エイラは、兄が限界に近づいているのを感じた。心のなかに一歩踏みこまれた瞬間、感情の爆発に向かって時が刻まれ始める。いまは、迫る雷雨を前に鳥たちが沈黙する時間、雨を警告する太陽が酷薄な光を投げかける時間だ。他人ならそうした小さな前兆――無意識に動く手、強《こわ》ばった顎《あご》、窓に向いていながら何も見ていない目――には気づかないだろう。

「リッケンから、おまえが来たことを聞いたよ」と、マグヌスは言った。「つまり、あいつにおれのことを聞きに行ったんだな。おれの見てないところで」

「あなたを探していたのよ」

「じゃあ、言いたいことを言えよ」

「リーナの事件と関係があるの」と、エイラは切り出した。「昔の捜査には問題があった。だから……」エイラはライム・パイをスプーンですくって食べながら、ふたつにひとつのどちらを取るか天秤《てんびん》にかけた――兄を怒らせることと、あくまで正直でいること。真実を優先させるか、争いを避けたいという願いを優先させるか。アーネスドッテルはパイの焼き方を心得ている。それだけは認めなければならない。「犯人は別にいる可能性がある」

「何だと」マグヌスは動かなかった。まだ何かに拳を叩きつけてくれたほうがよかった。〝兄は知っている〟と、エイラは思った。〝驚いていない。だが、なぜ初めて聞いたふりをしているのだろう？〟「じゃあ、また警察がおれのところへ来るわけだな。この話は録音してるのか？」

「いいえ、してないわ」

「それで、おれが何を知っていると？」

エイラは自分の携帯電話を取り出し、テーブルの反対側へ押しやった。

「彼らは正式に再調査を始めたわけではないの」と、彼女は言った。「でも、捜査を再開する可能性はある」

「なんで〝私たち〟と言わないんだ？　おまえも連中の一員なんだろう？」

「こういうことは検事の一存で決まるの。知ってるでしょうけど」

「じゃあ、マリーナも尋問するつもりなんだな？　ここまで来たんだからな。彼女を呼んでやろうか？　きっと、おれは暴力的じゃないか、彼女を傷つけたことがあるんじゃないかと訊《き》きたいんだろう。そういうのが何日も何日も続くんだ。想像できるか？　クラムフォシュの警察を出たり入ったりしてな。それがどんなものか、おまえには……」

「あの夜、兄さんは本当に家にいたの？　供述したとおりに」

「ママに聞けよ」

「そうできないのはわかってるはずよ」

「ママはおまえが思ってるほどぼけてないぜ。孫の誕生日と命名日は覚えていて、プレゼントを送ったり、様子を訊いたりしているんだ」マグヌスの視線が冷蔵庫のほうに動いた。その扉には、ふたりの息子の写真がハート形のマグネットふたつで留められていた。同じ写真が実家にもある。

「やればできることまで、おまえが何でもやってしまうのが良くないのかもしれないぞ」

「それがこの件とどんな関係があるの？」

「おまえ本人のことだよ。おまえのやり方だ。いつでも他人の生き方にくちばしを入れてくる」

「好きでやっているわけじゃないわ。これは私のデスクに回ってきた殺人事件のことなのよ。調べてみたら、あなた方ふたりがずっと私に嘘をつき続けてきたのがわかった。少なくとも、重要な情報を隠していたのが」

「ようやく警官らしい言い方になってきたな」

エイラは立ち上がりたかったが、そのまま座っていた。こんなに採光もスペースも豊かな明いカントリー風キッチンにいるのに、窮地に追いつめられたような気分だった。キッチンは床板から天井のむき出しの梁まで全部白く塗られていた。年を経た木材の輝きが素朴で田園風の雰囲気を醸し出している。

「どんなふうだったのか、おまえにはわかっていない」と、マグヌスは言った。「でなければ、あちこちでリーナのことを聞きまわって、昔のことをほじくり返したりはしないはずだ」

「何も言わないほうがよかったの？」

「おれは警官に呼びつけられた。あれが初めてだったのを知ってたか？　その前は、チョコレートひとつ盗んだことがなかったんだぞ」

「じゃあ、あなたがグレたのは警察のせい？　十六歳の少女の殺害事件を捜査するような無駄なことはやめろと言っているの？　少女のボーイフレンドを尋問したりするのも無駄だと……」

「おまえは、おれが事件にかかわっていると思ってるのか？」

「いいえ、もちろんそんなことは……」

「もし本気で調べる気なら、本物の刑事を送りこんできただろうからな。おまえは干渉せずにはいられなかったんだ、そうなんだろう？」

エイラの耳に、廊下のドアが開く音が届いた。マグヌスはガールフレンドが入ってきたことに気づかない様子だった。

「父さんのときだっておんなじだった」と、マグヌスは先を続けた。「父さんが死んだとき、おまえはわざわざあっちの家まで行って、遺品の整理をした。おれたちを捨てたやつなのに」

「あの女《ひと》の手に負えなかったからよ」と、エイラは言い返した。「悲しみに暮れるばかりで、散らかり放題だったから。誰かが……」

「おれたちはどうなんだ？　おれたちは悲しんでなかったのか？」

「それと、リーナ・スタヴリエドの殺害事件とは何の関係もないわ」

「ないさ。だけど、おまえがどんな人間か、よくわかるからな」

エイラはうろたえた。これが彼女に対するマグヌスのいつものやり方だ。物の見方をゆがませ、自分を愚かだと思わせてしまう。そのときふと、予備捜査にはふたりの父親の聴取の記録がいっさいなかったことに気づいた。その夜は、いつもそうだったようにどこかへ出かけていたのだろうか。トレーラーハウスでノルランドの北部を走っていたか、あるいはフィンランドまで足を延ばしたのかもしれない。

「あら、ごめんなさい。お邪魔しちゃったみたいね」

マリーナ・アーネスドッテルが戸口に姿を見せた。それと一緒に、洗い立てのリンネルと摘んだばかりのタイムのにおいが漂ってきた。マリーナは片手にハーブの束を握っていた。どうやら盗み聞きして、耳に入れたことを恥じているらしい。すると、爆発一歩手前の怒りで強ばったマグヌスの顔が変化し、どんな女性にも、私の家に引っ越していらっしゃいと言わせてしまう微笑みが浮かんだ。

「気にすることはない」と言って、マグヌスは手を伸ばして、ガールフレンドを引き寄せた。「エイラは帰るところだ。仕事をいっぱい抱えてるんでね」

「あら、残念。せっかくマグヌスのご家族に会えたのに。今度来るときは泊まっていらっしゃいね。ワインでも飲みましょう」

マリーナはマグヌスの髪に顔を寄せて笑った。

エイラは立ち上がって、皿を片づけた。

「ライム・パイをごちそうさま」と、エイラは言った。「すごくおいしかったわ」

ただいまと声を張りあげたとたん、携帯電話が鳴り出した。

「やあ、いたね」と、ボッセ・リングが言った。「きみに来てほしいんだ……何といったかな……そう、ロックネだ」

「何か見つかったの？」

「ボスが言うには、それを判断するのに一番ふさわしいのはきみだそうだ」

「GGもそこにいるの？」

「いや、医者の予約があるらしい」

「三十分で行くわ」

またしても母親を放置して出かけるのは心苦しかったが、シャシュティンは上機嫌だった。うまくすれば、今夜のことは忘れてくれるかもしれない。エイラは買ってきたハッシュドビーフを温め、卵をふたつ割った。見映えがいいので、卵の殻の半分に黄身をひとつずつ入れてテーブルに出した。

「今日は何曜日かしら？」と言って、シャシュティンは新聞を手に取った。「水曜日か、あらまあ、テレビはいい番組がないわね」

「それは何日か前の新聞よ」一面の見出しに目を留めて、エイラが言った。〝グングスゴーデンの殺人、容疑者を起訴〟とある。写真には、上着をすっぽり頭からかぶった女性が写っていた。メイヤンは完璧《かんぺき》に顔を隠すのに成功していた。「今日は金曜日よ」と、付け加える。

「そう、それならずっといいわ」

シャシュティンはしばらく卵の黄身を観察していたが、やがてそれをハッシュドビーフにかけた。料理を手早く口に放りこむあいだも、エイラの頭のなかでさまざまな疑問が渦巻いていた。問題の夜、父親はどこにいたのか？　マグヌスはなぜあんなふうにキレてしまうのか？……だが、なんとか口に出さずにすんだ。答えの出ない疑問はもうたくさんだ。夕食を台無しにするまでもない。

エイラが出かけようとすると、シャシュティンはさっさと行きなさいというふうに手を振った。

「素敵な人に会いに行くんでしょう？」

「いいえ、残念ながら。仕事よ」

「あんまりそういうことをなおざりにしてはだめよ。あなた、しなびちゃうわよ」

「ありがとう。元気が出るわ」

エイラがサンドエー橋を渡る頃には、世界が柔らかいブルーの色調に染まっていた。山も川も、淡い入り日のなかで空の色と交じり合っている。

昔の製材所の周辺は投光照明でまばゆく照らし出されていた。鍛冶場の巨大な空間から何人もの声が聞こえてくる。エイラに気づいたボッセ・リングが近づいてきて、声をかけてきた。

鍛冶場のなかは、機械類がすべて片づけられて空っぽになっていた。腐った階段の残骸《ざんがい》はまだ残っている。エイラは、昼に会った鑑識官に挨拶をした。鑑識官は失礼と言って、外へ出て行った。発電機のケーブルがうねうねと川へ向かって延びている。言われるまでもなく、エイラは林の向こう側がことさら明るく照らされているのに気づいていた。

「この件については、きみが一番よく知っている」と、ボッセ・リングが言った。「ここを見て、何か気づいたことはないか？」

鑑識官らは床のレンガやモルタルを片づけて、ビニール・シートを広げていた。エイラはその横をゆっくりと歩いた。服らしきもの、手袋、寝袋、破れた靴。コンドームが三つに、ビールが数缶か。

エイラは服の布地らしきものの前で足を止めた。縮んで汚れており、長い年月で色褪《いろあ》せていたが、エイラにはそれが薄いブルーの布であるのが見分けられた。

「失踪したとき、リーナはドレスを着ていた」と、エイラは言った。「ニィダーレンの話では、細い肩紐《かたひも》が付いたものだったらしい」

ボッセ・リングは棒を拾い上げて、布地をつついた。

肩紐だ。

ふたりの耳に届くのは、発電機が低くうなる音だけだった。

「それで、私たちはいま何をすればいいのかしら？」と、エイラが尋ねた。「目撃者にこれを見せるのか、あるいはDNAの鑑定結果を待つのか？」

「彼女の両親はまだこのあたりに住んでいるのかい？」

「フィンランドに移住したわ」

「気持ちはわかるな」

「ふたりとも、リーナが家を抜け出したときに何を着ていたのか知らなかった」

「では、彼女を見た連中は？」

「五人のティーンエイジャーね」エイラは彼らのてんでんばらばらの証言を思い返した。「ドレスの色については証言が食い違っていたけど、ブルーだと思うと言った者が数人いたわ」

まぶしい光で、あたりは細かいところまでくっきり見え、外気が暖まっていた。

「これはどこで見つかったの？」と、エイラは尋ねた。

「わからん。ここへ来てからまだ数時間ほどなんでな」

エイラはほかの発見物に関心を移した。サイズ四〇以上の大きさに見える靴の片方。コンドームが分解するのにどれぐらいの時間がかかるのか、エイラは知らなかった。

「古代に作られた〈プリップス・ブロー〉みたいだな」と言いながら、ボッセはビール缶を観察した。ひとつの缶の穴に棒を差しこみ、賞味期限を確かめようとする。

突然、背後から声が聞こえて、エイラはびくっとした。

「一緒に来てくれ。見つけたものがある」

光が目を刺した。戸口に、外の薄闇を背景に動く人影があった。

「川まで下りてきてくれ」と、さっきの鑑識官が言った。

ふたりの警官が外へ出るのを待たずに、鑑識官は歩き出した。また壊れた階段があり、柔らかくなった厚板が積み重なっている。

川へ下りる道はよく踏み固められていた。カバノキが川に向かってお辞儀をするように伸びており、その幹は投光照明のせいで不自然に白く見えた。

川辺には、なかば水に足を突っこんで腰をかがめ、身を乗り出している人々がいた。三人とも、頭から足まで防護服で身を固めている。ロックネのほかの場所で高濃度のダイオキシンが見つかっていたからだ。この物質は地面に埋まっていればさほど危険はないが、そこを掘ったりするとたちまち豹変《ひょうへん》する。

エイラはボッセのあとから、川辺の人々に近づいた。

水面のすぐ下にからみ合った材木が見えた。何本かの杭《くい》と厚板が水から突き出ている。以前そこにあった桟橋の残骸らしい。川の真ん中へ向かって視線を伸ばすと、まだ水面のうえに床板を押し上げている支柱が何本か残っていた。貧弱なフェンスのようにも見える。

「あれをあそこで見つけたの」と、鑑識官のひとりが言った。シリン・ベン・ハッセンという名で、この捜索の指揮を執っている。彼女は土手が急な角度で下って、川と接するあたりを指さした。土と老齢の木々に覆われている。この川の土手に多いブルーの土だ。エイラは子どもの頃よく、その土を塗りつけて顔をブルーにして、通りがかりの人を脅かしたものだ。

「ここまで水位が下がっていなければ、見つからなかったでしょうね」と、シリンが言った。

今年の冬は降雪量が少なかったので、山地を流れる川の水量がいつもより少なく、ふだんなら隠れてしまうものが表に出ていた。それを見るには、川に半歩踏みこむ必要があった。鑑識官のひとりはすでに膝《ひざ》まで水に浸《つ》かっていた。照明のせいで、近くのカバノキの影がそこまで延びていた。

それは、手だった。

土手に突き刺さり、一部だけ地表に出ている。

手の骨だ。

「あそこにはもっとあるわ」と、シリンが水面を指さして言った。

少しぼんやりして見えにくかったが、金茶色の沈殿物が透き通った水のなかで揺れていた。

「大腿骨《だいたい》ね」エイラの横でそう言う声が聞こえた。「まず間違いなく、大腿骨よ」

彼はまるで水中にいるように漂っていた。上方へ上方へと押し流されていく。自分がどこから来て、どこへ行こうとしているのか知らなかった。本当に水のなかにいるのなら、どうして呼吸できるのかわからなかった。

声が聞こえるが、手を伸ばしても届かない。声はどんどん高くへと離れていく。頭上を横切る鳥のように。川の向こう岸で鳴いているカッコウのように。

名前を呼ぶ声が聞こえる。

ウーロフ。

はるか遠く、何もないところから名前を呼ぶ声が聞こえる。

ウーロフ、と。

そのジャズクラブはスンツヴァルの街の中心、街路樹の植わった大通り沿いにあった。街路樹はかつてこの街が最盛期にあったとき、パリになるのを夢見ていたことのあかしだった。

店の壁にはジャズ界のレジェンドたちの写真が貼られ、テレビの画面には燃えさかる火が映し出されていた。エイラはすぐに、飲みかけのビールのグラスを前に置いて、カウンターに座っている女性を見分けることができた。

二十年もたつのに、ウンニは以前と変わらず、刈り詰めた髪を赤く染めていた。ぴっちりとしたジーンズをはき、ネックレスを何重にも掛けている。ジャズ・ミュージシャンと出会ってスンツヴァルに引っ越す前は、のちにどこへともなく消えてしまったシャシュティンの数多くの友人のひとりとして、しょっちゅう家に遊びに来ていた。壁を通して聞こえてくるふたりの声が、エイラの耳にまだ残っていた。

いまは、とうに七十歳を超えているはずだ。

ウンニは、ノンアルコール・ビールを注文するというエイラをとがめた。今夜は泊まっていけるんだろう？　シャシュティンの娘にはいつでも宿を提供するよ、と言った。

「よりによって今日連絡してくるなんて、面白いね」と、ウンニは言った。「ニュースを見たかい？　マリエベリでいなくなった少女が見つかったみたいだね。あの事件が起きたときはあんたの家に泊まっていたんだ。覚えてるかい？」

ロックネでの死体発見のニュースはすでに広まっていた。朝のニュースで報じられると、午後には早くもさまざまな憶測がめぐらされていた。あっという間の出来事だった。スヴェン・ハーグストレームが殺害されて以来、眠っていた過去が呼び起こされ、記者たちは早くもふたつの事件を結びつけようとしていた。

みんなが同じ疑問を口にしている。あの死体は、二十三年前の七月に失踪したリーナ・スタヴリエドのものなのだろうか……？

「ええ、覚えているわ」と言って、エイラはビールをすすった。黒ビールは苦い味がした。「実はそのことで話を聞きたかったの」

「いまのいままで、私はきっとシャシュティンのことだろうと考えてたのよ」ウンニは胸を押さえて、安堵《あんど》のため息をついた。「癌になったとか、死んだとか言われるんじゃないかと」

エイラは手短にシャシュティンの認知症のことを伝えた。

「そんなこと、考えてもいなかった」と、ウンニは言った。「そっちのほうがつらいかもしれない。目の前にいても消えた存在になるんだから」

「あなた方がどうして連絡を取り合わなくなったのかわからないの」

「よくあることよ」ウンニは、ステージのうえで楽器のチューニングをしているふたりのミュージシャンを眺めた。ふたりはアンプの音量を上げ、ウッドベースの調弦をしていた。

「あれがリーナ・スタヴリエドの遺体かどうか、まだ確認できていない」と、エイラは言った。

「メディアが憶測をめぐらしているだけよ。こういうことの確認には時間がかかるの。特に、何年も水のなかにあったものは。いまの段階では、ずっと昔のものなのか、最近のものなのかさえ判別できない。まだ全部見つかったわけではないし……」

ウンニはしばらくエイラを見つめていたが、やがて笑い声を上げた。「あらあら、あなたがいまは警官なのを忘れてたわ。私にとっては、いつも髪をお下げにして、ダンガリーのシャツを着た少女だったから。よく私たちがワインを飲んでいるときに、ソファの後ろに隠れて話を盗み聞きしていたわね」

「警察の仕事で来たのではないの」

「それはよかった。じゃあ、もう一杯やらなければ」

ウンニはバーテンダーに手を振って、インディア・ペールエールを二杯追加した。エイラはそれを一気に飲みほしてしまいたいという衝動に駆られた。

「あなたは、マグヌスとリーナ・スタヴリエドがデートしていたことを知ってたの?」

「ああ、そのことね。ええ、家の近くで会っているときは。シャシュティンは驚いていた。あなたの兄さんはすぐにいなくなっちゃうし、何もしゃべらなかったから。何もかも秘密にしていた。あの年頃の男の子だものね」ウンニは少し速すぎるピッチでビールを飲んでいた。視線がステージのほうをさまよっている。準備を終えたミュージシャンたちは、バーに新しい客が入ってくるたびにうなずいたり、手を振ったりしていた。

「ときどき、彼女がとてもなつかしくなることがある」と、ウンニは先を続けた。「ベンケに出会って、ぞっこんになって以来、連絡を取っていない。彼のことを覚えてるかしら? 神のようにベースを弾いた。たぶん、いまでもそうなんでしょう。シャシュティンは私には正直だったから、良い男ではないと言った。私は何で一緒に喜んでくれないんだと腹を立てたけど、彼女のほうが正しかった。彼とは七年続いたけど、私にとっては間違いなく悪い男だった。でも、チャンスがあればきっと同じことをもう一度するんでしょうね」

「その頃のことを覚えていないかと思って」と、エイラは言った。「リーナを探している最中で、あなたが泊まりに来ていたとき……」

「全部、覚えてると思う。とても怖かったことは忘れないものよ。私はいまでも、子どもの頃に見た怖い夢を覚えているわ」ウンニは口紅を引き、壁に掛けてある鏡に顔を映した。ルイ・アームストロングと彼女の顔がくっつきそうなほど近くに並んで見えた。「私は〝パラダイス〟に住んでいた。知ってる？　マリエベリの従業員住宅のブロックのひとつに。あとでリーナが消えたのが、そのへんだったと聞いた。一キロも離れていないところよ」

「その夜、何をしていたか覚えてる？」

「サウナに行ったわ。裸で川を泳いだ。夕方のそれほど遅い時刻じゃなかったけど、私が消えていてもおかしくないと思った。もちろん、犯人が見つかるまでだけど。十四歳の男の子じゃあ、私に何かするわけないものね」

ウンニは上下の唇をこすり合わせ、頬をふくらませると、にやりとした。

「ママはいつも兄の味方だった。彼がどんなことをしようと。いくら悪いことをしても、決してマグヌスの落ち度にはしなかった。兄に、病気だとか気分が悪いとか言われると、私はもう少しで信じかけたけど、そのくせ兄はいつも家にいなかった。幼かったからだなんて言わないでね。それは自分でもわかっている。いつも兄に会いたくてたまらなかったのよ」

トランペットのソロで演奏が始まった。

「もう少し後ろに下がりましょう。みんなの迷惑にならないように」ウンニはグラスを持って、一番端のステージが見えないところへ移動した。エイラは途中でカウンターから水のグラスを拾い上げた。

ふたりは低い革製のアームチェアに腰を下ろした。

「シャシュティンに約束したのよ」と、ウンニは言った。「あなたたちふたりには絶対に話さないと」

「これは殺人事件の捜査なのよ」

「でも、やった子は捕まったじゃない。それを聞いて、シャシュティンがどれほどほっとしたか、あなたにはわからないわ。何日も泣き続けていたくらいよ」

「気が高ぶっていたせいだと思ってたわ」

「あの人がどれほどのプレッシャーを感じていたのか知らないのよ」

「私は警察に嘘をつく人をたくさん見てきた」と、エイラは言った。「みんな、正しい理由があってそうしていると思っている」

「シャシュティンが嘘をついたとは言いたくない」と、ウンニが言った。「訊かれたときに、どう答えればいいかわからなかっただけだわ」

「マグヌスは家にいたの？　いなかったの？」

「しーっ」

エイラは声が高くなっていることに気づかなかった。聴衆の何人かが静かにしろと合図し、いらだちの目を向ける者もいた。

ウンニが身を寄せてきた。

「シャシュティンは知らなかったの。それ以上質問されないように、マグヌスが警察に言ったことを繰り返しただけよ」

「話がわからなくなったわ」

「リーナ・スタヴリエドがいなくなった夜、シャシュティンは家にいなかった。あなたが寝たあと——九時頃だったと思う——彼女は外出して、二、三時間戻らなかった。そのことは私以外の誰にも言わなかった。私もあとから聞いたの」

「どこへ出かけたの？」

ウンニは音楽を楽しんでいるように目をつぶったが、そのくせ両腕に何本かはめたブレスレットを落ち着かなげにいじりまわしている。

「お母さんをあまり厳しく責めてはいけないわ」

「私は知らなければならないの」

「わかった」

聴衆が拍手をして、ミュージシャンは休憩を告げた。スピーカーから女性の声で、孤独な恋人たちがブルー・ムーンの下で逢《あ》い引きするお馴《な》染《じ》みの歌が流れ出した。

ウンニは二杯目のグラスに手を伸ばした。エイラはまだ手をつけていなかった。

「あなたのお父さんは家に居着かなかった」と、ウンニは言った。「ヴェイネは始終外出していた。ご両親のあいだはうまくいっていなかった。何年ものあいだ」

「何が言いたいの？」

「いいから、黙って聞いてちょうだい」

ウンニの記憶が正しければ、その関係は何カ月か続いたという。むろん、誰にも内緒だった。どちらも結婚していたからだ。ウンニはシャシュティンが信頼して打ち明けられるただひとりの相手だったらしい。

彼らが住んでいたのは、たった一回のウィンクが噂に火をつけ、それ以上の悪い結果をもたらすような小さな集落だった。深夜の密会、川辺の散歩、ミルクを買いに行くのを装ったドライブ、森のなかでの風よけ……

今度はエイラが目を閉じる番だった。せめてほんの数秒間でも外界を締め出すために。あの夜、兄はどこにいても不思議はなかったのだ。母親は警察に嘘をついた。エイラが寝ているあいだにそっと家を抜け出した。

「相手は誰なの？」

「ラーシュ＝オーケという名に心当たりは？」

エイラは首を横に振った。

「近くに住んでいた人よ」と、ウンニは言った。「私は会ったことがないけど、一度シャシュティンが家を教えてくれたことがある。川まで下りると、昔の税関のすぐそばの川辺にその家があった。知ってるでしょう、一九三一年にいろんな出来事があった場所よ」

「その家、ブルーじゃなかった？」

「何ですって？」

「家よ。全体がブルーで、隅が白く塗られていなかった？」

ウンニがうなずいたとたん、エイラの頭にカメラのフラッシュを浴びたように家の映像がくっきりと浮かんだ。つい最近、夜中に近所の夫婦が母親を見つけた場所だ。

頭の混乱した老女が道に迷ったのだろうか？　必ずしもそうとは言えない。母親が忘れていたのは、愛人がもうそこには住んでいないことだけなのだ。

「あなたたちと暮らしているあいだ」と、ウンニは続けた。「シャシュティンは心配でいてもたってもいられない様子だった。彼女が取り乱したのは一度きり、警察が少年を逮捕したときよ。警察には正直に話さなかったと私に打ち明けた。彼女は恥じていた。当然よ。あなたを置いて出かけたのだから。でも、あなたは眠っていたし、もう赤ん坊ではなかった。もしシャシュティンが供述を変えたら、マグヌスの立場はうんと悪くなってたはずよ。彼は家にいたと言っていた。シャシュティンは彼を信じた。信じなければならなかった。それにどのみち、変わりはなかったのよ。罪を犯した人間が逮捕されたんですもの」

ウンニは身を強ばらせ、ぴんと背筋を伸ばした。

「あなたはなぜこんなことを訊きに来たの？」

その夜エイラはまっすぐ家には帰らず、クラムフォシュに留《とど》まった。警察署の駐車場のいつもの場所に車を停めた。

そこからは、小川に沿って少し歩くだけだった。ヘルグムス通りは牧歌的な雰囲気とは無縁だが、明日《あす》にでも引っ越したいと思ったら、空いたアパートメントがすぐに見つかる場所だった。クラムフォシュ独自の公共住宅計画は一九六〇年代に始まり、当時の市当局は労働者の大量需要がまだこの先も続くことに自信を持っていた。ごく最近、国境が閉鎖されると、三階建てのアパート群は難民の収容場所として使われるようになった。地元のレストラン〈トレッフェン〉は、前回の難民流入のあともまだ、ケバブに似た東南ヨーロッパの伝統料理チェヴァプチチをメニューに載せている。

いまはまた、多くの窓から明かりと人気《ひとけ》が消え、花を飾ったバルコニーもなくなっていた。

エイラは彼の住まいの前に着くまで――もう後戻りできなくなるまで――起きているかどうかを確認するメールを送らなかった。

アウグストが裸足《はだし》のまま、出迎えに降りてきた。

「こんなに遅く、ごめんなさい」と、エイラは言った。

「かまわないよ」と、アウグストは言った。「実はいま、電話をしようかと思ってたところで

……」

「本当？」

エイラは相手に答える時間を与えなかった。アウグストはオープン・シャツとボクサーパンツ

だけの姿で、フラットに入るや、エイラは彼のシャツを剝《は》ぎ取った。ふたりは、作り付けの収納スペースのある廊下の先には行き着けなかった。エイラは、自分の服を脱がそうとする彼の腕のなかで、両腕がもつれそうになるのを感じた。新米の警察官補が何か言いかけたが、エイラはキスで間の抜けた言葉を押し戻した。アウグストはたちまち我を忘れた。

いま私の頭にある考えを追い払って。私をどこかへ連れて行って。

しばらくして、ようやくアウグストも口をきけるようになった。ふたりは家具もまばらな暖かい部屋のベッドに横たわり、まだべとべとする身体でもう一度愛し合った。部屋にあるのは、ベッドを除けばテレビとイケアのソファだけだった。逃亡者か、行きずりの者の部屋だ。個性がなく、記憶にも残らない。

エイラは黙って横たわっていたかった。疲労感に身をまかせ、天井を見上げて、頭のなかを空っぽにした。

「こんなことをするのはもう望んでいないと思っていたよ」と、アウグストが笑いながら言った。

「あなたはいつも自分が何を望んでいるかわかっているの？」

「完璧にね」

アウグストはまた笑い声を上げた。エイラは羽毛布団を身体から引き剝がした。暑かった。光と空気をできるだけ採り入れる六〇年代の流行のおかげで建物は互い違いに建てられていたので、裸で三階のバルコニーの戸口に出ても誰にも見られることはない。

ストックホルムから来た若者以外の誰にも。若者はエイラの沈黙の意味を理解していなかった。

「さっき言ったみたいに、昨日の晩、きみに電話しようと思ってたんだ。でも、時間も遅かったし、きみはきっと……」

「いまはそういう話をしたくない」と、エイラは言った。

「ああ、確かに」

アウグストがベッドの端に座り、上掛けを肩まで引き上げるのが鏡に映った。外気は肌を刺すほどひんやりしていた。エイラにはそれが気持ちよかった。肌がうっすら湿っているのを感じた。

「きみはきっと知りたいんじゃないかと思っただけだよ」

「なぜ、いつも知らなければならないの？　たまには放っておいてもいいんじゃない？」

「ごめん」と、アウグストは言った。「そのとおりだ。ぼくは宿題を家に持って帰らないようにすることを学ぶ必要があるな。特に寝室には。ぶち壊しだからね。きみの方針が正しい。気持ちの切り替えだよ。そのほうが健康的だ」

エイラは振り返った。「あなた、何のことを言っているの？」

「もちろん、死体のことだよ」と、アウグストは言った。「きみがロックネで見つけたやつだ。署を出る前に聞いたんでね。すぐにきみを思い出した。いまきみがどれぐらい捜査にかかわっているのか知らないけど。来週にはこちらへ戻ると聞いたよ。いいことだ。ぼくにとっては、という意味だが」

「あなたが電話で話そうとしていたのは、そのことなの？」エイラは自分が馬鹿に思えた。本当に馬鹿だった。アウグストが電話したがっていたのは別のことだと……「何を聞いたの？」

「あれは彼女ではなかった。見つかった死体は」

「何ですって？」

「リーナ・スタヴリエドではなかった」

エイラはアウグストをまじまじと見つめた。なんとかその意味を理解しようとした。

「でも、まだＤＮＡ鑑定の結果は出ていないはずよ。まだ一日しかたってないから……」

「頭蓋骨《ずがいこつ》が見つかったんだ」

頭蓋骨。それがあれば性別を一番簡単に見分けられる。眼窩《がんか》、顎、後頭部の曲線……エイラは急に、自分がひどく無防備になった感じがした。夢のなかで、なぜか裸で学校に行ったときのような気分だった。

「男だったの？」と、エイラは尋ねた。床から毛布を拾い上げて、身体に巻きつけた。

アウグストがうなずく。

「では、時代は？」

「時代？」

「ええ、死体は大昔のものなのか、それとも……」

「それは聞いていない」

エイラは着信を二度無視したことを思い出した。登録していない番号だった。ジャズクラブを出たあと、マナーモードを切るのを忘れていた。心臓をどきどきさせながら、この建物の外でメールを打つことしか考えていなかった。電話はどこに入れただろう？　パンツか、上着か？　あわてて、床に散らばった服を手探りし始めた。

背後から、アウグストの声がした。

「でも、予備捜査を始めることは決まったらしいよ。だとすると、中世のものじゃないんだろうね」

成人の骨格を構成する二百二十の骨の大部分は欠けていたが、それでも男性の身体は形を取り始めていた。

それが誰であるにせよ。

冷却装置のせいで、昔の鍛冶場はほとんど凍えそうなほどの寒さだった。すでにさまざまな発見物——ドレスやビール缶その他は分析のために運び出されており、空いたスペースに骨が並べてあった。運搬の専門家チームが到着するまで、冷気が骨を現状のままに保つ役割を果たす。ブルーの土は洗い落とされ、骨の一部は白い色を露出させていた。

「死蠟《しろう》よ」と、左の脚のパズルに新たなピースをはめこみながら、シリン・ベン・ハッセンが解説した。「ブルーの土が関係しているんでしょうね。DC－3の乗務員の死体を回収したときもそうだった。知ってるでしょう、冷戦時代にゴットランドで撃墜された飛行機よ。その死体もブルーの土壌に埋まっていた」

昨夜エイラに連絡してきたのはシリンだった。この事件に知識のある者と話をしたかったらしい。GGがエイラの電話番号を教えたという。GGはほかのことで忙しいようだったが、先ほどスンツヴァルからこちらへ向かう途中だとメールで連絡してきた。

シリンは朝の七時から足首までブルーの土に埋まって働いており、週末をテレビを観たり、朝寝をしたりして過ごす人々の相手をするひまなどないと言った。とりわけ、死体の頭部に殴られた跡と思われるものがある場合は。

「そのことはもう報告したの？」と、エイラは尋ねた。

骨の残存物の分析ともなると、死因を特定するまでに気の遠くなるほどの時間がかかるのが常である。しかも、それがうまくいくとは限らない。シリンはiＰａｄを取り出して、死体の頭部の写真をエイラに見せた。すでに科学捜査研究所に送られているものだ。

「これがわかる？」

シリンは、さまざまな角度から撮られた写真をゆっくりとスクロールしていった。確かに、頭蓋骨には典型的な男性的特徴が数多く見られた。眼窩が角張り、顎が力感的だ。額の傾斜角が女性のものより大きい。

「誰かがかなりきつい一発を食らわせたみたいね」と、写真を拡大して、シリンが言った。骨に小さなへこみが見えた。陥没している。

「これができたのは、水に入る前かしら、あとかしら？」

「派遣されてきたのが私だったことが、この男には幸運だったわ」シリンはまるで愛撫《あいぶ》するかのように、そっとiＰａｄの画面の埃《ほこり》を払った。「死体の復元をするとき、骨解剖学の専門知識を持つ人間がいない場合がよくあるの。必ずチームに入れるように要請しておいてもね。そうなると、こういうものを見つけるのに何週間もかかるわ」

むろん、死の前に傷が生じる。ふたりが見ているのは深刻な外傷で、おそらく死因となったものだろう。

シリンは鍛冶場のなかを指さした。

「もしあそこが犯行現場なら、凶器には事欠かない。鉄の棒でも、鍛冶屋の大槌《おおづち》でも、錆びた何かでも。誰かの頭をへこませたいと思っている人間には、まさに宝庫ね。ちょっぴり運に恵まれればＤＮＡを検出できるけど、まあ、私なら殺人の凶器を川のできるだけ遠くへ放りこむでしょうね。死体を処分するよりずっと簡単だから。コーヒーをいかが？」

「いただくわ」

建物の外の壊れかけたテーブルに、魔法瓶とマグカップが置いてあった。エイラはシナモンの渦巻きパンをありがたくひとつちょうだいした。

雨が降ったおかげで、周囲の草木が生気を取り戻し、ざわざわと這《は》い広がり始めたように見えた。

シリンは失礼と言って、同僚のひとりと話をしに行った。エイラはその場に残り、いまわかっている事実を整理しようとした。何はともあれ、殺人事件を掘り起こすことができた。リーナではなかったが、どこかの誰かがまもなく親族のひとりに何が起きたかを知ることになるはずだ。親族がまだ残っていればの話だが。エイラは、ストックホルムのセーデルマルム地区の公園で穴を掘っていた作業員が人間の遺骨を発見した事件のことを思い返した。殺人捜査は、結局その遺骨が十八世紀にコレラ犠牲者の墓地に埋められたものであるのがわかって打ち切られた。

「訊くのはまだ早いかも知れないけど」シリンが戻ってくると、エイラは尋ねた。「それが起きた時期について、何かわかったことはないかしら？」

シリンは手袋をはめ、コーヒーをもう一杯飲みほして気合いを入れ直した。

「一九六〇年四月より前ということはない」と、シリンは言った。「たぶん、一九七四年よりあとでしょうね」

エイラは思わず笑い声を上げた。「真面目に言ってるの？」

「ちょっと来てみて」

地面は昨日の雨でぬかるんでいた。川辺にテントがひとつ張られ、その周囲に測量用の杭と紐で目印がされていた。何人か水に入って、グリッド杭で碁盤目を作っている。発見物はすべて位置を座標で示されることになる。三脚に取り付けたカメラが、あらゆるものを念入りに記録していた。

エイラは、テントのなかで作業している鑑識官ふたりに挨拶した。

「今朝、これを見つけたの」と、シリンが言った。

シリンは水際ぎりぎりに置かれたプラスチックの収納容器のそばで足を止めた。エイラが顔を近づけると、箱のなかの水に靴が片方浮かんでいた。

「運び出すまで腐敗がこれ以上進まないように、川の水に入れて温度を保つのよ。このちっちゃな美人さんが教えてくれることを全部知りたいから」

それは革製の黒のブーツだった。編み上げ式で、厚底になっている。新しいモデルではないが、いにしえのものでもなかった。

「これはドクター・マーチン？」

「そう、クラシック一四六〇モデル。一九六〇年四月の発売だから、そういう名前になったみたい」

「これがこの人のものであるのは間違いないの？」

「まあ、こんなものをなくす人はいないものね。それは確かよ」シリンが容器の向きを変えると、ブーツがかすかに動いた。エイラは、なかに何か白いものがあるのに目を留めた。

「見えるのは足よ。これも死蠟ね」シリンは手に持ったシナモンの渦巻きパンをかじった。「たまたま右脚の先も見つかってるから、これが同じ人物のものである可能性は高い」

「じゃあ、なぜ一九七四年よりあとなの？」

「その年に、ストックホルムのガムラ通りにスコーウノが開店した。この人物はその前にロンドンでブーツを買ったのかもしれないけど、英国の工場労働者でもないかぎり、その可能性は低い。このブーツが流行したのは六〇年代の後半だった。最初にスキンヘッド、そのあとがネオナチね。みんな、鉄をかぶせた先端が気に入って……」

「ネオナチ？」

「あり得るわね」と、シリンが言った。「でも、どれも憶測でしかないから、報告書には書けないわ」

シリンは棒でブーツをつついた。「ナチは紐を一番うえまで全部締めていた。そういうことを忘れるとは思えない」

エイラはさらに顔を近づけた。ブーツには両側に八つずつ穴が開いていたが、紐は途中までしか通っておらず、上部の四つは空いていた。川底にあったものはどれもそうだが、紐の結び目さえブルーの土で当時のままに保たれている。

「この男は、グランジ・ロックの信奉者じゃないかしら」と、シリンが言う。

エイラはまた笑い声を上げた。「あなたはサブカルチャーの特別訓練も受けたの？」

「いいえ、そうじゃない」と、シリンが言った。「でも、ドクター・マーチンが大人気になり、カート・コバーンが神だったとき、私はティーンエイジャーだった。半年も小遣いを貯めてスコーウノへ行き、一足買ったわ。紐を一番うえまで締めないぐらいなら、死んだほうがましだった」

冷たい風が川を渡って吹きつけ、水面に小さな波紋が生じた。

「じゃああなたは、この死体が川に行き着いたのは九〇年代の初めだったというのね。グランジ・ロックが最盛期で、それに……」

携帯電話の鳴る音が、ふたりの会話を中断させた。GGからだった。すぐそばの道路まで来ており、いまどこにいるのかを訊いてきたのだ。彼が到着すると、シリンはまた最初から全部説明をし直した。そのあいだエイラは、道路を横切るカエルの一家を見ながら耳を傾けていた。

「では、溺《おぼ》れたのではないんだな？」と、GGが尋ねた。

「溺れた人間を蒸気船の桟橋の下に埋葬するかしら？」と、シリンが言い返す。

「これが壊れる前からここにあったんじゃないのか？　それとも壊れたあとに、誰かがここに埋めたのか？」

「たとえブーツが見つからなかったとしても、私はあとのほうだと思う。ここ何十年かのこのあたりの写真を探すように要請してあるわ」

「ということは、遠い過去ではないんだな？」

「グランジが遠い過去にならないかぎりは」


三十分後、エイラとGGは一緒に現場をあとにした。GGは泥がそれほどくっつかず、深くもない踏み荒らされた小道の端を歩いた。

「さて、いろいろ考え合わせると、どんな結論が出るかな？」車に着くと、タバコに火をつけて、GGが問いかけた。「死体を探しているときに別の死体が出てきたのは偶然だろうか？」

エイラはどう答えればいいかわからなかったが、たぶんGGは答えを求めてはいないのだろう。

「検事と話したんだが」と、GGが先を続けた。「われわれは殺人に関する新たな予備捜査を行うことになった」

GGは長いため息とともに煙を吐き出した。

「この秋は休暇が取れると思ってたんだがな。あるいは、冬に。暗い日が続くようになる前にずらかりたかったよ」

さまざまな思いがエイラの頭を通り過ぎた。GGは新しいガールフレンドとうまくいってるんだろうか、子どもをつくるのだろうか……

「きみをもう一度借りたいと思っている」と、GGは言った。「きみの地元に関する知識は貴重だからな。誰にもない目で物事を見ることができる。休みを取るつもりなら、話は別だが。どうなんだね？」

「いいえ……八月まで休みを取るつもりはありません」

エイラは、ブヨの群れがGGの顔のまわりを飛んでいるのに気づいた。遠くに、学校の看板が見えた。集落に活気のあった時代の忘れ形見だ。製材所は屋根だけしか見えなかった。タイルが剝がれている部分は、山の背についた傷のようだった。

〝地元に関する知識〟——まったくうわべだけの言葉だ。まるで十一月に初めて張った氷のように薄っぺらい。奈落の底のことは、見えないところでひっそり動いている複雑な状況については何も語っていない。そこでは誰もが誰かと関係を持ち、記憶が罠《わな》を仕掛け、人をあざむく。愛情のことを何も語っていない言葉だ。

「私にはできません」と、エイラは言った。

「ほう、そうなのか……」GGは驚いているようだった。「おれたちと一緒に仕事をするのを楽しんでいるように見えたがね」

「楽しんでます」と、エイラは言った。「心から。ただ……」

言葉が出てこなかった。あのいまいましい言葉が。気持ちはGGに真実を打ち明けるほうに傾いていた。だが、なぜ自分の兄の名前を持ち出さなければならないのだ。とっくの昔に片のついた昔の捜査を蒸し返す意味があるのだろうか？　今度の捜査はまったく別物なのに。被害者は男で、リーナではない。起きた時期もまったく違う可能性がある。同じ時期だという証拠がどこにある？　靴紐だけではないか。

その一方で、エイラはその朝見た発見物のことも思い出していた。あのドレスはリーナのものかもしれない。これは偶然の一致で片づけられることだろうか？

「不誠実な気がします」と、エイラはようやく口を開いた。「クラムフォシュの同僚たちに対して、という意味です。このところずっと、入ってくるのはアカデミーを出たての新米警官補だけでしたから」

「気持ちはわかるよ」

GGはタバコをはじき飛ばし、足もとに落ちた灰のかけらを踏みつぶすと、かつて製材所の建っていたところを振り返り、頭上のすっきり晴れた空を見上げた。

「グランジか」と、彼は言った。「そのことで、あの男についてほかに何かわかることはないだろうか？　検視の結果を待つしかないのかな」

「若かったということでは？」

「おれだって一足持っているよ」と、GGは言った。

「ドクター・マーチンを？」

「まあな。去年の秋、自分を鍛え直すために必要だと思ったんだが、ほとんど履いてない。やけに硬くて、歩くだけでもひと苦労だ」

「当時は、ドクター・マーチンを履いて歩いているお年寄りはそんなに多く……」

「何だって？」

「成熟した男性——熟年っていう意味です」

「ありがとうよ」と言って、GGはにやりとした。

エイラは心を悲しみが走るのを感じた。この人ともう一緒に仕事ができないのがひどく寂しかった。

「シリンが言ってたように、あれは若い世代の文化ですから。反抗の象徴みたいな……」そう言ったとたん、不意に思いついたことがあった。事情に通じていたからではない。九〇年代と言えば、エイラはスパイス・ガールズしか眼中になかった。それでも、雑誌やテレビなどでしか見られないものへのあこがれについては、それなりの知識があった。

「若者でも、あれを履いている人はそんなに多くなかったはずです」と、エイラは言葉を継いだ。「このあたりでは。それも九〇年代には。たぶんヘノサンドなら、ヴィンテージの上着を着てバンドで演奏している人もいたでしょうけど、クラムフォシュではどうでしょう？　この近くの村では？　住人はそれだけのお金を持っていなかった。ドクター・マーチン一足でも手に余ったんじゃないかしら」

「なるほど、言いたいことはわかった」と言って、GGはため息をついた。「それも地元に関する知識だな」

エイラが勤務に戻った日、オンゲルマンランド管区ではさしたることは起きなかった。ボルスタブルックでの暴行事件——警官たちにはおなじみの住所だった。ローの遊泳地域にあるキオスクへの押込み——犯人はお菓子の在庫を奪い、アイスクリーム冷凍庫を空にしていった。地元ならではの悲劇だが、警察にできるのは住民の自治会と、この事件を深刻に受けとめて動揺している何人かの子どもたちに概要を知らせることぐらいだ。

「来週、面接があるんだ」家を出て仕事に向かう車のなかで、窓を開けながらアウグストが言った。「ストックホルム西地区のポストが空いているらしい」

「おめでとう」と、エイラは言った。「幸運を祈るわ。受かってほしいと心から思う」

「ぼくが望んでいればだけどね」

「市街地ではないから？」エイラはいらだちを感じた。訓練を受けて着任したのに、そこで待っていた仕事は彼には役不足のものばかりなのだ。

「ここに留まることもできる」と、アウグストは言った。「職務を与えられれば」

「冗談でしょう」

アウグストは答えなかった。笑いもしなかった。エイラの手を探り当てて握り、太ももに軽く触れた。ふたりの関係はここまで進んでいた。

「ここに留まるのを望む人などいない」と、エイラは言った。「留まるのは、家族がここにいるか、ここの出身か、思い出があるかのどれかよ。あるいは、狩りや釣り、川や森がなくては生きていけない場合か。ここに一家を構えて、子どもたちを自由に走りまわらせたいと願っている人もいるかもしれないけど。でも、仕事のためじゃない。ここでこの先三十年も警官補を続けることになるかもしれないのよ。出世を望んでも、管理職のポストが空くのは十五年に一度よ」

「もしかしたら、ここの暮らしが好きなのかもしれない」

「頭がどうかしたんじゃないの」

「ここには静寂がある。ほかでは味わえなかったものだ。自然とこれほど間近に暮らしていると、きれいな空気を吸っている気がする。それに、光が……」

「あなたはここの十一月を体験していない。どれぐらい暗いか、わかってないのよ。一月に凍りついて動かなくなった車に閉じこめられたこともない」

「いつもくっついていられるよ」と言って、アウグストは笑いながら、エイラのももをきつくつかんだ。

「じゃあ、ガールフレンドのほうはどうするの？」

「言っただろう、おたがいを束縛しないことにしている」

議論になるのを避けるために、エイラはラジオのスイッチを入れた。数年前の夏にヒットした曲のレゲエのビートが響いてきた。アウグストが窓ガラスを指で叩いてリズムを取りながら、一緒に歌い出した。

その声はいつもと少しも変わらなかった。こんな脳天気な屈託のなさにエイラは不安を感じた。この若者はいまこの瞬間だけ存在しているように見える。本気で思っていないことも、思わず口をついて出てくる。

エイラは車の速度を落として、山の尾根に向かって急勾配で上っている狭い道に曲がりこんだ。

「クラムフォシュに向かっていると思ったけど？」と、アウグストが言った。

から」

「ええ」と、エイラは答えた。「でも、そんなに時間はかからない。大した回り道にはならない

尾根の反対側には、青々とした谷が広がっていた。エイラはアルプスを連想させるこの景色が昔から好きだった。うねるように続く草原、放牧中の牛、点在する農場。

まっすぐの砂利道が、森との境にある家に続いていた。芝生はきちんと刈られていたが、それ以外のところは見捨てられたことを示す徴候があちこちに見られた。何カ所も倒れかけているフェンス、雨風のために剝がれ落ちた塗装。煙突を覗けば鳥の巣が見つかるかもしれない、とエイラは思った。

「家を買うつもりかい？」と、アウグストが尋ねた。「それとも、そういうふりをしているだけなのか？」

エイラはエンジンを切り、車を降りた。

「率直に言わせてもらえば」と、エイラの後ろから腐食した部分を観察していたアウグストが言った。「かなり手を入れる必要がありそうだな」

「ここが彼女の住んでいたところよ」

アウグストは一瞬押し黙った。エイラはその態度に好感を抱いた。ここは敬虔《けいけん》なる心を要求される場所だ。この土地が抱えている悲しみに黙礼すべきだ。

アウグストもそう感じたのか。あるいは単に鈍いだけなのか？

「リーナが、っていうこと？」

「そういうこと」

「あれ以来、誰も住んでないのかな？」

「両親はあのあとまもなく、全部清算してフィンランドに引っ越した。父親は農業機械の会社で働いていて、母親は確か教師だった」

エイラは、まだ窓にカーテンがかかっているのに気づいた。それは決して不思議ではなかった。人は自分がまた戻ってくるのかどうかを確信できないものなのだ。

「それから一年ほどたって、夫妻は娘の死亡宣告の申し立てをした。意外なほど早かったわ。死体はまだ見つかっていないのに」

アウグストはフェンスまで歩いて行き、門を開けた。蝶番《ちようつがい》がかすかにきしみ音を立てた。

「こんなふうに家を放置するなんて考えられないな」と、アウグストが言った。「価値が下がっちゃうじゃないか」

「夫妻はそんなこと、まったく頭になかったでしょうね」

「このコテッジに限らず、あちこちにあるんだ。どうしてそういうものを買い上げ──まあ、ここは話が別だけど──リフォームして、ストックホルムやドイツから来た人間に売りつけないんだろう？　いい商売になるのに」

「このあたりでリフォームするのは」エイラはアウグストが、オンゲルマンランド様式のかなり立派な二階建てをコテッジと表現したことにいらだちを覚えて、そう言った。「本当に家が必要な場合か、もっと良い環境にしたいと思った場合だけよ。家に投資しても、お金は戻ってこない。リフォームの費用のほうが、不動産市場から搾り取れるものよりずっと高くつくのだから」

「それはここがまだ世間に知られていないからだよ。どんなに美しいかわかったら……」

エイラはアウグストの息が首筋にかかり、彼が腰に手を回してくるのを感じた。

「あらあら、こんなところで何をしているの？」

エイラはアウグストの抱擁から身を引き剝がして振り返った。短パンをはき、つばの大きな帽子をかぶった年配の女性が、片手に犬のリードを持って砂利道に立っていた。犬はどこか近くを走りまわっているらしい。

「また、あの一件が掘り返されるのね」と、女性は言った。

たがいに近寄り、挨拶を交わす。エイラは老女の姓にどこか聞き覚えがあった。ニィベリはめずらしい姓ではないのだが。

「ロックネで死体が見つかったあと、ジャーナリストが大勢このへんを歩きまわって撮影をしてたわ。でも、リーナじゃなかったんでしょう？　ニュースでは男性だと言ってたけど、身元はわかったのかしら……」

「まだです」と、エイラが言った。

女性は日差しに目を細くした。「それなら、ここで何をしているの？　スタヴリエド家の土地で？　何も残っていないはずよ。警察が一帯をくまなく捜索したから。彼らは、人に頼らずに暮らしていた善良な人たちだったわ」

女性はエイラよりも、家に向かってしゃべっているようだった。まるで、スタヴリエド家の人間がまだそこにいて、聞き耳を立てているかのように。

「彼らをご存じだったんですか？」

「ええ、ええ、もちろんよ。私はあそこに住んでいるんですもの」と言って、女性は二百メートルほど先に見える二戸建て住宅を指さした。「娘たちも、小さい頃はよく一緒に遊んでたわ。いくらか大きくなっても、また別の種類の遊びを見つけてね。わかるでしょう？」

ニィベリ、ニィベリ……事情聴取の記録にあった名前と目撃証言が、エイラの頭に次々と浮かんできた。近所の住人、友人。

「娘さんの名前は何と言うんです？」

「エルヴィーラだけど、みんな、エルヴィスと呼んでたわ。なんでそんなことを訊くの？」

「その名前に聞き覚えがあります」

「そうでしょうね。娘はクラムフォシュでネイル・サロンをやってるから、きっとそこで会ったんでしょう。もっとも、いまはシェーグリエンと名乗ってるけど。結婚したのよ」

女性はチラリとエイラの爪に目をやった。サロンで定期的に顔を合わせているとはとても思えない有様だった。何も塗っておらず、短く切り詰めている。

「あなたたちは、また娘にうるさくつきまとう気じゃないでしょうね。エルヴィスが未来に目を向けられるようになるまで、どれぐらい時間がかかったかわかってないんだわ。それこそ、何年も何年もかかった。娘とリーナは生まれたときからずっと一緒だった。私もリーナをこの腕に抱いたことがある。やったのはあの男でしょう。ハーグストレームの息子よ。全部、解決したのよ。いつものように新聞が当てずっぽうで騒いでいるだけ。そうじゃなくて？」

女性が不安を抱いているのはほぼ間違いない。もしかしたら、自分の言ったことさえ信じていないのかもしれない。

「芝を刈ったのは誰なんです？」と、アウグストが訊いた。

「森に占領されたら、取り返しがつかないわ。こうしておけば、少なくともここに誰かが住んでいるのがわかるはずよ。芝を刈るのは犯罪じゃないでしょ？」

ほんの数キロ走ったところで、エイラの携帯電話にメールが入った。

どこにいるんだ?

エイラは車を道路脇に停めた。GGからだった。いまビヤットローにいて、これから戻るところだと返信した。

クングスゴーデンに寄る時間はあるか?

エイラの鼓動が速くなった。ウメオの指令センターからは新たな警報は入っていないから、やるべきことは署で午後のコーヒーを飲むぐらいだ。

大丈夫だけど、なぜ? と書いてから、馬運車が通り過ぎるのを待って、道路へ戻る。携帯電話をハンドルにはさんで、ゆっくり運転した。またメールが届いた。

これが目撃した人物かどうか、ニィダーレンに訊いてくれ。

ピン、ピン、と電話が鳴った。

画面に顔が現れる。

長い黒髪。細面で、柔らかい輪郭。パスポート写真によくある、正面を見据えた目。二十代と思われる若い男だった。

「どういうことなんだ?」と、アウグストが同じ質問を二度三度と繰り返す。

「ロックネの死体の身元がわかったみたいね」

「やれやれ」

また携帯電話が鳴って、二枚の写真が送られてきた。同じ人物だが、一枚は少し若い頃のものだった。長髪は変わらず、今度は〈ハンマルビィ〉のロゴの入ったジャージを着ている。ストックホルムのサッカー・チームだ。ニィダーレン家の庭に車を乗り入れる頃には、エイラは自分の推理が正しかったことに気づいた。どこかよそから来た人物だ。

ガレージの前に二台の車が停まっていた。一台はぴかぴかの新車で、レンタカーだった。若い女性がポーチに出てきた。裾をロールアップしたジーンズをはいており、持っていたゴミ袋を床に下ろした。

「娘のイエンヌだ。戻ってきたんだ」と、不審そうな顔でためらいがちにふたりの警官に近づいてきたトリッグヴェが説明した。「オーストラリアからね。娘もこの騒ぎに巻きこまなければならないのかね？」

「写真を何枚か見ていただきたいだけです」と、エイラは言った。

「いったい、いつまで続くんだ？」

エイラは最初の写真を画面に出して、携帯電話を差し出した。

「リーナ・スタヴリエドが失踪した夜、あなたが川で見たのはこの人物でしょうか？」

トリッグヴェはポケットを叩いてから、失礼と言って、メガネを取りに家に戻った。若い女性はゴミ缶の蓋《ふた》を音高く閉めると、ふたりのほうに近づき、安全な距離を保って足を止めた。

「何の用なの？」と、イエンヌはポケットに両手を突っこんで、挑むように肩をそびやかした。

「別の事件に関することです」

「そうでしょうね」

イエンヌは質問されるのを待つように、その場に留まった。

「あなたには、とてもショックだったでしょうね」と言いながら、エイラは自分の言葉がなんとも哀れに聞こえるのを意識した。だが、殺人を自白した母親を持つ相手に何と言えばいいのか？父親がそれまで思っていたのとはまったく違う人間であることを知った相手に？

「荷物を取りに来たのよ」と、イエンヌは言った。「ここを出たときは、バックパックひとつだったから。父親が売り払う前に、子どもの頃の思い出の品を取っておきたいと思ったの。でも、そんなものがあるかしら？　思い出したいことなんて？」

「お父さんはお売りになるの？」

「父が何をしようと、私はいっさい口出ししないわ」イェンヌは家のほうを眺め見た。ちょうど父親がメガネを持って戻ってきたところだった。「外目にはとても素敵でしょう？」と、イェンヌは言った。「ふたりで汗水垂らして家と庭に手を入れたの。何もかも完璧にしようとして」

エイラはもっと質問したかったが、そのためにここに来ているわけではなかった。いまはスヴェン・ハーグストレームの殺害事件にかかわっていないのだから。すべてのことにきちんと説明がつくわけではない。今度の捜査には、自白と凶器と動機がそろっている。メイヤンを犯人とする証拠は盤石で、これ以上、彼女の心理や背景を深く掘り下げる必要はなかった。それをするのは、いまや弁護団の役割になっている――むろん、そうした角度で弁護戦略を組み立てるとすればだが。あるいは、法廷で評決を下す際の陪審団の役割でもある。

父親が近づいてくると、イェンヌは身をひるがえして歩き去った。その途中で、落ちていたサッカーのボールをきれいに手入れされた花壇のひとつに蹴《け》りこんだ。父親とすれ違うとき、顔をそむけた。

トリッグヴェは娘の姿をしばらく見つめてから、メガネをかけ、エイラの携帯電話を受け取った。

「これは誰だね？」写真をじっくりと見ながら、トリッグヴェは尋ねた。

「あなたは、ボートを漕《こ》いでいた人物の顔に黒い髪が垂れていたとおっしゃって……」

「確かに……髪のことは記憶にある。こんなふうに肩まで垂れていた。それに、漕ぐのがひどく下手だったのも覚えている。ボートに乗った女性たち、ってわけだ」トリッグヴェはアウグストも同調してくれるのを期待して笑い声を上げたが、反応がないのを見てうつむいた。

「ところが実はこの男だった、と考えているのかね？」と、トリッグヴェは訊いた。

「どう思われます？」

「わからんね」トリッグヴェはしばらく、サッカーのジャージ姿の写真を見つめた。「この男なら女の子みたいに見えるな。細面だし、あまり男らしくないし……」

「ずいぶん前のことだから、はっきり言い切るのは難しいかもしれませんね」と、エイラは言った。

トリッグヴェは電話を返した。

「そうだな」と言ったが、その言葉に北部出身者の訛《なま》りは聞き取れなかった。この人は北部に帰るつもりなんだろうか、とエイラは思った。すべてを忘れて受け入れてくれる町や村はあるのだろうか。「全然別の人間かもしれないが、でも、この男である可能性はある」

身元をこれほど早く割り出せたのは、その人物の歯のおかげだった。ケンネス・エマヌエル・イサクソン。

「失踪人のデータベースで見つけたの」と言ったのは、一時的にクラムフォシュに戻ってきているシリエだった。彼女はエイラに見えるように、ラップトップ・コンピューターの向きを変えた。

一九七六年、ストックホルムのヘーゲシュティエン区生まれ。失踪届が出された一九九六年六月には、二十歳になったばかりだった。

エイラはその前後を計算してみた。リーナの失踪の日までひと月足らず――四週間もない。正確に言えば、二十六日前だ。

「北ヘルシングランドにあったハッセラ・コミューンを逃げ出したのよ」と、シリエが言った。

「そのコミューンはまだあるの？」エイラは、そこから百五十キロほどの県境の反対側に、青少年麻薬依存症患者の治療施設があるのを思い出した。

「いまは別のものに変わったみたいだけど、この男がいた頃は、マルクス主義者精神による同志愛的支援がまださかんに行われていた」

「そこをめぐっては、激しい論争があったのを覚えている」

「集団的育児というやつね」と、シリエ。「いろいろ成果をあげたのは確かだけど、批判もすごかった。なかでも、子どもがたがいに密告し合うのを奨励した点ね」

シリエは資料のページをスクロールして、一九九六年のイサクソン失踪に関する捜査記録の要約を見せた。

「ストックホルムに逃げたと見られている。前にも何度か逃げたらしいけど、そのたびに一、二カ所、いつも隠れる場所が決まっていて、簡単に見つかったそうよ」

「親族とは連絡が取れたの？」

「父親は亡くなったし、母親は失踪する前年から息子とはいっさい連絡を取らなくなった。ケンネスは家から売り物になるものを全部盗んでいったらしい」

「じゃあ、オーダーレンで何をしてたのかしら？」

「身を隠してたんじゃないの？　二度と捕まりたくないと思ってたのかも。あるいは通報されたくないと」

「ほかにも行く場所はあったのに」と、エイラは言った。「ノルウェーとかフィンランドとか……ドラッグなら、どこでもたっぷり手に入るわ」

「ハッセラ・コミューンの人の話では、しばらくドラッグはやってなかったそうよ」

「誰も彼の行方を知らなかったの？」

「そうみたいね」と、シリエは言った。「そのときは、友だちにもいっさい何も言わなかったらしい」

エイラはさほど長くない要約の文章にもう一度目を通した。

「もし川でリーナと一緒にいたのが彼だったら」と、エイラは言った。「初めて会ったんじゃないわね。彼女が思いつきで川へ行くはずないから、待ち合わせていたんだわ」

「なるほどね」と、シリエが言った。「そんなふうに結論に飛びつくのは早すぎると叱られそうだけど」

エイラはケンネス・エマヌエル・イサクソンの写真に目を戻した。乱れた髪、とらえどころのない目の表情。

「もしあなたが十六歳か十七歳だったら、こういう男にのめりこむかしら？」

エイラはそう言って、もう一度、男の射ぬくような目を見つめた。

「逃亡中っていうところに惹《ひ》かれた可能性はある。あるいは逆におびえたか。どっちの気持ちが勝つかは紙一重ね。ロック・スターみたいだと思ったかもしれない」

「リーナはマリエベリまで歩き通した」と、エイラが言う。「家からゆうに一キロ以上——二キロ近くもあるのに。ドレスアップして、汚れるのを嫌がり……」エイラはいまや森のなかにいて、川に続く小道を歩いていた。ボートのうえの若者の姿が目に浮かぶ。彼はボートをどこで手に入れたんだろう？　むろん、盗んだのだ。一シーズンで何十艘《そう》もの手漕ぎボートがなくなっている。

その川辺は、リーナの最後の痕跡《こんせき》が発見された場所だ。

「メイクブラシ」と、エイラは言った。

「何ですって？」

「川岸で見つかったの。彼が来る前に、リーナは化粧をしたんだわ」

店内の空気は除光液のアセトンと香水のにおいでむっとしていた。サロンと呼ぶには少々無理があるが――変哲もない住居用ビルの地下にあった――それでも、エルヴィーラ・シェーグリエンはできるだけその名にふさわしいものにしようと最善を尽くしていた。

壁に貼ったフランスの風景ポスター、金色の縁を施した鏡、空いている場所には必ず飾られているロウソク。白檀《びやくだん》とローズマリーの香。

「あらまあ、あなた」と、エイラの手をしげしげと眺めながら、店主は言った。「最後にネイルの手入れをしたのはいつ？」

「自然にしていたいだけなの」

「自分を大切にしたいとは思わないの？　あなたにはその価値があると思うけど」

みんなにエルヴィスと呼ばれている女性は、エイラがどこまで正直に打ち明けるべきか思いめぐらしているあいだに、ありとあらゆる色のつけ爪の入った箱をいくつか出してきた。細長いもの、先の尖《とが》ったもの、先が丸いもの、均整のとれたもの、と形もさまざまだ。警官であるために、エイラの立場は微妙だった（すでにその立場を逸脱していなければ、の話だが）。それでも、自分をきれいに見せようとしたところで、誰の恨みを買うわけでもない。

エイラはかすかに真珠に似た輝きを放つ、白に近い色のものを指さした。

「それと、もう少し長めにしたほうがいいわね」と、指でエイラの指をそっと揉《も》みながら、エルヴィーラが言った。

「あまり長くしないで」と、エイラが言った。「仕事上、長い爪は具合が悪いの」厳密に言えば、それは真実ではない。同僚には、男性的な制服とバランスを取るために、明るいピンクのつけ爪を付けている人が大勢いる。

「あら、それは残念。何をなさっているの？」

「警官なの」

「まあ、それは面白そう。いろんなことを見ているんでしょうね」

「さっきも言ったけど、できるだけ自然にしてちょうだい」とエイラが言うと、エルヴィーラは悲しそうな笑みを浮かべた。自己評価が低いのが残念と言いたげだった。

エイラを椅子に座らせて、エルヴィーラはやすりをかけ、保湿ケアを施しながら、爪を強化したり、ゲル状の樹脂をコーティングしたりする別の方法を説明した。

「前にあなたと会ったことがある気がする」天候や休暇について他愛ない話をしたあと、エイラはそう切り出した。「リーナの友だちじゃなかった？　あの失踪《しっそう》した人の」

「そうよ。一番の親友だった」

四十分――エイラは頭のなかで計算した。十個の爪を処理するのにそれぐらいかかる。ということは、残り三十五分だ。

「さぞ、おぞましかったでしょうね。いえ、あなたにすれば、という意味よ」

エルヴィーラはテーブルのうえのライトの向きを調節した。

「忘れようとしても忘れられないことがある。つい最近、リーナの遺体が見つかった可能性があると新聞が書き立てて、あの事件が蒸し返された。私がとっさに思ったのは、そう、これでようやく葬儀が行われるってことだった。あのときはお別れの会しか開かれなかった。でも、とても素敵な会だったわ。リーナの好きだった曲が流れて、彼女がどれほど素晴らしい人だったか、生きていればどんなに立派になったかを言い合って……」

エイラの爪を手入れしているのだからうつむいているのは当然だが、どことなく目を合わせないようにしている気配があった。言葉はどこか上っ調子で、心底そう考えているようには思えなかった。

「私は彼女を知らなかった」と、エイラは言った。「まだ小さかったから。でも、兄はよく知っていた。彼女とデートしていたんだから」

エルヴィーラの持っていた道具がすべり、尖った部分がエイラの皮膚に当たった。エルヴィーラは顔を上げた。

「シェディンね！　全然、気がつかなかった。あなた、マグヌスの妹さんね。もちろんそうよ、彼の妹が警察に入ったと聞いたことがあるもの」

空気が急に変わり、ロウソクがあっても、息がしやすくなった気がした。エルヴィーラは、女性の値打ちは何だとか、もっと自分を磨くべきだとかいったサロンならではのおしゃべりを打ち切った。

マグヌスは元気なのか、近頃何をしているのか、誰と会っているのかといった質問が矢継ぎ早に飛んできたが、エイラはさりげなくはぐらかした。

「本当のところ、リーナはどんな人だったの？」

「マグヌスはどう言っていた？」

「何も」と、エイラは言った。「兄がどんな人間か知ってるでしょう」

「きっと忘れてしまいたいのよ」と言って、エルヴィーラは爪やすりをテーブルに置いた。さっき持ってきた小さな壜《びん》を手に取ると、エイラの手をしっかりと握って、丁寧に何度か下塗りをした。「みんな、あの人がどんなに素敵だったか、きれいだったかと言うだけ。そうじゃないとはとても言えなかった。嫌味な人間と思われるから」

「あなた、リッケンを覚えている？」

「ええ、もちろんよ」

「彼の話では、リーナは兄をもてあそんだそうね」

「あの子は最悪だった」と、エルヴィーラは言った。「ごめん、誰にも言ったことはなかったんだけど、あなたはマグヌスの妹だから、知っておいたほうがいい。リーナはマグヌスと別れて、またよりを戻した。ほかの人と付き合っているのに、マグヌスをまだ愛していると言いふらしていた。それがどんなことかわかるでしょう。恋をしている人間は頭がおかしくなってしまうわ。時がたてば、その相手がいなくても生きていけるとは考えもしない」

　エルヴィーラはエイラの手をヒートランプに当て、しばらくそのままにした。

「実は、私はマグヌスが好きだったの」と、エルヴィーラは言った。頬がかすかに赤らんでいたが、たぶんそれはランプの熱のせいだろう。「警察に何もしゃべらなかったのは、私が嫉妬《しっと》して殺したのではないかと疑われる可能性があったから。でも、リーナにはとても太刀打ちできなかった。何についてもね。彼女が失踪したあと、マグヌスとときどき会うようになった。元気づけるつもりだったのかもしれない。でも、自分でもよくわからない……私はリーナを好きになれなかった。マグヌスも前と変わってしまったことに気づいた。あなたに説明するまでもないけど、あの人はいつも生気にあふれていた。一生を通じて、あちらへこちらへと転々とするタイプだわ。とてもハンサムだし陽気だったから、みんなに愛されるタイプね。それに、やさしかった。いつもやさしい人だと思ってたけど、でもあのあと……こんなことは言いたくないけど、私にはそれほどやさしくなかった。一緒に出歩きたいと思っても、つきまとうなと言われた……まあ、わかるでしょう。あまり悪く取らないでね。彼は寂しかったんだと思う。そばにいたのは私だけで、彼はなぐさめが欲しかった。愛情が、かしらね？　あら、いけない、忘れてたわ……」

エルヴィーラはランプを消して、次の層の下塗りを始めた。ニスのしずくがエイラの手に飛んだが、エイラは黙ってそれをぬぐった。同じことが二度続いた。

「それで、彼は元気になったの？」と、ためらいがちにエルヴィーラが尋ねた。

「マグヌスのこと？　ええ、元気よ。沿岸地域にガールフレンドを見つけたわ」

「その人が彼によくしてくれるといいんだけど」

「大丈夫だと思う」

「彼は嫉妬もしていた」と、エルヴィーラは話を続けた。「私じゃなく、リーナの相手をよ。当然、ひどくねたんでいた。夜になると、何時間もリーナの家の前に立って、彼女が誰かを連れてくるんじゃないかと見張っていた。私の家はすぐ近くだったから、彼がバイクを停める音が聞こえた」

「兄の疑いは正しかったの？　リーナにはほかに誰かいたのをご存じなの？」

「あなたに話したら、彼女に殺される」

エイラはにやりとした。「彼女には、もうそんなことはできないわ」

「ええ、でも……彼女が聖人みたいだったという大嘘がまだ通用しているのよ。故人を悪く言うなって、よく言われるでしょう。ほじくり出したりせずに、超然としていろって。泣き悲しんで、彼女はこれ以上ないほど素晴らしい友人だったと言っていればいいのよ」

「でも……？」

「彼女はとてもいやらしい人間だった。あるときは、世界中で一番の親友だからすぐに来てと言っておきながら、行ってみると、私を薄馬鹿と呼んだ。彼女ほど頭がよくないから。彼女みたいにフランスの作家なんかのしゃれた本を読まないから。読んでもまるっきり理解できないような本だった。彼女だって読むふりをしてただけだと思う。誰でも当然関心を持つものだとでも言いたげにね」エルヴィーラがまた顔を上げた。「私は〝薄馬鹿〟なんて言葉は使ったことがない。でも、あの頃はみんなそれを使っていた。いまは誰もそんなことを言わない。常識が少しでもある人なら誰も。知的障害の一種ですものね。たとえ、そのつもりでなくても、失礼な言葉だわ。私は介護補助員をしていたときにそれを学んだ。いまは〝機能的多様性〟っていう言葉を使っている。リーナは自分が愚かだと思う相手をそう呼んでいた。それでも私は、彼女といつもつるんでいた」

エルヴィーラはテーブルに手を伸ばし、ホルダーからティッシュを取ると洟《はな》をかんだ。ウェット・ティッシュで手をぬぐう。

「私に言わせれば、あなたはもっといろんな色を使うべきだわ」

「次はそうしてみようかしら」

エイラは、ネイリストが壜に全部蓋《ふた》をして、きちんと並べる様子を眺めた。

「リーナが会っていたのは誰なの？　あなたが口止めされた相手とは？」

「警察に話したほうがいいのはわかってたけど、あのときはまだ十五歳だったし……警察がふたりを見つけたら、リーナは死ぬまで私を憎んだでしょう。彼女は両親に嘘をつき、私と一緒に出かけると言っていた。それで、両親は何も訊《き》かなかった。リーナの家族はとても厳しくて、禁酒主義者だったから、彼女が隠れてお酒を飲んだのを知ったときは猛《たけ》り狂った。一度など、彼女をフィンランドの親戚《しんせき》に送るとか、校則が超厳しくて、外出も許されない学校に入れるなどと言ったことも……」

「それで、リーナはその晩、本当は何をしようとしていたの？」

「家出しようとしていた」と、エルヴィーラは言った。「その男と逃げて、一生帰らないつもりだった。私は彼女がそれを実行したのだと思ったから、口を閉ざしていた。そのうちウーロフの名前が出て、何が起きたかわかって……」

「その男は誰なの？」

「名前は教えてくれなかった」

「マグヌスは知っていたの？」

「もし私の知っているリーナなら、これ見よがしに彼の前で口にしたんじゃないかな。リーナに言わせれば、セックスが最高らしいわ。あのあたりの男では考えられないほど……それに哀れな〝薄馬鹿〟――セックスを知らない私には想像もできないほど素晴らしいんだそうよ。私はすぐにマグヌスのことを思った。彼はどれほど動転しているかと。でも、言わせてもらえば、リーナは間違っていた。マグヌスもベッドではたいしたものよ。あら、ごめんなさい、こんな話、聞きたくないわよね」

「じゃあ、その男はこのあたりの出身ではないのね？」

エルヴィーラは首を横に振った。

「どうやって知り合ったの」

「リーナがヒッチハイクした」

「男は車を持っていたの？」

「ええ、持ってたはずよ。だって、そのなかでセックスしたって言ってたもの。まあ、それが嘘でなければね。私にはボーイフレンドがいなかったので、リーナはしょっちゅうそういう話をして私をなぶってから、誰にも言わないと誓わせた。要するに、私は彼女の秘密を抱えて、嫉妬に苦しむというわけよ。男がお尋ね者であることまで打ち明けた。話が盛り上がるようにね。まるでアメリカ映画に出てくる男みたいじゃない。それが彼女のいつものやり方だった。私が自分を馬鹿でうぶだと思うように、そんなふうに話をでっち上げるの」

ケンネス・エマヌエル・イサクソンのことが報道されたとき、エルヴィーラはそのことから正しい答えを導き出せるだろうか、とエイラは思った。明日《あす》か、明後日《あさって》。そんなに先の話ではない。

エイラは携帯電話を取り出して、支払いアプリを起動してから、壁のポスターを見て店のＩＤ番号を入力した。

「おいくらになるか、聞くのを忘れてたわ」と、彼女は言った。

ふたりは天気の話をした。おのおの、オーブンで焼いたサーモンを自分の分だけ皿に盛って食べながら。母親が料理をつつく様子を見て、食材にかすかな疑念を抱いているのがエイラにもわかった。今日のサーモンは顔見知りの漁師が川から上げたばかりで、ノルウェーの養殖場でビニールに包まれたものとは違い、地元の食料品店から直接キッチン・テーブルに運ばれてきたはずだった。

「その人の名前は何と言ったかね？」と、シャシュティンが噛《か》むのをやめて尋ねた。

「ラーシュ＝オーケよ。昔、税関だった建物のそばに住んでいた。覚えてない、ママ？　あなた方ふたりはかなり親しい関係だった気がするけど」

母親の視線が遠くを向いた。少し長すぎるほどの時間、そのまま見つめ続けた。

「今年こそ、窓のペンキを剝《は》がさなければね」

母親は本当に忘れてしまったのか、それともその話題を避けようとしているのか、エイラには判断できなかった。もしかしたら、どちらも同じことなのかもしれない。

夕食が終わると、エイラは川へ下りて行き、かつてラーシュ＝オーケという男が住んでいたブルーの家の脇を通り過ぎた。空き家ではあったが、打ち捨てられた印象はなかった。おそらく、子どもたちが相続で折り合わなかったのだろう。家が空き家のまま放置されるのには無数の理由がある。家族の離散や死亡、触れたくない記憶とか。

川辺を歩きながら、エイラは浮かぶのを——あるいは沈むのを——見たいと思って人形をいくつも川に放りこんだ夏のことを思い出した。東に行くにしたがい川の色はだんだん暗くなり、やがて海に変わる。内海なのに、無限に広がっているように見える。このあたりがこんなにひっそりとしているのに、エイラは慣れていなかった。ときおり彼女がまだ幼く、沿岸の新しい橋が未完成で、Ｅ４道路のルート変更がまだ終わっていない頃の、車が集落を通り抜けていく音が聞こえるような気がした。橋と道路ができたおかげで北と南の往来は八分ほど短縮されたが、ルンデは裏道となり、表舞台から消えることになった。

水が少なく川面《かわも》が極端に下がっていたので、土手に沿っていくつも小さな水たまりができていた。どれも淀《よど》んでにごっており、水面近くをトンボが飛んでいた。トンボをまだ妖精《ようせい》だと思っていた頃、二、三匹捕まえたことがあった。三匹ほどガラス壜に入れ、通気のために蓋に穴を開けて窓台に置いた。トンボが成長するのを――羽がエメラルドグリーンやスカイブルーに変わるのを見たかったからだ。

だが翌朝起きると、壜はなくなっていた。壜は草のうえに転がっていた。マグヌスが妖精たちを逃がしたのだ。

生き物を捕まえるんじゃない。またやったら、ひっぱたくぞ。

エイラはもう一度、兄の番号に電話した。応答はなかった。

トンボが一匹、矢のように飛ぶと、空中で虫を捕獲した。幼い頃、エイラはトンボを美しいと思っていた。魅せられていた。彼らが捕食者であるのに気づいていなかった。

一瞬後、携帯電話が鳴り出した。

マグヌスの番号だが、声は女性のものだった。「彼はいまここにいないの。どこにいるかわからない」

マリーナ・アーネスドッテル、マグヌスが同居している女性だ。言葉が聞き取りにくかった。

泣いているらしい。

「あなたからの受信記録が残ってたんで」と、マリーナは言った。「一日中、マグヌスに連絡しようとしてたんだけど、たったいま、電話がここにあるのに気づいたの。なぜ電話を置いていったのかしら?」

「何があったの?」

エイラは水たまりのそばの石に腰を下ろした。たちまちブヨが襲いかかってきた。立ち上がると、群れをなしてつきまとった。

マグヌスは数日前から酒を飲み始めた。それも大量に。言い争いになった。最初は酒についてで、マグヌスは自分が問題を抱えているのを知っていて、それを隠したりはしなかったが、もう飲まないと約束していた。その後、あらゆることが言い争いの種になった。マグヌスは、マリーナがもう自分とは一緒にいたくないのだとか、自分は彼女にふさわしい人間じゃないとか言って、最後にはとても馬鹿げたことで彼女を責め始めた。

「どんなことで?」

「私がほかの男と寝ているとか。そんなこと、していない。できるわけがないじゃない。一日中、作業場かギャラリーにいるのに」

「数日前と言ってたけど、正確にはいつなの?」

「夕方にもなっていなかった。昼日中から飲み始める人なんて、どこにいるの? 翌朝目覚めると、彼はいなくなっていた。いつも私が先に起きるのに」

あちこち咬《か》まれるのを感じてはいたが、もうブヨのことはエイラの頭になかった。事の始まりがいつだったのか、なんとかマリーナに言わせることができた。

「でも、その前からぴりぴりしていた。あなたがここにいらしたときから……」

それは偶然の一致かもしれない。マリーナはワインを軽くやりながら、気持ちのよいひと夜を過ごしたかったのかもしれないが、気持ちのよい時間になるわけがなかった。マリーナ・アーネスドッテルは、一杯口にすれば、果てはボトルを一本空けてしまうまで飲む女性のように思えた。もっとも、マグヌスが同じことをすれば、何週間も飲み続けることになるだろう。エイラはなんとか、この一件はマリーナのせいなのだと自分を納得させようとした。その壊れやすい心と、彼女が飲んでいるのはほぼ間違いない自然派ワインのせいだと。だが、事実から逃れることはできなかった。

始まりは、ロックネで男の死体が上がったのと同じ日なのだから。

「私がどんな間違いをしたのかわからない。彼が怪我でもしていないかと……」

あの日の昼食時だ。エイラはもう電話を握る手の感触がなくなっていた。凍えるほど冷たかった。

「何かわかったら連絡をちょうだい」

「あなたもね」

エイラはたったいま、ソレフテオの北からユンセレまでの道で繰り広げられたカーチェイスから戻ったばかりだった。自動車泥棒は道路外に逸走して逮捕された。

裏世界では運び屋と呼ばれている者たちで、国の南部からスンツヴァルを経由してノルランドへドラッグを運んでいた。いま彼らは勾留《こうりゅう》されて独房にいる。そしてエイラはコーヒー・マシンの前にいた。

「ちょっと時間はあるか？」

背後から、GGの声がした。エイラは思わず間違ったボタンを押してしまい、いつものフィルター抽出の深煎《ふかい》りではなく、淡い色の泥に似たベージュの液体が彼女のマグカップに注がれ始めた。

「もちろんです」と言って、エイラは笑みを浮かべて振り向いた。

GGはついてこいと言うようにうなずくと、部屋に入ってドアを閉めた。

「彼女のDNAを採取できた」と、GGは言った。

「リーナの？」

「きみが正しかった。あれは彼女のドレスだった。むろん彼女はデータベースには載っていない。DNA鑑定が本格的に始まる前に失踪したんだからな。だが、カーディガンのものと一致した」

エイラはどすんと椅子に座りこんだ。

「そこで、捜査を拡大することになった」GGはエイラのほうは見ずに、窓に目を向けてそう言った。「もっと人員が投入される。彼女があそこにいるのなら、必ず見つける」

エイラはコーヒーをマシンのところに忘れてきた。今朝の長時間の出動のあと、身体全体がカフェインを寄こせと叫んでいる。頭骨の底で生じた頭痛が上方へ広がっていた。カーチェイスの際にわき上がったアドレナリンのせいで、疲労が全身を覆っていた。

「いずれにしろ、ウーロフ・ハーグストレームの容疑は晴れたのね」と、エイラは言った。

「先走りするな」と、GGが言った。「まだ死体は見つかっていないんだ。理屈のうえでは、彼女が別のときにドレスを捨てた可能性もあるのだから」

「そして、裸で出て行ったわけ?」

「あの男、ケンネス・イサクソンのDNAも、たぶんやつの寝袋と思えるものから採取できた。おおかたは動物に食われてたけどな。狸だろうと、鑑識官は言ってたが」

「彼とリーナをつなぐものは何か見つかったんですか?」

「ああ。ふたりのDNAがリュックサックに残っていた」

「じゃあ、ふたりはあそこに一緒にいたのね」エイラの脳裏にまた同じイメージが浮かんだ。森のなかを歩くリーナ。サマードレスと黄色いカーディガンに、小さなリュックサック。いつも学校に通うときに持っていたものだが、そのときの行く先は学校ではなかった。そのイメージが映画の予告編のように何度も頭をよぎった。

「あたりまえだが、あの古い製材所にはいやというほどのDNAが残っていた」と、GGが先を続ける。「昔、道具作りや何かをしていた人間のものがどれぐらい見つかるか、神のみぞ知るだな」

GGはエイラの向かいのアームチェアに腰を下ろした。

「だが、別の人物に関してひとつ大当たりがあった」と、GGは言った。「よりによって、コンドームからだ。あそこにいくつか残っていた」

「ええ、私も見ました」エイラは床に落ちていたのを思い出しながらそう言った。同時に、GGの口調が変化したことにも気づいた。

「マグヌス・エリック・ヴェイネ・シェディンのものだった」

〝エリック〟は祖父に、〝ヴェイネ〟は父にちなんだ名前だった。こうして名前を世代間で受け継いでいけば、人間は自分がどこから来て、何に属しているかを知ることができる。

「私のきょうだいです」と、エイラは言った。「兄です」

部屋の空気はいつものように淀んでいた。いや、いつもよりずっとひどかった。息が詰まりそうだ。

「知ってるよ」と、GGは言った。「彼の名前がすぐに浮かび上がったのは、記録に残っているからだ。どれも軽罪ではあるが、窃盗が数件と暴行が……」

「わかっています」

「リーナ・スタヴリエドの痕跡《こんせき》も残っていた。同じ証拠物件に」

エイラは自分が墜落していくのを感じた。アームチェアを突き抜けて、一階へと。自分が走り去る姿が頭に浮かんだ。

〝あのふたりはロックネの製材所に行ったんだ〟と、エイラは思った。〝そこでセックスをした。でも、だからって何を証明できるの？　セックスをしたことだけじゃない？〟

〝救いようのない馬鹿ね〟と、声に出さずに叫ぶ。〝あなた、何てことをしたの？〟

「ふたりはデートをしていました。しばらくのあいだ、ときおり会っていたようだけど、リーナがいなくなる前に別れていています」エイラはそこで、息をつくと同時に冷静にふだんどおりのしゃべり方ができるように間を置いた。「私はそのことを、予備捜査の記録を読むまで知らなかった。当時はまだ九歳だったから。誰も何も教えてはくれなかった」

「そのことを報告しようとは思わなかったのか？」

「思いました。でも、私たちはリーナの事件を調べていたわけではないし、特に兄に疑わしいところがあったわけでもなかった。事件は解決ずみでした」

言い訳、責任逃れ。本当は、最初から頭のなかにあったのに。GGはエイラを見つめていた。〝私を刑事としては〟と、エイラは思った。〝もういまは同僚としては見ていない〟

「黙っている権利は誰にでもある」と、GGは言った。「誰か別の人間に資料をあたらせることもできる。きみがそう望むなら」

エイラは口を唾《つば》で湿らせた。

「マグヌスが尋問されたのは、ふたりがそういう関係にあったからです」と、エイラは言った。「それも失踪事件とみなされていたあいだだけでした。犯罪が行われたのがはっきりする前です」

「で、そのあと捜査の対象はウーロフ・ハーグストレームに絞られたわけだな」

「まあ……」GGに真剣に見つめられているのが耐え難かった。「尋問で、マグヌスはその夜家にいたと答えています。尋問官はそれ以上追及しませんでした」

「兄さんにいろいろ訊かなければならないのは、きみにもわかるだろう？　ロックネの殺人について」

「わかってます」

〝何を考えているんだ〟。エイラはいまにも叫び出しそうだった。〝まるで馬鹿まる出しじゃない〟

「何度か電話したが、まだ連絡が取れていない」と、GGが先を続けた。「それに、登録されたクラムフォシュの住所を訪ねる予定だったが、電話に出た女性はもうそこには住んでいないと言っていた」

「いまは別のガールフレンドと暮らしてます」エイラはGGに詳細を伝えた。「でも、昨夜《ゆうべ》その女性が電話してきました。兄はそこにもいないそうです」

彼女はリッケンの名前を挙げたが、すでに調査ずみだという。

「ほかに思いつく場所はないか？」と、GGが尋ねた。「彼がいそうなところは？」

エイラは笑みを浮かべようとしたが、泣くのをこらえるのが精一杯だった。

「私が、秘密の湖があると白状するのを期待してるの？　兄がよく釣りに連れて行ってくれた場所とか？」

「彼の身を思えばね」

「マグヌスは家に帰ってこなかった。ときおり何日も姿をくらまして、帰ってくるのは眠るためか、貯金箱からいくらかくすねるためだけだった。私は知りません。兄がどこにいるのか見当もつきません」

何かが彼の手に触れた。光があり、影があった。すべてが動いていた。

目の前で、小さな点がいくつも踊っている。

ウーロフは腕を掻《か》きたかったが、動けなかった。誰でもいいから、腕を動かせるように支えてくれと言いたかった。さっきまで大声を上げていたはずなのに、声は出ていなかった。

おれはどこにいるんだ？　誰か教えてくれないか？

彼らはウーロフのほうに身を乗り出していた。あっちへ行け、おれを放っておいてくれと言ってやりたかった。だが、彼らはそこに留《とど》まり、腕をつかんで話しかけてきた。

ウーロフ？　聞こえるのか？

ウーロフ？

くそっ、かゆくてたまらん。

エイラは甘いパンをひと袋買うと、橋を渡ってクロッケストランドへの道をたどった。

夏用別荘はほぼ記憶どおりの場所にあった。道路から少し引っこんでいるが、それほど川の近くではない。エイラは昔の同僚が家の角を曲がって近づいてくるのを見守った。

「まいったな、きみが来るとは思っていなかった」エイレット・グランルンドは昔風のやり方でエイラに挨拶《あいさつ》した。無駄なハグはなし、ただ宙であっさり手を振るだけ。

川のこちら側の住人の大半はそうなのだが、エイレットは自宅のベランダをこよなく愛しており、家そのものよりずっと手間と時間をかけて手入れしていた。

「毎年、少しずつ広げたいと思っているんだ」と、エイレットは言った。「それにはむろん、計画《プロジェクト》が必要になる。早死にしないためにね」

エイレットの妻が出てきて挨拶すると、作りかけの花壇の作業を始めた。

エイレットはコーヒーを入れた魔法瓶を用意しており、エイラはバッグからパンの袋を取り出した。

「きみのほうはどうなんだ？　きみのプロジェクトは進んでるのか？」

「パトロールに戻りました」と、エイラは言った。

「おじゃんになったのか？」

「いえ、そういうわけでは」

「だけど？」

「今日はその話をしに来たのではないんです」

「じゃあ、話してごらん」エイレットはシナモンロールをひとつ口に放りこんだ。「でもその前に、ロックネで見つかった男について、少し情報をリークしてはどうだ」

「あなたは、警察が情報をリークするのを嫌ってたと思うけど」

「確かにジャーナリストには。だが、庭のかたつむりしか話し相手のいない頭の固いじいさんになら話は別だ」

エイレットの豪快で陽気な笑い声は、エイラの記憶どおりだった。署の廊下は、彼が退職してからずいぶん静かになった。

エイラはドクター・マーチンの靴のことを話した。そのたぐいの話がエイレットは好きだった。警察が技能を発揮できるのは、そういった細部だからだ。グランジ・ロックを理解するためには、ニルヴァーナを聴かなければだめだとまで言った。

「もしその男がニルヴァーナを最大音量で聴いてたら」と、彼は言った。「ロックネの住人が癇《かん》癪《しゃく》を起こしても少しも不思議はないな」と言って、また豪快な笑い声を上げる。

「リーナの失踪事件の予備捜査記録を読んだわ」と、エイラは言った。

「ほう、それはまたなぜだね？」

エイレット・グランルンドは笑うのをやめた。

「そうか、なるほど」返事をするいとまを与えず、彼は言葉を継いだ。「ハーグストレームのじいさんの殺害に関連してだな。私にその件で電話してきて、別の男が捜査線上に浮かばなかったかどうかを訊いていたな。それ以来ずっと、私は自分が何か見落としていなかったか考えてきた。あれは大きな事件だった。在職中の最大の事件と言ってもいい」

エイレットは顎《あご》をさすり、自分自身を納得させるように首を振った。

「だが、結局事件は解決した。解決はしたが、ひどく大変な仕事だった。あの若い加害者、それに娘――娘の両親に伝えなければならなかったこと……。これは仕事なんだと常に自分に言い聞かせる必要があった。その代償として、眠れない夜を過ごすことになった。あの頃は、いつ妻が家を出て行ってもおかしくない状態だった」

エイラの頭のなかでは、いまは話すつもりのないいくつかのことがぐるぐると渦を巻いていた。何日もぶっ通しで行われた一日数時間の尋問、ウーロフの口に押しこまれた数々の言葉、リーナは川に捨てられたのではないという事実。

ここにはエイレットを尋問しに来たわけではない、とエイラは改めて自分に言い聞かせた。彼が話すあいだ、コーヒーをすすり、シナモンロールをちぎって食べた。エイレットには、リーナの両親がとても印象深かったらしい。父親と自分を重ね合わせて見たためかもしれない。よくあるように、リーナの父親は酒のために崩壊した家族の出身だったが、本人はしらふの人生を生きることを選んだ。彼とその妻は禁酒主義運動に熱心に取り組み、娘の行動を心配していた。いくらインターネットに厳しく制限をかけても、ときおり娘はそれをうまくくぐり抜けていた。リーナの兄はそれ以前に家を出ており、あとはリーナだけだった。彼らには、リーナと彼女を心配することしか残されていなかった。

「あなたは尋問を担当して……」と、エイラは言った。

「ああ、たくさんの人間を尋問したよ。記憶力はいいほうだったんだがな。クロスワード・パズルがいい、と家内は言うんだ。続けなさいって。でも、私は嫌いだ。何も得るものはないからな」

「マグヌス・シェディン」

「長いあいだ、数えきれないほどの人間を尋問したから……」

「リーナのボーイフレンドよ。あなたは何度か署に呼んで尋問した」

「ああ、そうか、思い出したよ……シェディンと言ったかい？　きみの親戚《しんせき》か？」

「兄です」と、エイラは言った。シェディンはこのあたりでさほどめずらしい姓ではないから、すぐに思いつかなくても意外ではない。

「ああ、それは知らなかった」エイレットは、まだ山の彼方《かなた》からこちらを覗《のぞ》いている太陽にまぶしそうな目を向けた。ポーチは見事な日没を見逃すことのない角度に作られていた。数羽のカモメが甲高い声を上げながら、頭上を飛びまわっていた。

「きみに言われて、彼のことを思い出したよ。人間は文章や質問と答え、相手の顔はよく覚えている。尋問室にいた人物の印象、犯罪とのかかわり合い、そのとき頭に浮かんだことなどは忘れないものだ。だが、名前だけはだめだ。脳の働きが鈍ってくると、まるでこっちをもてあそんでいるみたいに、すっとどこかへ消えてしまう」

「兄を尋問しているとき、何を考えていたか覚えている？」

「なんでそんなことを訊くんだね？」エイレットは昔と同じく、相手を見透かそうとするような鋭い視線をエイラに向けた。

「私たち、八歳年が離れているの」と、エイラは言った。「私はまだ幼かったし、その後は疎遠になった。兄が本当はどんな人間なのか、知りたいのよ」

明日か明後日、マグヌスがニュースの見出しの素材にならないことを、エイラは懸命に祈っていた。もしそうなったら、エイレット・グランルンドが自分の真意を疑っているのを心配するよりもっと大きな問題を抱えることになるだろう。

「兄がやったとは思わなかった？」と、エイラは尋ねた。

「いや。かなり早い段階で、ウーロフ・ハーグストレームが犯人だと確信していたからね。証拠と目撃者がそろっていた……火を見るよりも、ってやつだな」

「私が言ってるのは、捜査が始まって最初の数日のことよ。そのときにどんなことを考えていたか覚えてない？」

「うーん。ウィスキーの助けが必要みたいだな。いつも大いに役立ってくれるんだ」

エイレットが家のなかに消えたとたん、エイラはここに到着してすぐそのにおいに気づいたことを思い出した。そう言えば、彼の歩く姿もどこかおぼつかなかった。携帯電話を見ると、気づかないうちにアウグストから電話が三本入っていた。留守電のメッセージはなかった。

「きみは車だったな、お気の毒に」グラスをひとつと、ハイ・コースト蒸留所のシングルモルトの壜を持って戻ってくると、エイレットはそう言って、自分のグラスに酒を注いだ。腰を下ろすとき、テーブルをつかんで支えにした。

低いうなり声。我慢している痛みがあるらしい。

「もちろん、われわれはボーイフレンドに目をつけた……いつもやることだからね。同時に、名の知れた犯罪者などにも当たったが……。友人たちは、彼が嫉妬に狂っていると話していた。リーナは何度か別れようとしたが、彼はあきらめきれなかったようだ。そういうパターンはそれ以前にも何度も見たことがある。彼にはアリバイがあった。どんなものか正確には覚えていないが、鉄壁とはとうてい言えなかった。最初の一日か二日のあいだ、ボーイフレンドが最有力容疑者だった。だけど、もしきみの訊きたいことが……」

「あなたに訊いているの」

「彼にはその力はなかった。これは私の勘だ。彼は……何と言ったらいいか……順応できるタイプだった。罪を犯したから嘘をついていると言う者もいたが、私にはそうは言いきれなかった……それより、ミスを犯したくないという気持ちが強いのではないかと思った。用心深く肝心な問題を避ける、答える前にほんの少し普通より長く考える――そういったことからそう思った。彼が誰かのために嘘をついているのではないかと考えたこともある。しばらくその可能性も考慮した。誰かほかに関係している人物がいるのではないか、と」

「たとえば誰が？」

「誰もいなかった。私が間違っていた。マグヌス・シェディンはウーロフ・ハーグストレームをよく知らなかったから、ウーロフのために危ない橋を渡るはずがない」エイレット・グランルンドは二杯目の――実際は何杯目なのかわからないが――ウィスキーをひと息で飲んで、もう一杯注ぎ足した。

「ときには、自分が間違っていたことを認める必要がある。それが教訓にもなるんだ。乾杯！」

注ぎ足したウィスキーもすぐ空になった。

血中アルコール濃度〇・八パーセント。ヘノサンドのすぐ南で行われていた通常の取り締まりで停められたとき、マグヌス・シェディンはそんな状態だった。

「昨日電話をしてきたのは、このことだったのね？」と、エイラが尋ねた。

「きみが知りたいだろうと思ってね」と、アウグストは言った。

前日の夕刻に、三度、アウグストから電話があったのに気づいたとき、エイラは折り返さなかった。会いたいのでかけてきたのだろうとは思ったが、身なりを整え、セクシーに振る舞うエネルギーが残っていなかった。多少じらすのも、彼にはいい経験になるはずだと考えていた。だから、朝に出勤し、アウグストに手首をつかまれて人のいない会議室に引っ張りこまれるまで、そのことはまったく知らなかった。

「ヘノサンドの南で、あなたは何をしていたの？」と、エイラは訊いた。

「昨日は臨時勤務に出たんだ。人手が足りなくて。逮捕した人間を運ぶ手伝いをしろと指令が入ったとき、ぼくらの車が一番近くにいた」

「私の兄だとどうしてわかったの？」

「自分でそう言ったからだよ」

「兄が言ったの？」

「そう。というか……叫んだというほうが近いな。おれの妹は警官だ、って」

エイラは崩れるように椅子に腰を下ろした。目の前にある会議テーブルが大海のように広がって見えた。誰かが忘れていった飲み残しの炭酸水の壜が数本載っている。

「すまない」と、アウグストが言った。「きみに兄さんがいるのを知らなかったから」

〝私があなたに言わなかったからよ〟と、エイラは思った。〝誰も知る必要はないから〟

エイラはひと晩じゅう、兄は死んだのではないかと思いながら起きていた。どこかの岩肌に激突したのかもしれない。オーダーレン谷全体に、ぶつかってもおかしくない岩肌は無数にある。あるいは、ハイ・コースト橋から転落したか、突堤から車ごと飛びこんだか。いま頃深さ三十メートルの川底に沈んだ車に座り、まわりを泳ぐ魚を眺めているのか。

そんなイメージが次々と浮かんだ。

〝いいえ〟と、エイラは思い直した。〝マグヌスは自殺するような人間じゃない。子どもたちを、愛らしい息子たちを愛している。たとえ自分は役立たずの父親だとしても〟。まるで、自殺する人間は子どもを愛したりしない、耐えられないのは自分自身なのだとでもいうかのように。

だが、兄は生きていた。

彼女が何も知らないでいるあいだ、兄は県都の監房でひと晩を過ごしたのだ。閉じこめられるとどうしていいかわからなくなるマグヌスが。女性に束縛されるや、すぐに逃げ出してしまうマグヌスが。

エイラはノーディンググローにいるマグヌスのガールフレンドのことを思い出し、クイックメッセージを送って、マグヌスのいる場所はわかったが、いまは話せないと伝えた。

そうしながらも、ガールフレンドの家とマグヌスの逮捕された場所とは二十キロかそこらしか離れていないのに気づいた。それなのに、マグヌスは四十八時間近く行方をくらませていた。

「マグヌスはどこから来たか言わなかった？」

「わからない」と、アウグストが言った。「南から来たようだ。家に帰る途中だと言っていた。

ろくでもないヘノサンドなんかには行きたくないって」

「家って、どこの家？」

「さあ」

「ほかに何か言わなかった？」

「ぼくらをファシストの豚とかなんとか呼んでたよ。妹と話したい、なぜなら妹は本物の警官で、おまえらのような間抜けとは大違いだって」

エイラは思わず笑い出した。「さすが、わが兄ね」

次の瞬間、エイラは泣き出した。手がぎこちなく彼女の首の後ろに当てられた。アウグストは彼女を近くへ引き寄せた。手指消毒剤と石鹸《せっけん》の香りがした。彼の手は柔らかく、胼胝《たこ》はなかったし、皮膚が硬くなった部分もなかった。

「なあ」と、アウグストは言った。

「心配しないで。私は大丈夫」

エイラは身を引いて立ち上がると、袖《そで》で顔をぬぐった。「ここには仕事をしに行く場所もないの？　犯罪の世界は休日なの？」


進んで認める者はいないが、警官は常に何か事が起きるのを望んでいる。誰しも、いたずらの警報や何カ月も前に起きた押込み強盗で呼び出されるために警察に入ったわけではない。

全身全霊をかける機会、自分の能力を最大限に発揮できる機会を欲しがっている。心臓が激しく鼓動し、アドレナリンがあふれ出てくる機会を。とはいえ、犯罪を擁護しているわけではもちろんない。

難しい手術に心血を注ぐ医師、『ハムレット』や『リア王』の舞台に臨む俳優と似ているかもしれない。

エイラは最後にもう一度、床に散らばったレコードを見渡した。

「あのクズどもが」いましがた自分の別荘に戻ってきて、あらかじめ予想できた押込みにやられたのを発見した男が言った。「おれのボウイのコレクションを全部かっさらっていきやがった」

「警報器を取り付けることは考えなかったんですか？」

「そんなものが必要か？　こんな田舎で？」

「ボウイなら、スポティファイのストリーミングで聴けますよ」と、アウグストが言った。それを聞いて、別荘のオーナーはいまにも人を殺しそうな顔になった。

署へ戻る途中、ふたりはロックネに通じる道に差しかかった。今日だけで三度目になる。エイラはそこを曲がりたいという強い衝動に駆られた。

鑑識官がほかに何か見つけたのかどうか、何も知らされていなかった。

見つけたら、自分に知らせが来るだろうか？

ほかに頼るところはなかったから、ラジオを聴くしかない。アウグストが好きな音楽を聴こうと局を変えるのを押しとどめ、午前中いっぱい地元局のニュースを聴き続けた。最新の展開と言えば、警察がケンネス・イサクソンの名前と写真を公表したくらいだった。きっといま頃、捜査官たちは情報の山に埋もれかけていることだろう。その大半は価値のないものだとすぐに証明されるというのに。

いまや捜査の焦点はマグヌスに絞られている。どんなに見方を変えても、そうとしか考えられない。犯行現場につながる確実な証拠があり、被害者である娘と関係を持ち、親密な間柄にあった。エイラは、そうしたことを全部いっしょくたにして捜査が進められることを恐れていた。ロックネの方向を示す標識は背後に遠ざかっていった。

「あなた、きょうだいはいるの？」と、エイラは訊いた。

「女のきょうだいがひとりいる」と、アウグストは答えた。「十九歳のとき、自殺未遂をした」

エイラはどう応じようかと言葉を探した。これまでずっと、アウグストはおおらかで、見ていていらいらするほど屈託のない人間だと思っていた。

「いいよ、何も言わなくても」アウグストは横目でエイラをちらりと見た。いまは彼がハンドルを握っていた。エイラが代わってくれるように頼んだのだ。「二十歳《はたち》になるまで、いやってほど精神科医に会ってきたからね」

「じゃあ、その方はお姉さんなのね？」

「双子だよ」

エイラはアウグストの手に手を重ねて、そっと撫《な》でた。ぎこちない愛撫《あいぶ》だったが、これまでより感情がこもっていた。

「弟もひとりいる」と、アウグストは言った。「三歳年下の。ぼくらきょうだいで養っているんだ」

ようやくヘノサンドに電話をする気になったのは、午後になってからだった。マグヌスと話すのは許されなかったが、少なくとも三人――当番の警官、留置場の管理者、それに別のもうひとり――に、マグヌス・シェディンが電話をかけるのを許されたら、すぐにここへ電話させてほしいと言って番号を伝えた。

自分がひとりではないことだけはわかってくれるだろう。

そのあとエイラは地元の警官アニヤ・ラリオノヴァに会いに行き、またひとつ別荘への押込みがあったことを伝えて、報告書を書類の山に加えてもらった。

盗まれた品の詳細なリストがメールで送られてきていた。アルバム名がひとつひとつ書かれたボウイのレコード三十七枚。クイーン、プリンス、ブルース・スプリングスティーン。ロールストランド製のディナー用食器類、約五十個。

アニヤはリストにざっと目を通した。「ボウイはこんなにアルバムを出してたかしら？」

「海賊盤も含めるとね」と、エイラは言った。「すごく高価なのよ。フリー・マーケットで二十クローナの値段がついていたって」

「いまは古いボートのことで手一杯なの」と、アニヤが言った。「でも、あとで拝見しておくわ」足をデスクに載せて座っているアニヤの膝《ひざ》の下には書類が山積みになっていた。埃《ほこり》のにおいがするのにエイラは気づいた。

「何のボート？」

「一九九六年の六月から七月あたまのあいだに、なくなったと報告のあったボートよ」アニヤの口調には熱がこもっていた。アニヤは軽微な犯罪を好むことで知られていた。どんなに小さな盗みでも、取るに足りないものなどないという。人間的な観点からすれば、バービー人形をなくしたほうがBMWを盗まれるよりつらいこともあるのだと主張した。「暴力犯罪班のセクシー男が調べてほしいと言ってきたの」

「何か見つかった？」

「六艘《そう》ね。そのうち三艘は夏至祭の週末になくなったのだけど、どれも二、三日のうちに出てきた。どこかのパーティから家に帰るために使ったんじゃないかしら」

「それで、ほかのは？」

「二艘はソレフテオのかなり北で盗まれたものだから、ちょっと遠すぎる。目撃者の証言では、ケンネス・イサクソンって男はろくに漕《こ》げなかったみたいね。車を盗むほうでは名が知られてたようだけど」

「もしリーナが一緒に出かけようとした相手がその男だったら、車で拾うのが自然じゃないかな」

「車のほうがちょっと厄介なのよ。ボートの盗難なんかとは全然違って、かなり広い範囲に大量の捜索隊が送られるから。途中で盗んだとも考えられるけど、彼が北ヘルシングランドからここまで漕いで来られるとは思えない」

アニヤ・ラリオノヴァはペンで頭をかいた。

「でも、七月一日と二日にまたがる夜に、ニィランドで一艘ボートがなくなっている」

「それは見つかったの？」

「二週間以上たって、スプレングス湾で。岸沿いに漂流してたんでしょう。もやっていなかったのね」

エイラは目を閉じて、そのあたりの地理を頭のなかでもっとはっきり把握しようとした。ニィランドからマリエベリまでなら、川に沿ってまっすぐに漕ぎ、流れの力を借りればせいぜい一時間かそこらで着けるはずだ。スプレングス湾はエイラの家の近くだが、さらに下流にあって、ニィランドからは直線距離で十キロ近くある。

川を漂い下るボート。

それに、どんな意味があるのだろう？

「きっと持ち主がいいかげんにもやったのね」と、アニヤ・ラリオノヴァは言った。「自然に流れに乗ったんだわ」

デスクに戻ると、エイラは帰宅前にメールのチェックをした。別荘のオーナーが、新たに二枚のレコードをリストに加えて送ってきていた。GGからのメールを見つけて危うく息を詰まらせそうになったが、それはウーロフ・ハーグストレームの実家に火をつけた少年たちの告訴の件だった。GGは、ウーロフに対するオンライン上の罵詈《ばり》雑言のスクリーンショットを探していた。ITチームならうっかり見逃してしまい、いま見てみると、おおかたが削除されていたという。エイラは投稿をひとつコメントの一部を復旧できるだろうが、いまは別の件に忙殺されていた。エイラは投稿をひとつふたつ画面に映し出してみたが、以前も見ているのに、その文章のとげとげしい調子に改めてショックを受けた。急ぐことはない、と彼女は判断した。

エイラはパトロールの報告を受けてから着替えをした。着替え室を出たところで、アウグストと鉢合わせした。

「今夜はまだ勤務があるの？」と、エイラは尋ねた。

「いや、今夜は非番だ」

エイラは周囲を見まわして、聞こえるところに同僚がいないのを確認した。

「私は明日休みなの」と、エイラは声をひそめた。「家に帰って、二、三時間、母の面倒をみなくてはならないけど、よければそのあと戻ってきてもかまわないんだけど」

「そいつはすごいな」と、アウグストが言った。「だけど、今夜はだめなんだ」

彼はウィンドブレーカーのジッパーを閉めて、にっこりと微笑んだ。「駅にガールフレンドを迎えにいかなくちゃならないんでね」

いまは庭の手入れに最適の時期だった。花壇と野菜畑は本のコレクションと並んでシャシュティンの誇りであり喜びであるのに、なぜか今年の夏は放ったらかしにされていた。

それがひとえに自分のせいであるのを、エイラはよくわかっていた。ひと言、「今日は庭いじりでもしましょうか」と言ってやれば、母親はすぐにも、この前手袋をどこに置いたか記憶をたどりながら戸外へ出て行くはずなのに。

率先して何かをやるには複雑な脳内プロセスが必要であり、何よりも先にそのプロセスを始動させなければならない。

シャシュティンはいま地面に膝を突いて、ポテト畑のアカザを引き抜き、アカフサスグリの繁みのまわりに生えたホップをむしり取っている。

「どうしてこんなにはびこってしまうのかしら。つい最近、草むしりをしたばかりなのに」

エイラが土をほぐしてひっくり返すと、日差しを浴びたミミズやワラジムシがのたくったり、こそこそと逃げ出したりした。彼女は最盛期の花壇の様子を思い出そうとした。花の落ちた植物と雑草の違いを見分けられたらいいのにと思った。

「気をつけて！」エイラが太い茎と分厚い葉の正体不明の植物を引き抜こうとすると、シャシュティンが叫んだ。「それはキルタンサス《ファイアー・リリー》よ。わからないの？」

「じゃあ、これは？」

「そっちはワスレグサ《デイリリー》。あなたのおばあさんから分けてもらった。それと、フィンランドのバラにも注意してね。一週間しか咲かない花だけど、でもとてもいい香り」

そんな会話が続いていく。

さまざまな思いで頭がいっぱいになったエイラは、草刈り機《ストリマー》を起動し、イヤホンをして外の世界をシャットアウトした。そのせいで、誰かが近づいてくるのに気づかなかった。母親が身を起こして手袋を脱ぎ、それを叩《はた》いて泥を払い、手で日差しをさえぎるまでは。

それが誰かわかったとき、エイラは即座に危険のにおいを嗅《か》ぎ、不幸の前兆を感じ取った。白いシャツに身を包んだシリエ・アンデションがゆっくりふたりのほうへ近づいてきた。何か言っているらしく、口が動いている。エイラがストリマーのスイッチを切り、イヤホンを外しているあいだに、警察の同僚はシャシュティンに挨拶をした。

「ごめんなさい、お忙しいのはわかってますが、しばらくエイラをお借りしていいかしら」快活な口調は、シリエが外界からの侵入者であるという印象を強めただけだった。

「もちろんよ。いいわね、ママ？」

「ええ、ええ、お行きなさい。私が頑張るから。アザミは根から抜かなければだめなの。でないと、根分かれして来年の夏は三倍にも増えるから」

シャシュティンは幸せそうだった。とても気分がよさそうで満ち足りていた。エイラは家の反対側に移る途中、もう一度その姿が見たくて振り返った。

家の角を曲がると、シリエが立ち止まった。

「電話でもよかったんだけど」と、彼女が言った。「でも、ここに来て、顔を見ながら話したほうがいいと思って。あなたは非番だと聞いたから」

「マグヌスのこと？」と、エイラは訊いた。「尋問が始まったの？」

「検事は彼を勾留することにした」

「酔っぱらい運転で？　測定値は〇・八程度だったのよ。普通なら罰金程度で……」エイラは自分が〝程度〟を続けて二度繰り返したことに気づいた。そんなふうに犯罪を軽視してはならないこともわかっていた。酒酔い運転はあくまで酒酔い運転だ。たとえ深刻なものでなくても。

「謀殺でよ」と、シリエは言った。「あるいは、ケンネス・イサクソンの故殺で」

エイラは無意識に道路のほうに視線を投げた。道端で車を洗っている男がいた。隣家の住人は庭で芝刈り機に油を差していた。

エイラは急いで家のなかへ入り、シリエを手招きした。ドアを閉める。

「どうしようもないわね」と、エイラは言った。

「残念だけど」

「尋問を受けるのは、兄のDNAが見つかったからであるのはわかってるけど、でも……」

エイラは収納棚の端を強く握った。家じゅうがぐるぐる回っているかに見えたが、薄いグリーンの収納棚とその金属の骨組みだけは安定しているように思えた。それは彼女が生まれるずっと前に死んだ誰かから受け継いだ家財だった。

「兄は何と言っているの？」

「否認している」

「あなたが尋問を担当したの？」

「GGが朝から始めたんだけど、途中で私に引き継いだ」

「なるほど」

シリエ・アンデション。部屋に入ったとたん、男がぽかんと口を開けて見とれてしまう女性だ。

「それで、リーナのほうは？」

「いまの時点では、容疑はケンネス・イサクソンの件に絞られている」と、シリエが言った。

「いまの時点？」

「それについては話せないのはわかっているはずよ」

「彼女は見つかったの？」

「捜索の範囲を広げている」

捜査官はエイラから二メートルと離れていない場所に立って、同情の気持ちを伝えようとしながらも、エイラの反応に逐一、関心を払っていた。玄関は、ふたりでいるには狭すぎた。

「あなたの話も聞かなければならない。でも明日、署でやればいいわ。ただ、前もって知らせておきたかったの」

シリエは予定表を開いて、そこに書き入れる予定について話し始めた。朝がいいか、午後がいいか、時間はどうするか。

「弁護士は誰なの？」と、エイラは尋ねた。

聞き覚えのない名だったが、エイラはそれを封筒にメモした。

「じゃあ、明日ね」と、シリエが言った。


昔はよく庭で雑草を燃やしたものだが、それは普通、春でももっと早い時期だ。いまの時期には、全国的にたき火が禁止されている。

エイラは引き抜いた雑草を全部、黒いゴミ袋に押しこんだ。以前、母親がときおりアカザを料理したことを思い出した。クリームで煮て、サーモンに添えて出していた。

その母親はソファで居眠りをしていた。

エイラはテレビを消し、母親の寝顔をじっくりと眺めた。今日は庭に出て、良い一日を過ごすことができた。

柔らかい寝息が聞こえる。

マグヌスが勾留されたことをいつ打ち明ければいいだろう？

新聞に出る前に。近所の人間がそれまでとは違う視線を投げてくる前に。テレビ局のバンが家の前に停まる前に。

だが、今夜はやめておこう。

三時間もかけて何度も電話したすえに、ようやくマグヌスの弁護士を捕まえることができた。エイラは母親に聞かれないように、二階に場所を移した。

「電話をくれて、とてもうれしいわ」と、その弁護士、ペトラ・ファルクは言った。「マグヌスに、あなたに電話するよう頼まれたんだけど、その時間がなくて」

明るい口調だったが、さほど安心感を与えてくれなかった。この人とは、きっと法廷か被疑者尋問で顔を合わせたことがあるのだろう、とエイラは思った。

「兄は元気ですか？」

「大変な一日だったわ」と、ペトラ・ファルクは言った。「でも、希望は持てる」

「兄と話をできないのはわかっています」

「ちょっと込み入っていてね。あなたはこの件について、相当の知識を持っている。捜査官が知らないことさえ知っている」

エイラはベッドの端に腰を下ろした。窓越しに木々の梢《こずえ》が見え、そこに赤みがかった黄色の月がかかっていた。ほぼ満月に近かった。

「兄はどんな立場に置かれているんです？」

弁護士がゆっくりと、感情を交えずに語る声が返ってきた。酔っぱらい運転は、言うまでもなく心配すべき事柄のなかで最低ランクに位置する。ケンネス・イサクソンの謀殺――あるいは故殺――の嫌疑については、捜査がかなり長引く可能性がある。事件から二十三年もたっており、警察の手にあるのは曖昧《あいまい》な状況証拠、目撃者の証言、解釈の余地のある法科学的証拠だけだから、立証するのはそう容易ではない――。弁護士は証拠不十分で起訴が断念されることに期待をかけていた。不起訴処分か、容疑が故殺に引き下げられる可能性もある。むろん、捜査がこれ以上進展しなければの話だが。

「リーナの件は？」

「リーナ・スタヴリエドの殺害は、今度の一件から外すように仕向けることにした。現場にいたのを示すものは、彼女がボートに乗っているのを見たと考えている目撃者の二十三年後の証言だけですもの。無に等しいわ」

「でも、ドレスが見つかっている」そう言ったとき、その発見に導いたのは自分なのだという言葉が危うくエイラの口から出かかった。それは彼女の名誉であると同時に、失敗でもあった。

「それに、失踪時に持っていたリュックサックも」

「報告書にはまだ目を通していないけど、見つかったのはリュックサックと思われる素材の断片ということなんでしょう。どうやら、狸が私たちの味方についてくれたみたいね」

エイラはしばらく押し黙り、たくさんの細部を秩序立てて並べてみようとした。カーディガン、ドレス、コンドーム、恋人としてはどうやらほかの男よりましだったらしいケンネス・イサクソン……。それは、草木の根がまとわりつく虫や寄生植物に栄養を与えながら広がっていく仕組みに似ていた。あまりにも多くの要素が群れをなしているので、ひとつひとつを見分けることができなかった。

立て板に水のようにしゃべり続ける弁護士の快活な声を聞きながら、エイラはいつの間にか梢を離れて空高く昇った月に目を向けた。

「もし検事がこの一件にリーナの事件を持ちこもうとしたら、私はケンネス・イサクソンの犯罪歴やドラッグのことなどを強調するつもりよ。この男のほうが殺人犯らしいんじゃない？　でも、さっき言ったように、これ以上捜査が進展するとは思えない。彼女の死体が発見されないかぎりね。たとえリーナ・スタヴリエドが問題の晩にロックネにいたとしても――それだって立証されているわけじゃないけど――そこで死んだという証拠はいっさいない。何日かあとに川で溺《おぼ》れたとだって考えられる。法科学的証拠から見れば、歩いて帰ったことだってあり得るのよ」

「ドレスも着ないで？」

「いまの私は事実だけにこだわっているんじゃないの」と、ペトラ・ファルクは言った。「使えそうな弁論の進め方の一例よ」

エイラはいま考えていることを口にしなかった。ひどく疲れていて、ベッドに倒れこみたいという強い衝動に駆られた。とうてい、ほかの人間が論法について語るのに付き合う気分ではなかった。たとえそれが自分の仕事であったとしても。何より眠りたくてたまらなかった。

「特に私に伝えておきたいことはほかにない？」と、エイラは尋ねた。

「言ったように、私はあり得るシナリオがたくさん存在することを強調して……」

「マグヌスが私に電話するように頼んだと言ってたけど」

「ああ、そうだ、ごめんなさい。忘れるところだった」

弁護士は朗読するという。〝マグヌスが自分で書いたものだ〟と、エイラは思った。紙の切れ端に殴り書きされた兄の字が目に浮かんだ。

紙が開かれるところを想像した。

妹に、おれはやっていないと伝えてくれ。彼女を殺してない、と。愛している相手にそんなことをするはずがない。エイラに伝えてくれ。あいつならわかるはずだ。

エイラは流れに抗《あらが》って漕いでいた。川の力と戦っていた。急いでいるのは、署で会議があるのを忘れていたからだ。すでにみんな顔をそろえて、会議が始まっている頃だった。オールに水草か何かが引っかかったとたん、船体のまわりに人間の身体がいくつも浮いているのに気づいた。それをつかむために、オールを手放さなければならなかった。まだ息のある身体もあった。オールの一本が外れたので、舷側《げんそく》から身を乗り出し、それで水をかいて進んだ。なんとしてもつかまなければ。水面のすぐ下にある顔が見えた。目は生気にあふれていた。ボートが漂うにつれて、その身体はボートの下に隠れて見えなくなった。

マグヌスだ。

エイラは眠りの淵《ふち》から自分を浮き上がらせて目を開けた。同じ夢を何度も見ていたから、眠っていてもそれが夢だとわかった。それでも、心臓は激しく鼓動していた。

日差しが部屋に差しこんでいた。もう夜明けで、午前四時を少し過ぎた頃だった。ブラインドは上げてある。エイラは上掛けのうえで眠っていた。

夢ににおいはないはずなのに、口で感じる味のように、そのにおいを嗅いだように思えた。腐敗して、少し黒ずんだ水。エイラは歯を磨き、コーヒーを温め直した。

ただの夢にすぎない。昔のアマチュア精神分析家なら、眉《まゆ》をひそめて、兄を救いたいという思いが夢を見させたのだと口をそろえて言っただろう。だが、死者に囲まれて漂っているときは、そんな考えや感情はいっさい浮かんでこなかった。

頭にあったのは手漕ぎのボート、岸辺に打ち上げられたボートのことだった。

エイラは川の動きを知っていた。流れを理解していた。毎秒、五百立方メートルの水が発電所の前を通過し、そのままボスニア湾へと流れていく。果たして、人の乗っていない手漕ぎボートが島々のあいだを縫うように漂い、スプレングス湾へ、ルンデのすぐ下流のエイラの家の近くへ流れ着くなどということが本当にあり得るのだろうか。エイラはしばらくじっと座りこみ、寝室の窓から木々を眺めながら、頭のなかで川を下る旅をした。

立ち上がったとたん、大きな鳥がばたばたと羽ばたいて飛び去った。

エイラは着替えをして、昨夜はソファで寝てしまった母親の様子を見に行った。それがすむと家を出て、車のエンジンを始動させた。

この時間、ロックネは静まり返っていた。現場担当の鑑識官はまだ誰も来ていなかった。それでもエイラは、少し離れた廃屋の陰に車を停めた。朝の五時でも警戒心の強い住民が起きていて、彼女の正体を知りたがるかもしれない。

エイラはビニールの立ち入り禁止線をくぐって、一線を踏み越えた。ここは犯罪の現場で、公式には彼女も入れない場所のひとつだった。朝の日差しが森に差しこみ、蜘蛛《くも》の巣や露をきらきらと輝かせていた。地面にはあちこちに掘られた跡があり、土やばらばらになった苔《こけ》の山ができていた。エイラは、空中に放たれたダイオキシンのことを考えずにはいられなかった。

川岸近くでは、葦《あし》の繁みや昔の桟橋の支柱に交じって、トンボが何匹か水面近くを舞っていた。エメラルドグリーンの透きとおった羽を、エイラは息を殺して見つめた。

あの数行の短い文。

妹に、おれはやっていないと伝えてくれ。彼女を殺してない、と。

マグヌスは、エイラにわかってほしいと懇願している。そのこと自体に不思議はないが、なぜリーナのことだけ挙げて、自分が殺したと疑われているケンネス・イサクソンには触れていないのだろう？

愛している相手にそんなことをするはずがない。エイラに伝えてくれ。あいつならわかるはずだ。

エイラは謎をかけられたときのような気分を振り払うことができなかった。

兄は何を私にわかってほしいのだろう？

リーナへの愛のために、ケンネス・イサクソンを殺したことか？

もしマグヌスがケンネス・イサクソンの頭に鉄棒を振り下ろしたのだとすれば、兄がそれを楽しんでやったことは絶対にあり得ない。兄はトンボの羽をむしったことさえ一度もなかった。エイラがそれをやっているのを見つけた母親は、マグヌスはあなたの年でもそんなたぐいのことはいっさいやらなかったと言っていた。

白い朝靄《あさもや》が厚く川を覆っていたので、対岸の砂地は見えなかった。エイラは頭のなかで、川をボートで行くふたりの姿を思い描いた。ボートの漕ぎ方もよく知らないシティボーイのケンネスと、薄いサマードレスをまとい、脚を投げ出して船尾に腰かけているリーナ。

もしマグヌスが、自分の愛する女が別の誰かとここに来ることを知っていたら。もしリーナがマグヌスに嫉妬の炎を燃やさせるために真実をぶちまけたら。もしここがふたりの秘密のデートの場所、ふたりが使用済みのコンドームを捨てていった場所だとしたら――それは残酷な挑発だ。

これほどひどい仕打ちはない。

もしマグヌスがここに来たのなら、もちろんバイクで来たにちがいない。その頃持っていた排気量の小さいブルーのバイクだ。二、三度乗せてもらったときに感じた振動と、めまいがするほどの速度を、エイラはまだ覚えていた。だが、その後バイクは盗難に遭い、マグヌスは自力で新車を買い直した。今度は赤い車体だった。

彼らもバイクで来たんだよ。

この近くに住んでいた老女の言葉だ。彼女はいまいましいバイクのことを話していた。

もしマグヌスがバイクでここへ来ていたら。忍び寄り、ほとんどが壊れている窓のひとつからなかを覗いて、ふたりが一緒のところを見たら。もし傷つき、嫉妬で逆上し、そこらじゅうに鉄の棒が転がっていたら……あるいは、ケンネスのほうが彼を見つけ、喧嘩《けんか》が始まり、マグヌスは身を守るために……

エイラは、ブルーの土に埋められたケンネスの死体の一部が最初に見つかった場所から数メートルしか離れていない岩に腰を下ろした。

その想像の場面にひとり姿を見せないのがリーナだった。まるで人目に触れないところまで引っこみ、そのまま川の霧のように跡形もなく消えてしまったかのようだ。

マグヌスの怒りは持続したのだろうか？　すっかり正気を失い、喧嘩のさなかにそれが爆発したのだろうか？

死体を川の中の残骸《ざんがい》の下に埋めて、そのあとリーナを埋める穴を掘るために戻ったのか？

マグヌスは、自分を律して計算高く行動できる冷静な人間ではない。そういう性格を受け継いだのは、むしろエイラのほうだ。マグヌスは風に舞う葉っぱのように、衝動的に、感情的に行動する。無秩序そのものだった。

エイラは枝を拾い上げて川に放った。トンボが何匹か飛んで逃げ、水面に生じた波紋が広がっていく。枝は落ちた場所に浮いたままで、ほとんど動かなかった。川の流れは湾のこんな奥までは届かないのだ。嵐にでもならないかぎり、ボートが自然にここから漂い出ることはあり得ない。土手近くに止まってゆらゆら浮いているのが関の山で、たとえ風が吹いても短い距離を移動するだけで、いずれビーバーのダムに引っかかるはずだ。

愛している相手にそんなことをするはずがない。

トンボが羽ばたく音がエイラの耳に届いた。毎秒三十回の羽ばたき。だが、見た目には動いているとは思えなかった。

エイラに伝えてくれ。あいつならわかるはずだ。

「その夜何があったのか、マグヌスはあなたに話さなかった？」

「一度も」と、エイラは答えた。

ふたりは、これまで何度も使ったことのあるクラムフォシュ署の会議室にいた。シリエ・アンデションに言わせれば、尋問室よりリラックスできるからだというが、そのためにいくらか面倒なことになった。ふたりは朝の会議をするためにここにいて、メンバーが来るのを待っているふりをしなければならなかったからだ。

「GGは最初、誰か別の人にこの面談をさせようとしていた」と、シリエは言っていた。「そのほうがいいに決まってるんだけど、みんな、夏の休暇で……。私たちはただ、彼がどういう人物なのか知りたいだけで、それには家族の考えを聞かないわけにはいかない。お母さんに話を聞くのが難しいのはわかっているし」

「それは無理よ」と、エイラは言った。「具合が良くないし、母は何も知らないわ」

というわけで、エイラしかいなかった。

「リーナ・スタヴリエドの殺害事件があったあと、マグヌスに何か変化があったことに気づかなかった？」

「あなたが聞きたいのは、ケンネス・イサクソンのことだと思ってたけど」

「わかった、じゃあ、こんなふうに言い換えましょう」と、シリエは言った。「マグヌスにはその年の七月の初旬に何か変化はなかったか？」

エイラは答えない権利を持っており、そうしたければシリエの質問を無視してもかまわなかった。近い親族には証言を強制できないことになっている。真実を語る義務と、身内を守りたいという欲求が相反する場合があり、法はそういったケースに例外規定を設けていた。だが、彼女は警官だから、真実を擁護する側に立たなければならない。

「ええ」と、エイラは言った。「マグヌスは羽目を外すようになった。ドラッグにも手を出した。でも、愛する少女の身に起きたことを考えれば、それほど意外ではない」

「何人か、彼が嫉妬していたと証言した者がいるけど」と、シリエは言った。「あなたはどんな印象を持った？」

「それは答えられない」

「さっきも言ったように、これはリーナ・スタヴリエドの殺害事件の捜査ではないけど、彼女は今度の一件にも関係している。それは無視できないわ」

「もし殺人であればね」

「どういう意味？」

「さんざん掘り返したけど、リーナの死体はまだ見つかっていない。なぜケンネス・イサクソンと同じところに埋めてしまわなかったのだろうと疑問を抱くのが普通だと思うけど」

「あなたはどう思うの？」

シリエは冷静にエイラを観察していた。エイラはずっとシリエ・アンデションを高く評価していた。知性の面でも感情面でも同じように節度があり、それが数々の成功の要因になっていた。だがいまは、そのひかえめなところが何より恐ろしく思えた。

エイラの言うことが全部、兄を守るためのあがきと受け取られかねなかった。逆の立場に立って考えてみよう。思いつきのように脈絡なく質問を投げかけているのは、それでエイラが口にしたこと以上のことを知っているのを明らかにできるからだ。曖昧な答えが返ってくれば、エイラが嘘をついており、その一方で、何かに絶対の確信を持っていることを意味する。

「自分がどう考えているのか、もうわからなくなった」と、エイラは言った。「何もかもがこんがらがってしまって」

「わかるわ」

よくおわかりでしょうよ、とエイラは思った。

「マグヌスがケンネス・イサクソンの名前を口にしたことはない？」と、シリエが尋ねた。

「一度も」

「ふたりは知り合いだったのかしら？」

「わからない。そう考える根拠が何かあるの？」

「いいえ。でも、ふたりともリーナと関係があったから可能性はある。証拠や目撃証言のなかにそれをにおわせるものがあるのは、あなたもご存じよね」

「ケンネス・イサクソンがなぜここに逃げてきたのかわかったの？」

「彼は人の住まない荒野に行きたがっていた」と言って、シリエは両手で後頭部を支えて、楽な姿勢を取った。「当時、同じコミューンで暮らしていた女性に話を聞いたの。彼が逃げようとしていたのを知ってたから、告げ口はしなかったと言ってたわ。ケニー――あの頃、彼はそう呼ばれていた――は、荒野に行けば本当の自由が見つかると考えていた。自由な男女を脳死状態にしてしまう文明から逃れられれば」

シリエは、この事情聴取における攻守の立場が逆転していることに気づいた様子はなかった。いまや質問しているのはエイラのほうだった。もしかしたら苦々しく思っているのかもしれないが、これも戦術のひとつである可能性もある。たがいが同等の立場にあると印象づけるための。

「その女性以外は」と、シリエは話を続けた。「彼を良く言った者はひとりもいなかった。母親でさえも。十五の年から矯正施設を出たり入ったり。窃盗に暴行。母親にも暴力を振るった。ドラッグの絡んだ犯罪。まるで暴力のオンパレードね。でも今度の件では被害者だから、そういう目で彼を見なければならない」

「マグヌスは粗暴な人間ではない」と、エイラは言った。「まあ、あなたにも全部わかっていることよね」

シリエは少し眉を上げた。ほんのかすかな、ほとんどわからないほどの動きだった。エイラも、このテーブルの反対側に座って相手を観察し、その反応の裏にある意味を推量する経験をしていなければ、きっと見逃したことだろう。

エイラは兄の暴力について訊かれてはいなかった。

「ときには壁を殴ったりしたことがあった」と、エイラは続けた。「出て行くときにドアを乱暴に閉めたことも。でも、家では誰も殴ったことはない」

「暴力的な威嚇も暴力の一種よ」と、シリエは言った。

「あなたは、リーナを殺したのがケンネス・イサクソンではないかという考えが頭に浮かんだことはない？」

シリエは自分のｉＰａｄを見下ろして、何かを探し出した。

「マグヌスには暴行の犯歴がある」と、彼女は言った。「五年前だけど……」

「酔っぱらいの喧嘩よ」と、エイラは言った。「クラムフォシュの郊外ではよくあることだわ」

それが間違いであるのは承知していたが、言葉が思わず口からこぼれ出た。喧嘩は刑法典には出てこない言葉だ。たとえ、相手が始めたものでも、暴行という表現を使うべきだ。たとえマグヌスが殴られた側だったとしても。

シリエはそのあといくつか質問をしてきたが、あとで振り返ると、エイラはその質問をほとんど覚えていなかった。記憶に残っているのは、自分がしゃべったことだけだった。これほど心の奥底に秘めていたものをさらけ出したことは、これまでなかった。赤の他人に、マグヌスは繊細な心を持った壊れやすい人間で、人生を意味あるものにしたことが一度もないなどと話したのはこれが初めてだった。

エイラはマグヌスが本当はどんな人間なのかを伝えたかった。警察の報告書や噂や前歴などでは捉《とら》えきれない真実の姿を描いてみせたかった。もっとも、マグヌスがこのことを知ったら、自分を憎むようになるのはわかっていた。

「今日はこんなところかしら？」と、エイラは尋ねた。「GGにファイルを送ると言ってあるし……」

「もちろんよ」と、シリエが言った。「二度とあなたをわずらわせることはないと思うわ」

「お気づかいなく」と、エイラは言った。


まったくの習慣とうずくような疲労感で、エイラはまっすぐコーヒー・マシンに向かった。だが、マシンの隣でおしゃべりをしているふたりの同僚を見て、きびすを返した。

ひとりはアウグストだった。

制服を着ていれば、もっとすっきりした気分になれただろうと、エイラは残念に思った。だが今日は非番で、いつでも家に帰ることができる身だ。

すっきりした気分とはほど遠かった。自分の兄を守れなかったうえに、みんなが口をそろえてそうあるべきだと言う、私生活と仕事のけじめをきちんとつける確固とした姿も見せられなかった。

これまで一度も、どうすればけじめがつけられるのかわかったためしがない。仕事をするときも個人的資質は常についてまわるし、仕事は家まで追いかけてくる。どちらの場面でも、働いているのは同じ脳だ。眠れば、そこに境目などないのがよくわかる。

アウグストは仕事と私生活を分けられているのだろうか、とエイラは思った。

ガールフレンドのいる家に帰ったときにも。

きっとガールフレンドを車に乗せてこのあたりを案内し、ルンデの記念碑の前で車を停めて、一九三一年に起きたオーダーレンの銃撃をスマホで検索したことだろう。

ヨハンナというのが、ガールフレンドの名だった。エイラはコンピューターに保存しておいたページのプロフィール写真をじっくりと眺めた。つややかな長い髪と白い歯のクールな女性だった。

スキンケア製品を扱う販売代理店をやっていた。

彼女はソフィ・ニィダーレンが立てたスレッドで、ウーロフ・ハーグストレームに対する憎しみに満ちた投稿を三番目にシェアした人物だった。おそらく、このふたりはスキンケア関連でつながっているのだろう。

同じものを憎んでいる。

エイラは最初、GGに送る素材を集めるだけのつもりだったが、もう一度そのスレッドに見入ってしまった。このヨハンナという女性はクールで美しいだけでなく、男のいちもつを切り取れなどと騒ぎ立てる別の一面を持っている。〝少女たちの言葉に誰も耳を貸さないから、またしてもレイプ犯が自由に歩きまわっている〞。ヨハンナはネット上にレイプ犯の名前と写真を公開すべきだ、彼らを一生牢獄《ろうごく》に閉じこめろという考えを支持し、彼らが監獄で囚人たちに輪姦《りんかん》されればいいという発言にまで〝いいね〞を付けていた。

アウグストは彼女のこうした一面にどう対処しているのだろう、とエイラは首をひねった。もっとも、寝室では法規範に関する話などしないだろうが。さらにコメントを読んでいくと、注目を集めるためだろう、言葉が前の投稿よりどんどん過激になっていた。

あんたたちは臆病《おくびょう》な羊よ……『スケープゴート』っていう本を読んだ人はいないの？　ああ、ごめん、うかつだった。あんたたちは本の読み方も知らないのね。救いようのないお馬鹿さんたち。

エイラはその投稿を覚えていた。とても目立ったので、アウグストも彼女も目を惹《ひ》かれた。ほかの投稿の傾向とは正反対の内容だった。

こうしたことを書きたがっている人も決して少なくないはずだ。みんながみんな、攻撃的な文章を書きたいわけではない。

その投稿者は、シモーネという名だった。

エイラはそのスレッドに、ほかにシモーネの投稿がないかと探してみた。ひとつだけ見つかった。

あいつは前から落ちこぼれだった。自業自得よ。

エイラはふたつの投稿を何度も繰り返し読んだ。そのうち、これを書いた娘の声が聞こえてくるような気がした。顔はわからない。シモーネはプロフィール写真に、ドナルドダックの叔母《おば》のダフネのイラストを使っていた。フェイスブックのプロフィールにふざけた画像を使うのはめずらしくない。自分の素顔を見せたい人ばかりではないからだ。

あいつは前から落ちこぼれだった。

つまり、この投稿者は以前からウーロフ・ハーグストレームを知っていたのだ。むろん、そういう人間は少なくない。クラスメートだけでもかなりの数はいる。シモーネがこの土地の出身であるのはまず間違いないだろう。

あんたたちは臆病な羊よ……『スケープゴート』っていう本を読んだ人はいないの？

リーナの親友だったエルヴィーラが言っていたことが頭に浮かんだ。リーナはフランス人の本を読んでいたという。あるいは、読むふりをしていたかのどちらかだ、と。エイラはオンライン書店のページを開いて、タイトルを検索してみた。ミステリー小説が二、三作と、フランス人らしい名前の著者の本が一冊ヒットした。


追放といけにえが社会を安定化する手段であり、そうした社会では暴力が神聖な儀式を通して……


エイラはスレッドに戻った。人をさらしものにするのではなく、裁判制度の改革という政治行動を取るべきだと主張するひとりの男性を除けば、シモーネは流れに逆行するただひとりの人物だった。

あんたたちは本の読み方も知らないのね。救いようのないお馬鹿さんたち。

エイラは、シモーネの言いたいことがよくわからなかった。ウーロフ・ハーグストレームを擁護しているのだろうか？　どうやらシモーネは、自分が誰よりも利口で、誰も知らないことを知っていると思っているらしい。

保存してあったのはスクリーンショットだけで、ほかのページは見ることができなかったので、エイラは自分のアカウントでログインした。仕事でしか使っていなかったから、プロフィール写真はない。シモーネで検索してみたが、おびただしい数のリストが出てきた。三十回ほどクリックすると、ようやくダフネダックのイラストが見つかった。

公開範囲制限。

エイラは立ち上がり、窓を開けて新鮮な空気を入れた。立ち並ぶ建物の屋根越しに遠くの山々と、どこまでも広がっていく空が見えた。

スプレングス湾の岸までたどり着いたボート。荒野に自由を求めたケンネス・イサクソン。ここを出て行きたかったリーナ。

自由。

出て行き、二度と戻ってこない。

エイラはコンピューターをシャットダウンして、アニヤ・ラリオノヴァのオフィスへ行った。

「あの古い記録はまだ手元にある？」

地元の警官はメガネを外し、首に巻いた紐《ひも》の先にぶら下げた。

「一九九六年の盗難ボートのこと？　それならあるわ」

「その年の七月に盗まれたバイクはどう？　誰かが届け出ていないか、チェックできないかしら？」

アニヤ・ラリオノヴァはしげしげとエイラの顔を見つめた。髪の色にぴったり馴染《なじ》んだ冷ややかなブルーの瞳《ひとみ》は、何に対してもたじろぐことがなかった。エイラは自分を懸命に抑えて、説明は加えなかった。そんなことをすれば、この同僚にノーと言わせてしまうだろう。みずから一線を踏み越える気になってくれないかぎりは。

「バイクをまるまる一カ月分？　夏の真っ盛りの時期の？」と、アニヤは言った。「よしてよ」

「ブルーのものを」と、エイラは言った。「排気量の小さいスズキのバイクを」所有者の名前も言おうか迷ったが、言わないほうが話は簡単になると思った。

「わかったわ」と、アニヤ・ラリオノヴァは言った。

「ありがとう」

エイラは次に、アウグストを探しに行った。彼はスーパーマーケットで買ったビュッフェ・サラダを前にして、ひとりで昼食室に座っていた。

「やあ、どうしたんだ。今日は非番だと思ってたけど」携帯電話をいじりながら、アウグストは笑みを浮かべたが、すぐにサラダに目を落とした。そんな彼を前にも見たことがある。わずかな変化だが、いつもの陽気さが影をひそめている。

「あなたのガールフレンドと話をしたいの」と、エイラは言った。

前に来たときとは、カフェの名前が変わっていた。もっとも、エイラはクラムフォシュの中心街でコーヒーを飲むことはめったになかった。いまのオーナーは、恋人を追ってここへ越してきたタイ人の女性だという。

写真から想像していたより、ヨハンナは背が低かった。愛嬌《あいきょう》があって、冷ややかさも感じなかった。

それどころか、とても快活な女性だった。

「会えてうれしいわ。アウグストからあなたのことはいろいろ聞いている。このあたりは本当にきれいね」ヨハンナは窓の外に目を向けて、クラムフォシュの繁華街にある広場を眺めた。そこは、一九六〇年代に起きた建物解体の波のあとに次々と作られたスウェーデンの中心街《タウン・センター》のお手本のような場所だった。「まあ、ここはそれほどでもないけど……」

エイラは、アウグストがヨハンナについて、ふたりの関係について言っていたことを思い返したが、だからといって、いまここで本当のところを訊《き》きただすつもりはなかった。

「なぜ私が呼び出したか、おわかりになる?」と、エイラは切り出した。

「まあ、あんなものをシェアしたのは悪かったとは思うけど、ふだんからSNSにはたくさん投稿してるから、時間がなくてよく考えずに出してしまうこともあるのよ」

「あなたを責めているわけじゃないのよ」と、エイラは言った。

「ええ、そんなことはしないでしょう」そのとき、ヨハンナの注文したグリーンのスムージーが運ばれてきた。エイラには、浅い小川に少しばかり長く留《とど》まりすぎた水を思い出させる色だった。

「誰にも選択肢を持つ権利はあるもの。そうじゃない？」

エイラは、クラムフォシュ・ケーキと名づけられた、きらきら光る砂糖のかかったチョコレート・ケーキを食べた。

「あなたの友だちのひとりについて訊きたかったの」と、エイラは説明した。

「フェイスブックの？　だとすると……友だちには、実際には知らない人もたくさんいるわ。私はマーケティングで利用するためにアカウントを持っている」ヨハンナは一度に驚くほどわずかな量の飲み物を口に運んでいた。まるで唇を湿らすためだけのように。「私はスキンケア業界で働いているんだけど」と、話を続けた。「それはアウグストから聞いているでしょ。ブランドのマーケティングをやってるの。自分の会社ではなく、スウェーデンでの代理店という立場でね。あなたも、私に肌のタイプの分析をやらせてごらんなさい」

「それはまたいつかね」

エイラはアウグストに、自分とセックスをしたことをガールフレンドは知っているのかと尋ねたことがあった。「ああ、もちろんさ」と、アウグストはそんなの馬鹿げた質問だとばかりに、あっけらかんと答えた。

「シモーネという女性なんだけど」と、エイラは先を続けた。「その人と連絡を取りたいの」

「わかった……」ヨハンナは、先ほどからテーブルのうえでブンブンと鳴り続けていた携帯電話を取り上げた。「やれやれ、あんまりフォロワーの数が多すぎて、とても覚えきれないわ。何という名前だったかしら？」

エイラはもう一度名前を伝えた。

「ええ、この人ね。プロフィール写真も出してないわ。なんでこうなのかしら。顔を出すのが恥ずかしいの？　ＳＮＳに出す顔にそれほどこだわるのは、とても浅はかだと思うわ。大切なのは、自分の内面に自信を持つことよ。それが本当の美しさなのに。ちょっと待って、共通の友だちをチェックしてみるから。それで何か思い出すかも……」

エイラは断りを入れてトイレに立った。用を足すと、頭をすっきりさせるために冷たい水を顔にかけた。自由恋愛という考え方は嫌いではないし、むしろ素晴らしいものだと思っているが、それでもアウグストがヨハンナのなかに何を見て、同時にエイラのなかに何を見ているのかよくわからなかった。ふたりはまったく違う人間なのに。あるいはそこが重要なのかもしれない。自分自身の持つ様々な面を見つけるには、ひとりの相手では十分でないのかもしれない。

エイラは、自分の肌が乾燥しているとは考えてみたこともなかった。

「ちょっと近づきましょう」と、ヨハンナはカフェの奥まで聞こえるような大声で言った。「ここに来て。お見せするわ」

ヨハンナは椅子を移動させて、エイラと肩や腕、片方の膝《ひざ》が触れ合うほどそばに身を寄せてきた。あまりにもなれなれしいとは思ったが、エイラは身を引くことができなかった。ヨハンナの身体を強く意識した。ふたりのあいだにアウグストが存在せず、これほど近くにいることで、奇妙な興奮さえ感じた。

エイラは唾《つば》をゴクリと飲み、携帯電話に顔を近づけた。ヨハンナは自分のネットワークとシモーネのネットワークが重なる部分を見せようとしていた。

「彼女、私が以前一緒に仕事をした男性とデートしていたの。出会ったのは、彼の持っているレストランでだった。去年の春のことよ」

「それで友だちになったのね？」

「まあ、友だちの友だちってところね」と、ヨハンナは言った。「独立して仕事をするようになってから、ネットワークを大きく広げる必要があった。彼女、決して若いとは言えない年格好だったわ。そろそろ大急ぎでなんとかしなければならない時期よ」

「その時期って、いつなの？」

「あなたはおいくつ？」

「三十二歳だけど」

「あら、それならまだ大丈夫。シモーネはもう少し年上だった。四十前後ね。彼女の肌を調べる機会があれば、もっと正確に言えたのにね。そうやって人間の年齢を当てられるのよ」

ヨハンナはにっこりと微笑んで、二本の指でエイラの頬を撫《な》でた。

「とても素晴らしい肌ね。年の割には」

目を閉じたとたん、家の心像がウーロフの頭に流れこんできた。火と煙。それはずっと昔のようでもあり、最近のようでもある。ときおり目を閉じると家族がそこにいるのが見え、続いてバスルームにいる父親の姿が目に浮かんだ。

走っていると、枝が顔に次々と打ち当たる。

「ぼくは靴を履いてなかった」と、ウーロフは言った。「靴下だけで家を逃げ出した。そのあとのことはわからない」

「それで十分よ」と、ウーロフのベッドの端に腰かけた心理療法士が言った。彼女はウーロフの手をマッサージして指を動かすように促し、静かな声で話しかけてくる。「自分にプレッシャーをかける必要はないのよ」

ウーロフは前から誰とも話したくないと言っておいたのだが、いつの間にかその心理療法士が彼の部屋を訪れるようになっていた。

ウーロフは彼女をきれいだと思った。

「あなたの記憶は少しずつ戻ってきている」と、心理療法士は言った。「それでいいのよ。日々、良くなっているわ」

ウーロフが取るに足りない馬鹿げたことを思い出すたびに、彼女は喜んだ。彼が指を動かしたり、爪先《つまさき》をひねったりすると、うれしそうな顔をした。彼の太くて分厚い爪先は、彼女が毛布をめくり上げるたびに外へ突き出してしまう。心理療法士はだんだん良くなると言うが、それが間違いであるのがウーロフにはわかっていた。

事態はますます悪化している。もし良くなっているのなら、病院は彼を退院させるはずではないか。退院すれば、五分ごとに清潔なシーツを敷いたベッドに無理やり寝かせられることはないし、おいしい料理を——欲しければ大盛りでも食べられる。空を彼方《かなた》まで見ることもできる。いまいる部屋はウメオの大学病院の高い階にあるので、見えるのは空だけだ。雲が流れ、たまに鳥の群れがひとかたまりになって鋭角に方向転換するのが見えた。ウーロフはどの鳥がリーダーか見きわめようとしたが、まばたきする間もなく鳥は飛び去った。

ずっと下方にある地面も、そこを歩く人々も、見たいとは思わなかった。

「大変な精神的ショックを受けたのだし」と、心理療法士は言っていた。「それにまだ傷も完全には癒《い》えてないけど、すっかり回復して、もう一度昔の暮らしに戻れるのは間違いないわ」

「ほかには何も思い出せないんだ」と、ウーロフは言った。「ただ闇があるだけで。頭が痛むし。これ以上、何も考えられない」

「記憶は戻ってくる」と、心理療法士は言った。「あわてることはないのよ。看護師に言って、痛み止めを持って来させるわ」

心理療法士はウーロフの手を軽く叩《たた》くと、部屋を出て行った。最初に感覚が戻ったのは手だった。身動きせずにじっと横たわっていれば、心理療法士が出て行ってからも、彼女の手が自分に触れ、マッサージをするのを感じることができた。

金輪際、これ以上何も思い出したりするものか、とウーロフは思った。

ストックホルム行きの列車に首尾よく飛び乗ろうとするのは、存在するはずもない幽霊を追うような愚かな行為だ（むろん、列車は存在するが）。五時間少々の旅程だというのに、一本逃せばスンツヴァルの駅で延々と次を待たなければならない。

上司は心配そうだったが、理解を示してくれた。

「大丈夫、なんとか人の手当てはするよ。あのストックホルムから来た坊やはもっと勤務時間が欲しくてうずうずしてるからな。きみが数日休みを取るのは何の問題もない」

エイラはビュッフェ車でワインのハーフボトルを買って、席に戻った。

窓の外を、人工林が途切れることなく続く真っ平らな風景が行き過ぎていく。

エイラはチラシの裏に、考えられる筋書きをいくつか殴り書きした。実際に起きたことの解明まであと一歩のところだが、それでもすべてに納得がいく。

これまでつじつまの合わなかった部分が、全部あるべき場所に納まった。

リーナの死体が発見されていないこと、少し遠すぎるところまで漂流したボート。

ずっと沈黙を守り続けたマグヌス。

マグヌスは勾留《こうりゅう》二日目を迎えていた。検事は明日、まだ疑わしいところがあれば勾留延長の決定を下すことになっていた。

エイラはこれまで想像しうる解釈をひとつ残らず検討してきたが、成果はなかった。残るのは想像もできないものだけだった。

ひとりの人間が姿を消し、別の人間になりすまし、死亡宣告を受けたあとも生き続けることが果たして可能だろうか？

ストックホルム中央駅に着く頃には、ワインのせいで足もとが少しおぼつかなくなっていた。それでも頭がくらくらするのは、リーナ・スタヴリエドはまだ生きているという思いから生じたものだった。


なぜかエイラは、アウグストのガールフレンドなら喜びそうな中心街の豪華なレストランだろうと思いこんでいた。だが地下鉄を使い、住所を頼りに探し当てると、その店は南の郊外地にあった。

サラダ・バーと七種類のコーヒーをメニューに載せたイタリアン・デリで、シモーネとデートしたという店のオーナーはイヴァン・ヴェンデルという名だった。彼は店にいなかった。エイラはわざと前もって連絡せずにここへ来ていた。レジの女性の話では、オーナーは今週ずっと体調を崩して休んでいるという。

身分証明書をさりげなく振ってみせて、オーナーの住所を教わった。バスを二台乗り継いで降りると、さっきとは違う郊外地が広がっていた。リンゴの木が植わった庭のある一戸建ての前で足を止める。玄関に出てきた男は五十に手の届く年格好で、剃《そ》り上げた頭に流行のメガネをかけ、着ているのはパジャマのズボンだけという姿だった。

「シモーネだって？」男は不安そうな顔つきで、エイラの肩越しに外の通りに目を凝らした。

「いや……もうここにはいない。何の用があるんだね？」

「上がらせてもらってもいいですか？」

「ここでも話はできる」

イヴァン・ヴェンデルは戸口を動こうとしなかった。その後ろに、壁を全部白く塗り、気どった家具を並べた明るい室内が続いているのが見えた。

「どこへ行けばシモーネを見つけられるかご存じないですか？」

「ここ一週間、姿を見ていない」ヴェンデルは首をもたげて、垣根の先を見渡した。「何かあったのかね？」

エイラは、自分は警官だと名乗り、身分証明書を掲げて見せた。非番のときに、それを振りかざすべきではないのはわかっていたが。

「少し話を聞きたいだけです」と、彼女は言った。「少女の失踪《しっそう》事件に関連して」

ヴェンデルはしげしげとエイラを眺めまわした。「シモーネが警察にここの住所を教えたのか？　考えられないな」

「どういう意味です」

「彼女は警察を信用していない。いわゆる、お上ってやつをな。助けを求めることなどあり得ない」

「何の助けです？」

「男から身を隠すためさ。おれは警察に届けたほうがいいと言ったんだが、以前届けたことがあるけど、警察は何もしてくれなかったと言っていた。ノルランド——そこが彼女の出身地だ——ではかなり力を持っているやつらしい。コネを持ってるんだ。あんた方がそういうやつに手をこまねいているのを見ると、本当に腹が立つ」

エイラはヴェンデルを見てから、リンゴの木の植わった緑豊かな庭を見渡した。

「ノルランドのどこです？」

「知らんね。ウプサラから北へは行ったことがないんでね。シモーネはそのことを話したがらなかった。気持ちはわかる気がする」

「しばらくその階段に座って話せませんか？」

「あんたが何をしに来たのかさっぱりわからんな」

「リーナ・スタヴリエドという名前に聞き覚えは？」

「リーナ……何だって？　めずらしい名前じゃないから、何人か心当たりはあるが……」ヴェンデルはエイラを見つめて、途中で言葉を飲みこんだ。「なんでそんなことを訊くんだ？　シモーネとどんな関係があるんだ？」

　エイラは携帯電話を取り出した。そんなことをしていいのかどうかわからなかったが、いまこの場ではそうしてはいけないという理由をひとつも思いつかなかった。そこでリーナの学校時代の写真を画面に呼び出した。最近、新聞に再掲載されたものだ。

「これが若い頃のシモーネである可能性は？」

　イヴァン・ヴェンデルは電話を手に取り、写真を拡大した。

「何歳ぐらいか……」

「十六歳です」

「何とも言えない。その年頃の娘はみんな同じに見えるからな。女を見下して言ってるわけじゃないぞ。おれにも大人になった娘がいるんだ。シモーネも同じブルーの目だが、髪はもっと黒い」

「髪の色は変えられます」

「だが、これはずいぶん昔の……どれぐらい前のものだ？」

「二十三年前です」

ヴェンデルは電話をエイラに返した。「なぜ、おれにそんなことを訊くんだね？」

「なぜなら、この少女は殺されたと思われているからです。若い男がそのために逮捕されている。もし彼女が本当は生きているとすれば、気の毒というしかない」

「これは悪い冗談か何かなのか？」

「冗談で言ってると思います？」

ヴェンデルは尻《しり》までずり落ちて、パンツの上端が見えているズボンを引っ張り上げた。ドアを開けたまま、家のなかへ入っていく。エイラは、ついてこいと招いているのかと思ったが、彼はすぐにタバコをひと箱持って戻ってきた。ドアを閉めて、タバコを一本振り出す。

「女って、どいつもこいつもどうしてこんなに面倒なんだ？」と、ヴェンデルがつぶやく。「結婚の話をしたかと思うと、次の日にはいなくなっちまう。荷物をすっかりまとめてな。何も言い残さず」

「それはいつのことです？」

相手がその話を持ち出した瞬間、エイラにはそれがいつだったのかわかった。一週間少し前——九日か十日前に、ロックネで遺骸《いがい》が発見されたときだ。見つかったその日にニュースで流れた。

「それ以来、彼女から音信はないんですね？」

イヴァン・ヴェンデルは安全な距離を保って腰を下ろした。

「このことはずっと、誰にも何ひとつしゃべることができなかった。うちの従業員には病院の検査の結果がよくなかったと嘘までついて、こんな状態から抜け出そうとした。頭のなかには、いろんな思いが止めようもなく次々と浮かんでくる。このまま狂ってしまうんじゃないかと思ったほどだ」

最初に頭に浮かんだのは、シモーネの元恋人が追いかけてきて、連れ去ったのではという考えだった。だが、警察には電話できなかった。誰にも事情は明かさない、住んでいるところは教えない、と彼女に約束したからだ。彼女はプリペイド式の携帯電話を使い、クレジットカード一枚持てず、働くときはいつも帳簿外の雇用にしてもらい、陰のなかで生きていた。みんなと同じように歩きまわっているのに。

シモーネという名前さえ本名ではなかった。

「そうやって何年も暮らしてきた。夜の女をしていた時期もあったんじゃないかと思う。かなり異常なところのあった女だが、それをうまく隠していた。おれが惚《ほ》れたのも、そういう隠れて見えない部分だったのかもしれない」

「本名は何というんです？」

「知らないね。訊いたこともない。望むとおりの人間になりたいという女の欲求には敬意を払うべきだ。そうじゃないか？」

「そのとおりです」

「名前がどうだっていうんだ？　人間に仮に貼られたラベルじゃないか。シモーネと名乗っていたのは、そうなりたかったからだ。シモーヌ・ド・ボーヴォワールから借用したんだ。それがおれの恋した女だった。前に何と名乗っていようと気にするものか」

「どこで出会ったのです？」

「現実の人生でだ。〈ティンダー〉なんていうマッチング・サイトではないぜ。ある日、彼女が仕事を探しにおれの店に来た。規則外の扱いでないと困ると言うんで……」と言って、ヴェンデルはちらりとエイラを盗み見た。「当然おれは、人を雇うときは常に規則どおりにやっていると答えた。ちゃんと帳簿に載せてな。だが、なんとなくウマが合ったんで昼食に誘った。そのあと、また会うことにした。彼女は見せかけよりずっと傷つきやすい人間だった。おれにはすぐにピンと来た。聞いてみると、ずいぶん厄介な事情があるようだった。でも、おれには女性を支える資力があるし、シモーネは問題を抱えた女には見えなかった」

ヴェンデルは立ち上がると、芝生のところまで行き、スキンヘッドをひと撫でしてからタバコに火をつけた。

「おたがいに愛しあっているものと思っていた。だが、おれが真剣に、一緒に人生を共にしたいと申し出たとたん、彼女は消えてしまった」ヴェンデルは一方へ二、三歩動くと、身をひるがえして、いま来たほうに数歩戻った。檻《おり》に閉じこめられた動物のようにそれを続けた。「彼女が電話に出ないんで調べてみると、プリペイド・カードが解約されていた。この街で以前働いていたところをいくつか訪ねてみるあいだに——人を雇用しても記録に残さない場所だ——彼女の姿を見かけた。あとをつけてみた。すると、どこかのキザな男と待ち合わせをして、道路の真ん中でキスしていた。もうお手上げだ。どこかでのたれ死にしていないことも、待ち合わせる男がいることもわかっただけでいいさ。一週間とたたずに、彼女はそんなふうになっていた」

「その男が誰かわかりますか?」

ヴェンデルは首を横に振った。「ふたりをつけようと思ったんだが、その瞬間、店のウィンドウに映っている自分の姿が見えた。それで気づいたんだ。これじゃあ、あいつと——彼女の元恋人とおんなじじゃないかって。だから、そこを離れた。それ以来、姿を見ていない」

「シモーネの写真をお持ちじゃないですか？」

「あいつは写真を撮られるのが嫌いだった。恐れてたからだ。どこかにアップロードされるのを心配していた。そういうところもおれは好きだった。写真のなかの自分の姿をまじまじと見つめたりしないところがな。でも、当然、二、三枚は撮ったよ。隠れて、こっちを見ていないときに」

「それを見せてもらえませんか？」と、エイラは言った。

イヴァン・ヴェンデルは足を止め、しばらく何も言わずにエイラを見つめた。

「もうないんだ」と、彼は言った。「携帯が壊れたんだ。彼女がいなくなった日に」

ひとりでレストランに行くときは、片手に本を抱えていくのがいい。仰々しく乗りこんだり、身分証明書をちらつかせたりするよりずっとましだ。特に記録に残らない形で雇用された者が働いている店では。

だからエイラは中央駅を歩いている途中、本を一冊購入した。たまたま、前から読もうと思っていた本が見つかった。母親の愛読書、マルグリット・デュラスの『愛人《ラマン》』だ。

レストランの店内と外を両方見渡せる窓際のテーブルに席を取った。最初はなかなか小説の筋に集中できなかった。サイゴンが舞台の、若い娘と年のかけ離れた男の恋人との話だった。少しずつ読んでいくうちに、だんだん面白くなってきた。一カ所、目を惹《ひ》かれた部分があった。それは、まわりを縫うように走る車や自転車などまったく眼中になく、歩道や車道の真ん中をそぞろ歩きする人々の描写だった。

いらだつ様子など少しもなく連れ立って歩く人々、群衆のなかでひとりぼっちであるような態度を取りながら、幸せでも、かといって悲しくもなく、好奇心もなく、どこへ行くふうにも、行くことにどんな意味があるかも示さず、ただ別の道ではなくこの道を進んでいるだけで、群衆のなかでひとりぼっちだが、ひとりでいてもひとりぼっちではなく、いつも群衆のなかでひとりぼっちで歩いている。

「ご注文は決まりましたか？」長髪を片側に垂らし、もう一方を剃《そ》り上げている若いウェイターがそう尋ねた。「それとも、初めに何かお飲みになりますか?」

エイラは小皿料理を二種類とグラス・ワインを注文した。もしここで何もつかめなかったら、次の店で食事をすればいい。イヴァン・ヴェンデルから、シモーネが以前働いていた三軒のレストランを教えてもらっていた。

ここはヴァーサスタン地区にあるレストランで、ヴェンデルが最後にシモーネの姿を見た店だった。この店の外で、シモーネは男とキスをしていた。

「今夜、シモーネは働いてるかしら?」ウェイターがワインを持って戻ってくると、エイラはそう尋ねた。

「誰ですって?」

「シモーネよ」

「ぼくはこの店で働き始めたばかりで……」

「誰かに訊いてもらえる?」

「いいですよ」

群衆のなかでひとりぼっち、とエイラは胸のなかでつぶやいた。こういう大都会で身を隠すのはどれほど簡単な——あるいは大変な——ことなのだろう? 飛行機ならレーダーの下をかいくぐれば、ほとんど見えない存在になれる。おそらく世界で最も登録制度の整備された国では、個人のIDナンバーがその人間のすべてだ。もしデビットカードを利用せず、銀行にも行かず、記録に残らない雇用形態で働けば、人間も不可視に近くなる。そうして一緒に暮らせそうな男を——世話をして、何でも買ってくれて、病気になったら医者に診せてくれる男を見つければ……だが、そんなことが二十三年間も続くだろうか?

きっと、彼女は偽のIDナンバーを持っていたのだろう。シモーネ――ボーイフレンドが結婚話を持ち出したとたんに、昔のリーナ事件が蒸し返されたとたんに姿を消した女性、写真を撮ることを決して許さなかった女性は。

彼女はヴェンデルが写真を撮ったことを知っていたのだろうか？

携帯電話を使えなくするのは簡単だ。水に落とせばいい。エイラも何度やってしまったことか。

「いいえ、誰もシモーネという人は知らないようです」と、テーブルを片づけにきたウェイターは言った。「ここで働いているというのは確かですか？」

三軒目では、コーヒーに切り替えることにした。もうワインは見るのも嫌だった。それが幸いした。なぜならそこはカフェで、真夜中近いというのに、ティーンエイジャーが大勢、なかば寝そべるようにしてソファでとぐろを巻いていたからだ。

エイラはしばらく、ひどく高い値段のついたグリルド・サンドイッチを運んでいる黒髪の女性を眺めていた。後ろ姿は二十五歳と言ってもおかしくなかったが、こちらを向くと、年齢がはっきり顔に表れていた。カフェの薄暗い照明では、瞳《ひとみ》の色は見きわめられなかった。

「あそこの女性は何という名前？」と、エイラは別のウェイトレスに尋ねた。短い髪の小太りの女性で、テーブルとテーブルのあいだに身体を押しこみ、マグカップを積み重ねて、いまにも崩れそうな塔を作っていた。「見た覚えがある人なの」

「誰のことです？」

「いまキッチンに入ろうとしているあの人よ。黒い髪の」

「ああ、ケイトリンね。ケイトだったかしら。よく覚えてないわ。この時間帯は大勢の人間が働いているから。毎週、新顔が入るし」

ウェイトレスは流れるような動きで腕をひと振りし、テーブルのうえのパン屑《くず》を払い落とした。

「シモーネはご存じ？」

「誰？」

飲み過ぎて、ひとりで家に帰りたがらないたくさんの客のおしゃべりで店内は騒がしく、相手の言葉がなかなか聞き取れなかった。

「シモーネよ」と、エイラは繰り返した。「ここで働いていると聞いたの。友だちの友だちなんだけど」

「その人なら知ってるわ」と、トレーを持ち上げながら、ウェイトレスが言った。ほかに汚れたマグカップはないかと近くのテーブルを見まわしていた。「でも、ここのところ顔を見てない。よければ、伝言を渡しておきましょうか？」

「ええ、お願い」

エイラはナプキンに自分の名前と電話番号を書いた。電話してくるとは思えなかったが、それでもよかった。別のナプキンで洟《はな》をかみ、店の従業員がさわらなくてもいいように、丸めてポケットに入れた。〝リーナは〟と、エイラは自分自身に語りかけた。〝きっと川の底に横たわっている。ひとりの力でこの事件を解決することなどできない。私生活と仕事を混同するのはやめなさい。それに、ワインをこれ以上飲まないこと〟。エイラは立ち上がって店を出ようとして、途中で危うく誰かの足を踏みそうになった。群衆のなかでひとりぼっち、とエイラは思った。マグヌスの人生はマグヌスのものだ。おれにかまうな、と言ったのはマグヌスではないか。

その言葉を思い出すとつらかった。

「これをお忘れよ」と、さっきのウェイトレスが言って、店を出かかったエイラに本を差し出した。

「お兄さんが自白したわ」

弁護士の蚊の鳴くような声は、はるか遠くを漂っているように聞こえた。

「ちょっと待って」エイラは席を立って、いままで居眠りをしていた静かな客車を出た。頭が割れそうなほど痛かった。列車はいまヒューディクスヴァル駅を離れたところだった。

「兄が何を自白したって?」

「ケンネス・イサクソンを殺したことを」

列車は速度を上げ、車窓を緑の丘と谷が通り過ぎていく。高速列車の奇妙な振動のせいで、エイラは吐き気を覚えた。

「どんなふうに?」

「取っ組み合いよ。製材所の外で」と、弁護士は言った。「嫉妬《しっと》に駆られてのことだった。マグヌスは殺すつもりはなかったと言っている。法廷が私たちと同じ見方をしてくれれば、罪は故殺に格下げされるでしょう」

列車ががくんと揺れ、エイラはとっさにドアの手すりをつかんで倒れるのを免れた。

「それで、リーナのほうは?」

「検察がそれを持ち出してくるかどうか、いまのところまったくわからない」

エイラはトイレに入って顔に水をかけ、冷たい蛇口の下に両手首を当てた。十代の頃、戸棚からこっそり持ってきた酒を飲み過ぎたときによくそうやっていた。蛇口はあまり役立ってくれなかった。しかたなくビュッフェ車まで行ってコーラを買い、それで痛み止めを二錠飲んだ。それから二両の客車をつなぐデッキに戻って、GGに電話をした。

「邪魔をしてくれてありがとうよ」と、GGが言った。「どうやら、ようやく休暇が取れたようなんでね」

「リーナの事件を調べてるんですか？」

「いや、検事はあれを蒸し返さないことにした。なぜだね？」

「いまスンツヴァルにいるんです」と、エイラは言った。「列車の乗り継ぎで時間が空いてしまって。お時間、ありますか？」

列車は速度を落として駅にすべりこんだ。エイラの脇を、荷物を抱えた乗客が通り過ぎていく。

「時間はあるよ」と、GGは言った。「ぴったり三週間な。船で群島に行く計画を立ててたんだが、やめたよ。スンツヴァルには群島がないって言うやつがたくさんいてな。島がいくつあったら、群島と呼ばれるんだ？」

GGの住まいはエイラの想像していたとおりだった。十九世紀末の建築を模したもので、中央遊歩道《エスプラナード》沿いに建っていた。

「ワインは？」

「昨日、飲み過ぎたみたいで」

GGは、赤ワインを飲みかけの壜《びん》から自分のグラスになみなみと注ぎ足し、きっとつらい思いをしてるんだろうな、とエイラに言った。

「おれたちはただの人間だ」と、彼は言った。「自分の身に降りかかってくると——個人的な問題がかかわってくると、つらいのは当然だよ」

「兄を自白させたのはあなたですか？」

「いや、違う」

GGはバルコニーのほうがいいと言って場を移し、タバコに火をつけた。彼の休暇用の服装とは、どうやらシャツの第一ボタンを外すことらしい。靴を履いていない彼を見るのは初めてだった。靴下だけの男にはどことなく親近感を覚える。

「きみには正直に言うよ。おれはリーナ・スタヴリエドの事件を掘り返すべきだと思う。だが検事は続けるだけの材料がないと判断した。ロックネの捜索は中止になった」

「リーナはあそこで死んでいません」

「そうかもしれないが、あそこだった可能性もある。もしかしたら、あの頃考えられていたように、マリエベリの森のなかで死んだのかもしれない」

「本当にそう思ってるんですか？」

GGは植木鉢にタバコを軽く打ちつけて灰を落とした。その鉢にはゼラニウムが植えられていたらしいが、いまでは枯れて茶色くなった茎が何本かだらりと垂れ下がっているだけだった。

「おれは真相を突きとめたいと思っていた」と、GGは言った。「知ってのとおり、そのために努力もした。でなければ、ケンネス・イサクソンも見つからなかっただろう。ある程度までは、おそらくきみの考えが正しいのかもしれない。だが、捜査は別の時代に終わっていた。もしウーロフ・ハーグストレームがそのとき有罪を宣告されていたら再審になっただろうが、彼は有罪にならなかった。事件は決着し、今後もずっとそのままだ。リーナの死体を発見していれば話は別だが。そうなると、きみの兄さんは二重殺人で告発されることになるがな」

エイラはバルコニーの手すりに寄りかかり、広い通りの真ん中に列をなしている街路樹の天辺《てっぺん》を見下ろした。バーやカフェの外のテーブルに座っておしゃべりしている人々の声をかき消すように、サクソフォンのソロ演奏が聞こえてくる。数ブロック先に、ジャズクラブがあるのだ。

GGがまたワインをグラスに注ぐ音がした。

「ウーロフ・ハーグストレームの意識が戻ったのは聞いたかね？」

エイラはくるりと振り向いて、GGを見つめた。「本当ですか？」

「ああ」と、GGが答えた。「完全に回復したらしい」

「彼と話しましたか？」

「放火事件の関連で事情聴取する予定だが、それはウメオの連中だけでやることになるだろう。あの事件には疑問点はひとつも残っていないからな」

「彼は知るべきです」と、エイラは言った。

「何を？」

「リーナ・スタヴリエドが本当はどうなったかを」

GGはグラスを両手でつかむと、午後の日差しに目を細くして、エイラを見つめた。

「きみはどう思っているんだ？」

「何はともあれ、ワインを一杯いただいたほうがよさそうね」

「もう一本持ってきてくれ」と言って、GGはグラスのある場所をエイラに教えた。「それと、栓抜きも」と、後ろから呼びかける。

キッチンには汚れた皿が山と積まれていた。その見るからにだらしない様は、エイラがGGに抱いていたプロのイメージとはかけ離れていた。もしGGが容疑者なら、なぜ夏の休暇の一日目からひとりで酒を飲んでいるのかと首をひねったことだろう。何かあるのではと疑ったかもしれない。

　エイラは彼の横の、少し低すぎる籐《とう》椅子に腰を下ろした。

「スンツヴァルで子ども時代を過ごしたの？」

「大半はな」と、GGは言った。「夏に群島に行っていないときは。もしそんなものがあるとすればだが」

　エイラはグラスを差し出した。

「もしあなたが私と同じように育ったのなら」と、エイラは言った。「頭にあるのは、隣町へ、その先の町へどう行くか、家にどう帰るか、あるいはどうやって家を離れるかだけだったはずよ。バイクかペダル付きバイク《モペッド》かEPAトラクターを手に入れた瞬間からね。人生は自動車免許を取ったときから始まる。車がすべてだった」

「確かに」

「だから、彼らがどうやってそこに行ったのか、どうやってそこを去ったのかを考えずにはいられないの」

「またリーナの事件のことか？」

「もしマグヌスがその晩ロックネに行ったのなら、バイクを使ったはずです」

「ああ、兄さんもそう言っていたよ」と、GGは言った。「ふたりが何をしようとしているのか確かめたかったんだが、行ってみると、ケンネス・イサクソンしかいなかった。その晩はリーナの姿を見ていないし、その後も一度も見ていない、と。嫉妬っていうのは、実に厄介なものだな」

「もしリーナがそこにいなかったのなら、いったい誰がバイクを持って行ったのか、誰がボートを持って行ったのか？」

「捜査は終わったんだ」

ももしかしたら上司が靴下しかはいていなかったからか、あるいは酩酊《めいてい》気味で、歯に赤ワインの染みが付いていたからかもしれないが、エイラはこの上司にもう尊敬の念を持てなくなっていた。彼の手足となって働く幻想はすでに消えていた。クラムフォシュで警官補として働くのもそう悪くないかもしれない。

そうやって三十年間を過ごすのも。もっとも、警察が自分を雇い続けてくれればだが。

エイラは携帯電話を取り出した。今朝、列車がストックホルムを出る前に、アニヤ・ラリオノヴァからメールが届いていた。

ブルーのスズキ──それは一九九六年七月六日にヘノサンドの鉄道駅から百メートルほど離れた荷物置き場で見つかっていた。所有者はマグヌス・シェディン。〝でも、彼が届け出たのはその二日後だった〟と、アニヤは書いていた。

エイラはその地域の地図を画面に呼び出した。GGはやめろとも言わず、むしろ乗り出してきた。

「ボートが見つかったのはここです」と、エイラは言った。「ルンデのそばのスプレングス湾でした。十キロは離れています。自然にこんな遠くまで漂ってくることはあり得ない。でも、リーナがそこまで漕《こ》いできたとも思いません。ボートを漕ぐのは下手だったはずだから。でなければ、ストックホルムから来た若者が無様な姿でオールを握っているあいだ、船尾でふんぞり返っていたりはしないでしょう」

「それで?」

「マグヌスがバイクを彼女に貸したんだと思います」と、エイラは話を続けた。「兄のほうはボートで帰った。私たちの家はルンデにあって、そこで育ったの。水には入らせてもらえないぐらい小さい頃から、川のそばで遊んでいた。兄は陸に上がると、ボートを川へ押し戻した。だからボートがスプレングス湾に漂着したのでしょう。兄はリーナに姿を隠す時間を与えるために、二、三日待って盗難届を出したんです」

エイラはトンボの話はしなかった。自由を尊重するがゆえに、羽をむしらずにトンボを逃がしてやった兄のことは。

「それできみは、いったい何を言おうとしているんだね……？」

「あなたは、リーナ・スタヴリエドが実は生きていると考えたことは一度もないですか？」

「その頃、捜査を担当していれば」と、GGは用心深く言った。「おそらくそんなことも頭をよぎったかもしれん。だが、前にもいったように、捜査にかかわっていなかった」

「話を聞いてください。ほんの少しの時間ですみますから」

結局、二十分近くかかった。話を終えるまでに、エイラはシモーネのことを洗いざらいしゃべり、彼女がリーナではないかと思いついたきっかけと、身元を隠すために大変な努力をしてきたその女性を見つけるまでの偶然の重なりを全部伝えた。

「二十三年か」GGは空に目を向け、柔らかそうな白い雲を見つめながらそう言った。「ずいぶん長い歳月だな。二十三年間もそんなふうにして生きることができるんだろうか？」

「レーダーをかいくぐって生きている人は大勢います。身分証明書を持っていない人、犯罪者、命の危険にさらされている人……」

「ああ、もちろんそうだ。だが、おれは人間的な観点から言っているんだ。両親をあんなふうに苦しめてまで……」

「リーナはケンネス・イサクソンと逃げるつもりでした」と、エイラは言った。「もしかしたら、二度と家には帰らない気だったのかもしれない。私の聞いたリーナ・スタヴリエドの評判では、何より自分のことを真っ先に考えていた。やさしい娘と言われるようになったのは失踪したあとです」

「その前もそうだったのかもしれない。両親の目から見れば」

「もし私の考えが正しければ、DNA鑑定を……」

「だめだ」ほんの一瞬、GGはエイラの手に手を重ねた。その行為に誘いの意味はまるでなかった。ただ、彼女を現実に引き戻そうとしただけだった。

冷静になれと伝えるために。

気持ちを落ち着かせるために。

「彼女はイヴァン・ヴェンデルと一年近く暮らしていました」と、エイラは言った。「痕跡《こんせき》が残っているはずです。置いていった服に。もしかしたらヘアブラシだって……」

「おれは真面目に言ってるんだ」と、GGは言った。「もうあきらめるんだ」

GGは立ち上がると、エイラの肩を軽く叩いてからトイレに向かった。水の跳ねる音が聞こえた。どうやらGGは、自分の家でもきちんとドアを閉めるタイプの男ではないようだ。

「きみだって、強力な根拠が必要なのはわかるだろう」と、GGは言った。「犯罪の疑い、検事の判断。そういう気がするだけでは、DNAの採取はできない」

「わかっています」と言って、エイラは立ち上がった。

「それに、たとえきみが正しかったとしても」と、GGは言葉を継いだ。「身を隠すのは犯罪にはならない。生きることは法律違反ではない」

エイラは半分飲みさしのグラスをテーブルに置き、クラムフォシュ行きの次の列車に乗らなければならないので、これで失礼すると言った。

「ところで、その後どんな具合です？」ゴミ袋と引っ越し用の段ボール箱が所狭しと置かれた玄関ホールまで出ると、エイラが尋ねた。

「何のことだい？」

「子どもをつくるとおっしゃってたから。違いました？」

「ああ、そのことか。結局、うまくいかなかった」

「ごめんなさい、よけいなお世話でした」

GGはエイラに靴べらを渡した。「人は、自分が死など寄せつけない健康な人間だと思いたがる」と、彼は言った。「だが何カ月たっても何も起こらないと、最後には自分の責任を認めなければならなくなる。医者に行って、どちらに問題があるかを調べるんだ」GGは自分の長身の身体を指さした。エイラは考えたくないことまで考えてしまった。「そのうち、相手のほうはそんなに急ぐことはないと思い始め、ふたりでアパートメントを探すことになった。それなのに、相手はマッチング・サイトのアカウントを削除していないのがわかった」

「あなたの言うとおりだわ」と、エイラは言った。「私には休暇が必要ね」

GGは彼女の手を握った。温かい、少し長すぎる握手だった。

「前に言ったことは嘘じゃないぜ」と、GGは言った。「秋になったら、またな」

ベッドには前とは別の女性が座っていた。耳には小さなギターがふたつぶら下がっている。

女性が身を乗り出すと、ギターがゆらゆらと揺れた。

「目が覚めたのに気づかなかったわ」と、女性は言った。「気分はどう?」

ウーロフはどう返事をしていいかわからなかった。看護師とはまず口をきかなかったし、心理療法士と少し話すだけだった。この女性がどちらのグループに属するのか見きわめたほうがいい。清掃係には気をつかわずにすむ。スウェーデン語をほとんど話せないからだ。

「いま着いたばかりなの」と、その女性は言った。「あなたは眠っていた。ずいぶん良くなったそうね」

この人にはどこか見覚えがある、とウーロフは思った。病院ではたくさんの人間が働いているから、全部は覚えきれない。ここ何年も、これほどたくさんの女性と話したことはなかった。覚えているかぎりでは。

女性が手を握ると、ウーロフは顔をしかめた。

「本当にごめんなさい」と、女性は言った。「ずっと付いていてあげればよかった」

そう言われて、ウーロフの記憶が戻り始めた。モルフィネが欲しかったが、いまは徐々に量を減らしている段階だった。ドアがバタンと閉まって、誰かが怒鳴りつけてきた。

変態! 私の部屋から出て行って。

「インゲラかい?」

「ああ、本当に久しぶりね。私、どうしていいか……」

ウーロフの姉は笑い出した。もしかしたら、泣いているのかもしれない。あるいは、その両方か。ウーロフは手を引き戻した。いまはずいぶん身体を動かせるようになっていた。マッサージと運動のおかげだ。

「あなたがやったんじゃないのよね、ウーロフ。あなたがあの娘に何もしていないのはわかっている。パパはあなたを施設に送るべきじゃなかった。ごめんなさい。私を許してくれる？」

それが自分の姉であるのがわかって、ウーロフの彼女を見る目が変わった。それまではただの女性、もうひとりのきれいな女性としか思っていなかった。なぜか好感が持てた。色鮮やかなメガネ。小さなギターも気に入った。とても愉快だ。

すると、なぜかこの女性の顔をしたインゲラの姿が見えた。裸足《はだし》で、まだ身体の小さい姉が、跳ねるように彼から遠ざかっていく。

いらっしゃい、ウーロフ。私が見つけたものを見にいらっしゃい。

ここまでおいで、ここまでおいで。

ウーロフは手を伸ばしてベッドサイド・テーブルのうえからティッシュを取り、洟をかんだ。くそっ、やかましい音が出た。テーブルにはまだ半分残っている強壮剤のマグカップがあったので、ウーロフはそれを飲みほした。

「どうやってここに来たんだ？」と、ウーロフは尋ねた。

「列車で来たの。車は持っていないから」

「どこの駅から？」

「ストックホルムよ。いまあそこで暮らしているの。娘がひとりいるわ。あなたは叔父《おじ》さんなのよ。写真を見たい？」

ウーロフは携帯電話の画面に映し出された子どもの写真を見た。

「父さんは……」ウーロフはそう切り出した。どうしても言わずにいられなかった。

その言葉が胸のなかに石のように居座り、息をするのが苦しかった。

「あなたが行ってくれてよかったわ」と、インゲラは言った。「それで見つかったんですもの。何があったのか、誰かに話を聞いた？」

「近所の女がやったんだ、と」

そう聞いたとき、最初に感じたのは安堵《あんど》の思いだった。次に、空虚感が襲ってきた。それでも、もう二度と閉じこめられることがないのはわかった。

「葬儀の相談をしてもいいかしら？」

ウーロフはうなずいたが、ほとんど姉の話を聞いているだけだった。姉は、父がビヤットローに墓地を用意していたことを伝え、牧師を呼ぶのは父の遺志に沿わないだろうと言った。ウーロフは母親の葬儀のことを考え、自分が行かなかった理由を思い出した。日時と場所を記し、明るい色の服で来るように指示した案内状を見ながら、自分が姿を現したとき、どれも見覚えのある顔が一斉に怪訝《けげん》な表情でこちらを振り向く場面を想像したのだ。

姉は彼の持ち物にあった手紙について何か言っていた。姉があの家に行って詮索《せんさく》したかと思うと、だんだん腹が立ってきた。

「ママの手紙になんで返事を書かなかったの？」と、インゲラが尋ねた。

「書くのが苦手だから」と、ウーロフは言った。部屋が沈黙に包まれる。

言葉が頭のなかでぐちゃぐちゃのかたまりになってしまい、ウーロフには選び出すことができなかった。母親の手紙にはどんなことが書かれてあったろう？　おまえはいつまでも私の息子だ、と母親は書いていた。私はいつまでもおまえの母親だ、たとえおまえが何をしようと。

〝おまえを信じているよ、ウーロフ〟とは書かれていなかった。

「家はなくなった」と、彼はようやく口を開いた。「スヴェンの持ち物は全部焼けてしまった。すまない」

〝父さん〟と言うより、名前を呼ぶほうが楽だった。

「ウーロフ」と、インゲラは言った。「あなたが謝ることはないわ。火をつけたのは、あの馬鹿な連中なんだから。あなたの過ちではない」

「警察が事情を教えてくれた。ぼくがあそこにいたから、あいつらは火をつけたんだ」

姉は泣いていた。〝泣いてもしかたない〟と、ウーロフは言ってやりたかった。〝泣いたって、そっとしておいてもらえるわけじゃない〟。ストックホルム行きの列車にはまだ間に合うのだろうか、とウーロフは思った。

「ちょっと知ってる警官と話したんだけど」ウーロフがティッシュか何かを渡したほうがいいだろうかと迷っているあいだに、姉はなんとか話のできる状態になった。「あなたも会ったことがあるはずよ、エイラ・シェディンに。あなたがどうしているか訊きたくて電話したら、彼女、あなたはリーナを殺していないと言っていた。あなたはやっていないのよ、ウーロフ」

ウーロフの頭のなかの悪魔が戻ってきていた。あらゆる重いものが彼を引っ張り、ベッドから起き上がれないようにしていた。せっかく、あのかわいい心理療法士が毎日、起こしてくれるというのに。ようやく彼女の部屋にひとりで歩いて行けるようになったのに。

「それを証明できるだけの証拠はないけど」と、インゲラは話を続けた。「あなたが森を出たとき、リーナは生きていた。だから、あなたではない。その警官は、私たちふたりにそれを伝えたがっている」

ウーロフは姉と目を合わせないように、身体の向きを変えた。でなければ泣き出しそうだったからだ。代わりに、彼はボタンを見つめた。薬が必要になったとき、トイレや何かに行きたいときに押す赤いボタンだ。

「犬を」と、咳払《せきばら》いをしてから、ウーロフは言った。

「何ですって？」

「スヴェンは犬を飼っていた。黒いやつだ。犬種はわからないが」

「あなた、私がいま言ったことが聞こえなかったの？」

「その話はもうやめてくれないか」

「でも、あなたは無実なのよ、ウーロフ。損害賠償だって請求できる。私はスウェーデン公共テレビに勤めているの。記者ではないけど、うちの記者に相談できる。この件を取り上げる人もいるはずだわ」

「黙ってくれ」と言って、ウーロフは赤いボタンを押した。

彼は、いつもこんなふうだったのを思い出した。インゲラがすべて決めていた。こっちへいらっしゃい、ウーロフ。あれを取ってきて。そんなことをしてはだめ。

「だけど……」

ウーロフの頭のなかは崩壊しかけていた。あまりにも多くのことを思い出したからだ。リーナのあとを追い、森のなかで彼女を捕まえて殺す自分の姿が見える。それとも、川に放りこんだのだったか？　頭のなかをさまざまなイメージが駆けめぐる。ウーロフを押して地面に倒し、歩き去った彼女。彼を怒鳴りつけ、木々のなかに姿を消した彼女。ウーロフにはもう、どれが本当なのかわからなかった。なぜなら、すべてが間違っているからだ。彼がどう考えても、どう信じても、誰かにおまえは間違っていると言われてきた。そんなことはなかったと。

「もう行ったほうがいい」と、ウーロフは言った。

「どこへ？」

「犬の収容施設だ。あんなところにいさせたくない」

「悪いけど、ウーロフ。犬の面倒はみられないの。アパートメントに住んでいるし、娘がアレルギーで……」

そのとき看護助手が部屋に入ってきて、何か必要なものがあるかと尋ねた。三人になると、部屋が急に狭く感じられた。

「お見舞いに来てもらってよかったわね」と、看護助手は言った。

「痛むんだ」と、ウーロフは言った。「モルフィネをもらったほうがいいと思う」

看護助手はいつもと同じやさしげな笑みを浮かべると、鎮痛剤のパラセタモールを二錠、ウーロフに渡した。それで十分だと言うように。

「血圧も測ってみましょう」

インゲラは立ち上がった。列車の時間が迫っているのだろう。

「下のキオスクに行ってくる」と、彼女は言った。「アイスクリームでも買ってくるわ」

「わかった」

ウーロフの姉は戸口で立ち止まった。

「コーンのアイスがいいわね」と、彼女は言った。「好きだったでしょう？」

エイラが家に帰ると、誰かがポーチの階段に座っていた。ヘッドライトの光が一瞬その人物の顔をよぎった。つかの間だったので、エイラは自分の目を疑った。

車を降りる。

「やあ、エイラ」

見間違えではなかった。

「じゃあ、釈放されたのね」と、エイラは言った。

「独房が満員になってな」と言って、マグヌスが顔をひきつらせたのは笑みのつもりだったのかもしれない。エイラは膝枕をして、兄の髪を撫でてやりたくてたまらなかった。

「ママは寝た？」と、エイラは訊いた。

「おまえが正しかった」と、マグヌスは言った。「ママはまだ、おれがボルスタブルックの製材所で働いていると思ってる」

「十五年前の話じゃない」

「まったく」

エイラは何か飲もうと家に入った。マグヌスはもうビールをちびりちびりやっていた。エイラは兄を泊まらせるつもりだった。二度と出て行かせたくない。

食料庫に、かなり前から入れっぱなしのラズベリー・ジュースが残っていた。ほかの者とならアルコール類を飲むところだが、兄といるときは飲む気になれなかった。

「警察補助員との面談をすっぽかしたわね」階段の兄の隣に腰を下ろして、エイラは言った。そこからは、砂利を敷いた邸内路や枯れたライラック、すべてのものを生き長らえさせるように思えるルバーブが見渡せた。

「すまない」と、マグヌスが言った。「時間がなくってな」

エイラは無理をしなくても、自然に笑い声を上げられた。「いいわ。来週に延期してもらうから」

マグヌスはエイラの手からジュースの壜を取ると、ライターを使って栓をこじあけ、壜をエイラに返した。

「逃亡の可能性はないと判断された」と、マグヌスは言った。「まあ、それだけの理由じゃないんだろうが。おれは自白しているし。弁護士が言うには、故殺罪の最低の刑期ですみそうだ」

「六年ね」

「素行が良ければ、四年で出られるだろう」

エイラはブヨを叩いて追い払ってから、甘いジュースをすすり、ブヨに咬《か》まれたところをかいた。マグヌスに会話をまかせたら、ひと晩じゅう、ふたりで黙りこくっていることになるだろう。もしかしたら、この先二十三年間でも。

「それで、あの晩は実際に何があったの？」と、エイラは尋ねた。「尋問されて警察に話したようなことは言わないでね。ロックネに行ったら、リーナはいなかったなんて」

「おまえも警察の一員じゃないか」

「それに、悪ガキみたいに口を割らないっていうのもだめ」

「ビールがもう一本必要だな」

エイラは、戻ってきた兄が何かを伝えたがっているように、肩に手を置くのを感じた。

「これを録音か何かしているのか？」

「よしてよ」

マグヌスはエイラの横に腰を下ろした。開ける前に冷えた壜を額のうえで転がした。帽子が脱げて、どこかに転がっていった。

「一度しかしゃべらないぞ。それも、おまえだけに」と、彼は言った。

いまだけで、二度目はなし。

その夜、リーナが誰かと密会するのを知っていたマグヌスは、バイクでロックネに向かった。

「彼女がおれの命を救ってくれた」

「どういう意味なの？」

「しばらくその口を閉じて、おれに話をさせてくれるか？」

エイラは片手で口を覆って、沈黙した。

「リーナはそこで誰かと会って、一緒に逃げるつもりだと言っていた。おれは嫉妬で狂いそうだった」マグヌスはエイラのほうは見ずにそう言った。ふたりともたがいに目を向けることなく、まっすぐ前を向いていた。「おれは彼女を連れ戻すつもりだった。ただ連れ戻すだけなのか、相手の男を殴るのか、自分が何をするつもりかわからなかった。たぶんふたりの姿を見て、これですべてが終わったことを、彼女を永遠に失ったことを、自分の鈍い頭に納得させたかったんじゃないかと思う。だが行ってみると、ふたりは建物のなかにいた。彼女は裸だった……頭に血がのぼって、おれはやつがリーナをレイプしていると思った。あたりにはチェーンや何かがごろごろ転がっていた」

マグヌスはなかへ駆けこんだ。リーナの手をつかみ、彼女を守り、男の顔に一発くらわせたいという一心で。だが、気づいてみると男に組み伏せられていた。男のフルネームを聞いたのは最近のことで、そのときはケニーとだけしか知らなかった。リーナがその名を叫んでいたからだ。叫び声が昔の製材所全体に響き渡った。ケニーは完全に正気を失い、マグヌスに柔道の固め技をかけて、何度も石の床に頭を打ちつけた。次に気づくと、マグヌスの首にはチェーンが巻かれており、目の前が真っ暗になった。

ふたたび息ができるようになったとき、ケニーはマグヌスのうえでサンドバッグのように動かなくなっていた。あたりは血だらけだった。そしてリーナは……リーナは鉄の棒を握ってそばに立ち尽くしていた。

ケニーの身体を押しのけたとき、初めて彼が死んでいるのに気づいた。

「そこにじっと横たわり、うつろな目は何も見ていなかった」

「じゃあ、彼女なのね」と、エイラは言った。「あなたではなかったのね」

「おれは自分がやったことにすると言ったんだが、彼女は耳を貸さなかった。おれをののしり始めた。おれが警察に行けば、自分の人生は終わりだ、どこかの施設に送られて監禁されるだろう、と。彼女はドラッグか何かやってたんだろう、ひどく興奮していた。全部あんたのせいだ、ふたりとも何年も閉じこめられることになる、そんなことになるなら死んでやる、と叫び続けた」

マグヌスは洟をすすり、トレーナーの袖《そで》で顔をぬぐった。暗かったのではっきりしないが、どうやら兄は泣いているらしい、とエイラは思った。

「そのとおりだった」と、マグヌスは言った。「彼女は生き延びられなかった。リーナは閉じこめておけるような人間ではない。いつも頭のなかを七つの違う考えが渦巻いていて、そのうち半分がよこしまなものだった。酔って、自分自身から逃れたかったんじゃないだろうか。両親はなんとか家にいさせようとしたが、彼女は必要なら屋根裏まで這《は》いのぼって抜け出していた。それに、良い子のふりをするのがとてもうまかった。嘘をついて、やろうとしていることをごまかしていた。両親は、娘がセックスしているなんて夢にも思わなかったろう。家では長袖を着て、タトゥーが隠れるようにしていた」

「どんなタトゥー？」エイラはストックホルムへ行く前に、リーナの姿かたちを記した資料を読み返していた。「失踪届には、タトゥーのことなどひと言も書いてなかった」

「あるわけないさ。容姿を伝えたのは両親で、ふたりの知らないことはたくさんあった。おれは彼女がタトゥーを入れたときに一緒だった」

マグヌスは自分の左腕を手で撫でた。そこに二十代のときに入れたたくさんのタトゥーは、船員によく見られるような古典的な図柄ばかりだった。

「ハートと、鳥が二羽。それはおれのシンボル、ふたりの愛のシンボルだと思いこんでいた。馬鹿としか言いようがないな」

マグヌスはあの夜に話を戻し、ふたりが男の死体を苦労して製材所から川まで運んだことをしゃべり続けていたが、エイラはほとんど聞いていなかった。

エイラは前腕に彫られたハートを思い浮かべた。その少しうえの、肘《ひじ》のところで羽ばたいている二羽の鳥も。ストックホルムのカフェでテーブルを片づけていたウェイトレスだ。そのタトゥーを間近に見ていたのに、それが意味するものに気づかなかった。ウェイトレスは少し太りすぎていたし、髪を短くしていた。リーナがそういう容姿を選ぶとは考えてもいなかった。〝よければ、伝言を渡しておきましょうか？〟。エイラはウェイトレスに名前を教えたから、彼女にはわかったはずだ。すぐにはわからなくても、あとでエイラが顔を上げたときに、目の前にいるのが誰の妹か気づいたにちがいない。

「トイレに行ってくる」と言って、エイラは携帯電話を持って家に入った。

用を足してから、シモーネと名乗っていた女性を検索してみたが、もう見つからなかった。

プロフィールが消されていた。

戻ると、マグヌスが両手で頭を抱えていた。

「長いあいだ、おれは誰かがあいつを見つけるのを待っていた。川の水面が下がったり、死体が浮き上がったりして。毎朝、起きるたびにその覚悟をしていた」

「やってもいないことを自白すべきではなかった」と、エイラは言って聞かせた。

「全部、おれのせいだ。おれがあそこに行ったからトラブルが起きた。あいつらには、どこか知らないが、好きなところに行かせてやればよかった」

「あの男は彼女をレイプしていたと言ったじゃない」

「おれはそう思ったが、リーナは自分が望んだことで、少し荒っぽくやってみたかったんだと言っていた。何もかもがめちゃくちゃだった」

リーナは着替えをした。逃げる計画を立ててあったので、前の日に服を持って来ていた。そして、彼女はバイクでそこを離れた。マグヌスはルンデまでボートを漕いでいき、そこでふたりは落ち合った。マグヌスは家にあった服を彼女に与え、有り金を残らず渡した。

「ママは留守だった」と、マグヌスは言った。「おまえは……確か、寝ていたんだと思う」

リーナはすでに、またバイクにまたがっていた――そう言って、マグヌスは以前ガレージの壁だったところを指さした。彼女がどの道を通って、どこへ行ったのか、マグヌスは知らなかった。数日後に、彼女がバイクをどこかに置いていくことだけは打ち合わせてあった。

そして、彼女は永遠に姿を消した。

痕跡も残さずに。

「ウーロフ・ハーグストレームが逮捕されたとき、よく黙って見ていられたわね」と、エイラは言った。「あなたは十四歳の子どもに責任を押しつけたのよ」

「あいつは森のなかでリーナをつけまわした。リーナがそう言っていた。死体を川まで引きずっていき、大泣きしながらそのへんに落ちていた板やゴミで埋めたあとに、リーナが言ったんだ。今日は不愉快きわまりない一日だった、ってな」

マグヌスは立ち上がった。エイラに目を向けようとしたらしいが、うまくできなかった。

「もっとも、あいつは有罪にならずにすんで、自由の身になった。おれは夏じゅう飲んだくれていて、何が起きているのかよくわからなかった」

「自由の身？」

「あいつは自白すべきじゃなかった」

「いいえ。あなたたちが、あなたとリーナが自白すべきだったのよ」

エイラは兄の顔が強《こわ》ばるのを見て、限界に近づいているのがわかった。

「おれはもう自白した」と、マグヌスは言った。「刑期を務め上げるつもりだ。こんなふうにはなりたくなかったが、とにかくやるべきことはやった」

「だからって、ウーロフ・ハーグストレームの助けにはならないわ」

「今日の話をおまえが少しでも誰かに漏らしたら」と、マグヌスは言った。「おれはリーナを殺したと自白する」

「リーナは生きているわ」

「そうかもしれないし、そうじゃないかもしれない。おれは自分に、あの夜リーナも死んだと思いこませようとした。あんまり強く言い聞かせたんで、そう信じ始めたほどだった。おかげで、嘘をつくのが楽になった」

「リーナがどこにいるか知りたくないの？」

「探していた自由を見つけたと信じたいね。穏やかに暮らせる場所を見つけたんだと」

エイラはシモーネと名乗った女性のことを、車に置いてきたバッグのなかのヘアブラシのことを考えた。ブラシには、イヴァン・ヴェンデルの剃り上げた頭からとはとうてい思えないたくさんの髪の毛がからみついていた。エイラはそれを、トイレを借りたときに盗んできた。玄関ホールにあったシルクのスカーフも黙って拝借した。いますぐにはＤＮＡ鑑定に回せないが、いずれ事態が収まったら、その機会があるかもしれない。

リーナ・スタヴリエド事件がふたたび取り上げられることにでもなったら。

真実がなおもエイラの心をうずかせていたが、深呼吸をすると、まるで風が絶えるようにゆっくり気持ちが落ち着いてきた。

頭上の雲が分かれ、月が顔を出すあいだ、ふたりは三十分近く黙りこんだ。

「おまえは誰かいい相手を見つけたほうがいい」と、マグヌスが言った。

「それがこの話と何の関係があるの？」

「思ったことを言ったまでさ」

エイラは夜の闇を眺めていると、背後の空がだんだん明るくなってきた。ボスニア湾のあたりだろうか。つかの間、アウグストのことを思った。彼の顔を、その姿を鮮明に思い浮かべることができなかった。

「やってはみたのよ」と、エイラは言った。「でも、実りはなさそう」

「じゃあ、そいつが馬鹿なんだな」と言ってから、マグヌスは犬の吠《ほ》える声に顔をしかめた。どこか近くで、さかんに吠えている。

「いけない」と言って、エイラはあわてて立ち上がった。犬のことをすっかり忘れていた。もう何時間も車に閉じこめたままだ。ドアを開けると、勢いよく飛び出してきた。

「ラブレ！」と、エイラは怒鳴った。「こっちへ来なさい」

だが、犬はそのままどこかへ走り去った。エイラは垣根のそばまで行ったが、犬の姿は見えなかった。

「犬を飼ってるのか？」と、マグヌスが訊いた。

「しばらくラブレの面倒をみようと思って。スヴェン・ハーグストレームが飼っていたんだけど、ウーロフはまだ入院してるし。収容施設に入れられていたの。ウーロフの姉さんが電話してきて、自分は飼えないけどと……」

「犬好きとは知らなかったな」

マグヌスは口笛を吹いた。隣の敷地で影がひと声吠え、騒々しく駆け寄ってきた。

エイラは犬の首輪をつかんだ。

「誰かが面倒をみなければならないわ」


〈了〉

著者の注記

この作品はフィクションだが、現実から多くのものを借りている。イェーヴレダールの集団暴行事件は、一九八五年の夏にピテオのヴァルス山で起きた同様の事件を下敷きにした。この事件の犯人に下された手ぬるい判決が猛烈な議論を呼び、スウェーデンの法改正につながった。同様に、ウーロフ・ハーグストレームに対する尋問も実際の捜査にヒントを得ている。長期間尋問を続けた結果、年若い容疑者がやってもいない殺人を自白したケースだ。たとえば、一九九八年にはアルヴィーカで五歳と七歳の兄弟ふたりが四歳の子供を殺したとされ、二〇〇一年にはホーヴシェー湖で十二歳の少年が親友を殺した罪で起訴されている。「被疑者を伴う現場検証」については、トーマス・クイックの事件で類似したことが行われている。どれも何年かのちにジャーナリストによる検証によって、被告らの容疑は晴らされることになった。

二十年近く前、私の家族はオーダーレン地方に家を買った。川を越えて何マイルも広がる大地と遠くの山々が見渡せる家だったが、ストックホルムなら小さなクロゼットひとつしか買えない金額で購入できた。明るさともの悲しさが同居するこの風景を書きたいという思いは年々、高まっていたのだが、ひとりではなかなか扱いきれなかった。そういう意味で、私のおかしな質問に快く答え、私が自転車で走りまわる元気のないときは車であちこちに連れて行き、逸話や風説を教えてくれ、地元の細々したことを確認してくれたオーダーレンの人々――ウッラ＝カーリン・ヘルストレム・サリエン、ヤン・サリエン、マッツ・デヴァール、トニィ・ナイマ、ハンナ・サリエン、オーサ・ベリダール、そしてとりわけフレデリック・ヘーグベリに心から感謝したい。あなた方がいなければ、私は自分の行く道を見つけられなかったろう。

同じく深い感謝を、ヴェロニカ・アンデションとスンツヴァル署の暴力犯罪班と、この地域のすべての警察官に捧《ささ》げたい。いとこで、元警察官のペール・ブクトにも。ブルーの土に埋もれた白骨死体についてのあらゆる知識の源泉になってくれたゾラー・リンデル・ベン＝サラーと、医療の専門知識を教えてくれたピエテル・レンエファルクにありがとうと言いたい。

執筆するあいだ伴走して、孤独感を軽減してくれた人々にも熱い感謝の念を表したい。ストーリー展開と劇的効果について意見を述べてくれたボエル・フォシエル。鋭い観察力で原稿を読み、私自身と原稿の両方に磨きをかけてくれたリザ・マークルンド、ギス・ハーリング、アンナ・ゼッテルスティエン。プロットや登場人物、心理について相談相手になってくれたイェーラン・パルクルード。あなた方が私をどんどん深みへ押しこんでくれたことがうれしかった。

私の出版社であるリンド社のクリストッフェル・リンド、カイサ・ヴィリエンほか全社員の方々へ。あなたたちと仕事をともにするのはいつも楽しい。アストリ・フォン・アルビン・アーランデル、カイサ・パロなどアーランデル・エージェンシーのみなさまへ。あなた方が私の作品を引き受けてくれたのは幸運だった。

最後に、とっておきの感謝をアストリッド、アメリー、マティルデに。常に私のそばにいて、気づかい、支えてくれた。いつも素敵な人でいてくれてありがとう。

トーヴェ・アルステルダール

訳者あとがき

北欧ミステリにまた新しい期待の星が生まれた。本書で二〇二〇年度スウェーデン推理作家アカデミー最優秀長篇《ちょうへん》賞と、翌年のスカンジナヴィア推理作家協会のガラスの鍵賞を合わせて射止めたトーヴェ・アルステルダールである。

とは言っても、アルステルダールは本邦初紹介の作家ではない。二〇〇九年に発表したデビュー作品『海岸の女たち』が創元推理文庫から刊行されている（久山葉子《くやまようこ》訳、二〇一七年）。

このデビュー作は、パリやリスボン、スペインのタリファを主要舞台に、不法移民問題を正面から扱ったいかにもスウェーデン・ミステリらしい内容で、わが国でも「ほぼ完璧な社会派ミステリ」（酒井貞道《さかいさだみち》氏）と高い評価を受けながらも、失踪したジャーナリストの夫の行方を、身重でありながら独力で探し出そうとする主人公の行動や考え方に感情移入できない読者も少なからずいたようで、評価は大きく分かれた。

それから十余年、アルステルダールは一作に二、三年の執筆期間をとるゆったりとしたペースで長篇を書き継ぎ、本書で六作目になる。その間、一作ごとに登場人物の掘り下げ方や作品の構成など、創作のスキルに磨きをかけてきたのだろう、いまや押しも押されもせぬ第一線のミステリ作家となった。おそらく『海岸の女たち』をお読みになった方なら、その成長ぶりに目をみはるのではないか。

舞台はスウェーデン北東部の沿岸地帯。峻険《しゅんけん》な山と川と島が複雑に入り組み、深い森が文字どおり果てしなく広がる、息を呑《の》むほどの美しさと自然の酷薄さを併せ持つ場所である。

その集落のひとつに、二十三年ぶりに戻ってきた男がいた。男が十四歳のとき、十六歳の少女がひとり集落から忽然《こつぜん》と姿を消した。最後に少女と一緒にいるところを見られた男は、警察の厳しい尋問を受けて殺害を自白した。だが遺体は見つからず、容疑者が未成年であったために捜査は詳細を公表されることなく終結し、男は故郷を追われただけだった。仕事で出張をした帰りに、事件以来絶縁状態にあった生家のそばを通りかかった男は、室内に閉じこめられているらしい犬の悲しげな鳴き声を耳にする。男は犬を助けてやるために気の進まないまま家に入ったが、そこで待っていたのは浴室で無残に斬殺された実の父親の遺体だった……

この魅力的な物語の導入部もさることながら、本書に際立った生彩を与えているのは、事件を捜査する主人公エイラ・シェディンの存在だろう。ストックホルムで数年経験を積んだのち、故郷に戻ってクラムフォシュ署に勤務する三十二歳の警察官補。普段はおもにパトロールの仕事をしているが、この事件が起きたときに最初に現場に駆けつけたのが縁で、〝地元に関する知識〟を買われ、初めて殺人事件の捜査に参加する。

認知症初期の母親と、家に寄りつかず風来坊のような暮らしを送る兄に翻弄される家庭環境。

いかにも初々しい、神経の細やかな女性であると同時に〝細かいことにも時間と労力を惜しまない頑固な性分〟の持ち主で、誰も目を向けなかった過去の真実を掘り起こして、複雑な殺人事件を解決へ導くのに大きな役割を果たしていく。

こうした人物造型が気に入ったのだろう、作者のアルステルダールはこれまでの五作はすべてシリーズではない独立した作品を書いていたのに、二〇二一年には〈ハイ・コースト・シリーズ〉と銘打ち、本書に続いてふたたびエイラ・シェディンの登場する『Slukhål（陥没穴）』を発表した。このシリーズはどうやら三部作になるらしい。巨大な陥没によって廃れたスウェーデン最北端にあるマルエベリエトの鉱山地区で見つかった謎の人物と、そこから七百キロ離れたオーダーレンの森の廃屋で発見された死体のつながりをエイラが捜査するストーリーで、本書ではさりげなく描写されていた二十歳年上の上司GGとのプライベートな関係にも進展があるようだ。二〇二三年早々に『あなたは決して見つからない』というタイトルで英語版が刊行される予定で、遠からずわが国でも紹介されるにちがいない。

この新シリーズの主人公と舞台背景の魅力に惹かれたのは一般読者だけではなかったらしく、二〇二一年末に、『ER　緊急救命室』や『ザ・ホワイトハウス』など数々の大ヒット作を送り出しエミー賞を六度も取っている制作会社ジョン・ウェルズ・プロダクションがシリーズのテレビドラマ化のオプションを取得したと報じられた。エンターテインメント情報のオンラインマガジン『デッドライン』によれば、プロダクション社長のウェルズはこう述べている。「われわれは翻案を検討するためにたくさんのミステリやスリラーを読んでいるが、『忘れたとは言わせない』はアルステルダールの卓越した文章と洗練されたストーリー展開の組み合わせによって特に傑出していると思えた。このシリーズがさらに何冊か書かれるのを知って、プロデューサーとしては興奮を禁じ得ず、登場人物たちと長い付き合いができるのがとても喜ばしい」と語っている。いまのところまだ制作の進捗状況は明らかにされていないが、ぜひ実現してほしい企画である。

ここで、作者トーヴェ・アルステルダールについて紹介しておこう。

一九六〇年、スウェーデンのマルメ生まれ。作家でジャーナリストだった父親を持ち、ウメオとストックホルムの郊外地域ヤコブスベリで幼少時代を過ごす。高校卒業後、ストックホルムの精神科病院に精神科専門看護師として勤務する。

二十代なかばに、フィンランドとの国境に近い北部の街カーリクスの学校でジャーナリズムを学ぶ。そこで、のちに人気ミステリ作家となるリザ・マークルンドと知り合い、親交を深めた。

その後、カーリクスの南方に位置する街ルレオに居を構えて、執筆活動を始める。フリーのジャーナリスト、テレビとラジオの番組編集者、コラムニスト、文化評論家など多彩な仕事をこなしながら脚本家を志し、地元の小劇場用の劇作などから始めて、以後二十年にわたって映画、テレビ、ラジオ、オペラの脚本を書き続けた。また、マークルンドのほぼ全作品の編集も行っており、映画とテレビの脚本のなかにはマークルンドの小説を翻案したものもある。

二〇〇九年、『海岸の女たち』を上梓《じょうし》。五十歳を目前にしたミステリ界へのデビューは、かなり遅い部類に入るだろう。

二〇一二年には第二作『I tystnaden begravd（沈黙に埋められて）』を発表、スウェーデン推理作家アカデミーの最優秀長篇賞の最終候補作に選ばれる。受賞は逸したが、仏語訳が出た二〇一七年に、フランスで黄金の篝賞の最優秀海外ミステリ賞と黒い錨賞を受賞した。

母と妹の死の謎を追って女性コンサルタントがアルゼンチンへ赴く二〇一四年の第三作『Låt

mig ta din hand（あなたの手を取らせて）』は、前作が逃した最優秀長篇賞を見事に受賞。

二〇一七年の第四作『Vänd dig inte om（振り返らないで）』は、かつて自分が働いたことのあるストックホルムの精神科病院の敷地跡で起きた殺人の謎を解き明かす物語。

二〇一九年の『Blindtunnel（行き止まりのトンネル）』も推理作家アカデミーの最優秀長篇賞の最終候補作となり、受賞こそしなかったが、前作同様、全国的な大ベストセラーになった。この作品は二〇二一年にフランスでコニャック・ポラール・フェスティバル賞最優秀海外小説賞を受賞している。

そして、二〇二〇年に本書で二度目の最優秀長篇賞と、ガラスの鍵賞をダブル受賞して世界的にブレイクしたあと、めずらしく間隔を置かずに翌年、〈ハイ・コースト・シリーズ〉の第二弾『Slukhål（陥没穴）』を発表した。

長篇の邦訳は本書が二作目になるが、短篇もひとつすでに紹介されている。ヨン＝ヘンリ・ホルムベリ編『呼び出された男――スウェーデン・ミステリ傑作集』（ヘレンハルメ美穂《みほ》ほか訳、ハヤカワ・ミステリ、二〇一七年）に収録された「再会」という作品で、編者の解説では、「雰囲気と精緻な性格描写の達人」と評されている。

現在はストックホルムに住みながら、「著者の注記」にもあるとおり、オーダーレン地方に家を購入、ふたつの家を行き来しながら執筆活動を行っているようだ。前夫とのあいだに、一九九九年生まれの長女と二〇〇二年生まれの双子の三人の娘がいる。

参考までに、ガラスの鍵賞についても簡単に触れておこう。

ダシール・ハメットの小説のタイトルにちなんだ名称を持つこの賞は、北欧五カ国――デンマーク、フィンランド、ノルウェー、スウェーデン、アイスランドの協会員で構成されたスカンジナヴィア推理作家協会が毎年、その年の最も優れたミステリに与えるものである。五カ国の協会員が各国一作ずつを最終候補作に選出し、そのなかから受賞作が選ばれる。

創設は一九九二年で、第一回の受賞作がヘニング・マンケルの『殺人者の顔』（柳沢由実子《やなぎさわゆみこ》訳、創元推理文庫、二〇〇一年）、第二回がペーター・ホゥ『スミラの雪の感覚』（染田屋茂《そめたやしげる》訳、新潮社、一九九六年）で、その後も、ミレニアム・シリーズのスティーグ・ラーソンやジョー・ネスボ、ヨハン・テオリンなどの有力作家が受賞者に名を連ねている。

これまでの受賞者は五カ国に比較的平均にばらけていたが、このところスウェーデン勢が優勢なようで、二〇一七年から二〇二一年のアルステルダールまで五年連続で受賞作を出している。

最後になったが、本書の翻訳に当たり、固有名詞の発音やスウェーデン北部地方の事情や故事などについて久山葉子さんに大変貴重なご教示をいただいた。改めて感謝申し上げたい。

二〇二二年六月

染田屋 茂（そめたや　しげる）
翻訳者。主な訳書に、スティーヴン・ハンター『極大射程』『真夜中のデッド・リミット』、ブライアン・フリーマントル『嘘に抱かれた女』、ラーシュ・ケプレル『つけ狙う者』（共訳）、アンソニー・マクカーテン『ウィンストン・チャーチル　ヒトラーから世界を救った男』（共訳）など多数。

本書は訳し下ろしです。

トーヴェ・アルステルダール（Tove Alsterdal）
1960年スウェーデンのマルメ生まれ。ジャーナリスト、映画・演劇のシナリオライターとして活躍、スウェーデンのベストセラー作家リザ・マークルンドの編集者を務めたのち、2009年に『海岸の女たち』でデビュー。2作目『I tystnaden begravd』で、12年スウェーデン推理作家アカデミー最優秀長編賞の最終候補。14年『Låt mig ta din hand』で同賞を受賞。17年に『Vänd dig inte om』、19年に『Blindtunnel』を刊行し、いずれもベストセラーに。20年刊行の本作で推理作家アカデミー最優秀長編賞、翌年スカンジナヴィア推理作家協会ガラスの鍵賞をダブル受賞。21年には、本作の主人公エイラ・シェディンのシリーズ第2作『Slukhål』を発表している。

忘《わす》れたとは言《い》わせない

2022年 8 月31日　初版発行

著者／トーヴェ・アルステルダール

訳者／染《そめ》田《た》屋《や》 茂《しげる》

発行者／青柳昌行

発行／株式会社KADOKAWA
〒102-8177　東京都千代田区富士見2-13-3
電話 0570-002-301（ナビダイヤル）

印刷・製本／大日本印刷株式会社

ISBN 978-4-04-112884-8　C0097